DIE EINSAME BUCHT

WEITERE TITEL VON GREGG OLSEN

In Deutscher Sprache

Detective-Megan-Carpenter-Serie

Die dunkle Schlucht

Die einsame Bucht

Auf schmalem Grat

Am stillen Wasser

In Englischer Sprache

Detective Megan Carpenter Series

Snow Creek

Water's Edge

Silent Ridge

Stillwater Island

Port Gamble Chronicles

Beneath Her Skin

Dying to Be Her

GREGG OLSEN

DIE EINSAME BUCHT

Übersetzt von
Stefanie Brägelmann und Katharina Meyer

bookouture

Die Originalausgabe erschien 2020 unter dem Titel
„Water's Edge"
bei Storyfire Ltd. trading as Bookouture.

Deutsche Erstausgabe herausgegeben von Bookouture, 2023
1. Auflage Januar 2023

Ein Imprint von Storyfire Ltd.
Carmelite House
50 Victoria Embankment
London EC4Y 0DZ

www.bookouture.com

ISBN: 978-1-83790-090-9
eBook ISBN: 978-1-83790-089-3

*Für Paul Marinucci, der aus jedem Tag seines Lebens das Beste
macht.*

EINS

Die Straßenlaternen tauchten die Straße in ein trübes Licht. Junge Männer – meist Teenager – standen in Grüppchen auf dem Gehweg oder zwischen den Häusern zusammen, rauchten, lachten und blickten sie herausfordernd an, als sie in ihrem kleinen Auto an ihnen vorbeifuhr, als wollten sie sich mit ihr anlegen, weil sie in ihr Revier eindrang. Sie kannte das Gerede über diesen Stadtteil zur Genüge. Genauso wie die Berichte aus der Zeitung und dem Fernsehen. Und trotzdem war sie gekommen. Seine Einladung hatte so schüchtern, verlegen, charmant geklungen.

Sie war nach ihrer Schicht im Pub nach Hause geeilt, hatte geduscht und verschiedene Kleider anprobiert, bevor sie sich für eines entschieden hatte, das ihre Figur betonte und ihr rotes Haar hervorhob.

Grün.

Ihre Lieblingsfarbe. Sie betrachtete sich im Spiegel.

Man hatte ihr schon oft Komplimente zu ihrem Aussehen gemacht.

Allerdings waren diese Männer niemals nüchtern.

Und auch nicht besonders gutaussehend.

An dem Abend, an dem sie sich kennengelernt hatten, hatte er ihr gesagt, wie hübsch sie sei.

Bis vor Kurzem hatte sie in einem Café in der Innenstadt gearbeitet und gerade erst im Pub begonnen. Das Trinkgeld war im Sandpiper zwar besser, aber die Kundschaft war auf der Ekel-Skala ganz unten. In dem Café hatten sich diese New-Age-Typen und Möchtegern-Schriftsteller getummelt. Im Old Whiskey Mill wimmelte es vor Betrunkenen, zudem war es ein Treffpunkt für Polizisten. Aber Betrunkene waren großzügiger als Kaffeetrinker.

Sie fuhr sich mit der Hand durchs Haar und dachte an ihn.

Er war ihr irgendwie bekannt vorgekommen. Sie hatte sich sich leicht vorgebeugt, als er sie ansprach. Er hatte einen Jack Daniel's, pur, bestellt und sie angelächelt. Sie hatte so etwas gesagt wie: »Kenne ich Sie von irgendwoher? Sind Sie berühmt?«

Noch während sie es sagte, war sie sich vor wie ein naives Schulmädchen vorgekommen.

»Leider nicht. An eine Schönheit wie Sie würde ich mich doch sicher erinnern.«

Das war eine ziemlich abgeschmackte Anmache, aber er war rot geworden.

Es war ein echtes, aufrichtiges Erröten gewesen.

Sie erinnerte sich, dass sie ihn gefragt hatte, ob er in der Stadt arbeitete, und er hatte mit ernstem Gesicht geantwortet:

»Ich arbeite für die CIA.«

Sie hatte geblinzelt und wollte etwas sagen, aber er hatte gelacht und gesagt, CIA stehe für das Culinary Institute of America. CIA. Er war Koch und auf der Suche nach einem Job. Er hatte gerade die Ausbildung am Kulinarischen Institut von Amerika in Napa Valley in Kalifornien abgeschlossen. Er hatte vorgeschlagen, etwas Besonderes für sie zu kochen.

Verlegen hatte er erklärt, dass er noch bei seinem Vater

wohne, und gefragt, ob es ihr etwas ausmachen würde, wenn sein Vater mitaß.

Das hatte sie überzeugte. Es kam ihr dumm vor, dass sie ihn fast abgewiesen hätte. Sie hatte schon lange kein Date mehr gehabt. Schon gar nicht mit jemandem, den sie gerade erst kennengelernt hatte. Sie hatte viel zu schnell Ja gesagt. Das bereute sie jetzt. Sie wollte nicht, dass er einen falschen Eindruck bekam.

Oder vielleicht doch?

Sie konnte sich denken, was ihre Mutter gesagt hätte, wenn sie noch etwas miteinander zu tun hätten. »Leann Truitt, was hast du dir bloß wieder dabei gedacht?« Das war einer ihrer Lieblingssprüche, ein Stich, mit dem sie sie verletzen wollte. Es stimmt, früher hatte sie tatsächlich ein paar unüberlegte Dinge getan, aber mittlerweile war sie eine erwachsene Frau.

»Halt die Klappe, Mom«, sagte sie zu sich selbst. »Wir finden schon noch früh genug heraus, was ich mir dabei gedacht habe.«

Das Haus war ein Eckhaus und ging nach Norden. Es war dringend renovierungsbedürftig und sah genauso aus, wie er es ihr beschrieben hatte. Doch als sie um die Ecke bog, überkam sie ein ungutes Gefühl. Bis auf ein flackerndes Licht, hinter dicken gelblichen Vorhängen, war alles dunkel. Das Haus sah verlassen aus. Sie schaute auf die Uhr am Armaturenbrett, um sich zu vergewissern, dass sie nicht zu früh dran war. Aber sie kam sogar schon ein paar Minuten zu spät.

Sie stellte das Auto ab und ging über den rissigen Gehweg zum Seiteneingang. Sie hob einen schwarzen Riegel an und schob das Gartentor auf. Ein gepflasterter Weg führte zur Tür. Die Steine waren moosbedeckt und sie musste aufpassen, damit sie mit ihren hochhackigen Schuhen nicht ausrutschte. Mit einem verstauchten Knöchel würde sie nicht zur Arbeit gehen können – und, was noch schlimmer war, diesen wunderbaren Abend verpassen.

Und doch war ihr etwas mulmig, ein erster Zweifel meldete sich.

Sie fand keine Klingel, nicht einmal einen Türklopfer. Gerade wollte sie klopfen, da zögerte sie plötzlich. Was, wenn sein Vater gar nicht wollte, dass sie zum Abendessen kam? Dieses Haus war älter als alt. Es roch nach Schimmel und Fäulnis. Es erinnerte sie an eines der billigen Mietshäuser ihres Vaters.

»Ich gehe schon, Dad«, sagte eine Stimme von drinnen, und sie hörte Schritte. Ein Schatten erschien hinter dem Glas, die Tür öffnete sich, er nahm ihre Hand und führte sie in den dunklen Flur.

Als ihre Augen sich an die Dunkelheit gewöhnt hatten, erkannte sie, dass sich an beiden Seiten des breiten Flurs Kisten und Stapel mit Kleidung, Puppen, irgendwelchen Geräten und Lampenschirmen auftürmten. Ein schmaler Weg führte hindurch, und er lotste sie durch das Durcheinander. Dann trat sie in etwas Klebriges. Adrenalin schoss ihr ins Blus. Irgendetwas stimmte nicht.

»Vielleicht sollte ich besser ...«, konnte sie gerade noch sagen, bevor er sich umdrehte und ihr mit der Faust ins Gesicht schlug.

ZWEI

Ich sitze an meinem Schreibtisch im Büro des Sheriffs von Jefferson County, an der Wand hinter mir hängen Poster der schroffen Olympic Mountains. Links von mir kann ich in das Büro von Sheriff Gray sehen. Seine Tür steht offen und er lehnt sich in seinem Drehstuhl so weit zurück, dass die Federn jedes Mal quietschen, wenn er sein Gewicht verlagert.

Das nervt.

Mit diesem Stuhl könnte die CIA Geständnisse von den hartgesottensten Terroristen erpressen, soviel ist sicher. Am liebsten würde ich eine ganze Dose WD-40-Kriechöl auf die Stuhlfedern sprühen.

Aber ich lasse es.

Stattdessen wende ich mich der aufgelösten Frau zu, die neben meinem Schreibtisch sitzt. Auf dem einen Arm hat sie ein Kleinkind, mit dem anderen versucht sie, ihren achtjährigen Serienmörder in spe zu bändigen.

»Gehen wir in einen Vernehmungsraum, Miss Gamble«, fordere ich sie auf, zum einen, weil ich sie nicht noch mehr in Verlegenheit bringen will, und zum anderen, weil ihr Kind da drin die Wände hochgehen kann. Im wahrsten Sinne des

Wortes. Im Befragungsraum für Kinder gibt es Kuscheltiere, Teppichböden, schalldichte Wände, Poster von Orcas, Paw Patrol und Leuchttürmen.

Miss Gamble steht bereitwillig auf. Auch ihre Ohren schmerzen. Ob das am quietschenden Stuhl, dem brüllenden Kleinkind oder dem quengeligen, bösartigen Genäsel ihres Sohnes liegt, ist unklar. Wenn ich davon ausgehen könnte, dass eine Dose WD-40 bei diesem Achtjährigen etwas ausrichten könnte, würde ich sie einsetzen. Dabei regen mich weder Miss Gamble noch ihre Brut sonderlich auf. Es liegt an ihrer Situation. Die weckt Erinnerungen, die ich lieber verdränge. Funken können manchmal Brände entfachen.

Miss Gamble ist unverheiratet und versucht, drei Kinder von drei verschiedenen Vätern großzuziehen, und zwar ganz allein. Sie bezieht staatliche Unterstützung, wohnt in einer Sozialwohnung, setzt ihre Lebensmittelmarken nicht sonderlich klug ein – stattdessen tauscht sie sie zum Beispiel gegen illegale Substanzen ein – und ihr Bauch deutet darauf hin, dass ein weiteres Baby unterwegs ist.

Ihren bereits vorhandenen Nachwuchs bringt sie in den Befragungsraum für Kinder. Der Befragungsraum für Erwachsene ist ganz anders. Und zwar bewusst ganz anders. Dieser Raum soll beruhigen und besänftigen. Der Raum für Erwachsene ist darauf ausgelegt, Befragte zu verwirren und zu einem Geständnis zu bewegen, nur um aus dem Raum herauszukommen. Und ich kann bezeugen, dass es funktioniert. Zumindest ab und zu.

Ich setze mich, greife nach dem Bericht der Feuerwehr in Port Hadlock und mustere erst Miss Gamble und dann den Achtjährigen.

Sie schweigt.

»Wussten Sie, dass Ihr Sohn gern mal was anzündet?«

Das ist eine ganz einfache Frage. Ja oder nein. Sie antwortet nicht. Sie sieht mich nur mit diesen großen braunen Augen an.

Ich kann das nicht nachvollziehen. Ich weiß nicht genug über die Familiendynamik. Vielleicht ist das Kind missbraucht worden?

Bei meiner Frage funkeln die Augen ihres kleinen Feuerteufels und ein leichtes Grinsen umspielt seine Lippen. Der Sheriff ist im Nebenraum. Ich will zwar die Befragung fortsetzen, stehe aber zunächst auf und gehe durch das Vorzimmer zurück zu meinem Schreibtisch, um einen klaren Kopf zu bekommen. Ich frage mich, ob er Bettnässer ist. Falls ja, weiß ich, wie er laut Lehrbuch einzustufen wäre, und das macht mich sehr betroffen. Meine Erfahrung sagt mir, dass Bettnässen zwar oft ein Indikator für das zukünftige Verhalten eines Kindes ist, dass der Verlauf aber durchaus noch beeinflusst werden kann.

Ich höre den Stuhl des Sheriffs eindringlich quietschen und weiß daher, dass er aufgestanden ist. Der Boden bebt unter seinen schweren Schritten, als er zu meinem Schreibtisch kommt.

»Geht es dir gut?«, fragt er.

»Warum sollte es mir nicht gut gehen?«

»Setzt der Junge wirklich Tiere in Brand?«

»Jedenfalls sagt das der Brandinspektor.« Eigentlich hat der Brandinspektor sogar noch viel mehr gesagt, aber Sheriff Gray braucht nicht zu wissen, wie er sich ausgedrückt hat. Der Mann war wirklich aufgebracht. Ich habe noch nie einen erwachsenen Mann weinen sehen, aber nachdem ich die Bilder von dem gesehen habe, was einmal das geliebte Haustier einer Familie war, kann ich es ihm nicht verdenken. Mir wird ganz mulmig, wenn ich daran denke, und es braucht schon einiges, bis mir mulmig wird.

»Dann habe ich hier etwas für dich«, sagt Sheriff Gray und reicht mir einen Post-it-Zettel.

Ich lese ihn und blicke zum Befragungsraum, in dem die

Kinder sind. Ich höre jemanden gegen die Wand hämmern.
»Was ist mit ihnen?«

»Ich kümmere mich um sie«, sagt er. »Ich bin der Sheriff.
Ich kann sie genauso an das Jugendgericht verweisen wie du,
und ich mache diesen Job schon länger.«

Abgesehen von einem Mehrfachmord in der Gegend von
Snow Creek hatte ich mich in letzter Zeit mit Fällen von Diebstahl und Vandalismus mit hohem Sachschaden befasst. Auf
dem Zettel, den mir der Sheriff überreicht, stehen acht Wörter
in seiner perfekten, gleichmäßigen Handschrift.

Sie lesen sich wie ein Telegramm.

Marrowstone Island.
Mystery Bay State Park.
Bucht.
Treibgut

Treibgut ist eine geschmacklose, aber treffende Bezeich-
nung für Leichen, die im Wasser gefunden werden. Ich bin
noch nicht sehr lange in diesem Job – zwei Jahre –, aber es ist
das erste Mal, dass ich davon höre, dass jemand in der kleinen
Bucht Mystery Bay im Marine State Park ertrunken ist.

»Mord?«, frage ich.

Er zuckt leicht mit den Schultern. »Sie wollen einen
Ermittler. Wir wissen es spätestens, wenn du dort warst.«

In der Annahme, der Sheriff sei fertig, schnappe ich mir
meine Windjacke, die gleichzeitig als Regenmantel dient.

Aber er will noch was.

»Detective Carpenter, das ist Reserve Deputy Marsh.«

Eine jüngere Version von mir, allerdings mit rotem statt
blondem Haar, steht vor meinem Schreibtisch und streckt mir
die Hand entgegen. Auf den hohen Wangenknochen schim-
mern trotz des Make-ups ein paar Sommersprossen durch. Die
Nägel sind perfekt manikürt.

Die Maniküre wird den Tag nicht überstehen, denke ich.

In diesem Moment fallen mir meine eigenen Hände auf. Die Haut ist trocken und sonnengegerbt. Die Nägel sind etwas abgekaut, aber sie passen zu meinem Job.

Ich kann sie jetzt schon nicht leiden, dabei kenne ich sie gar nicht.

Ich nehme mir vor, sie erst kennenzulernen und sie dann nicht zu mögen.

Ihr Händedruck ist watteweich. Sie trägt einen blauen Nadelstreifenhosenanzug und eine weiße Seidenbluse, die sich vorn aufbauscht. Wahrscheinlich hat sie sich für diese Aufmachung von einer Fernsehsendung inspirieren lassen, in der alle Polizistinnen vollbusig sind, langes Haar haben und hohe Absätze tragen. Ich gebe ihrem lächerlichen Outfit genauso lange wie ihren Fingernägeln, ehe es zerrissen oder mit Schlamm, Erbrochenem oder Blut beschmiert ist.

»Ronnie Marsh«, sagt sie.

»Ich freue mich, Sie kennenzulernen, Ronnie.« Das meine ich natürlich nicht so. Ich habe einen Fall zu lösen, und in Gedanken bin ich schon auf dem Weg nach Marrowstone Island. Ich lasse ihre Hand durch meine gleiten und schlüpfe in meine Windjacke. An der Tür legt mir Sheriff Gray eine Hand auf die Schulter und hält mich auf. Ich mag es nicht, wenn man mich anfasst, aber bei ihm mache ich eine Ausnahme.

»Nimm sie mit, Megan.«

Ich arbeite allein. Schon immer. Das hat seinen Grund. Ich will keine Schwierigkeiten. Ich will keine Beziehungen. Wenn man zusammenarbeitet, ist das fast wie eine Beziehung. Beziehung bedeutet Verlassen. Das hat mich das Leben gelehrt. Mein Bruder Hayden hasst mich, weil ich ihn in Idaho bei wildfremden Menschen zurückließ. Meine Mutter hat mich auf die schlimmste Art und Weise belogen und betrogen.

Irgendwann macht das jeder.

Reserve Deputy Marsh kann heute mit mir mitfahren, aber das war's dann auch schon.

»Sie bleibt eine Woche bei dir.«

Ich werfe ihm einen finsteren Blick zu. Es ist mir egal, ob sie es sieht oder nicht.

»Ich bin überlastet, Sheriff. Heute geht es noch. Aber vielleicht kannst du sie jemand anderem zuteilen?«

»Womit denn überlastet?«

Ich schweige. Er kennt die Antwort bereits. Ich bin versucht zu sagen, *Sheriff, wir wissen beide, dass ich im Moment nichts zu tun habe. Warum sparen wir uns nicht die Zeit und du teilst sie jemandem zu, der mit ihr arbeiten will.* Aber ich sage es nicht, weil Sheriff Gray mir einen Job gegeben hat, als es sonst wohl niemand getan hätte. Weil er über mich Bescheid weiß. Weil er mir geholfen hat, einige meiner früheren Fehler auszubügeln. Und vor allem, weil er so ziemlich die einzige Person ist, der ich vertrauen kann.

Seine Hand liegt noch immer auf meiner Schulter. »Du könntest genauso gut Urlaub nehmen, Megan. Hier herrscht tote Hose.«

Ich wünschte, er würde dieses Wort nicht benutzen: ›tot‹. Dadurch verbreitet sich der Ärger doch nur. Wie ein Virus.

In diesem Moment taucht Nan, Sheriff Grays Büroassistentin, auf. Auch sie trägt einen Hosenanzug. Sie und Marsh könnten Zwillinge sein. Ich weiß jetzt, von wem Marsh die Anregung für ihr Outfit hat. Sie muss Nan gesehen haben.

Das spricht nicht für sie.

»Sheriff«, sagt Nan, »die Küstenwache möchte wissen, ob sie dem Wasserleichenfall nachgehen müssen.« Sie sieht zu mir, lächelt Marsh an und spricht mit dem Sheriff. Sie ist perfekt darin, in mehrere Ärsche gleichzeitig zu kriechen. »Soll ich ihnen sagen, dass Sie beide im Verhör sind und nicht gestört werden dürfen?«

Reserve Deputy Marsh meldet sich zu Wort. »Ich habe im

Rahmen der Ausbildung gerade erst mein Praktikum bei der Küstenwache abgeschlossen. Captain Martin hat mir ein gutes Zeugnis ausgestellt. Er sagte, ich sei seine bislang beste Praktikantin gewesen.«

Ich hatte den Captain einmal während *meiner* Ausbildung an der Akademie getroffen. Er sah gut aus, ein bisschen wie Ted Bundy. Ich weiß noch, dass er eine besondere Vorliebe für die weiblichen Kadetten hatte. Die Jungs konnten froh sein, wenn er sie nicht durchfallen ließ, ganz gleich wie geschickt sie sich auf dem Wasser anstellten.

»Das kann ich mir denken«, erwidere ich.

Nan und Marsh sehen sich mit einem wissendem Lächeln an. Es ist kein Geheimnis, dass Nan ein Bild von Captain Marvel, wie ich ihn nenne, auf ihrem Schreibtisch stehen hat. Am Ruder seines Bootes segelt er stolz in einen perfekten Sonnenuntergang. Vor einer Weile hat er mit Nan eine Spritztour auf seinem eigenen Boot unternommen. Am nächsten Tag kam sie in zerknautschten Klamotten, mit zerzaustem Haar und ohne Make-up zur Arbeit.

Als ich sie sah, konnte ich nur die Augen verdrehen.

Sheriff Gray sieht mich fragend an.

»Ich weiß erst, wenn ich vor Ort bin, ob ich die Küstenwache brauche. Wie ist deren Standort?«

Nan starrt mich an. »Das hat der Captain nicht gesagt. Er wollte nur wissen, ob er sich darum kümmern soll.«

»Ich rufe Captain Marvel an, wenn ich dort bin.« Dann überlege ich es mir anders. »Ich rufe den Captain von unterwegs an«, sage ich und will gerade gehen.

Der Sheriff räuspert sich. »Hast du nicht jemanden vergessen? Nimm Reserve Deputy Marsh mit.« Er sagt das, als hätte ich strammzustehen und zu salutieren.

Ich laufe zum Parkplatz und Reserve Deputy Marsh folgt mir mit klappernden Absätzen. Als ich vor meinem alten Taurus stehe, drücke ich den Entriegelungsknopf am Schlüssel.

Ich habe vergessen, dass die Zentralverriegelung nicht mehr funktioniert. Das Gute an dem Wagen ist, dass er so alt ist, dass man ihn noch auf herkömmliche Weise mit einem Schlüssel aufschließen kann. Das Schlechte an dem Wagen ist, dass er alt ist. Ich habe um ein neues Fahrzeug gebeten. Aber solange ich während der Fahrt nicht mit einem Arm die Tür von außen zuhalten muss, bekomme ich wohl keins.

Der Tag wird immer besser.

Ich schließe die Tür mit dem Schlüssel auf und betätige den Entriegelungsknopf im Wagen. Nichts passiert. Ich lehne mich rüber und öffne die Beifahrertür. Ronnie Marsh wartet gerade so lange, bis wir den Parkplatz verlassen, ehe sie anfängt, mich mit ihrer Lebensgeschichte vollzuplappern. Als sie gerade erzählt, dass sie beim Mittleren Schulabschluss Klassenbeste war, schalte ich ab.

DREI

Die Fahrt zum Ort des Geschehens dauert nicht lange. Wir überqueren den schmalen Damm nach Indian Island und dann noch einen nach Marrowstone Island. Ich biege links ab auf die State Route 116, auch Flagler Road genannt. Ab und zu blitzt durch das Dickicht aus Farnen und alten Zedern die Sonne hindurch, die sich im Wasser der Bucht spiegelt. Ich muss an meinen kleinen Bruder Hayden denken. In Port Orchard wohnten wir nicht weit von einem Bach entfernt, an dem er nach Salamandern suchte. Er war sieben Jahre alt. Ich war fünfzehn oder sechzehn. Ich las gerade im Englischunterricht *Eine Geschichte aus zwei Städten*. Charles Dickens beschrieb genau, was ich über die Jahre in Port Orchard dachte. *Es war die beste aller Zeiten. Es war die schlimmste aller Zeiten.* Inzwischen habe ich so viel Abstand zu dieser Zeit gewonnen, dass ich mich lieber an das Gute erinnere. Das Schlechte ist zu schmerzhaft. Hayden erinnert sich nur an die schlimmsten Tage und an meine Fehltritte. Er hat wenig Kontakt zu mir, und das ist schmerzhafter als die Erinnerungen.

Die Mystery Bay liegt zu unserer Linken, der State Park geradeaus. Als ich das Schild für die Bootsrampe sehe, werde ich langsamer. Ein paar hundert Meter weiter parkt ein Streifenwagen der State Patrol mit eingeschaltetem Blaulicht. Davor steht eines der Fahrzeuge des Sheriff's Office.

Weiter unten steht ein Relikt: ein roter oder völlig verrosteter Ford Pinto.

Ein junger Mann, Anfang zwanzig, steht hinter dem Streifenwagen des Deputys, einen Arm vor der Brust verschränkt, mit der anderen Hand zwirbelt er seine Barthaare und steckt sich die Spitze anschließend in den Mund. Er hat langes, schwarzes, gelocktes Haar und es sieht so aus, als hätte er es seit ... hm, vielleicht in seinem Leben noch nie gewaschen. Er trägt Armeestiefel in Tarnfarben, die Schnürsenkel dabei so locker, dass ich mir beim besten Willen nicht vorstellen kann, wie die Dinger an seinen Füßen bleiben. Seine verblichenen Jeans sind umgeschlagen und haben Löcher.

Die Kunstlederschuhe des Kollegen sind tadellos, keine Spur von Erde oder Schlamm. Sie glänzen regelrecht. Würde ich es darauf anlegen, könnte ich mich darin spiegeln. Auch seine Hose, mit Bügelfalte, ist ohne den kleinsten Fussel. Ein Blick auf sein Namensschild verrät mir, wie er heißt: *MacDonald.*

»Ihr Deputy ist unten bei der Leiche«, sagt er ausdruckslos. »Nicht nötig, dass wir uns beide schmutzig machen. Außerdem musste einer von uns hier oben bleiben, um die Straße abzusichern.«

Ich blicke auf das blinkende Blaulicht der beiden Streifenwagen und dann zurück zu ihm. Am liebsten hätte ich geantwortet, dass ich die Karren mit der Weihnachtsbeleuchtung gar nicht bemerkt hätte und einfach daran vorbeigefahren wäre. Aber da ich eine Praktikantin dabei habe, halte ich mich zurück.

»Hatte ich mir schon gedacht. Sehr aufmerksam.« Mit einem Blick gebe ich ihm zu verstehen, dass er mich nicht verarschen kann. Zu meiner Überraschung höre ich meine Praktikantin kichern.

Vielleicht ist sie ja doch ganz okay.

»Ist das die Person, die die Leiche gefunden hat?«, fragt sie.

Der junge Mann hat rechtzeitig aufgehört, seinen Bart zu zwirbeln, um uns die Hand zu reichen. Er sagt nichts, und ich nehme die Hand nicht. Ich bezweifle auch stark, dass das sonst jemand tun würde.

MacDonald ergreift das Wort. »Das ist Mr Boyd.«

Ich nicke. »Ich brauche eine Aussage von Ihnen, Mr Boyd. Was haben Sie dort unten gemacht?«

Ich kann weder einen Bootsanhänger noch eine Angelausrüstung entdecken. Er sieht auch nicht aus, als sei er der Typ für Outdooraktivitäten.

Die Frage scheint ihn zu überraschen. Ich denke mir schon fast, dass als nächstes die Frage kommt, ob er verdächtigt werde, und er sich daraufhin auf seine Rechte berufen würde. Darauf könnte ich antworten, dass er keinerlei Rechte habe, solange er nicht verdächtigt wurde. In Wahrheit gilt jeder als Verdächtiger, solange bis er es nicht mehr ist. Das habe ich aus Erfahrung gelernt. Er enttäuscht mich nicht.

»Ich bin aber kein Verdächtiger, oder?«

»Auf keinen Fall«, lüge ich.

Er blickt mich skeptisch an. »Im Fernsehen ist der, der die Leiche findet, immer ein Verdächtiger.«

Das ist auch im wirklichen Leben auch so.

»Das ist Fernsehen, Mr Boyd.«

»Robbie«, entgegnet er. »Ich heiße Robbie. Ich gehe aufs Olympic College und studiere dort Strafjustiz.«

»Gute Wahl«, lobe ich ihn. »Dann wissen Sie ja, wie es läuft. Sagen Sie mir: Was hatten Sie dort unten zu suchen?«

Er steckt sich eine struppige Bartspitze in den Mund und kaut darauf herum.

Würg.

»Eine Freundin vom College hat mir von dem Ort erzählt«,

erklärt er schließlich. »Ich muss doch nicht ihren Namen nennen, oder?«

»Nein«, antworte ich.

Zumindest jetzt nicht, denke ich. Zuerst lasse ich mir alles erzählen, was er weiß, danach werde ich den Namen schon noch aus ihm herausholen.

»Okay«, beginnt er. »Ich war auf der Suche nach einer neuen Kletterroute. Ich habe gleich da drüben geparkt.« Er dreht sich um und deutet auf den Pinto, als hätte ich ihn noch nicht bemerkt oder als hätte er auf mysteriöse Weise den Standort gewechselt. »Ich wandere und klettere halt gerne. Ich war auf der Suche nach ein paar guten Felsen. Ich bin sehr kräftig.«

»Das ist mir auch schon aufgefallen.« In seinem schmuddeligen T-Shirt, den zerrissenen Jeans und den abgetragenen Wanderschuhen sieht er aus wie ein echter Hänfling.

Er lächelt, langsam werden wir warm miteinander. Das ist immer so. Wenn ich will, kann ich sehr charmant sein.

»Also«, fährt er fort, »bin ich runter zur Bucht gegangen ... zur Bootsrampe ... also, ich habe halt nach einem Weg gesucht.«

Er hält einen Moment inne.

»Das wird doch nicht in den Nachrichten gebracht, oder? Ich hätte eigentlich ein Seminar. Ich habe einen Test geschwänzt und behauptet, ich wäre krank.«

Es wird ein ganzer Kinofilm, wenn du weiter so blöde Fragen stellst, denke ich.

»Ich glaube nicht, dass Ihr Name auftauchen wird«, erwidere ich.

Er scheint ein wenig enttäuscht zu sein, also schwenke ich wieder um. »Aber ich kann nicht versprechen, dass die Medien Sie nicht ausfindig machen werden.«

Seine Miene hellt sich ein wenig auf. Das war die richtige Antwort.

»Tja, wenn ich unbedingt mit ihnen reden muss ...«

»Erzählen Sie Ihre Geschichte zu Ende«, ermuntere ich ihn.

»Okay, ich bin also da runter« – er zeigt, wo – »und sehe so einen Trampelpfad. Also bin ich halt dem Pfad durch den Wald gefolgt und da habe ich die Stelle gefunden.«

Ronnie wirft ein: »Welche Stelle?«

»Na, die Felsen«, sagt er. »Ich bin Kletterer. Waren Sie schon mal Klettern?«

Sie schüttelt den Kopf.

Ich könnte wiederum sie schütteln, weil sie das Gespräch unterbrochen hat.

»Mr Boyd«, sage ich, »Könnten Sie uns bitte erzählen, wie Sie sie gefunden haben.«

»Okay. Tut mir leid. Ich klettere halt einfach gerne, wissen Sie, was ich meine?«

Ich werfe ihm einen strengen Blick zu. Meine Geduld ist bald am Ende.

»Ich bin dann halt zu der kleinen Klippe oder dem Steilhang oder wie Sie es nennen wollen gekommen.«

Boyd ist jetzt voll im Thema. »Es waren nur so zwölf Meter, aber die Klippe war echt steil, Mann. Es ging gerade runter, kein ›Gehe NICHT über Los. Ziehe nicht 2000 Euro ein‹, wissen Sie, was ich meine?«

Es folgen ein paar weitere Beispiele seiner Dummheit, ich lasse ihn reden, bis ihm seine ›halts‹ und ›wissen Sie, was ich meine‹ ausgegangen sind und er das Thema abgearbeitet hat.

»Ich wollte bis zum Strand absteigen. Aber meine Kletterausrüstung war noch im Auto, ich dachte, vielleicht komme ich auch ohne Seil runter. Dann sehe ich, dass das gar nicht nötig ist. An einem Baum war das perfekte Seil befestigt. Jemand hatte es fein säuberlich aufgerollt, ich wäre fast darüber gestolpert. Ich ließ es runter, überprüfte den Knoten und los ging's«.

»Die Leiche«, sagt Ronnie.

Ich merke, dass auch sie ungeduldig wird.

Brav.

»Als ich unten ankam, sah ich eine Menge großer Felsen und einen kleinen Streifen Sandstrand. Vorsichtshalber zog ich am Seil, um sicherzugehen, dass ich danach wieder hochkommen würde. Ich wollte halt nicht auf die Felsen fallen. Manche waren echt spitz. Als ich gerade wieder hochklettern wollte, sah etwas zwischen den Felsen hervorlugen, das aussah wie ein Fuß. Außer Klettern konnte ich keine andere Möglichkeit erkennen, um an diesen Strand zu gelangen. Darum dachte ich, die Person sei vielleicht von der Klippe gestürzt. Gleichzeitig konnte ich mir nicht vorstellen, wie das möglich sein sollte, denn das Seil lag ja aufgerollt oben an der Klippe.«

Er hält inne und sieht uns an.

»Wollen Sie sich keine Notizen machen?«

»Ich habe ein sehr gutes Gedächtnis«, erwidere ich. »Erzählen Sie weiter.«

Er seufzt. »Okay. Also gut. Ich ging rüber und schaute nach, und es war eine Frau. Sie bewegte sich nicht und sie sah ziemlich ramponiert aus. Zuerst dachte ich, sie ist vielleicht gestürzt, aber dann merkte ich, dass sie nur einen Slip und einen BH trug. Ich dachte, vielleicht hat sie versucht, zum Strand zu schwimmen und wurde gegen die Felsen geschleudert. Ich kletterte wieder hoch und wählte den Notruf. Dann fiel mir ein, dass sie vielleicht Hilfe braucht, und ging zum Auto, aber es sprang nicht an. Und dann kam schon der Beamte und rief Verstärkung. Das ist alles.«

Ich befrage ihn erneut und gehe seine Geschichte durch. Er bleibt dabei. Er ist runtergeklettert, hat die Leiche gesehen, ist hochgeklettert und hat den Notruf gerufen. Boyd schwört, dass er nichts angefasst und keine Fotos gemacht hat. Aber das kaufe ich ihm nicht ab, weil er immer noch sein Handy in der Hand hält. Wahrscheinlich rast er direkt zum Campus, um die Bilder seinen Kumpels zu zeigen, oder verkauft sie an die Presse.

Ich frage ihn: »Wenn die Spurensicherung kommt, um

Fingerabdrücke und DNA-Proben zu nehmen, werden also keine von Ihnen dabei sein?«

Er schluckt und seine Kehle ist so trocken, dass ich dabei seinen Adamsapfel hören kann. Er schüttelt den Kopf. »Das glaube ich nicht. Man kann keine Fingerabdrücke von einem Seil nehmen, und was anderes habe ich nicht angefasst. Wirklich! Und die Felsen, an denen ich runtergeklettert bin.«

»Wir haben eine neue Technologie, die sich Touch DNA nennt. Sie haben wahrscheinlich an der Uni davon gehört.«

Er bleibt still.

»Und die funktioniert so, wie der Name schon sagt. Wenn Sie etwas berühren, gelangt ein Teil Ihrer DNA auf den Gegenstand, den Körper oder was auch immer. Mit Hilfe der Datenbanken des FBI und der Homeland Security können wir sie dann über die Abstammungslinie bis hin zu einer bestimmten Person zurückverfolgen.«

Boyd hört auf, an seinem Bart zu kauen, und beginnt, sich das Gesicht zu reiben.

»Wenn ich ehrlich bin, kann es sein, dass ich ein Stückchen ins Wasser gegangen bin, um besser sehen zu können. Aber es war zu tief und ich wollte nicht so nass werden. Aber ich habe sie nicht angefasst, ich schwöre.«

Seine Jeans ist noch bis zu den Knien feucht.

Meine Faustregel lautet: Wenn jemand sagt ›Ich schwöre‹, dann ist das, was folgt, eine dicke, fette Lüge. Ich glaube zwar nicht, dass er die Leiche angefasst hat, aber vielleicht hat er Fotos gemacht. Vielleicht sogar ein Selfie. Die Leute sind krank. Niemand weiß das besser als ich.

»Kann er bei Ihnen mitfahren?«, frage ich MacDonald.

MacDonald gestattet es widerwillig.

Als er auf den Rücksitz klettert, sagt Boyd: »Ich mache eine vollständige Aussage bei Ihrer Kollegin, Detective Marsh.«

Er lächelt Ronnie an. Sie lächelt zurück, dreht sich zu mir und verzieht das Gesicht.

»Wenn Sie wollen, kümmere ich mich um die Zeugenaussage, Detective. Das hat man uns auf der Polizeiakademie beigebracht. Mein Handy hat eine Diktierfunktion.«

Ich habe die Diktierfunktion meines Handys auch schon benutzt, um Geständnisse aufzunehmen. Aber die Person, die das Geständnis ablegte, wusste nicht, dass ich sie aufgenommen habe. Es hat mich nicht gestört, sie zu betrügen.

MacDonald ist abweisend. Ich muss meinen Charme spielen lassen.

»Ich bin Megan«, sage ich. »Darf ich Sie Mac nennen?«

»Nein. Für Sie immer noch State Patrolman MacDonald.«

VIER

Im Ernst.

Ich soll ihn *State Patrolman MacDonald* nennen.

Auf keinen Fall.

Das wird ein langer Vormittag.

»Okay«, sage ich zu ihm. »Ist das Seil noch da oder hatte Deputy Davis selbst etwas, womit er hinuntergeklettert ist?«

»Er hat das Seil des Zeugen benutzt«, antwortet MacDonald.

Das habe ich befürchtet. Um das Seil sicherzustellen, ist es zu spät. Ich gehe auf einem Trampelpfad durch einen Wald mit riesigen, großblättrigen Ahornbäumen bis zu einer kleineren Tanne, an der ein Kletterseil befestigt ist. Das Seil reicht an der Seite über die Klippe nach unten. Ich trete so weit wie möglich vor, kann aber weder Leiche noch Deputy entdecken. Ich kehre zu den Wagen und MacDonald zurück.

»Deputy Marsh bleibt hier oben und wartet auf die Spurensicherung. Haben Sie Absperrband für den Tatort?«

Er nickt.

»Können Sie mir helfen und die Straße rechts und links

absperren? Wir müssen beide Seiten nach Beweismaterial oder Reifenspuren absuchen.« Ich schaue ihn direkt an.

Er sagt nichts. Er geht hinter den Wagen und öffnet den Kofferraum.

»Sofern Sie keine Wanderschuhe und Arbeitskleidung in Ihrer Handtasche haben, möchte ich, dass Sie hier oben bleiben und die Zeugenaussage aufnehmen«, weise ich Deputy Ronnie an.

Sie schaut auf ihre Schuhe hinunter. »Entschuldigung. Ich dachte, wir würden heute im Büro bleiben. Morgen werde ich besser vorbereitet sein, Ma'am.«

Ma'am? Ernsthaft?

»Nennen Sie mich nicht ›Ma'am‹«, sage ich. »Für heute bin ich Megan. Okay?«

»Soll ich wirklich die Aussage von Mr Boyd aufnehmen?«, fragt sie.

»Ist doch wohl besser, als nasse Füße zu bekommen. Ich möchte, dass Sie seinen Namen und seine persönlichen Daten aufnehmen. Und die Daten des Führerscheins.«

Sie holt Notizbuch und Stift aus ihrem Blazer. Der war so eng anliegend, dass ich keine Ahnung habe, wo sie das hatte verstecken können. »Und wenn Sie schon dabei sind, durchsuchen Sie sein Auto.«

»Wir haben keinen Durchsuchungsbefehl. Ist er ein Verdächtiger?«

»Nein«, lüge ich wieder. »Schauen Sie einfach, ob er Sie lässt. Wenn Sie sich dadurch besser fühlen, können Sie ihn fragen, ob Sie sein Auto durchsuchen dürfen, während Sie die Aussage aufnehmen. Wenn er Ja sagt, wird es auf dem Protokoll erscheinen.«

Sie sieht nicht überzeugt aus.

»Ich mache das schon eine ganze Weile, Ronnie. Vertrauen Sie mir.«

»Mach ich. Ich meine, ich vertraue Ihnen.«

Na, das ist doch schon mal ein Anfang.

»Ich gehe runter und sehe nach, was wir haben.« Ich gehe zu Macs Auto, öffne die Tür und frage Boyd: »Gibt es wirklich keinen anderen Weg nach unten als zu klettern?«

»Man könnte vielleicht schwimmen.«

Klugscheißer.

Ich kehre zu Ronnie zurück.

»Verständigen Sie die Küstenwache?«, fragt sie.

»Das mache ich, wenn ich unten bin.« Mac kommt mit einer Rolle gelb-schwarzem Klebeband. »Danke für Ihre Hilfe. Das ist Reserve Deputy Ronnie Marsh.«

Ronnie reicht ihm ihre schlaffe Hand und er hält sie so lange, bis sie ihm durch die Finger flutscht, und sagt: »Angenehm.«

»Sie wird die Aussage von Mr Boyd aufnehmen.«

Ich weiß, dass Mac Ronnie die Befragung gerne überlässt, damit er nicht vor Gericht erscheinen oder aussagen muss. Ich warne ihn nicht, dass es keinen Aus-Schalter gibt, wenn Ronnie erst einmal anfängt zu reden. Der Zeuge ist dann auf sich allein gestellt.

Ich gehe wieder den Pfad zwischen den Bäumen hindurch und stehe schließlich auf der Klippe. Dort geht es etwa zehn, zwölf Meter in die Tiefe. Fußballgroße Steinbrocken und hüfthohe Felsen bedecken den größten Teil des Strandes. Ich suche die Leiche, aber ich kann sie von dort aus nicht sehen. Also drehe ich mich um und beginne langsam mit dem Abstieg, wobei ich mit den Fußspitzen in jeder Ritze, die ich finden kann, Halt suche. Nach etwa drei Metern schaue ich wieder hinunter. Ich kann nicht anders. Ich bin nicht schwindelfrei. Auch der Deputy ist nirgends zu sehen. Ich steige weiter ab und wage es nicht noch einmal, irgendwo anders hinzuschauen als nach vorne. Während ich mich am Seil festklammere, versuche ich, mich an der Felswand abzustützen, so wie ich es in der Polizeiausbildung gelernt habe.

»Achtung!«, höre ich eine Stimme von unten.

Ich trete genau in diesem Augenblick auf den wahrscheinlich einzigen losen Stein an dieser Felswand und rutsche ab. Zwei Dinge retten mich. Etwa eineinhalb Meter unter mir befindet sich ein kleiner sandiger Bereich, wo Deputy Davis steht.

Und ich lande auf ihm.

Mit unseren verrenkten Armen und Beinen sehen wir aus wie ein Jenga-Spiel. Mir stockt der Atem, und ich höre Deputy Davis aufstöhnen. Ich will hoffen, dass er das nicht zu sehr genießt. Ich rolle von ihm herunter und er hilft mir auf. Er streicht mir den Sand und den Schmutz von der Rückseite meiner Jacke, während ich mir mit den Fingern den Sand aus dem Haar kämme. Als er meinen Hintern berührt, weiche ich zurück.

Ich bin bewaffnet.

»Ich schulde Ihnen was, Deputy Davis«, sage ich.

Genau genommen schulde ich ihm zwei blaue Augen – wenn er mich noch einmal anfasst.

»Nicht nötig, Ma'am. Ich meine, Detective Carpenter.«

Deputy Davis ist ein Jahr jünger als ich. Er hat dichtes braunes Haar und einen Schnurrbart, wie ihn früher mal Pornostars trugen. Oder auch Bullen. Ich bevorzuge natürlich Bullen. Er ist nicht unbedingt übergewichtig, aber irgendwie gelingt es seinem Bauch, sich über seine bierdeckelgroße Gürtelschnalle zu wölben. Er ist ein guter Polizist und absolut aufopferungsvoll, wie seine Bereitschaft und Fähigkeit, den Abstieg zu schaffen, beweist. Ich habe erfolglos versucht, es ihm abzugewöhnen, mich »Ma'am« zu nennen, und er bemüht sich, es zu lassen. Ich habe gelernt, es zu akzeptieren. Er ist ein Gentleman. So ist er erzogen worden. Er hat mir erklärte, seine Mutter habe ihm beigebracht, alle Damen »Ma'am« und alle Männer »Sir« zu nennen.

Meine Mutter hat mir beigebracht, zu lügen, zu manipulieren, zu betrügen und Schlimmeres.

»Zeigen Sie mir, was wir haben, Deputy Davis«, fordere ich ihn auf. Er wird gerne »Deputy« genannt.

Er klettert über ein paar größere Felsen und ich versuche, mit ihm Schritt zu halten. In etwa zehn Metern Entfernung schlägt bereits das Wasser gegen die Felsen. Ich sehe immer noch keine Leiche und frage mich, wie Boyd einen Fuß sehen konnte. Ich klettere auf einen großen Felsen und schaue in Richtung Wasser, und da entdecke ich ihn. Einen nackten Fuß, mit Knöchel und einen Teil des Unterschenkels. Die Zehen zeigen nach oben.

Wir gehen näher heran, bis ich die Leiche genau betrachten kann. Eine Frau. Weiß. Sie liegt auf dem Rücken in einem kleinen sandigen Bereich, einem etwa drei mal sechs Meter großen Strandstück. Ihre Beine zeigen zu mir, der Kopf in Richtung Bucht. Die Beine sind gespreizt, dazwischen liegt der Felsen. Ich schaue nach links und nach rechts. Boyd hatte recht: Die Felsen versperren jeglichen trockenen Zugang zum Leichnam. Ich muss über Felsbrocken klettern, um zur Leiche zu gelangen. Oder von der Bootsrampe aus hinschwimmen.

Ich klettere auf den nächsten Felsen und schaue direkt auf den Körper hinab. Lange rötliche Haare bedecken das Gesicht zur Hälfte. Ich schätze sie auf Mitte zwanzig. Genau wie Robbie Boyd gesagt hat, trägt sie nur BH und Slip. Ich sehe mich um, kann aber keine Kleidung entdecken. Ihr Gesicht ist ramponiert; ihre Unterlippe ist so tief aufgeschlitzt, dass ich durch den Schnitt die Zähne erkennen kann. Sie hat dunkle, eingekerbte Spuren an Handgelenken und Knöcheln. Eine breitere Einkerbung verläuft um ihren schlanken Hals. Ihre Haut schimmert bläulich, aber auf ihrem Oberkörper entdecke ich tiefblaue oder schwarze Flecken.

Sie wurde offenbar verprügelt oder getreten.

Ich zücke mein Handy und hole tief Luft. Ich habe nur

zwei Balken und bin versucht, Ronnie anzurufen und sie zu bitten, herunterzuklettern. Stattdessen rufe ich Captain Marvel von der Küstenwache an und informiere ihn über die Situation. Sie können erst in einer halben Stunde da sein.

Ich rufe auch Jerry Larsen, unseren Leichenbeschauer, an. Da er schon über sechzig ist, wird er es nicht schaffen, hier runter zu klettern. Als er abnimmt, bitte ich ihn, mich an der Bootsrampe zu treffen, wo Mac parkt. Er kann das Boot nehmen. Ich ziehe es vor, nicht mit Marvel in das Boot zu steigen.

»Haben Sie eine Kamera, Deputy Davis?«

Davis greift in seinen Rucksack und hält eine Nikon-Digitalkamera hoch.

»Machen Sie so viele Fotos wie möglich«, bitte ich ihn. »Auch ein paar von der Stelle, wo wir hinuntergeklettert sind, und von dort bis zu der Stelle, an der ich jetzt stehe. Was schätzen Sie, wie hoch diese Klippe ist? Zehn Meter? Zwölf?«

»Höher als zehn, Ma'am.« Er beginnt zu fotografieren. Man muss ihm nicht sagen, dass er Nahaufnahmen machen oder mir sagen soll, wenn er etwas Ungewöhnliches gesehen hat. Davis hat schon vorher an Tatorten gearbeitet.

»Captain Martin wird eigene Bilder machen wollen«, erinnert mich Davis, und ich sage nichts darauf.

Captain Marvel kann machen, was er will, solange er die Leiche herausholt, ohne Beweise zu zerstören, und sie an einen Ort bringt, an dem ich sie besser sehen kann. Ich gehe immer so lange von einem Mord aus, bis ich etwas anderes herausfinde.

Davis spricht aus, was ich denke.

»Ich glaube nicht, dass sie hier schwimmen war.«

»Und sie ist auch nicht von der Klippe gefallen, es sei denn, sie hat vor dem Sprung einen Anlauf mit einer Geschwindigkeit von fünfundsechzig Kilometern pro Stunde genommen«, füge ich hinzu.

»Was glauben Sie, wie lang sie schon hier ist, Ma'am?«, fragt er.

»Lang genug, um tot zu sein«, sage ich und bereue sofort, dass ich so besserwisserisch war. »Wir müssen auf den Leichenbeschauer warten.«

Ich suche mir einen Weg, von Stein zu Stein, um irgendwie an den Leichnam heranzukommen. Ich rutsche nur einmal aus und stoße mir das Knie auf. Das gibt einen blauen Fleck. Ich stehe jetzt auf dem kiesigen, sandigen Ufer. Drei Meter von der Leiche entfernt. Ihre Beine zeigen in Richtung Land. Sie muss mit dem Boot hergebracht worden sein. Zu den Felsen hochgezogen. Entsorgt. Abgelegt. Die Flut hat alle Spuren im Sand verwischt. Die Leiche liegt mindestens fünf, sechs Meter vom Wasser entfernt, aber sie wurde zwischen ein paar Felsbrocken gezogen, die groß genug sind, um ihren Körper vor dem Wasser zu schützen. Wäre Boyd nicht die Klippe hinuntergeklettert und hätte sie entdeckt, wäre sie nicht so schnell gefunden worden.

»Mist«, sagt Davis, und ich drehe mich zu ihm um.

»Was?« frage ich mit leichtem Herzklopfen.

»Der Film ist voll«, sagt Davis.

»Das ist eine Digitalkamera. Lassen Sie den Quatsch.«

»Tut mir leid, Ma'am.«

Er klingt nicht wirklich so, als täte es ihm leid, aber ich verzeihe ihm. Es ist das erste Mal, dass er einen Anflug von Humor zeigt. Normalerweise ist er so fokussiert und darauf bedacht zu gefallen, dass ich froh bin, wenn er lockerer wird. Mit Humor versucht man im Polizeidienst, Emotionen zu verdrängen, damit man unter Druck funktionieren kann. Ich frage mich, was Davis unter Stress setzt. Wir haben schon an einem furchtbaren Tatort zusammengearbeitet und das hat ihm damals nichts ausgemacht. Ich würde ihn ja fragen, aber ich möchte heute nicht noch einen erwachsenen Mann weinen sehen. Das hatte ich vorhin schon mit dem Brandinspektor.

Beim Anblick der Leiche frage ich mich, wie sie dorthin gekommen ist. Vielleicht wurde sie entführt, geschlagen und auf ein Boot gebracht, um auf See zurückgelassen zu werden. Dann ist sie über Bord gesprungen und hier gelandet. Sie müsste schon ziemlich verzweifelt gewesen sein, um so etwas zu tun. Ich möchte nicht einmal einen Fuß in das kalte Wasser setzen.

Je genauer ich mir die Lage der Leiche ansehe, desto deutlicher kommt mir eine Müllkippe in den Sinn. Sie wurde von jemandem hierher gebracht.

Ich tippe gerade die Nummer des Sheriffs in mein Telefon, um ihn auf dem Laufenden zu halten, als mein Telefon klingelt. Ich gehe ran.

»Hier ist Nan. Ich versuche schon seit einer halben Stunde, Sie zu erreichen.«

Nan ist Büroassistentin, nicht meine Chefin. Und auch nicht die Chefin von jemand anderem. Trotzdem benimmt sie sich wie eine.

»Tut mir leid, Nan. Der Empfang hier ist etwas dürftig. Ich wollte gerade Sheriff Gray anrufen, um ihm zu sagen, dass hier überall Leichenteile liegen und … oh, Mist!«

»Was ist?«

Ich erwidere mit breitem Grinsen: »Ich bin gerade auf einen Finger getreten. Zumindest glaube ich, dass es ein Finger ist. Oder es könnte auch ein kleiner …«

»Das will ich nicht hören«, sagt Nan. »Ich wollte Ihnen nur sagen, dass ein Streifenpolizist namens MacDonald angerufen und nach Ihrer Telefonnummer gefragt hat.«

»Haben Sie sie ihm gegeben?«

»Ich dachte, das soll ich nicht. Ich habe ihm gesagt, dass ich die Nachricht an Sie weitergeben werde. Wollen Sie seine Nummer?«

»Ja.«

Sie gibt mir die Nummer durch.

»Ist der Sheriff mit der Familie Gamble fertig?« erkundige ich mich.

»Ich kann mal nachhören.«

Sie lügt, das ist ganz klar. Sie weiß alles über jeden. Außer über mich. »Schon gut. Richten Sie ihm aus, er soll mich anrufen«, sage ich. Bevor ich sie anschreie, lege ich lieber auf. Ich weiß nicht, ob sie so dumm ist oder ob sie mich nur ärgern will.

Ich rufe Mac an.

»Ich habe versucht, Sie zu erreichen, aber ihre Sekretärin wollte mir Ihre Nummer nicht geben«, fährt er mich an. »Ich habe gehört, dass die von Ihnen angeforderte Küstenwache herkommt.«

»Ja, demnächst«, sage ich. »Wo sind Sie?«

»Ich bin bei meinem Auto. Soll ich hier bleiben?«

Jetzt werde ich langsam wütend. »Ist da oben denn sonst noch jemand?« Außer meinem brandneuen Reserve Deputy, denke ich, ohne es zu sagen.

»Verstanden«, sagt er und legt auf.

Vollidiot.

»Ich habe mich bei den Felsen umgesehen, Ma'am, aber für eine gründliche Untersuchung brauchen wir vielleicht noch ein paar Leute mehr«, sagt Deputy Davis. »Ich habe ein paar Softdrink- und Bierdosen gesehen und Fähnchen zur Markierung hingelegt.«

Ich brauche gar nicht zu fragen, ob er Tatortfahnen in seinem Rucksack hat. Wahrscheinlich hat er eine komplette forensische Ausrüstung dabei. Ich habe gar nicht daran gedacht, überhaupt etwas mitzunehmen. Ich wollte auch nichts mitnehmen, von Ronnie in ihrem blauen Poweranzug ganz zu schweigen.

FÜNF

Captain Marvel und ein Mitglied seiner Crew tauchen auf. Sie ankern außerhalb der Bucht mit der *Integrity* und machen sich in einem gelben Saturn-Schlauchboot mit einem Fünf-PS-Motor auf den Weg zum Ufer. Der Captain legt in der Nähe der Felsen am östlichen Ende des Strandes an, sein Besatzungsmitglied springt heraus und bindet es fest.

Captain Martin geht als Letzter an Land. Bevor er zu mir kommt, vergewissert er sich, dass das Boot sicher vertäut ist. Würde es sich hier um einen Film handeln, wäre der Hintergrund jetzt in goldenes Licht getaucht. Er trägt eine verwaschene Cargohose, seine Stiefel sehen allerdings so teuer aus wie mein Auto. Kein Wort von ihm. Er betrachtet die Szenerie. Dabei lächelt er, und ich kann verstehen, was Ronnie an ihm gefressen hat. Er hat ein kantiges Kinn, kobaltblaue Augen, perfekte Zähne und blondes lockiges Haar, das stilvoll geschnitten ist. Die Cargohose sitzt wie angegossen an seinem triathlongestählten Körper. Fehlt nur noch, dass er mit einer Hand auf der Hüfte posiert, während sein wehender Umhang sich hinter ihm aufbauscht. Instinktiv fahre ich mir mit der Hand durchs Haar.

Er nickt dem anderen Deputy zu, der ein fast identisches Outfit trägt. In Größe und Statur ähnelt er Captain Marvel, hat aber langes, braungelocktes Haar.

Der Captain stellt uns vor: »Deputy Floyd, Detective Megan Carpenter.«

»Floyd.«

»Detective.«

Wenigstens hat er mich nicht »Ma'am« genannt.

Floyd wühlt in seinem Rucksack herum und zieht eine Anglerhose heraus. Sie reicht von seinen Füßen bis zur Brust, Riemen halten sie über den Schultern. Er nimmt eine Kamera heraus – nicht so eine tolle wie die von Deputy Davis – und watet ins Wasser, um die Leiche von dort aus zu fotografieren, und geht dann noch etwas weiter, bis er nur noch ein paar Meter von ihr entfernt ist.

»Floyd hat eine Taucherausrüstung dabei«, sagt Captain Martin. »Er sieht sich im Wasser um, während die Spurensicherung am Strand arbeitet.«

»Ist gut.«

Ich rufe Mac wieder an. »Ist mein Kollege von der Spurensicherung schon da?«

»Ja«, schnappt er zurück.

»Warten Sie«, sage ich und frage den Captain: »Können Sie zur Bootsrampe fahren und meinen Kollegen abholen?« Er nickt und geht zurück zum Schlauchboot.

»Der Leichenbeschauer ist gerade angekommen«, sagt Mac.

»Captain Martin kommt zur Bootsrampe. Können Sie mir Deputy Marsh geben?«

Ronnie geht ans Telefon. »Deputy Copsey und der Leichenbeschauer sind hier, Megan.«

Ich höre die kaum unterdrückte Aufregung in ihrer Stimme. »Captain Martin kommt zur Bootsrampe und holt alle ab. Sind Sie mit der Aussage von Boyd fertig?«

»Ja. Soll ich mitkommen?«

Ich ignoriere ihre Frage. »Haben Sie Boyd gehen lassen?«

»Er hat mich sein Auto durchsuchen lassen. Ich habe Fotos von innen, außen, von den Reifen und den Nummernschildern gemacht. Ich habe die Informationen aus seinem Führerschein und seine Adresse vom College. Er wollte gehen. Er meinte, er müsse zur Uni, und da er nicht verhaftet sei …«

»Okay, habe verstanden. Ich würde Sie ja mitnehmen, aber dann müssten Sie barfuß kommen.«

»Die haben doch immer ein Extrapaar Gummistiefel im Boot.«

»Bleiben Sie kurz dran.« Ich drehe mich um und rufe so laut, dass Deputy Floyd mich hört. »Hat der Captain ein zusätzliches Paar Gummistiefel im Schlauchboot?« Er zeigt einen Daumen nach oben. Ich wende mich wieder ab und sage zu Ronnie: »Sie können mitkommen, aber Sie werden wahrscheinlich Ihr schönes Outfit ruinieren.«

»Die Sachen sind alt.«

Klingt, als seien es Wegwerfartikel.

»Wie lautet Ihre Handynummer?« Mir fällt auf, dass ich sie bisher nicht danach gefragt habe. Sie gibt sie mir. Ich muss sie mir nicht aufschreiben. Ich werde sie gleich im Handy speichern. »Können Sie Larsen ans Telefon holen? Den Leichenbeschauer.«

Larsen kommt ans Telefon. Seine Stimme überrascht mich immer wieder von Neuem. Er ist weit über sechzig, hat langes weißes Haar, einen weißen, fünfzehn Zentimeter langen Bart und Lachfalten um die Augen – aber das Beste an ihm ist seine freundliche Stimme. Er ist größer als ich, was nicht verwunderlich ist, und schlanker.

»Ich komme jetzt runter, Megan«, sagt Larsen. »Ich war seit Jahren nicht mehr klettern. Klingt ganz nach einem Abenteuer.«

»Den Weg können Sie nicht nehmen«, warne ich freundlich. Er kann grantig werden, wenn ich versuche, ihm vorzuschreiben, was er zu tun hat. »Ich habe ein Boot geschickt, das Sie und den Mann von der Spurensicherung an der Bootsrampe abholt.«

»Ah. Okay.« Er klingt enttäuscht. Er kann auch sehr dickköpfig sein, aber ich kann nicht zulassen, dass er sich verletzt. Sheriff Gray würde das nicht gutheißen und Larsen ist der Einzige, der befugt ist, die Autopsie anzuordnen.

»Ich bin auf dem Weg nach unten gestürzt«, sage ich.

Das ist keine Lüge.

»Sie müssten in einer Schlinge heruntergelassen werden«, fahre ich fort. Ich weiß, dass er sich darauf nicht einlassen wird.

Er schweigt.

»Was ist los?«, frage ich.

»Ich fahre nicht mit Booten«, sagt er. »Ich werde seekrank. Aber verraten Sie es niemandem.«

»Dann bringen wir die Leiche eben zu Ihnen.« Es wird eine Weile dauern. Er hat Zeit, nach Hause zu gehen, zu Mittag zu essen, fernzusehen oder ein Nickerchen zu halten, und dann kann er wiederkommen. Mann! Wie ich es hasse, die Verantwortung zu tragen. Ich arbeite fast immer allein. Genau aus diesem Grund.

»Wie soll ich den Tatort von hier aus untersuchen?«

Gute Frage. Ich bin versucht, zu sagen, wir könnten es über den Luftweg versuchen, aber ich will nicht so sarkastisch sein. Er ist ein netter Kerl. Ich kann mich auf seine ehrliche Meinung auch außerhalb des Protokolls verlassen.

Ich höre Ronnie im Hintergrund losplappern.

»Wir können Facetime von meinem Handy aus nutzen. Ich kann es so halten, dass der Leichenbeschauer den Tatort und die Leiche sehen kann.«

»Ist das in Ordnung für Sie?«, frage ich ihn.

»Wenn mir jemand ein Handy gibt, auf dem dieses Face-Dingsda drauf ist.«

»Geben Sie mir Ronnie.« Ich kann hören, wie er sie fragt,

ob sie Ronnie ist. Dann ist Ronnie wieder am Apparat. »Ronnie, geben Sie dem Leichenbeschauer Ihr Handy.«

Kurze Zeit später landen Captain Marvel, Deputy Copsey und das Mädchen im blauen Power-Suit, mein neues Anhängsel. Sie lächelt und unterhält sich mit allen, vor allem mit Captain Marvel, dessen perfekter Körper in der engen Hose gut zu ihr passt. Ich gestehe nur ungern ein, dass der Mann gut aussieht.

Deputy Copsey springt als Erster aus dem Boot und hilft dann Ronnie ans Ufer. Sie trägt leuchtend orange Gummistiefel, die mindestens vier Nummern zu groß sind. Captain Marvel übergibt Copsey mehrere Plastikkisten mit Ausrüstung und springt dann selbst von Bord.

Mein Telefon klingelt. Es ist Larsen, der wissen will, was los ist.

Ronnie hatte ihr Smartphone an Land voreingestellt und Larsen eingewiesen, jetzt lasse ich sie mein Telefon an Davis weitergeben. Ich will nicht, dass sie der Leiche zu nahekommt, bevor der Tatort nicht freigegeben wurde. Larsen gibt Davis Anweisungen, wie er das Smartphone ausrichten soll. Davis schwenkt es in verschiedene Richtungen, zuerst nah, dann weiter weg. Larsen sagt etwas über sehr wenig Blut und bittet Davis, vorsichtig den Hals und den Kopf des Opfers abzutasten. Das tut er.

»Hier ist ein Knoten in ihrem Nacken, Jerry. Fühlt sich an wie ein Knochen, der durch die Haut sticht. Ich muss sie bewegen, um Ihnen Genaueres sagen zu können.«

»Heben Sie den Kopf ein wenig an und halten Sie das Telefon so, dass ich das Gesicht sehen kann.«

Ihr langes rotes Haar verdeckt einen Teil davon. Davis streicht ein paar Strähnen zur Seite und hebt vorsichtig ihren Kopf an. Er hält das Handy dicht ans Gesicht.

Ihre Lippen sind dunkelblau, die Augen geöffnet. Davis dreht ihren Kopf zur Seite. Sie ist jünger als ich.

Offene Prellungen an Wangen und Kinn und mehrere große Risse an den Lippen verunstalten das ehemals hübsche Gesicht. Wenn sie an Land gespült worden ist, könnten die Felsen für diese Verletzungen verantwortlich sein. Das erklärt allerdings nicht die dunkelblauen Knebelspuren an ihren Hals oder die Art, wie ihr Körper positioniert war.

Sie wurde erwürgt und absichtlich in Pose gesetzt.

SECHS

Meiner Meinung nach handelt es sich zweifellos um Mord. Larsen stimmt mir zu, obwohl er es nicht offiziell bestätigen wird, solange er die Leiche nicht persönlich untersucht hat. Die Spurensicherung breitet einen schwarzen Leichensack aus. Floyd, Captain Marvel und Deputy Davis sind nötig, um das Opfer in den Sack und dann in das Schlauchboot zu wuchten. Sie kann nicht viel wiegen, aber es ist immer mühselig, eine Leiche zu tragen. Ronnie und ich fahren mit ihnen zurück zum Bootsanleger.

Das Einzige, was noch schlimmer ist, als in einem winzigen Gummiboot zu sitzen, ist, mit einer Leiche in diesem Boot zu sitzen.

Am Ufer springt Floyd aus dem Boot und zieht den vorderen Teil des Bootes auf den Untergrund. Er löst die Bugleine und hebt mit Captain Marvel den Leichensack aus dem Boot und legt ihn auf die Rampe. Larsen rollt eine Transportliege an das obere Ende. Dann packen Captain Marvel und Floyd jeweils ein Ende des Leichensacks. Ronnie und ich nehmen die andere Seite und helfen, den Sack auf die Liege zu heben.

Ich sehe Larsen zu, wie er den Sack öffnet und dem Opfer ein Rektalthermometer einführt. Ihre Kerntemperatur beträgt knapp 22 Grad. Nach dem Tod kühlt ein Leichnam im Allgemeinen um ein Grad pro Stunde ab, bis er die Temperatur seiner Umgebung erreicht hat. Die Außentemperatur liegt bei etwa 20 Grad. Larsen hebt einen Arm des Opfers an, um die Leichenstarre zu testen. Ich stelle fest, dass die Spurensicherung ihre Hände verpackt hat, um Beweise zu sichern: abgebrochene Fingernägel, Haut unter den Fingernägeln, Blut. Ihr Arm ist frei beweglich. Die Leichenstarre, also die Versteifung der Muskeln, setzt etwa zwei bis vier Stunden nach dem Tod ein und kann vierundzwanzig Stunden bis vier Tage andauern. Sie ist bereits seit drei oder vier Tagen tot. Bald hätten die Möwen damit begonnen, ihren Körper anzupicken.

Mit Daumen und Zeigefinger zieht Larsen die Augenlider auseinander. Geplatzte Äderchen durchziehen den weißen Augapfel.

»Petechien«, sagt Ronnie. »Sie wurde erdrosselt.«

»Sehr gut beobachtet, Deputy«, sagt Larsen, und vor Stolz schwillt sie an wie ein Kugelfisch.

Larsen dreht den Kopf des Opfers zur Seite. Die Knochen knirschen vernehmlich. »Nicht nur erdrosselt.«

»Genickbruch?« frage ich.

Er blickt für den Bruchteil einer Sekunde in meine Richtung. »Kann ich nicht sagen. Wahrscheinlich.« Er schaut wieder zur Leiche. »Helfen Sie mir, sie auf die Seite zu drehen. Ich will mir ihren Rücken ansehen.«

Captain Marvel und Floyd rollen sie auf die Seite, bis Larsen seine behandschuhte Hand hebt.

»Okay«, sagt er. »Sie können sie wieder hinlegen.« Er öffnet den Reißverschluss des Sacks so weit wie möglich und sieht sich ihre Beine und Fußsohlen an. Dann untersucht er die Haut an ihren Knien, hebt ihre Arme nacheinander an und betrachtet die Ellbogen. Schließlich zieht er leise und mit ernster Miene den Reißverschluss zu.

Larsen hat einen fensterlosen weißen Lieferwagen, mit dem er Leichen in die Leichenhalle bei Bremerton überführt, das etwa eine Stunde entfernt ist. Er ist wie ein Krankenwagen ausgestattet, mit einer Halterung für die Liege und deren Arretierung. Die Autopsie wird ein Rechtsmediziner durchführen. Wahrscheinlich Dr. Andrade, den ich bereits kenne.

Ich weiß, dass Larsen gesehen hat, was ich gesehen habe.

»Die Spuren an ihren Hand- und Fußgelenken«, sage ich. »Stammen die von Handschellen?«

»Das kann ich nicht mit Sicherheit sagen. Es könnte auch ein Seil oder ein Kabel gewesen sein. Elektrodraht würde ich allerdings ausschließen.«

»Was ist mit ihrem Hals?« Der sieht nicht so aus, als sei sie erwürgt worden. Dann wären dort Fingerabdrücke und Abdrücke von den Daumen unter dem Kinn, da wo die Daumennägel die Haut verletzt haben.

Er antwortet nicht.

»Aber Sie vermuten, dass sie gefesselt war? Mit Seilen? Handschellen?«

»Ich will keine Vermutungen anstellen, Megan. Eines kann ich Ihnen sagen: Es war kein Seil. Ein Seil hätte Brandwunden auf der Haut hinterlassen. Die Haut abgeschürft.«

Ich brauche gar nicht erst etwas zu vermuten. Ich bin mir fast sicher, dass die Abdrücke an den Handgelenken von etwas Schmalem und Metallischem stammten. Ich habe die tiefen Druckspuren in der Haut gesehen, aber keine Schnitte, wie sie ein Draht verursachen würde. Ich habe so etwas schon einmal gesehen. Aus nächster Nähe und höchstpersönlich. Das Würgemal am Hals war etwas anderes. Nicht so breit wie ein Gürtel, aber mit deutlichen Rändern.

Ein Halsband?

»Können Sie mir eine Schätzung zum Zeitpunkt des Todes oder zur Todesursache geben?«

Larsen schüttelt den Kopf und blickt unter seinen schneeweißen Augenbrauen zu mir auf. »Vor über vierundzwanzig Stunden. Höchstwahrscheinlich Strangulation, aber ich kann nicht ausschließen, dass sie ertrunken ist oder eine andere Vorerkrankung hatte. Ich glaube, ihr Genick ist gebrochen. Vielleicht auch ein paar Rippen. Sie wurde übel zugerichtet.«

Er fährt mit der Leiche weg und verspricht, in den nächsten Stunden einen vorläufigen Bericht für mich zu erstellen. Ich werde auch auf die Ergebnisse der Obduktion warten müssen.

Im Neoprenanzug sucht Deputy Floyd das Wasser vor der Bucht fünfzig Meter von der Fundstelle der Leiche entfernt ab. Ich rufe Sheriff Gray an, um ihn auf den neuesten Stand zu bringen, und er schickt einen Deputy aus Jefferson County, um MacDonald abzulösen.

Captain Martin bringt Ronnie und mich zurück zur Bootsrampe, wo wir in mein Auto steigen.

»Können wir uns, bevor wir zurückfahren, noch einmal die Bilder vom Tatort ansehen?« frage ich.

»Klar.«

Wir tauschen unsere Handys. Sie hatte mein Telefon so eingestellt, dass das Videotelefonat mit Larsens Ferninspektion der Leiche auf meinem Handy aufgezeichnet wurde. Ich sehe mir ihr Videogespräch mit Robbie Boyd an. Sie hatte ihr Telefon so positioniert, dass es ihn von der Hüfte aus aufwärts aufnahm. Ich kann die meisten seiner Bewegungen und seine Mimik erkennen, während er ihre Fragen beantwortet. Sie hat gute Fragen gestellt.

Wir sind ungefähr zur gleichen Zeit fertig und tauschen wieder die Telefone aus.

»Irgendwelche Fragen?« frage ich.

»Eine ganze Menge. Das ist mein erster Tatort.«

Das weiß ich, aber sie hat sich ziemlich gut geschlagen. Sie hat sich nicht auf die Leiche übergeben, ist nicht schreiend in die Bucht gerannt oder hat angefangen zu weinen, wie der Brandinspektor, als er die verkohlten Überreste des Haustieres sah.

Ich fange an. »Was meinen Sie, was wir als Nächstes tun sollten?«

»Ich?«

»Ja. Was würden Sie als Nächstes tun, wenn es sich um Ihre Ermittlungen handeln würde?«

»Nun, ich würde versuchen, das Opfer zu identifizieren.«

»Okay. Wie machen Sie das?«

»Vermisste Personen. Ihr Bild in Umlauf bringen«, sagt sie und hält einen Moment inne. »Nein, das wird nicht funktionieren. Sie ist ganz schön zugerichtet.«

Ich habe vor, ihr Foto in Umlauf zu bringen, ob sie nun entstellt ist oder nicht. Vielleicht erkennt sie ja jemand von der Polizei.

»Wie wäre es, wenn wir allen Polizeibehörden in der Gegend ein Foto vom Gesicht schicken und dann ein Phantombild für die Medien anfertigen lassen?«

»Das ist clever.« Ich lächle. »Was machen wir, während wir auf ihre Identifizierung warten?« frage ich.

»In der Umgebung vom Fundort suchen, ob es irgendwelche Zeugen gibt.«

»Das ist eine gute Idee. Aber wie wäre es, wenn wir mit der letzten Person beginnen, die das Opfer gesehen hat?«

»Sie meinen Robbie Boyd?«

»Er war der Letzte, der sie gesehen hat.«

»Aber der Rechtsmediziner sagt, dass sie seit über 24 Stunden tot ist. Würde er denn so lange in der Nähe bleiben?«

»Fast jeder Mörder will, dass die Leiche gefunden wird.« Ich verweise auf die zwei Arten von Mördern: organisierte und chaotische.

»Das haben wir auf der Akademie gelernt«, sagt sie.

»Und was glauben Sie, welche Art von Mörder ist dieser Typ?«

»Organisiert«, sagt sie. »Er muss es geplant haben. Die Kleidung ist verschwunden. Er hat keine sichtbaren Spuren hinterlassen. Er hat die Leiche versteckt, aber nicht so gut, dass sie nicht gefunden werden würde. Er hat es uns erschwert, sie zu identifizieren, indem er ihr Gesicht verunstaltet hat.«

»Denken Sie, Boyd könnte sie getötet haben?« frage ich.

Sie überlegt eine Minute. »Ich weiß es nicht. Er ist ziemlich unheimlich.«

Ich wechsle in den Dozentenmodus. »Mörder genießen es, zu töten. Manchmal kehren sie dorthin zurück, wo sie eine Leiche versteckt haben. Es gibt ihnen ein Gefühl von Macht und Kontrolle. Sie wissen etwas, das sonst niemand weiß. Die Inszenierung der Leiche bedeutet etwas für sie. Vielleicht imitieren sie einen anderen Mörder. Robbie sagte, er studiert Strafjustiz.«

»Er wird also über einige dieser Dinge Bescheid wissen. Er sagte mir, ich solle ihn entweder verhaften oder gehen lassen. Er wusste, dass ich ihn nicht verhaften konnte, nicht wahr?«

Sie hat es begriffen.

»Aber er ist immer noch ein Verdächtiger«, sage ich. »Was halten Sie von seiner Aussage?«

Ronnie fackelt nicht lange. »Seine Geschichte, warum er überhaupt dort war, stinkt. Und er hat mir nicht gesagt, wer ihm von diesem Ort erzählt hat. Ich glaube nicht, dass er nur irgendwo Felsen zum Klettern gesucht hat.«

»Hatte er eine Kletterausrüstung im Auto?« Sie hat das Innere und Äußere des Wagens fotografiert, aber nicht in den Kofferraum geschaut, soweit ich das beurteilen kann.

»Er hatte ein Seil im Kofferraum. Vielleicht habe ich vergessen, ein Foto davon zu machen. Auf der Rückbank lagen Handschuhe, die zum Klettern gedacht sein könnten. Ich habe keine Karabiner oder andere Ausrüstung gesehen. Er sagte, er wolle sich nur umsehen, vielleicht hatte er vor, wiederzukommen?«

Vielleicht. Aber er kam mir etwas eigenartig vor.

»Sie sagten, er wohnt auf dem Campus des Colleges?«

»Das hat er mir gesagt.«

»Hat er Ihnen einen Studentenausweis gezeigt?«

Sie senkt ihren Blick. »Ich habe nicht danach gefragt. Hätte ich das tun sollen?«

»Nicht unbedingt«, lüge ich, denn zu ihrer Verteidigung muss ich sagen, dass ich sie ins kalte Wasser geworfen habe.

»Wir rufen auf dem Campus an, wenn wir auf dem Revier sind, um ihn zu überprüfen. Aber Sie haben recht: Als Erstes müssen wir die Leiche identifizieren. Vielleicht wird sie ja von jemandem vermisst.«

SIEBEN

Ich lasse das Auto an und meine Gedanken kreisen sofort um den Fall, während Ronnie ihr Handy durchsucht. Ich habe ein nahezu perfektes Erinnerungsvermögen. Das war schon immer so. Das ist Segen und Fluch zugleich. Ein Segen, wenn es mir gerade nützlich ist. Und ein Fluch, wenn ich etwas Schlimmes aus meinem Leben vergessen will. Ich konzentriere mich auf das, was ich von der Klippe aus gesehen habe.

Ein Seil, das an einen Baum geknotet ist. Aufgerollt. Blick von den Klippen auf die Felsen und den Strand. Nichts als Felsen, Sand und Wasser.

Das Seil war aufgerollt, als Boyd es fand. Er wäre fast darüber gestolpert. Er warf es nach unten, kletterte hinunter, sah die Leiche und kletterte hinauf. Deputy Davis kam und stieg hinab, noch bevor ich da war. Vielleicht hatte das nichts zu bedeuten, aber es störte mich. Am liebsten würde ich ihn anrufen, um zu fragen, wie er das Seil vorgefunden hatte. Ich hätte ihn fragen sollen.

Ich steige hinunter. Dabei drehe ich mich um, um zu sehen,

ob ich die Leiche irgendwo entdecken kann, und falle auf Davis. Ich klettere über mehrere große Felsen und sehe einen nackten Fuß, wie Boyd gesagt hatte. Warum ist er über die Steine geklettert? Ich werde ihn fragen müssen.

Ich spule vor. Ich stelle mir vor, wie Davis die Videokonferenz mit Larsen abhält.

Gesicht anheben. Haut. Blass. Blau-weiß. Lippen blauviolett. Augen offen. Blau oder braun-grün, schlecht zu erkennen bei dem Licht. Starren mich an. Anfang zwanzig. Prellungen an den Wangen. Ringförmige Blutergüsse um beide Augen.

Ich habe das Brillenhämatom vergessen. Verursacht durch stumpfe Gewalteinwirkung am Kopf oder im Gesicht.

Aufgeplatzte Lippen.
Fesselspuren an beiden Handgelenken, beiden Knöcheln, am Hals. Blauviolett. Starke Hämatome.

Ich spule wieder vor. Die Einsatzkräfte am Tatort legen sie in den Leichensack.

Mir fällt auf, dass das Würgemal an ihrem Hals nicht blau ist. Es ist schwarz. Tiefliegendes Hämatom.
Bootsrampe. Die Leiche liegt auf der Bahre.

Petechien in den Augen. Stranguliert.
Keine Leichenstarre. Hände sind verpackt.

Captain Marvel und Floyd rollen die Leiche für Larsen auf die Seite.

Beule im Nacken. Keine Beule. Etwas, das sich bis auf den Knochen durchgebohrt hat. Quadratisch.
Breiter als das Würgemal. Eine Schnalle. Wovon stammt das

Würgemal? Ein Halsband? Ein Gürtel? Zweieinhalb Zentimeter breit? Die Leichenflecken befinden sich an Rücken, Gesäß und Schultern, aber nicht an den Armen.

Nach ihrem Tod lag sie auf dem Rücken, aber ihre Arme waren nicht auf die Art ausgestreckt, wie wir sie fanden. Sie hingen in der Luft. Ohne etwas zu berühren. Wie ist das möglich?

Vielleicht waren Handschellen im Spiel? Oder Fesseln an den Handgelenken?

Ich kehre zurück in die Gegenwart, Ronnie plappert. Aber nichts von Bedeutung, es geht nicht mal um den Fall. Sie faselt etwas von irgendwelchen Problemen mit ihren Eltern und dergleichen. Ich blende sie aus und konzentriere mich auf alles, was ich noch gesehen habe, bevor die Leiche in den Wagen des Leichenbeschauers gelegt wurde.

Ich beobachte Jerry Larsen mit der Bahre oben an der Bootsrampe.

Der Leichensack wird auf die Bahre gelegt. Larsen öffnet den Reißverschluss. Ich denke, wie unangenehm es sein muss, in diesem Sack eingepackt zu sein.
Und dann: »Sie ist tot. Sie spürt überhaupt nichts.«
Ich habe schon viele Leichen gesehen. Hab sogar selbst schon ein paar Leute erledigt. Um die Leute, die ich getötet habe, habe ich mir nie Sorgen gemacht. Ich hoffe, diese Arschlöcher haben nach dem Tod gelitten und schmoren in der Hölle. Mein Herz schlägt für dieses Opfer. Aber ich weiß nichts über sie. Noch nicht.

Larsen untersucht die Leiche. Ich auch.

Dehnungsstreifen am Unterbauch.

*Ähnliche Dehnungsstreifen an den Oberschenkeln, und als sie
sie auf die Seite rollen, sehe ich welche an ihrem Po.*
Hat sie abgenommen? Ein Kind bekommen?
*Starke Hämatome im oberen Brustbereich, dem Rücken, an der
rechten Seite ihres Kiefers und um beide Augen. Manche davon
so groß wie eine Faust. Andere, auf Armen und Wangen, wie
Fingerabdrücke. Man hat sie im Gesicht gepackt und hoch-
gezogen.*
*Einige Verletzungen sind älter, sind bereits dabei zu verheilen.
Sie wurde eine Weile gefangen gehalten.*
*Die aufgeplatzte Lippe ist jüngeren Datums. Ich habe ihren
Mund nicht geöffnet, um zu sehen, ob Zähne fehlen. Ich weiß es
auch so.*
*An den Handgelenken befinden sich schmale, tiefe Einschnitte.
Die Haut wurde durch den Kampf abgeschürft. Handschellen.
Eher als ein Stahlkabel oder Nylonseil. Die Autopsie wird es
zeigen.*
*Tiefblaue Blutergüsse um die Knöchel in Form von Kettenglie-
dern. Erinnert mich an die Ketten, die man benutzt, um eine
Hollywoodschaukel aufzuhängen. Oder um einen Hund festzu-
ketten. Oder einen Menschen. Das habe ich alles schon gesehen.
Und ich kann es nicht ungesehen machen.*

Etwas anderes schießt mir durch den Kopf. Ich habe keine
Ringe oder Schmuckstücke oder irgendein Anzeichen dafür
gesehen. Weiße Streifen, wo einmal Ringe waren. Vielleicht
war sie nicht verheiratet.

Mein Handy klingelt. Es ist Davis.

»Ma'am, ich habe etwas gefunden.«

Muss ich fragen? Sieht ganz danach aus.

»Was haben Sie gefunden, Deputy Davis?«

»Ich bin über einen Stein gestolpert und da war etwas in
den unteren Teil eingeritzt.«

»Okay.«

»Sieht aus wie eine Art Symbol für Teufelsanbetung. Ich kenne mich da nicht so aus.«

»Können Sie mir ein Bild aufs Handy schicken?«

»Wird gemacht.«

»Wie weit war es von der Leiche entfernt?«

»Ungefähr drei Meter. Ich bin vorher bestimmt zwanzig Mal über den Stein gestiegen. Gut, dass ich gestolpert bin, was?«

»Ja«, sage ich. »Super. Schicken Sie mir das Foto.«

Ich lege auf und das Handy klingelt erneut. Ich fahre rechts ran. Das Symbol war grob in den Stein geritzt. Davis hat ein Lineal mitfotografiert, damit man sieht, wie groß es ist. Der Stein selbst ist etwa so groß wie ein Toaster. Das Symbol ist ein Kreis mit einem Dreieck und einer ovalen Form im Inneren des Dreiecks. Keine Ahnung, was das ist.

Ich zeige es Ronnie.

»Irgendeine Idee?«

Ronnie nimmt ihr Handy und tippt und wischt und tippt mit ihrem Finger auf dem Bildschirm herum, bis ich kurz vor einem Schreianfall bin. Ich hasse es, wenn Leute so etwas machen. Sie dreht ihr Handy zu mir. »Im Internet steht, es sei das Auge Gottes oder das Auge der Vorsehung.«

Das Internet irrt sich nie.

Ronnie fährt fort. »Es stellt das Auge Gottes dar, das über die Menschheit wacht.«

Planvolle Täter planen ihre Tötung. Sie pirschen sich an ein Opfer heran, entscheiden, wann, wo und wie sie die Leiche entsorgen, und verwischen ihre Spuren. Planlose Mörder töten eher in der Hitze des Gefechts oder aus einem Impuls heraus. Sie suchen sich ein geeignetes Opfer und lassen es dort liegen, wo sie es töten. Spuren verwischen sie nur grob. Sie planen nicht. Dieser Mörder war definitiv planvoll. Er brachte die Leiche an einen Ort, wo man sie nicht sofort entdecken würde, früher oder später aber schon. Er setzte sie in Szene. Vielleicht hat er auch das Symbol zurückgelassen. Immerhin hatte auch das Drapieren der Leiche etwas Symbolhaftes. Keine Ahnung, welche Bedeutung es für den Mörder hatte. Vielleicht sollte es heißen, dass er die Leiche bewacht. Er beobachtet sie. Hat er uns dabei beobachtet, wie wir die Leiche gefunden haben?

Gut möglich.

Mörder weiden sich oft am Entsetzen oder den Schmerzen ihres Opfers und es fasziniert sie, einen Menschen in seinem allerschlimmsten Moment zu beobachten.

Ronnie tippt mir auf die Schulter und reißt mich aus meinen Gedanken.

»Geht es Ihnen gut?«, fragt sie.

»Ich denke bloß über diesen Fall nach.«

»Ich habe nachgesehen, ob es in der Gegend noch andere Todesfälle gegeben hat.«

Ich bin ein wenig interessiert, aber jetzt sagt sie nichts mehr. Ich spiele dieses Spiel nicht mit.

»Ronnie, Sie haben meine Erlaubnis, zu sprechen, bevor ich frage.«

Sie lächelt, versteht aber nicht im Geringsten, was ich damit meine.

»Ich hab ein bisschen gegraben, aber um es kurz zu machen, außer Bootsunfällen, Badeunfällen, Wohnmobilbränden und dergleichen passiert auf Marrowstone Island nichts.«

Jetzt schon.

»Sollen wir zurückfahren, um zu sehen, was die Spurensicherung und Captain Martin herausgefunden haben? Vielleicht gibt es schon ein paar neue Beweise.«

Ronnie gibt nicht so schnell auf. Eine Eigenschaft, die sowohl einen guten Stalker wie auch einen guten Detektiv auszeichnet.

Zur Abwechslung lehnt Ronnie sich mal zurück und schweigt, während ich fahre. Jede Wette, dass sie meinen Tod plant und sich vorstellt, wie Captain Marvel ihr Herz erobert und sie ihre Tage für immer glücklich bis ans Lebensende gemeinsam verbringen. Ich weiß, dass es kein »für immer glücklich bis ans Lebensende« gibt, aber das sage ich ihr nicht. Mir fällt auf, dass ihr Hosenanzug Knitterfalten hat.

Und darüber muss ich schmunzeln.

und sie ihre Tage für immer glücklich bis ans Lebensende gemeinsam verbringen. Ich weiß, dass es kein »für immer glücklich bis ans Lebensende« gibt, aber das sage ich ihr nicht. Mir fällt auf, dass ihr Hosenanzug Knitterfalten hat.

ACHT

Die Matratze ist durchgelegen. Etwas sticht ihr zwischen die Rippen. Starke Schmerzen. Sie weiß nicht, wo sie ist, öffnet die Augen und wuchtet die Beine über die Bettkante. Doch statt auf den Füßen landet sie auf dem Gesicht. Ihre Fußgelenke sind gefesselt und sie kann die Beine nicht bewegen.

Sie stemmt sich vom Boden hoch und wieder durchzuckt sie dieser stechende Schmerz. Mit zusammengebissenen Zähnen holt sie Luft und wartet reglos, bis er nachlässt. Ihre Rippen müssen gebrochen sein. Was geht hier vor?

Sie dreht den Kopf und sieht sich um, aber schon bei dieser Bewegung pocht es hinter ihren Augen. Hatte sie einen Autounfall? Aber das hier ist kein Krankenhauszimmer. Der wohl ehemals hell marmorierte Linoleumfußboden ist klebrig, brüchig und teilweise aufgerissen. Darunter kommt ein verfaulter Holzboden zum Vorschein.

Als sie versucht, ihre Knie anzuziehen, um auf die Füße zu kommen, merkt sie, dass sie sich keinen Zentimeter bewegen kann. Sie fällt zurück auf die Brust und bereut ihren Versuch sofort. Ihre Rippen sind tatsächlich gebrochen.

»Wo bin ich?«, fragt sie erst leise und ruft dann lauter. »Wo bin ich? Ist da jemand?« Sie lauscht. Keine Antwort. Nicht einmal Schritte. Ein Schauer läuft ihr über den Rücken. Sie ist allein, verletzt und kann sich nicht aufrichten. Selbst beim Atmen durchfährt der Schmerz wie ein Blitz ihre linke Körperhälfte und den Kopf und lähmt sie.

Als der Schmerz etwas nachlässt, öffnet sie die Augen. Vorsichtig, ohne den Kopf zu drehen, sieht sie sich um. Sie befindet sich in einem Raum mit einer hohen Decke. Es ist ein älteres Haus. An den Wänden stapeln sich Gegenstände, und auch um sie herum ist jede Menge Gerümpel aufgereiht. Haufenweise Kleidung, Plastikverpackungen, Puppen, Bilderrahmen, Decken, Teppiche, Stoffreste – vielleicht Mäntel oder sonstige Kleidungsstücke – oder einfach nur Stoffballen mit etwas Platz dazwischen. Eine tragbare Nähmaschine steht halb vergraben unter einem der Stapel. Die Stapel liegen so dicht beieinander, dass es unmöglich ist, zwischen ihnen hindurchzukommen, es sei denn, sie bewegt sich seitwärts. Geradeaus erblickt sie ein Stück eines mit Brettern vernagelten Fensters.

»Hallo! Ist da jemand?«

Sie schreit so laut sie kann, aber sie ist so kurzatmig, dass es für mehr als ein klägliches Rufen nicht reicht.

Wie bin ich bloß hierhergekommen?

Ein schwaches Licht flimmert im Raum.

Sie dreht das Kinn zur linken Schulter. Trotz der Schmerzen dreht sie den Kopf noch ein wenig weiter und das aufgerissene Linoleum hinterlässt Kratzer auf ihrer Wange. Ihr Blick wandert zur anderen Seite des Raumes, wo sich noch höhere Gerümpelberge auftürmen, dicht an dicht, manche davon über zweieinhalb Meter hoch. Lauter Kartons. Bei manchen handelt es sich einfach nur um Verpackungen von Haushaltsgeräten, einer Fritteuse, einer Kaffeemaschine, einem Kochtopf; in einem besonders riesigen Karton war laut Aufschrift ein Staubsauger von Dirt Devil mit extralangem Kabel. Auf dem Boden liegen überall verstreut Legosteine in allen Größen und Farben, und es sieht aus, als sei jemand darauf getreten und hätte sie dadurch in den tiefschwarzen Dreck gedrückt.

Sie ignoriert den Schmerz, als sie den Kopf hebt und nach einer Tür oder einem Fenster sucht, das nicht mit Brettern vernagelt ist. Was sie sieht, lässt den Atem in ihrer gequälten Lunge stocken. Die oberen Bereiche der Wände und die Decke sind mit zentimeterdicken Styroporplatten verkleidet.

Der Raum wurde schalldicht isoliert.

Heiße Tränen laufen ihr über das Gesicht und die Muskeln verkrampfen sich. Sie bleibt eine Weile ruhig liegen, aus Angst, sich zu bewegen, und aus Angst vor der Dunkelheit. Sie will noch einmal rufen, lässt es dann aber bleiben.

Was, wenn derjenige, der ihr Rufen hört, nicht die Absicht hat, ihr zu helfen?

Sie war immer unabhängig. Sie weiß, dass man mit jeglicher Bedrohung fertig werden kann, wenn man wütend ist. Wütend genug, um sich zu wehren. Sie ist eine Kämpferin. Das hatte ihre Mutter ihr beigebracht. Aber das war früher. Bevor sie schwanger wurde. Bevor sie das Kind gegen den Willen ihrer Mutter weggegeben hat. Es war die richtige Entscheidung gewesen. Ihre Mutter hat es nicht verstanden. Verleugnete sie. Von da an war sie völlig auf sich allein gestellt. Zog in eine andere Stadt. Suchte sich einen neuen Job. Fand neue Freunde. Verkraftete den Verlust allein.

Diese Gedanken treiben ihr erneut Tränen in die Augen, und sie gibt sich ihnen hin, um den Schmerz zu verarbeiten. Sie weint um ihr Baby. Das sie nicht kennt und von dem sie nun nicht glaubt, dass sie es jemals kennenlernen wird. Sie hatte immer gedacht, dass sie die Probleme mit ihrer Mutter mit der Zeit lösen kann. Sie hat sich ihrer Mutter widersetzt, aber sie ist trotzdem eine gute Tochter und ein guter Mensch. Im Gegensatz zum Vater ihres Kindes. Der Mann war einfach abgehauen. Sie legte sich eine neue Telefonnummer zu und veränderte ihr

Aussehen. Das reichte. Er würde schon nicht besonders intensiv nach ihr suchen. Er wollte nichts mit einem Kind zu tun haben. Das hatte er deutlich gemacht. Er wirkte wie ein Tier, das in der Falle saß, als sie ihm erzählte, dass sie schwanger war, und sagte dann – als würde er ihr einen großen Dienst erweisen –, dass er für die Abtreibung bezahlen würde.

Sie hört ein Klicken, das aus der Richtung kommt, die außerhalb ihres Sichtfelds liegt. Selbst wenn sie es wagen würde, könnte sie den Kopf nicht dahin wenden. Sie bewegt sich nicht und schließt die Augen.

»Da bist du ja«, sagt er.

Die Erinnerung an den vorangegangenen Abend kommt zurück.

»Bitte, ich werde niemandem etwas sagen«, fleht sie.

»Stimmt. Das wirst du nicht.«

NEUN

Sheriff Gray steht draußen und zündet sich gerade eine Zigarette an, als ich auf den Parkplatz der Polizeidienststelle von Jefferson County fahre. Er nimmt einen Zug und bläst beim Ausatmen den Rauch weit von sich. Seine Frau möchte nicht, dass er raucht. Er ist übergewichtig, isst zu viel Junkfood, treibt keinen Sport und ist das Paradebeispiel für einen ungesunden Lebensstil.

Als der Sheriff mein Auto sieht, schnippt er die Zigarette weg, zerdrückt sie mit dem Schuh und verreibt den Tabak, um die Beweise zu vernichten. Als ich – mit Ronnie im Schlepptau – näherkomme, errötet er.

»Ich kann jederzeit aufhören«, beteuert er.

»Schon klar.«

»Wirklich«, sagt er mit Nachdruck. »Habe ich sogar schon.«

»Das sehe ich.«

Um vom Thema abzulenken, wendet er sich an Ronnie.

»Haben Sie etwas gelernt?«, fragt er.

Ich antworte für sie. »Sie war eine große Hilfe, Sheriff. Sie hat die Aussage des Mannes aufgenommen, der die Leiche gefunden hat.«

»Detective Carpenter hat gesagt, ich dürfte sein Auto ohne Durchsuchungsbeschluss durchsuchen«, sagt Ronnie und schaut den Sheriff fragend an. Sieht aus, als dächte sie, ich hätte gelogen.

»Sie brauchen keinen Durchsuchungsbeschluss, wenn er eingewilligt hat«, sagt er. »Das hätte Megan Ihnen sagen müssen.«

Ronnie wird rot und blickt zu Boden. »Ich meinte, sie hat gesagt, dass ich das Auto durchsuchen darf, wenn er mir seine Zustimmung gibt. Das hat er getan, und daraufhin habe ich das Auto durchsucht.«

Lügen haben blaue Hosenanzüge.

»Gehen wir in mein Büro, dann könnt ihr mich über alles aufklären«, schlägt Sheriff Gray vor, während wir ihm in die Wache folgen.

Ich möchte Ronnie da haben, wo ich sie sehen kann. Sheriff Gray holt seinen Bürostuhl, damit wir im Kreis sitzen können. Die Sitzfläche seines Stuhls besteht größtenteils aus Klebeband.

Ich ziehe meinen Stuhl aus dem Kreis in eine Ecke, damit ich die Tür im Blick habe. Setz dich nie mit dem Rücken zur Tür.

Ich berichte ihm alles, bis auf meine Beobachtungen zur Leiche. Was ich da womöglich gesehen habe, spielt für die anderen keine Rolle. Als ich fertig bin, sitzt der Sheriff, das Kinn auf die Hand gestützt, lange Zeit nachdenklich da. Unter lautem Quietschen erhebt er sich und schiebt das mit Klebeband gebändigte Monster hinter seinen Schreibtisch zurück.

»Und wie gehst du jetzt weiter vor?«, fragt er.

»Ich werde meinen Bericht schreiben und auf die Berichte der Spurensicherung, der Küstenwache und des Leichenbeschauers warten. Wenn möglich, möchte ich der Autopsie beiwohnen.« Eigentlich möchte ich ihr überhaupt nicht beiwohnen, aber ich will mir die Dehnungsstreifen noch einmal ansehen. Sie hat nicht einfach nur Gewicht verloren. Ein Kind.

Möglicherweise. Vielleicht gibt es irgendwo da draußen ein Kind, das gerade seine Mutter verloren hat.

Er sieht Ronnie an. »Wollen Sie eine Autopsie sehen?«

»Klar«, kommt es aus ihrem Mund, ihr Gesicht sagt etwas anderes.

»Nimm Deputy Marsh mit. Dann kann sie das gleich lernen.«

Ich habe schon viele Leichen und den Tod gesehen, aber ich war noch nie bei einer Obduktion. Ronnie auch nicht, soweit ich weiß. Ich bin mir nicht sicher, wie ich mich jetzt fühle. Ich weiß nur, dass ich Antworten brauche.

***

Kurze Zeit später steht Ronnie hinter mir und blickt über meine Schulter auf den Bildschirm meines Laptops. Ich muss so in Gedanken versunken gewesen sein, dass ich sie gar nicht bemerkt habe. Ich hatte vergessen, dass ich Marrowstone Island bei Google gesucht hatte.

»Warum stellen Sie Nachforschungen über die Insel an?«

»Ich dachte mir, vielleicht könnte ich die Insel kaufen. Ein Casino bauen. Mich an einem warmen Ort zur Ruhe setzen, wo es nicht den ganzen Winter über regnet. Eine Yacht kaufen.«

Sie kichert. *Ernsthaft.* »Ich hab's ja nicht so mit dem Wasser. Ich fahre mit größeren Booten raus, wie Ihrer Yacht. Aber ich gehe nicht gerne ins Wasser, es sei denn, es ist ein Whirlpool oder ein Spa.«

Überrascht mich gar nicht.

»Ich will nur sehen, wie Boyd die Klippe finden konnte. Es führt kein Weg dorthin.«

Boyd hat behauptet, Erfahrung im Klettern zu haben, aber er säh nicht danach aus. Vielleicht hat das nichts zu bedeuten. Vielleicht habe ich nur etwas in sein Verhalten am Tatort hineininterpretiert. Er hat von sich aus erzählt, dass er Strafjustiz studiert, und sofort gefragt, ob er ein Verdächtiger ist. Wie kommt er darauf, wenn wir ihn fragen, warum er die Klippen heruntergeklettert ist? Tatsache ist, dass Kriminelle sich manchmal in polizeiliche Ermittlungen einmischen, um das volle Ausmaß ihres Mordes zu erleben, einen zweiten Kick bekommen und Informationen. Und er hat ganz recht. Die Person, die das Verbrechen meldet, steht immer ganz oben auf der Liste der Verdächtigen. Dann kommen die, die dem Opfer nahestanden. Ehepartner, Lebensgefährte, Freunde, Kinder, Arbeitskollegen und so weiter.

Ich konzentriere mich wieder auf Ronnie. Sie erzählt gerade etwas und ich habe nur halb zugehört.

»Soll ich Captain Martin anrufen und fragen, ob er etwas gefunden hat?«

Sie ist zielstrebig. Aber ich habe mich weder bei Captain Marvel gemeldet noch hat er sich bei mir gemeldet. Ich schätze mal, ich war davon ausgegangen, dass er anruft, falls er etwas findet.

»Rufen Sie ihn an.«

Ronnie hat seine Nummer bereits in ihr Telefon eingegeben und drückt die Wähltaste.

»Fragen Sie ihn, wie die Leiche seiner Meinung nach dorthin gekommen ist.«

Ich glaube, ich weiß es schon, aber er ist öfter auf dem Wasser als ich. Ich reise nur mit der Fähre.

»Und fragen Sie ihn nach dem allsehenden Auge. Fragen Sie ihn, ob er das schon mal an einem anderen Strand gesehen hat. Vielleicht sind es Kinder, die das machen.«

»Glauben Sie, der Mörder hat das Symbol hinterlassen?«, fragt Ronnie. Ich muss nicht mehr antworten, weil Captain Marvel abnimmt. Mit den Lippen forme ich unhörbar »auf laut stellen«. Ronnie tippt auf den Bildschirm, wir hören Stimmen im Hintergrund und dann sagt Captain Marvel: »Ronnie. Schön, von Ihnen zu hören.«

Ach Gottchen. Er hat ihre Nummer eingespeichert.

»Ich bin im Sheriff's Office, Detective Carpenter ist bei mir und *Sie sind auf laut gestellt*.«

»Hi, Megan«, sagt er.

»Wo sind Sie, Captain?«, frage ich.

»Immer noch vor Ort. Wir benutzen den Humminbird – das Echolot für die Unterwasseraufnahmen – und das Radar, um zu sehen, ob wir hier draußen etwas übersehen haben. Es geht nur langsam voran.«

»Oh, seien Sie vorsichtig. Sie haben doch den anderen Deputy dabei, oder?«

»Machen Sie sich keine Sorgen um mich, Ronnie. Sagen Sie Detective Carpenter, dass ich etwas gefunden habe.«

Ich nehme Ronnie das Telefon ab. »Hier spricht Carpenter. Was haben Sie gefunden?«

»Ich weiß nicht, ob es wichtig ist, aber Sie haben gesagt, ich solle Ihnen auf jeden Fall Bescheid geben, wenn wir etwas haben, egal wie unbedeutend.«

Ich werde wahnsinnig. »Und?«

»Ich habe ein paar Knicklichter gefunden, etwa drei Meter von der Stelle entfernt, wo die Leiche lag. Sie schwammen im Wasser, waren aber verbraucht. Wie gesagt, es hat vielleicht nichts zu bedeuten. Sie können von überall herkommen. Ich habe für den Notfall selbst eine Schachtel der gleichen Marke auf der *Integrity* liegen. Aber ich dachte, Sie sollten es wissen.«

»Ehrlich gesagt habe ich ein paar Fragen«, sage ich. »Was glauben Sie, wie ist die Leiche dorthin gekommen?«

»Wahrscheinlich mit dem Boot. Warum?«

»Zur Bestätigung. Nächste Frage: Deputy Davis hat ein Symbol gefunden, das in ...«

»Einen Stein geritzt war«, beendet er den Satz. »Ich habe es gesehen.«

»Haben Sie so eine Art Graffiti oder Markierung schon mal woanders gesehen?«

Er überlegt. »Kann ich nicht behaupten. Vielleicht. Ist es wichtig?«

»Ich gehe der Sache nur nach. Könnte es das Symbol für einen Kult sein?«

»Oh, das kann ich Ihnen nicht sagen. Aber so etwas neben einer Leiche zu finden ist schon seltsam.«

Ich stimme ihm zu.

»Danke, Captain.«

»Keine Ursache. Und Ronnie, Sie haben heute da draußen gute Arbeit geleistet.«

»Danke, Captain«, sagt sie. Ihre Wangen färben sich rosa. Ich reiche ihr das Telefon zurück.

»Sie waren gut heute«, füge ich hinzu.

Das reißt sie nicht ganz so vom Hocker.

Ich denke an die Knicklichter. Es gibt keine Hoffnung auf Fingerabdrücke oder ähnliches, und ich bezweifle, dass Captain Marvel sie als Beweismittel gesichert hat. Das hätte er erwähnt.

ZEHN

Ronnie sitzt auf dem Besucherstuhl neben meinem Schreibtisch. Auch wenn sie kein Detective ist, hat sie alles miterlebt, was ich heute gesehen habe. »Suchen Sie sich einen freien Schreibtisch. Sie müssen Ihren Bericht schreiben, ehe Sie nach Hause gehen.«

»Aber Sie haben doch eine Sekretärin. Kann ich nicht einfach die Audiodatei von Boyds Aussage an Nan schicken?«

Fast muss ich lachen. Nan? Das will ich sehen. Oder besser gesagt, lieber nicht. Ich möchte nicht, dass Nan über jedes kleinste Detail Bescheid weiß. Es gibt Dinge, die nicht durchsickern sollen. Nan ist wie ein Eimer mit einem Loch im Boden.

»Sie sollten ihn selbst tippen«, antworte ich. »Und reden Sie mit niemandem darüber. Wenn Sie Ihren Bericht fertig haben, geben Sie ihn entweder mir oder dem Sheriff. Niemandem sonst, es sei denn, Sie haben eine Erlaubnis.«

Nan schaltet sich aus dem Hintergrund ein. »Ich tippe die Aussage gerne, Ronnie.«

Sie scheint über ein sonarartiges Gehör zu verfügen.

Nan hat mir noch nie angeboten, etwas für mich zu tippen. Meistens informiert sie mich nicht einmal, wenn ich einen

Anruf bekommen habe. Natürlich habe ich sie nie darum gebeten, etwas zu tippen, weil sie die Königin des Klatsches ist. »Wir machen das schon, Nan. Danke.«

»Sonst noch was?«, fragt Ronnie.

Mir fällt ein, wie geschickt sie bei der Internetrecherche ist. »Fangen Sie mit dem Datum und der Uhrzeit an, wann wir den Fall übernommen haben, wann wir angekommen sind, mit wem wir gesprochen haben und was Sie am Tatort gemacht haben. Unsere Abfahrts- und Ankunftszeit können Sie bei unserem Einsatzleiter erfragen.«

Ich gebe ihr die Nummer.

»Aber ich habe wirklich nicht viel getan, außer Boyds Aussage aufzunehmen«, sagt sie.

»Das stimmt nicht. Sie waren eine große Hilfe.«

Nun schreiben Sie schon Ihren großen Bericht. Ich hoffe, dass ich sie damit beschäftigen und mir vom Hals halten kann.

»Okay.« Sie steht auf und sieht sich nach einem Computer um. »Ich muss Roy anrufen und nachfragen, wann er und Deputy Floyd angekommen sind.«

Roy? »Das brauchen Sie nicht für Ihren Bericht. Der Captain wird seinen eigenen Bericht schreiben.« Sie steht einfach nur da. Ich habe keine Zeit, sie ans Händchen zu nehmen. »Wenn Sie fertig sind, schaue ich einmal drüber, bevor wir ihn dem Sheriff geben. Einverstanden?«

»Okay.«

Ich nehme den Hörer des Festnetztelefons ab und wähle die Nummer von Jerry Larsen. Ronnie bemüht sich um meine Aufmerksamkeit.

»Was?«

»Wann habe ich heute Feierabend?«

Wir machen Feierabend, wenn ich das sage.

»Wenn Ihre Schicht zu Ende ist, können Sie gehen. Wenn es wichtig ist, können Sie jederzeit gehen.«

Reserve Deputy Marsh wird es nicht zum Detective bringen. Vielleicht nicht mal zum Deputy. Aber das ist ihr Problem. Ich wollte sie schon heute Morgen nicht mitnehmen und mein Bauchgefühl hat mich nicht getäuscht. Ihre Schicht war vor einer Stunde zu Ende, aber ich hätte gedacht, dass sie etwas Interesse an der Sache zeigen würde. Sie schmollt vor sich hin und ich rufe Larsen an.

Er geht nicht ran.

Ich beende meinen Bericht und lese, was Ronnie aufgeschrieben hat. Es bringt die Sache auf den Punkt, das muss ich ihr lassen. Wir müssen noch auf den Bericht der Spurensicherung warten. Sie werden noch eine Weile daran arbeiten. Die Spurensicherung wird die Fingerabdrücke des Opfers durch unsere Datenbank und durch das IAFIS, das Fingerabdruck- und Strafregistersystem des FBI, laufen lassen. In diesem Moment kommt mir ein Gedanke. Vielleicht ist sie nicht im IAFIS oder in der lokalen und staatlichen Datenbank registriert. Bei geringfügigen Straftaten geben einige Justizbehörden die Fingerabdrücke nicht ein. Wenn wir in Jefferson County beispielsweise jemanden wegen geringfügigem Vandalismus festnehmen, benötigen wir die Fingerabdrücke des Verdächtigen nicht in einer Datenbank. Wir bewahren sie in unseren Unterlagen auf, aber das war's dann auch schon.

Ich überprüfe ein paar Dinge in der Vermisstendatenbank und komme zu keinem Ergebnis. Ich sage Ronnie, dass sie nach Hause gehen kann, und sie verdrückt sich. Ich gehe zu Sheriff Gray. Er spielt Solitaire auf seinem Computer.

»Ich möchte dich auf den neuesten Stand bringen.«

»Hast du einen Verdächtigen?«

»Nein.«

»Hast du das Opfer identifiziert?«

»Nein.«

»Hast du alles getan, was du heute Abend tun kannst?«

»Ja.«

»Dann geh nach Hause und überlass mich meinen solitären Angelegenheiten.«

Ich lächle höflich über seinen Scherz und mache mich auf den Heimweg, wobei ich überlege, ob ich Ronnie nicht auf einen Drink hätte einladen sollen. Andererseits hatte ich gehofft, dass ich sie heute zum letzten Mal gesehen habe. Wenn Sheriff Gray sieht, dass wir uns näherkommen, macht er noch ein Team aus uns.

Das wird nicht passieren.

ELF

Ich sitze mit laufendem Motor vor meinem Haus in Port Townsend und bin in Gedanken versunken. Das Schöne an der Arbeit eines Ermittlers ist, dass man nie aufhört zu ermitteln. Man schreibt keinen Strafzettel oder nimmt eine Person fest und geht dann in dem Glauben nach Hause, dass morgen alles anders ist. Was mich beschäftigt, ist der vorläufige Bericht des Leichenbeschauers. Er hat ihn mir gefaxt, aber ich muss mir die Ergebnisse noch genauer ansehen. Ihre Hand war gebrochen. Es gab Schürfwunden am Handgelenk und Blutergüsse am rechten Handballen. Das große Vieleckbein – einer der Handwurzelknochen – und die Mittelhandknochen waren disloziert. Die Mittelhandknochen sind die Knochen der Handfläche, mit denen die Finger verbunden sind, und das große Vieleckbein ist der Knochen, der den Mittelhandknochen des Daumens mit dem Handgelenk verbindet. Er sagt, meine Vermutung bezüglich der Handschellen sei am wahrscheinlichsten. Sie hat ihre Hand aus einer der Handschellen gezogen oder es zumindest versucht. Der Bluterguss an der Handkante vom Gelenk bis zum kleinen Finger deutet darauf hin, dass es ihr gelungen ist. Als wäre das nicht schon genug, waren auch die Mittelhandknochen der anderen Hand gebrochen, und die halbmondförmigen Blutergüsse lassen vermuten, dass jemand darauf getreten ist. Auch an beiden Seiten der Ellbogen befanden sich Schürfwunden. Er hat sie nicht genauer untersucht, sondern sie lediglich in seinem vorläufigen Bericht erwähnt, damit der Rechtsmediziner sie bestätigen kann. Für ihn hatte es den Anschein, als sei sie auf Ellbogen und Knien über eine raue Oberfläche gekrochen. Er hatte zwar keine Fasern entdeckt, schloss aber nicht aus, dass welche vorhanden sein könnten.

Ich schätze mal, das war die Strafe dafür, dass sie versucht hatte, sich aus den Handschellen zu befreien. Der Täter trat auf ihren Händen herum, um sicherzugehen, dass sie es nicht noch einmal versuchte. Sie kroch auf ihren Ellbogen, weil ihre Hände gebrochen waren. Ein Rechtsmediziner kann feststellen, wann die Knochen gebrochen wurden. Das könnte mir einen Hinweis darauf geben, wie lange sie gefangen gehalten wurde und vielleicht auch, wann sie ermordet wurde. Jerry Larsen ist kein Rechtsmediziner. Er obduziert die Leichen nicht, um den Grund für deren Tod herauszufinden. Aber er hat über die Hälfte seines sechzigjährigen Lebens mit dieser Arbeit verbracht und einen verdammt guten Instinkt für so etwas entwickelt. Trotzdem muss ich dringend mit Dr. Andrade sprechen.

Die Spurensicherung hat vermutlich keinen gynäkologischen Abstrich vorgenommen. Das wird Andrade morgen machen. Der Abstrich ist wichtig für die DNA, aber die Wartezeit für DNA-Analyse und den Abgleich beträgt Wochen. Der Sheriff kann zwar darauf drängen, die Analyse des Abstrichs zu beschleunigen, aber dadurch erfahre ich auch nur, ob das Opfer Sex hatte, aber nicht, mit wem. Das kann man nur mittels der DNA herausfinden. Aber ich kann mir schon denken, was sie im Labor sagen werden. Nämlich, dass sie pausenlos beschäftigt und immer überlastet sind.

Es ist ein Einzelfall. Noch. Ich habe Angst, dass es nicht bei diesem einen Mord bleibt. Morgen bin ich bei der Autopsie dabei. Dr. Andrade erwartet mich. Es ist nicht damit zu rechnen, dass die Fingerabdrücke vor dem späten Vormittag durch die lokale und die nationale Datenbank gelaufen sind, je nachdem, wie lange die Spurensicherung heute Nacht arbeitet. Wenn die Leiche dadurch nicht identifiziert werden kann, muss ich die Vermisstenmeldungen weiter durchgehen. Im Bundesstaat Washington werden pro Jahr durchschnittlich dreihundert Morde verübt. Wenn ich diesem Fall nicht zu etwas mehr Aufmerksamkeit verhelfe, wird der Antrag des Sheriffs auf eine beschleunigte DNA-Analyse ganz hinten auf die Liste rutschen oder gar nicht erst bis dahin durchkommen und das Opfer wird nur eine weitere Unbekannte bleiben.

Ich stelle den Motor aus und gehe den Weg entlang zu meinem historisch-viktorianischen Haus. Normalerweise ist historisch gleichbedeutend mit malerisch, aber an diesem Haus ist nichts malerisch. Es ist ein riesiger Klotz, der in zwei Wohnungen unterteilt ist. Zurzeit bin ich die einzige Mieterin und das ist auch gut so. Die andere Wohnung ist unbewohnt und daran wird sich vermutlich auch nichts ändern. Der letzte Mieter hat das Handtuch geworfen, weil die Heizung im Winter so unzuverlässig und es im Sommer brütend heiß war. Die alten Holzböden sind gefährlich uneben, so dass ich manchmal auf dem Weg ins Bad stolpere.

Ich lege meine Handtasche und die Schlüssel auf den Tisch neben der Tür zu meinem Schlafzimmer, eine Bleiglastür und die einzige Stelle im Haus, die noch vom Stil vergangener Zeiten zeugt. Schätzungsweise wird das Haus eines Tages abgerissen und die Tür landet in einem schicken Haus in Seattle. In einer Ecke habe ich ein kleines Büro und im Schrank einen Waffentresor. Dort schließe ich meine Waffe ein, setze mich an den Schreibtisch und starre auf den leeren Bildschirm meines Laptops.

Ich denke über die tote Frau nach. Die namenlose Frau.

Die Frau, die gefoltert, höchstwahrscheinlich vergewaltigt und wie ein Hund an die Kette gelegt wurde, ehe man sie schließlich an einem Strand ablud, damit sie gefunden wird.

Ich stehe auf, um eine Schachtel aus dem obersten Schrankfach zu holen. Die Schachtel enthält Dutzende von Mini-Kassetten mit den Aufzeichnungen der Sitzungen mit Dr. Karen Albright, meiner Psychologin. Ich stelle sie auf den Schreibtisch. Ganz schön schwer. *Wer hätte gedacht, dass Worte so viel wiegen können?* Ich setze mich, nehme eine Kassette und stecke sie in den kleinen Rekorder. Dann gehe ich zum Kühlschrank, um mir ein Glas Wein zu holen, und komme mit einem Tetrapack und einem Plastikbecher aus einem Motel in Idaho zurück. Ich öffne den Verschluss des Weinkartons und gieße den weißen Zinfandel in meinen Becher.

Während ich am Wein nippe, sinniere ich darüber, wie Dr. Albright mich aus den tiefen Abgründen geholt hat, in denen sich mein Leben seit meiner Geburt bewegt hatte.

Ich weiß noch, wie sehr mich ihre blauen Augen anfangs erschreckten. Ein unglaublich blasses Blau. Fast überirdisch. Wie ihre Praxis nach Popcorn aus der Mikrowelle roch. Wie sehr ich ihr nach und nach vertraute. Ich war zwanzig, als ich zum ersten Mal bei ihr war. Abweisend. Verrammelt wie eine Straßenbarrikade. Zuvor hatte ich nie jemanden an mich herangelassen. Aber ich war verständig genug, um zu begreifen, dass alles, was in mir war - von meinen Erfahrungen bis hin zu meinem Stammbaum – irgendwie exorziert werden musste. Ich war traumatisiert, und während ich es selbst nicht sehen konnte, sahen es andere. Nächtliche Angstzustände in einem Studentenwohnheim sind traumatisch und unendlich peinlich. Du weißt nicht, was du gesagt hast, wenn du überhaupt noch etwas weißt. Und du weißt nicht, ob jemand deine Schreie gehört hat.

Ich öffne die Fenster und trinke den Wein. Die Schachtel ruft nach mir.

»Eines Tages wirst du froh sein, sie zu haben«, hatte Dr. Albright gesagt.

Zuerst lehnte ich das Geschenk ab. »Das kann ich mir kaum vorstellen.«

Sie lächelte, ein warmes, beruhigendes Lächeln. »Glaub mir. Das wirst du. Es kommt der Tag, da wird dich das Anhören der Kassetten noch stärker machen.«

Sie umarmte mich. Wir weinten beide. Wir hielten uns lange Zeit gegenseitig fest. Ich wusste, dass es kein Abschied für immer war, aber es war das Ende einer Therapie, die anderthalb Jahre gedauert hatte. Zu dieser Zeit machte ich gerade meinen Abschluss in Kriminologie und wollte an die Polizeiakademie in einem Vorort von Seattle gehen.

Ich hole tief Luft und schaue hinein. Eine Schachtel voller Kassetten, jede mit dem Aufnahmedatum versehen. Ich wechsle zu Scotch. Ich habe es mir zur Gewohnheit gemacht, eine Flasche Cutty Sark in einer der Schreibtischschubladen aufzubewahren. Er ist billig, aber gut genug. Früher habe ich einen teureren Single Malt gekauft. Einen von den «Glens»: Glenfiddich, Glenmorangie, Glenlivet. Dann habe ich bemerkt, dass sie nach dem ersten Schluck alle gleich schmecken. Das echte Zeug bestelle ich nur vor den Augen der Öffentlichkeit.

Ich weiß, dass ich es nur vor mir herschiebe. Zwar wollte ich mir die Kassetten meiner Sitzungen mit Dr. Albright anhören, aber dieser Fall bringt die Ängste der Vergangenheit mit voller Wucht zurück. Trotzdem bin ich neugierig. Ich schalte den Rekorder ein.

Ein kurzes Knistern erklingt und die Aufnahme beginnt.

Es fängt damit an, dass Karen Albright mich daran erinnert, dass ich auf dieser Reise nicht allein bin. Sie sagt mir, dass ich stark sei. Dass dies der Weg zur Heilung sei. Ich erinnere mich, wie gern ich das glauben wollte, aber mein Bauchgefühl sagte mir, dass das völliger Blödsinn war. Tief in meinem Inneren wusste ich, dass ich niemals geheilt werden würde.

Dr. A: Schließ die Augen, Rylee. Erzähl mir von dem Treffen mit Tante Ginger.

Sie nennt mich beim einzigen Namen, den sie von mir kennt. Ihre Stimme ist voller Sorge und Aufrichtigkeit. Ich weiß, oder ich fühle, dass sie ein guter Mensch ist. Sie glaubt, dass sie mir helfen kann. Ich wollte meine Augen nicht schließen, tat es aber doch.

Und ich schließe sie jetzt. Ich denke an den Körper der gefolterten Frau, der jetzt als Beweisstück auf dem Tisch aus rostfreiem Stahl liegt. Sie wird von einem Rechtsmediziner seziert, nachdem sie, angekettet wie ein Hund, geschlagen und misshandelt wurde. Ihr wurde das Leben genommen und, schlimmer noch, auch ihre Würde und ihr Wert als menschliches Wesen wurden ihr gewaltsam entrissen. Hilflos, innerlich leer, zog sie sich in ihren Geist zurück, um dem Schrecken dessen zu entgehen, was war und was vor ihr lag. Ich denke an meine Mutter und wie sie diesen Albtraum durchlebt hat.

Ich halte das Band an. Ich drücke auf ›Play‹ und zwinge mich, mich auf die Worte zu konzentrieren. Ich kann hören, wie ich tief Luft hole.

Ich: Es war keine Luft in dem Raum. Ich beginne zu röcheln, und Tante Ginger ist auf mir. Ich brauche keine Wiederbelebung. Ich stoße sie weg. Ich kann hören, was sie sagt, aber ich habe das Gefühl, dass sich der Raum dreht und ich nicht in der Lage bin, die Bedeutung ihrer Worte zu erfassen.

Ich denke an die morgige Obduktion. Ich verdränge den Gedanken und höre zu, was ich sage.

Ich: Tante Ginger fragt mich: »Schatz, geht es dir gut? Leg den Kopf zwischen die Knie.« Natürlich geht es mir nicht gut. In den letzten vierundzwanzig Stunden habe ich meine Mutter verloren, ein Messer aus der Brust meines toten Stiefvaters gezogen und herausgefunden, dass mein leiblicher Vater ein Serienmörder ist. Und er wollte nicht nur meine Mutter, er will auch mich. Bestürzt reicht noch lange nicht aus, um es zu beschreiben.

Dr. A: Hier bist du sicher, Rylee.

Ich: Bin ich das? Werde ich jemals irgendwo sicher sein?

Ich höre, wie ich ausatme und ruhiger werde. Ich kenne diese Frau nicht, Ginger, die Schwester meiner Mutter, die Tante, von der ich nie wusste, dass es sie gibt, aber ich wusste, dass sie es gut meinte. Ich erinnere mich an die Falten um ihre Augen, die deutlich zeigten, wie viel Angst sie ausstand, seit ihre Schwester, meine Mutter, verschwunden war.

Dr. A: Was meintest du, als du sagtest, dass dein biologischer Vater dich wollte?

Ich: Er fand heraus, dass meine Mutter schwanger war. Er hatte sie entführt, benutzt wie ein Spielzeug, hatte sie vergewaltigt und gefoltert, aber es war ihr gelungen, zu entkommen. Und sie bekam mich. Meine Tante sagte, er habe ihr zu verstehen gegeben, dass ich ihm gehörte. Dass meine Mutter immer noch ihm gehörte. Ich spürte Galle in mir hochsteigen. Niemals würde ich zu diesem Vergewaltiger gehören. Diesem Ungeheuer. Ich gehörte zu dem Vater, der mich großgezogen hatte. Dem Vater, den dieser Widerling von einem biologischen Vater umgebracht hatte. Meine Hände zitterten, und meine Tante sah mir direkt in die Augen und sagte: »Rylee, ich war dabei, als er kam und sie holen wollte ... und dich auch.«

Dr. A: Erzähl weiter. Was geschah dann?

Ich: Ich fragte meine Tante, was sie meinte. War sie dabei, als ich geboren wurde? Es machte mich etwas ungehalten, dass sie mich kannte und ich nichts von ihr wusste.

Tante Ginger sagte, dass ich im Krankenhaus in Idaho geboren wurde. Sie hatte sich freiwillig gemeldet, um Mamas Geburtsbegleiterin zu sein. Mama war gerade sechzehn, als ich geboren wurde. Genauso alt wie ich, als ich das alles erfuhr. Meine Mutter wollte mich nicht ansehen und sagte, sie sei froh, ein Mädchen bekommen zu haben. Ich erfuhr, dass sie das sagte, weil sie befürchtete, das Ebenbild ihres Entführers zu sehen, wenn es – wenn ich – ein Junge gewesen wäre. Tante Ginger sagte ihr, dass ich nicht wie er aussähe. Ich fragte mich, woher Tante Ginger das wissen konnte, aber sie erzählte mir später, dass ein Polizist im Krankenhaus aufgetaucht war und Blumen mitgebracht hatte. Er war mein biologischer Vater. Der Serienmörder. Ein Polizist.

Das Band ist zu Ende. Ich denke sofort wieder an den Fall – ein Schutzmechanismus, da bin ich mir sicher. Ich muss ein vollständiges Foto und eine Personenbeschreibung an alle umliegenden Strafverfolgungsbehörden schicken, um herauszufinden, ob es irgendwelche Eintragungen gibt, ob es irgendeine Art von Kontakt zu meiner Unbekannten gab.

Ich hasse es, sie Jane Doe zu nennen. Das entmenschlicht sie. Ich beschließe, ihr einen anderen Namen zu geben, und nenne das Opfer ab sofort Jane Snow.

Ich setze mich ans Telefon und rufe die Zentrale an. Jemand Neues geht ans Telefon, aber ich möchte nicht mit jemand Neuem sprechen. Schließlich erreiche ich Susie.

»Susie, du musst einen Fahndungsaufruf herausgeben.«

»Wie schön, von dir zu hören, Megan. Ich glaube nicht, dass du in letzter Zeit angerufen hast. Wie es mir geht? Danke, mir geht es gut. Was sich in meinem Leben getan hat? Ach, das willst du gar nicht wissen.«

»Susie«, sage ich. »Zwing mich nicht, rüberzukommen und böse zu werden.«

Susie gluckst. »Ich mache nur Spaß, Megan. Was kann ich für dich tun?«

Wieder so ein Bullenspruch, der noch nie einen Sinn ergeben hat. *Für mich* konnte sie rein gar nichts tun. Ich spiele mit. »Hast du von der Frau gehört, die wir heute Vormittag auf Marrowstone gefunden haben?«

»Wir haben gerade darüber gesprochen«, sagt sie. »Hast du einen Namen?«

»Nein. Deshalb möchte ich, dass du alles in deiner Macht Stehende tust, um die Beschreibung der Frau an alle Strafverfolgungsbehörden in unserem und den umliegenden Bezirken weiterzugeben. Falls uns das nicht weiterbringt, gehe ich vielleicht noch weiter.«

Susie ist voll dabei. »Was soll rein in den Aufruf?«

Ich gebe ihr eine vollständige Beschreibung der Leiche und füge die Möglichkeit hinzu, dass das Opfer ein Kind gehabt haben könnte. Ich möchte nicht zu viele Informationen preisgeben, brauche aber auch ein paar ernsthafte Antworten. Washington hat die vierthöchste Vermisstenquote des Landes. Mit Steuergeldern wurde das NamUs finanziert, ein nationales System für vermisste und nicht identifizierte Personen. Inzwischen wird es von allen Strafverfolgungsbehörden genutzt, auch von denen in Oregon und Washington. Ich habe die App auf meinem Computer und habe die Beschreibung an diesem Nachmittag durchlaufen lassen. Die Suche ergab zweiundvierzig mögliche Treffer, aber bis auf zwei deckten sich keine mit den von mir gesuchten Daten. Zu diesen beiden habe ich nichts weiter gefunden. Nicht einmal eine Facebookseite. Ich gebe Susie die Namen und alle weiteren Informationen über die beiden, nur für den Fall, dass seit meiner letzten Überprüfung etwas eingegeben wurde.

Susie sagt, dass sie mich anrufen wird, falls sie etwas in Erfahrung bringt. Ich bitte sie, mir stattdessen eine E-Mail zu schicken. Das geht schneller. Und ich will mir den Rest des

Bandes anhören. Ich beende das Gespräch und trinke etwas Cutty.

Irgendwie hat sich der Becher geleert. Der Scotch tut seinen Dienst. Ich nehme die Kassette aus dem Abspielgerät, stecke sie zurück in die Hülle und lege die Hülle zurück in die Schachtel. Ich lege den Kassettenrekorder zu den Kassetten, stelle die Schachtel zurück ins oberste Schrankfach und krieche unter die Decke.

Ich schließe die Augen, atme ein und atme aus. Jeder bewusste Atemzug soll mich beruhigen, mich in den Schlaf wiegen. Die bösen Träume verscheuchen.

Es funktioniert nicht.

Es funktioniert nie.

Sie ist es.
Sie kommt auf mich zu wie ein Skorpion, der die Treppe hoch-krabbelt. Ihre Augen sind rot. Rot wie die Augen eines Albino-Kaninchens. Aber es sind keine niedlichen Augen. Sie sind schrecklich. Voller Wahnsinn. Ich reiße mich von ihren Augen los und höre ein sägendes Geräusch, wie etwas, das am Holz der Treppe nagt. Sie ist es natürlich. Ich schreie nicht. Ich mache mich einfach bereit. Die Art, wie sie sich mit ihrem muskulösen Armen die Treppe hochzieht, erinnert mich an Christina's World *von Wyeth. Ich hasse dieses Gemälde.*
Ich hasse Hilflosigkeit.

Ich zwinge mich, die Augen zu öffnen. Zitternd setze ich mich auf und starre in die Dunkelheit außerhalb des Fensters. Ich erinnere mich an das Gefühl, das ich in meinem Traum hatte, und frage mich, ob sich das Opfer in meinem Fall auch so gefühlt hat, als es in die Augen seines Mörders blickte. Hat es sich gewehrt oder hat es sich gefügt?

ZWÖLF

Als ich mich an diesem Morgen auf dem Weg ins Büro mache, fällt leichter Nieselregen und überzieht Gras und Bäume mit frischem Tau, sodass sie wie Diamanten glitzern. Ein paar Rehe stehen auf der Fahrbahn und lassen sich reichlich Zeit, ehe sie schließlich doch die Straße überqueren. Ich lebe in einem wunderschönen Teil des Landes. Berge. Seen. Salzwasser. Manchmal frage ich mich, ob die Schönheit des Nordwestens nur eine Maske ist, die das Hässliche verdeckt, das im Inneren lauert. Nimmt man die Maske ab, kommt darunter das tote Mädchen zum Vorschein. Am besten verdeckt man es wieder.

Und macht ein Picknick.

Als ich bei der Arbeit ankomme, ist die Tür des Sheriffs geschlossen und ich höre Gelächter von drinnen. Eine Frau. Ihr Lachen ist penetrant. Gekünstelt.

Ronnie.

Ich klopfe nicht an, obwohl ich versucht bin, das, was sie vorhat, zu unterbinden. Auf keinen Fall will ich wieder mit ihr zusammenarbeiten. Ich weiß, dass Sheriff Gray will, dass ich sie heute mit zur Autopsie nehme, aber wenn sie anfängt zu reden, steht die Leiche auf und läuft weg. Ich suche meine Unterlagen zu dem Fall zusammen, schaue im Postkorb nach neuen Berichten der Spurensicherung oder der Küstenwache und mache mich dann auf den Weg zur Tür.

Aber ich komme nicht weit.

Sheriff Gray ruft mich von der Tür aus zu sich.

»Megan. Ich habe deinen Wagen gehört.«

»Ach ja?« Ich hatte absichtlich in der hintersten Parklücke geparkt.

»Du brauchst langsam mal ein Upgrade. Der Auspuff des Taurus hört sich an wie bei einem LKW.«

»Ist mir gar nicht aufgefallen. Der Taurus ist in Ordnung. Ich melde mich, wenn ich wieder da bin.«

»Nicht so schnell.« Er greift hinter sich und zieht Reserve Deputy Ronnie Marsh am Arm aus seinem Büro. Sie sieht nicht sonderlich begeistert aus. Sie lacht auch nicht mehr.

»Tut mir leid. Das hatte ich vergessen, Sheriff.« Ich nicke Ronnie zu. »Kommen Sie?«

Sie blickt zum Sheriff und er betrachtet sie mit ernster Miene.

»Sie müssen die ganze Palette an Erfahrungen sammeln, Deputy Marsh«, erklärt er ihr. »Vielleicht wollen Sie eines Tages mit Megan zusammenarbeiten. Nicht, dass die Verkehrspolizei nicht wichtig wäre. Oder das Gefängnis. Sie können auch mit den Vollzugsbeamten des Gefängnisses arbeiten. Waren Sie im Rahmen Ihrer Ausbildung schon dort zum Praktikum?«

Ronnie schnappt sich ihren Mantel vom Haken neben der Tür des Sheriffs und eilt zu mir hinüber.

»Wir sollten uns auf den Weg machen«, sagt sie. »Wir wollen doch nicht die Autopsie verpassen.«

Ronnie sieht blass aus. Sheriff Gray grinst. Sie sieht es nicht, aber ich schon.

Der schlaue Hund.

Beim Taurus wiederholen wir die übliche Prozedur. Ich

versuche es mit der Fernbedienung, erinnere mich, dass die Zentralverriegelung nicht funktioniert, und benutze den Schlüssel. Als wir im Wagen sitzen, bemerke ich, dass Ronnie ihre Uniform trägt. Braune Twill-Hose mit hellbraunem Streifen an der Seitennaht und hellbraunes Hemd mit einem funkelnagelneuen, goldglänzendem Sheriffabzeichen. Dazu neue braune Schnürstiefel.

Sie merkt, dass ich sie mustere.

»Ich dachte, es wäre heute besser, etwas anzuziehen, worin ich arbeiten kann«, sagt sie. »Ich hoffe, es ist in Ordnung.«

Ich frage mich, ob Erbrochenes problemlos aus dem Hemd herausgeht. Wo wir hinfahren, braucht sie wohl eher einen Regenmantel mit Kapuze.

»Perfekt«, sage ich. »Das verleiht Ihnen mehr Autorität, bis die Leute wissen, wer Sie sind.«

Ronnie rückt das glänzende Abzeichen auf der linken Vorderseite ihres Hemdes zurecht. Die meisten Reserve Deputys haben sich für die gestickten Abzeichen entschieden. Die glänzenden Stahlplaketten sind eine gute Zielscheibe und sie zerreißen das teure Uniformhemd, wenn sie bei einer Verhaftung abgerissen werden.

Sie wird es auf die harte Tour lernen.

»Wie ich sehe, haben Sie Ihr Haar hochgesteckt«, sage ich.

»Ja«, sagt sie. »Ich habe an der Akademie einen Selbstverteidigungskurs belegt, und der Ausbilder hat immer wieder darauf gedrängt, dass wir lange Haare nicht offen tragen sollten.«

Ich frage mich, ob sie denkt, dass auch ich auf irgendetwas dränge. Aber das ist mir egal.

»Oh. Ich habe ganz vergessen, Ihnen das zu geben.« Sie holt einen an mich adressierten Umschlag aus ihrer Handtasche.

Er ist bereits geöffnet. Es ist der Tatortbericht, auf den ich gewartet habe. Ich lese den Bericht und er bestätigt mehr oder weniger das, was Larsen gestern Abend gesagt hat. Er besagt auch, dass die Klippe im Umkreis von hundert Metern abgesucht wurde, und sich keine Hinweise darauf fanden, dass außer uns noch jemand hinuntergeklettert ist. Er dokumentiert jede einzelne Limo- und Bierdose, die sie gefunden haben. Das allsehende Auge wird im Bericht erwähnt, und sie haben den Stein mitgenommen. Vielleicht behalte ich ihn, wenn der Fall abgeschlossen ist.

»Dieser Umschlag war verschlossen«, sage ich. »Es stand mein Name drauf. Hat sonst noch jemand gesehen, was hier drin ist?«

Ronnie antwortet nicht. Sie sitzt nur da und schaut aus dem Beifahrerfenster. Mir ist es zwar lieber, wenn sie schweigt, aber ich habe nicht vor, den Tag damit zu beginnen, dass ich sauer auf sie bin. Außerdem stand nichts drin, was sie nicht schon wusste.

»Okay, Detective Marsh«, sage ich. »Was halten Sie von dem Bericht?«

Ronnie richtet sich auf und wendet sich zu mir. »Wir haben keine Kleidung gefunden, außer der, die sie anhatte. Ich weiß nicht, ob Sie es bemerkt haben, aber das Höschen war auf links gedreht.«

Das habe ich nicht.

Ich fordere sie auf, fortzufahren.

Und sie tut es.

»Keine Handtasche. Kein Ausweis. Kein Schmuck. Nicht einmal einer dieser weißen Streifen am Finger, der von einem Ring stammt ... Ihr Gesicht war nicht so zugerichtet, dass man sie nicht wiedererkennen würde. Die vielen blauen Flecken und Schnitte zeigen jedoch, dass sie geschlagen wurde. Ich glaube, der Mörder hat das schon mal gemacht. Es war zu gut durchdacht. Abgesehen davon, dass das Höschen auf links gedreht war.«

»Warum glauben Sie, dass der Mörder ihr Slip und BH wieder angezogen hat?«

»Vielleicht wollte er nicht, dass sie nackt gefunden wird.«

Wirklich? Haben Sie keine bessere Erklärung zu bieten?

»Okay«, antworte ich schließlich. »Wir behalten das mal im Hinterkopf.«

»Noch etwas«, fährt Ronnie fort. »Wir gehen davon aus, dass der Mörder ihre Leiche mit dem Boot hergebracht hat. Aber was ist, wenn er sie in einer Schlinge über die Klippe geworfen hat?«

Ich sehe sie an. *Schlinge.* Aber wer sollte eine Schlinge mitbringen? Wie viel Planung würde das erfordern? Es wäre ein enormer Aufwand, die Leiche über die Felsen zu hieven. Wir haben zwei Leute von der Spurensicherung gebraucht, um sie in das Boot zu laden.

»Robbie Boyd sagte, er sei Kletterer«, sagt Ronnie. »Er könnte dazu in der Lage gewesen sein.«

»Er ist nicht einmal so groß wie wir.« Das sage ich, obwohl mir klar ist, dass wir diese Möglichkeit nicht völlig ausschließen können. »Reden Sie weiter.«

Sie nickt. »Okay. Dann ist da noch der Stein mit dem Symbol darauf. Robbie kam mir ein bisschen wie ein Freak vor. Er wollte sofort wissen, ob er ein Verdächtiger ist, fing direkt mit Strafjustiz an. Ich habe bei ihm einfach ein schlechtes Gefühl.«

»Gut mitgedacht«, sage ich ihr.

Ehrlich gesagt, habe ich auch ein schlechtes Gefühl bei ihm.

Ronnie strahlt mich an, schaut wieder nach vorne und knetet die Hände im Schoß wie ein aufgeregtes Kind. Sie hat völlig vergessen, wo wir hinfahren, und ich will ihr nicht die Laune verderben, aber wir müssen los.

Ich lege den Tatortbericht in den Ordner mit dem vorläufigen Bericht des Leichenbeschauers und meiner eigenen Zusammenfassung der gestrigen Ereignisse. Der Sheriff hat Kopien von allem außer dem Tatortbericht.

»Haben Sie dem Sheriff eine Kopie des Tatortberichts gegeben?« frage ich.

Sie guckt verwirrt. »Hätte ich das tun sollen?«

»Ich mache das, wenn wir zurück sind.« Ich lasse den Motor an und fahre vom Parkplatz.

Ronnie schweigt bis zur Abfahrt auf den Highway nach Bremerton. Das ist die größte Stadt in Kitsap County, dort befindet sich das Leichenschauhaus, das für drei Bezirke zuständig ist. »Ich bin noch nie verreist.«

»Wohin wollen Sie denn?«, frage ich.

Ronnie stößt einen Seufzer aus. »Ach, ich weiß es nicht. Irgendwohin. Ich kenne noch nicht einmal die Hälfte der Orte hier. Gestern war ich zum ersten Mal auf Marrowstone Island. Ich war in ein paar Nationalparks, habe gezeltet und bin Boot gefahren. Ich glaube, ich bin nicht so abenteuerlustig wie Sie.«

Ich frage mich, was sie damit meint. Was weiß sie? Ich denke daran, wie meine Mutter zu sagen pflegte, dass unsere mitternächtlichen Umzüge von einem Ort zum nächsten ein großes Abenteuer seien. Und dass wir uns so oft umbenannt haben, dass ich mich kaum an alle Namen erinnere. Dass wir ein Codewort hatten, mit dem wir spontan in unser aufregendstes Abenteuer starten konnten. LAUF. Hörte ich dieses Wort, wusste ich, dass das Leben, wie wir es kannten, vorbei war. Ich schweige. Ich bin gut im Schweigen, bis ich richtig wütend werde.

Ronnie fährt fort: »Ich meine, Sie haben wahrscheinlich das gesamte Land bereist. Wenn nicht sogar die ganze Welt. Sie wirken so ...«

Sie hält inne und ich dränge sie.

»So *wie*, Ronnie?«

»Ich weiß nicht. So weltgewandt irgendwie. Sie haben vor nichts Angst. Sie haben dem Streifenpolizisten gesagt, was er tun soll, und er hat nicht widersprochen. Und Sie wurden schnell Detective. Ich habe gehört, Sie seien die jüngste unter den Detectives im Sheriff's Office. Die Jungs beneiden Sie.«

Meine Gedanken schweifen ab zur Schönheit des Nordwestens und wie ich am Morgen noch überlegt hatte, dass die eindrucksvollen Berge und dichten Wälder mit ihren immergrünen Bäumen eine Maske sind.

Zieh die Maske ab. Sieh, was sich dahinter verbirgt.

Ich bin ganz ähnlich. Hinter meiner schroffen Fassade verbirgt sich ein Mädchen, das lieber ein Kompliment ausschlägt, als es anzunehmen und dafür dankbar zu sein.

»Mich muss wirklich niemand beneiden«, sage ich.

Mein Ton ist entschieden. Nicht harsch. Aber er vergrößert die Distanz zwischen uns und Ronnie schweigt bis zum Ende der Fahrt zur Autopsie.

DREIZEHN

Auf dem Parkplatz hinter dem Leichenschauhaus findet ein Basketballspiel statt, und ich erkenne Dr. Andrade, der über das Spielfeld dribbelt und einen lupenreinen Korbleger hinlegt. Er sticht mir ins Auge, weil er unter all den zwanzig- bis dreißig-jährigen Laboranten und Büroangestellten so fehl am Platz wirkt. Dr. Andrade trägt einen Kittel und Schnürschuhe, während alle anderen ihre Hemden ausgezogen haben und in Shorts und Turnschuhen herumrennen. Dem ungläubigen Gesichtsausdruck einiger Mitspieler nach zu urteilen, macht er sie gerade fertig.

Alle Achtung!

Ich parke in der Nähe der Tür zu seinem Büro. Er sieht mich und kommt herüber. Kein einziger Schweißtropfen auf seiner Stirn.

»Detective Carpenter.«

»Das ist Reserve Deputy Ronnie Marsh«, gebe ich bekannt. Der Rechtsmediziner und Ronnie geben sich die Hand.

»Freut mich, Sie kennenzulernen«, sagt sie.

»Sie haben aber einen kräftigen Händedruck, Deputy«, scherzt er und grinst mich an. »Sie schauen zu?«

Ronnie sieht nervös aus, aber sie reißt sich zusammen. »Ja, mach ich.«

Dr. Andrade unterhält sich mit uns, während er uns ins Gebäude geleitet. »Ist das Ihre erste Obduktion?« Ronnie sagt nichts. »Verstehe«, sagt er. »Na, stellen Sie sich auf eine heftige Erfahrung ein. Ich hoffe, Sie haben heute Morgen noch nichts gegessen.«

Wieder grinst er und zwinkert mir verschwörerisch zu.

»Soweit ich weiß, haben Sie auch noch an keiner Obduktion teilgenommen, stimmt's, Detective Carpenter?«

»Hier nicht.«

Ich halte die Antwort vage, um seine Neugierde nicht zu wecken.

Ich kenne Dr. Andrade nicht besonders gut, unser Kontakt beschränkt sich hauptsächlich auf Telefongespräche und E-Mails. Eines weiß ich jedoch über ihn: Er ist sehr gründlich bei der eigentlichen Autopsie, aber weniger gründlich in seinen Berichten. Ich habe ihn schon öfter dabei ertappt, dass er relevante Informationen weggelassen hat. In einem Fall fehlte einem Opfer der kleine Zeh. Das hatte er nicht in seinen Bericht aufgenommen. Zur Identifizierung der Leiche wäre das hilfreich gewesen, denn das war nicht das Einzige, was nicht mehr da war. Der kleine Zeh fehlte der Frau schon seit Jahren, aber als sie gefunden wurde, war ihr Gesicht völlig verbrannt. Und ich selbst habe am Tatort andere Sorgen, als die Zehen der Leichen zu zählen.

Die Tür zur rechtsmedizinischen Abteilung öffnet sich und sofort schlägt mir der beißende Geruch von Desinfektionsmitteln in die Nase. Dieser Teil des Gebäudes ist in einem Grünton gestrichen, den ich als kotzgrün bezeichnen würde. Die Farbe passt zu dem, was wir gleich sehen werden. Vor uns erstreckt sich ein langer Flur, im selben gallegrünen Farbton, in regelmäßigen Abständen mit Türen gespickt. An einer der Türen hängt ein Bild von einem Pfefferkuchenmann und seiner

Pfefferkuchenfrau. Darunter steht: »Er *und* Sie.« Der Arzt findet es offenbar witzig, aber ich kann nicht erkennen, was daran lustig sein soll.

»Das ist der beliebteste Raum bei unseren Besuchern.«
Sehr witzig.

Dicht an dicht ziehen sich nackte Leuchtstoffröhren über unseren Köpfen an der Decke des gesamten Flurs entlang und surren wie Hunderte von Libellen. Ich folge Andrade zu einer Tür mit der Aufschrift »Obduktionsraum 1«.

Ronnie lehnt sich zu mir und flüstert: »Ich glaube, ich schaffe das nicht.«

»Sie kommen schon klar. Wenn Sie das Gefühl haben, raus zu müssen, gehen Sie einfach. Versuchen Sie es.«

Sie versucht zu lächeln. Ich habe etwas Mitleid mit ihr. Wenn sie es nicht schafft, dann ist das eben so. Ganz einfach. Man findet nie heraus, wozu man fähig ist, wenn man es gar nicht erst versucht. Das hat mir Rolland, mein Stiefvater, beigebracht. Ausgerechnet mir. Ich habe schon viele Leichen gesehen. Einige davon waren noch schlimmer zugerichtet als Jane Snow.

Ich dürfte es gut wegstecken.

Dr. Andrade reicht uns Masken, Kopfbedeckungen, Überschuhe und Latexhandschuhe, alles in modischem Grün.

»Ziehen Sie sich das über, dann fangen wir an.«

Ich sehe mich im Raum um, in dem der nackte Körper des Opfers auf einem Tisch aus rostfreiem Stahl liegt, die Arme eng am Körper, den Kopf von einem Holzblock gestützt. Eine OP-Lampe an einem Schwenkarm beleuchtet die Leiche so stark, dass man sogar die Poren in ihrem Gesicht erkennen kann. Auf der einen Wange ist ein rötlicher Fleck, der aussieht wie verschmiertes Rouge. Die Nase ist schief. Eine Assistentin in einem weißen Tyvek-Anzug mit Kapuze und Schutzbrille wäscht sie gerade und entfernt die letzten Schmutzreste, die noch am Körper kleben.

Ihre Augen sind offen und starr.

»Ich habe Röntgenbilder vom Opfer gemacht«, sagt der Rechtsmediziner. »Sie hat mehrere gebrochene Rippen und Knochenbrüche in beiden Händen.«

Wir treten an den Tisch. Er dreht eine Hand des Opfers mit der Handfläche nach oben.

»Sehen Sie diese halbkreisförmige Stelle?« Er zeigt auf den oberen Teil der Hand und ich erkenne etwas, das wie der Abdruck von einem Schuh oder Stiefel aussieht.

»Ein Absatz?«, frage ich.

»Schauen Sie genauer hin«, sagt er. »Sehen Sie die kleinen Unterbrechungen im Abdruck? Er stammt von einer Sohle mit Profil. An der anderen Hand ist es nicht so deutlich zu sehen und bei dieser gibt es außerdem einen gebrochenen Mittelhandknochen und ein gebrochenes Handgelenk.«

»Könnte sie sich den Mittelhandknochen gebrochen haben, als sie ihre Hand aus den Handschellen zog?«

»Das ist das, was auch der Leichenbeschauer gesagt hat. Und ich bin der gleichen Meinung. Ich muss sie aufschneiden, um zu sehen, wo die Rippen gebrochen sind und wie lange sie schon gebrochen sind, aber ich kann Ihnen jetzt schon versichern, dass auch ihr Genick gebrochen ist. Und zwar nicht durch einen Sturz. Jemand hat ihr den Hals umgedreht.«

Er hebt die Hände, als würde einen Basketball halten und macht eine ruckartige Bewegung. »Es war ein gezielter Genickbruch. Der Täter wusste, was er tut.«

»Ist sie daran gestorben?«, frage ich.

Er schaut mich an. »Nicht unbedingt. Es könnte auch nach ihrem Tod passiert sein.«

Ich beuge mich über sie und betrachte Kopf und Hals. Der Hals ist nicht gerade. Dieselben Hämatome und aufgeplatzten Lippen wie am Fundort, aber unter dem grellen Licht wirken sie dunkler, tiefer, als hätten sie noch nicht zu heilen begonnen.

»Was glauben Sie, wie alt sind die Hämatome?«, hake ich nach.

Andrade sieht sie sich an und betastet einige von ihnen. »Unterschiedlich. Einige, wie diese hier«, sagt er und zeigt auf einen Bluterguss an einer Rippe, »sind vielleicht eine Woche alt. Vielleicht auch noch weniger. Andere höchstens zwei, drei Tage.«

Ich blicke zu Ronnie, die die Augen zusammenkneift.

»Ihren Namen haben Sie noch nicht?«, fragt Andrade. »Wissen Sie, wann sie das letzte Mal lebend gesehen wurde?«

Ich schüttle den Kopf. Ich will nichts heraufbeschwören, indem ich etwas Negatives sage.

»Ich schätze, ohne sie aufgeschnitten zu haben, dass sie seit mindestens achtundvierzig Stunden tot ist. Ursache und Art des Todes sind noch unklar. Ein gebrochenes Genick würde schon ausreichen.«

Ich weiß, dass Todeszeitpunkt und Todesart eine Vermutung sind, es sei denn, jemand hätte den Tod gesehen. In den meisten Fällen ist es eine begründete Vermutung. Ich muss herausfinden, wer sie ist, wer sie zuletzt gesehen hat. Außer Robbie Boyd.

Dr. Andrades Assistentin entfernt mit einem Stück angefeuchteter Gaze die rote Farbe von ihrer Wange. Ich gehe zur anderen Seite des Tisches. Ronnie weicht mir nicht von der Seite. Jemand hat Jane mehrmals in die Rippen getreten. Die Abdrücke am Hals, an den Handgelenken und Knöcheln sind unter dem Licht noch deutlicher zu sehen. An der Stelle am Hals, an der sich der Bluterguss befindet, ist die Haut abgescheuert. Ich werfe einen letzten Blick auf die Leiche, beginnend bei den Füßen. Keine Stelle ihres Körpers ist unversehrt.

»Haben Sie eine gynäkologische Spurensicherung durchgeführt?«, frage ich die Assistentin.

»Der Abstrich wurde gestern gemacht und ans Labor geschickt«, sagt sie.

Ich frage sie nicht, ob es Anzeichen für einen sexuellen Übergriff gibt. Das überprüft Dr. Andrade. Ich gehe selbstverständlich von einer Vergewaltigung aus.

Ronnie greift meinen Arm und offenbar kann sie doch sehr fest zupacken, wenn sie will. Davon bekomme ich auf jeden Fall einen blauen Fleck.

Dr. Andrade setzt eine durchsichtige Schutzbrille auf. Er tritt auf ein Pedal unter dem Tisch. Ich blicke nach oben und sehe, dass ein Mikrofon an der Lampe hängt.

Er beginnt mit dem Datum und der Uhrzeit der Obduktion, zählt Namen und Titel aller sich im Raum befindlichen Personen auf und gibt dann an, dass er eine nicht identifizierte verstorbene Frau untersucht. Er nennt Größe, Gewicht, Haarfarbe und Augenfarbe des Opfers und erklärt dann, dass es keine Missbildungen, Tätowierungen oder Narben gibt. Er hält fest, dass die Leiche geröntgt wurde.

»Die Leiche weist mehrere Prellungen am Kopf und im Gesicht auf«, sagt er und beschreibt dann zentimetergenau die Schnittwunden an den Lippen, die Schürfwunden in der Nähe der Wangen, eine Schnittwunde am Kopf, die gebrochene Nase und die gebrochenen Knochen in den Händen, alles bis ins kleinste Detail. Er unterbricht die Aufnahme und schiebt ihr Haar zur Seite, um die Kopfhaut zu untersuchen. Er tritt auf das Pedal und nimmt weitere Befunde auf. Er weist die Assistentin an, einige Haare auf der rechten Seite des Kopfes abzurasieren, wo ein tiefliegender, stark begrenzter Bluterguss zu erkennen ist. So ähnlich wie die Wunden an den Rippen. Dr. Andrade vermutet, dass die Verletzungen an Kopfhaut und Rippen vom selben Gegenstand stammen.

Das Röntgenbild zeigt auch, dass der Oberkiefer auf der rechten Seite gebrochen ist, was zu dem Riss durch beide Lippen passt.

Er schaut uns an und erklärt, dass diese Verletzung durch eine Faust verursacht worden sein könnte, allerdings müsste die

Person sehr stark gewesen sein. Es gibt drei gebrochene Rippen auf der rechten Seite des oberen Brustkorbs, zwei im unteren Bereich links.

»Okay«, kündigt Dr. Andrade an, »drehen wir sie um.«

Zusammen mit seiner Assistentin dreht er die Leiche auf den Bauch, die Stirn wird auf den Holzblock gelegt, die Arme seitlich positioniert. Dr. Andrade sucht weiter nach Schnitten, Rissen, Prellungen, Einstichen oder anderen Abnormitäten. Es gibt zahlreiche Hämatome. Ich komme auf drei Stellen entlang der Wirbelsäule, die faustgroße Blutergüsse aufweisen. Der vorstehende Knochen am Hals sieht jetzt größer aus.

»Schauen Sie sich das an«, sagt er.

»Sie meinen die Form des Blutergusses?«, frage ich.

»Wonach sieht das für Sie aus?«

Bevor ich antworten kann, reicht Dr. Andrades Assistentin ihm ein Lineal und er nennt die Maße. Er beantwortet seine eigene Frage: »Eine Schnalle vielleicht. Ja, eindeutig eine Schnalle.« Er misst die Breite des Hämatoms, das um den Hals verläuft und den Schnallenabdruck teilweise überdeckt. »Zwei Komma sechs Zentimeter breit.«

Er misst mehrere Stellen im und um den Nacken.

»Was ist knapp drei Zentimeter breit und hat eine Schnalle?«, fragt er Ronnie. Aus irgendeinem Grund klingt das wie der Anfang eines Witzes, und eines unpassenden noch dazu.

»Ein Halsband oder ein Gürtel«, antwortet sie.

»Gebt diesem Mädchen einen goldenen Stern. Wir müssen die Leiche aufschneiden, um zu sehen, ob sie erwürgt wurde.«

Dr. Andrade streckt seine Hand aus. Seine Assistentin legt ein Skalpell hinein und er geht ans obere Ende des Tisches. Er zieht die Lampe über den Kopf des Opfers und setzt die Spitze der Klinge hinter dem linken Ohr an. Er schneidet von links nach rechts, beginnend am knöchernen Vorsprung hinter dem linken Ohr, und endet hinter dem rechten Ohr. Er gibt seiner Assistentin das Skalpell zurück und zieht die Kopfhaut mit den

Fingern nach oben in Richtung Oberkopf. Er muss das Skalpell mehrmals ansetzen, um das Gewebe abzutrennen, das die Kopfhaut mit dem Schädel verbindet, aber schließlich gelingt es ihm, die Kopfhaut nach oben und über den Kopf und die Augen des Opfers zu stülpen.

Die umgestülpte Kopfhaut sieht aus, als hätte man der Frau eine Mütze mit Haarfransen auf den Kopf gesetzt. Ronnies Finger, die bei unserer ersten Begegnung so schlaff waren, krallen sich fest in meinen Unterarm. Mir wird selbst übel. Die Liegefläche des Seziertischs läuft in einer Art Mulde zusammen, die einen Abfluss bildet, der in ein doppelt so großes Stahlbecken mündet. Am Wasserhahn ist ein langer Schlauch mit einem Sprühkopf angebracht. Die Assistentin wäscht mit dem Sprühkopf das Blut ab und ich beobachte, wie es in Rinnsalen den Stahltisch hinunterläuft und sich in seinen Ecken sammelt, bevor es ins Waschbecken abläuft.

Das Blut löst einen negativen Reiz bei mir aus.

Ich bin wieder in Port Orchard. Mein kleiner Bruder Hayden liegt auf dem Küchenboden. Er weint. Sein Hemd ist blutverschmiert. Rolland liegt neben Hayden auf dem Küchenboden. Ein großes Jagdmesser steckt in seiner Brust. Er bewegt sich nicht. Seine Augen starren mit dem Blick eines Tausendjährigen ins Leere. Der Raum beginnt sich zu drehen. Alles dreht sich. Ich kann nicht mehr atmen.

»Alles in Ordnung, Detective?« Eine männliche Stimme erklingt undeutlich, als käme sie aus weiter Ferne.

»Megan, was ist los?«

Eine Frauenstimme.

»Was ist los mit ihr?«

»Helfen Sie ihr auf einen Stuhl«, sagt die männliche Stimme.

»Kommen Sie, Megan.«

Die Frauenstimme ist dicht an meinem Ohr. Viel zu nah. Sie berührt mich. Ich zucke zurück und etwas berührt meine Waden. Ich komme hart auf, als ich mich hinsetze; meine Zähne klappern und ich beiße mir auf die Zunge. Ich presse mir die Hand vor den Mund und atme wieder ein.

»Geht es Ihnen gut?«, fragt Ronnie.

Ich schaue durch den Raum zu Dr. Andrade. Er macht einen besorgten Gesichtsausdruck, aber seine Assistentin sieht gelangweilt aus. Sie hat das schon zu oft gesehen. Bestimmt denkt sie, dass ich mich übergeben muss und sie die Sauerei dann wegwischen muss.

»Entschuldigung.« Ich stehe auf und gehe zur Tür. »Ich gehe kurz an die frische Luft.«

»Ich mache Notizen«, sagt Ronnie, als ich durch die Tür gehe und fast zum Aufzug renne. Ich drücke auf den Knopf, aber der Aufzug ist zu langsam. Ich sehe mich suchend nach der Treppe um und entdecke die Tür mit dem albernen Schild mit »Er *und* Sie«.

Ich stürze in die Toilette, schiebe den Riegel vor und übergebe mich in der Kloschüssel.

VIERZEHN

Ich wische alles, so gut es geht, auf und schaue in den verbeulten Stahlspiegel über dem Waschbecken. Meine Augen sind verquollen, als hätte ich geweint. Ich spritze mir Wasser ins Gesicht und trockne mich mit Papiertüchern ab. Dann bringe ich mein Haar in Ordnung, richte mich auf und öffne die Tür. Über die Treppe gelange ich nach oben ins Freie. Die frische Luft erfrischt mich zwar, aber ich fühle mich noch immer etwas seekrank.

Ich setze mich auf die Steintreppe vor dem Gebäude. Es ist mir peinlich. Ich habe die Neue mitgebracht und *ich* war diejenige, die sich übergeben musste. Sollte Sheriff Gray das jemals erfahren, überlebe ich das nicht.

Ich wische mir mit dem Handrücken über den Mund und schnuppere daran. Ich kann von dem Erbrochenen nichts mehr riechen. Daher beschließe ich, wieder hineinzugehen und das zu Ende zu bringen, wofür ich gekommen bin. Ich schaffe das schon. Ich gehe wieder nach unten. Mein Magen schmerzt ein wenig und das erinnert mich an die Dehnungsstreifen auf dem Bauch des Opfers.

Dr. Andrade kommt gut voran. Ich kann sehen, dass ein

Teil des Schädels und des Gehirns fehlt. Ich will gar nicht wissen, wo die sind. Ronnie bemerkt nicht einmal, dass ich wieder hereingekommen bin.

Sie ist wie hypnotisiert.

Ich nehme mir eine neue Maske und Latexhandschuhe. Ich habe zwar nicht vor, irgendetwas anzufassen, aber ich will auch nicht, dass mich etwas berührt. Dr. Andrade sagt nichts über meine Abwesenheit, aber seine Assistentin mustert mich kurz. Ich nicke, um zu signalisieren, dass es mir gut geht, und ihr Gesicht verzieht sich hinter der Maske.

Hoffentlich zu einem Lächeln.

Die Autopsie dauert eine Stunde und dreiunddreißig Minuten. Alle Organe werden verpackt und die Leiche zugenäht. Dr. Andrade gibt seiner Assistentin ein paar letzte Anweisungen und bittet uns, in sein Büro zu gehen. Wir entsorgen unsere Handschuhe, Überschuhe und Masken in dem Behälter für biologische Gefahrenstoffe an der Tür und folgen ihm den Gang entlang.

Ich bin überrascht, wie klein sein Büro ist. Der Platz reicht gerade einmal für einen kleinen Holzschreibtisch, drei Stühle und eine Wand voller hoher Stahlschränke für die Akten.

»Ich würde Ihnen ja Kaffee anbieten, aber wie Sie sehen, habe ich keinen Platz für eine Kaffeekanne.«

Er sagt dies mit einem Grinsen und auf einmal mag ich ihn.

Ich setze mich auf den einen Stuhl und Ronnie auf den anderen. Sie hat nichts zu meinem plötzlichen Abgang gesagt, aber der Tag ist ja noch jung.

»In meinem Bericht wird Folgendes stehen«, sagt er. »Das Opfer ist ungefähr zweiundzwanzig Jahre alt.« Als nächstes gibt er uns eine körperliche Beschreibung: Größe, Gewicht, Haarfarbe, Augenfarbe.

Dann kommt er auf das zu sprechen, was mich am meisten interessiert.

Ich lehne mich vor, damit mir kein Wort entgeht.

»Die Abdrücke an ihren Handgelenken stammen von festen Fesseln. Vermutlich von Handschellen, nicht von Seilen oder Drähten, aber das kann ich nicht mit hundertprozentiger Sicherheit sagen, was ich auch in meinem Bericht erwähnen werde. Die Blutergüsse an ihrem Hals wurden von etwas verursacht, das etwa zwei bis drei Zentimeter breit ist, aus Leder, mit einer Schnalle. Ich sage Leder, weil ich einige kleinere Stücke des Materials aus der Schürfwunde herausgeholt habe, die es auf ihrer Haut hinterlassen hat. Die Druckstellen waren auf der linken und der hinteren Seite des Halses unterschiedlich tief, als ob mal fest zugezogen und mal daran gezerrt worden wäre. Deshalb hat sich die Schnalle in den Halswirbelknochen geschnitten.«

Er hält inne und hält seine Hände nach unten, als ob er einen Golfschläger greifen würde. »Stellen Sie sich einen Hund an der Leine vor, der sich dagegen stemmt. Zur Todesursache: Strangulation. Die Ligatur um den Hals hat das Zungenbein gebrochen und die Quetschungen verliefen tief um den Kehlkopf herum. Das Genick ist erst danach gebrochen.«

»Was ist mit ihren Dehnungsstreifen am Körper?«, erkundige ich mich.

Er nickt knapp. »Sie hat ein Kind bekommen. Vor über einem Jahr. Die Dehnungsstreifen sind verheilt und silbrig gefärbt. Das deutet darauf hin, dass seit der Geburt des Babys mehr als ein Jahr vergangen ist. Manchmal löst sich während der Schwangerschaft die Schambeinfuge, aber das kann man auf einem Röntgenbild natürlich nicht erkennen. Die Scheidenwände waren sehr locker. Ich kann definitiv sagen, dass sie ein Kind bekommen hat.«

Das ist eine schreckliche Nachricht für ein Baby irgendwo da draußen, aber eine gute Nachricht für mich. Wenn sie ein Kind hatte, hat sie vielleicht einen Ehemann, einen Freund, jemanden, der sie als vermisst meldet und sie identifiziert. Bis jetzt hatte ich kein Glück. Ihre Fingerabdrücke haben nichts ergeben. Die Fasern an der Leiche und die sichergestellten Lederstücke müssen noch untersucht werden. Ich muss die Spurensicherung anrufen und mich vergewissern, dass sie einen DNA-Test angefordert haben.

»Sie wurde erst kurz vor ihrem Tod vergewaltigt, Detective«, sagt er. »Es gab Risse in der Vaginalwand und Blutergüsse an den Schamlippen und der Vulva. Vielleicht ist es beim harten Sex passiert oder es wurde etwas eingeführt, was den Schaden verursacht hat.«

Das überrascht mich. Er hat das während der Autopsie nicht erwähnt, als ich im Raum war. »Sind Sie sicher?«

Der Rechtsmediziner nickt. »Ich habe Abstriche von diesem Bereich gemacht und sie ins kriminaltechnische Labor geschickt, um nach Schamhaaren, Gewebe, Fasern und so weiter zu suchen. Außerdem habe ich einen Abstrich von den Innenseiten ihrer Oberschenkel gemacht und diesen ebenfalls weggeschickt. Falls Sperma auf ihr ist, war es im Schwarzlicht nicht zu sehen. Vielleicht wurde sie vom Mörder gewaschen, um Beweise zu vernichten.«

Dr. Andrade ist sehr gründlich vorgegangen. Ich weiß, dass die Spurensicherung Abstriche von ihren Händen sowie Fingerabdrücke genommen und unter den Nägeln nach verwertbarem Material gekratzt hat. Deren Bericht wird alle Ergebnisse des Labors enthalten.

Als wir aufbrechen, ist mein Verstand überlastet. Ich weiß nicht einmal, wie Ronnie und ich in den Taurus gekommen sind. Ich sitze plötzlich am Steuer. Ich hatte recht mit der Todesursache und anscheinend glaubt Dr. Andrade, dass die Abdrücke an ihrem Hals von einem Gürtel stammen, auch wenn er das nicht in seinem Bericht festhält. Sie wurde vergewaltigt und vielleicht noch Schlimmeres. Und vor etwa einem Jahr gab es ein Baby.

Meine Mutter wurde entführt und wie Jane Snow behandelt. Eingesperrt, geschlagen, vergewaltigt, zum Sterben zurückgelassen.

Ich frage mich, wie viel Empathie Ronnie für das Opfer aufbringen kann. Das Schlimmste, was ihr je passiert ist, wird wohl sein, dass sie nicht zur Ballkönigin gewählt wurde. Ich bin unfair, das weiß ich. Sie war eine Hilfe. Sie war auch eine Nervensäge, aber heute war sie eine Kämpfernatur. Sie war während der gesamten Autopsie zugegen, hat sich nicht übergeben, sich nicht beschwert und, was noch wichtiger ist, als ich sie bat, niemandem gegenüber zu erwähnen, dass ich die Fassung verloren hatte, antwortete sie: »Was erwähnen?«

FÜNFZEHN

Die Sonne bahnt sich einen Weg durch die Wolkendecke und taucht die Landschaft entlang des Highways nach Jefferson County in goldenes Licht. Es ist früher Nachmittag und in einer Stunde wird der Werftverkehr aus Bremerton die Fahrbahn bevölkern, wenn die Arbeiter am Ende einer langen Schicht nach Hause fahren. Bis zum Fähranleger ist es nicht weit und ich erinnere mich daran, wie ich das letzte Mal mit der Fähre nach Seattle gefahren bin. Es kommt mir vor, als wäre es Ewigkeiten her. Ich muss definitiv öfter mal raus.

Die kleine Pause von unserem Fall ist nur von kurzer Dauer.

»Unser einziger Verdächtiger ist im Moment Boyd«, sage ich. »Wenn wir im Büro sind, gucken wir mal, was wir noch über ihn herausfinden können, während wir darauf warten, was die Spurensicherung für uns hat.«

»Ich habe gestern Abend im Internet nach ihm gesucht«, sagt Ronnie.

Wann wolltest du mir das sagen?

»Oh, gut. Haben Sie etwas gefunden?«

Ronnie tippt und wischt auf ihrem Handy herum. »Bingo.

Hier ist es.« Sie hält inne und starrt mit offenem Mund ihr Handy an. »O mein Gott!«

Lange werde ich nicht warten. Das muss ich auch gar nicht.

»Gestern Abend war das noch nicht online.«

Sie hält den Bildschirm so, dass ich ihn sehen kann, ohne meinen Blick von der Straße abzuwenden. Ein Selfie von Boyd mit dem Polizeiauto im Hintergrund. Ronnie wischt noch einmal und da ist ein Bild von mir. Hab schon bessere Fotos von mir gesehen. Ich konzentriere mich wieder auf die Straße. Handys haben die Leute irre gemacht. Sie fahren wie irre. Nachrichtenschreiben während der Fahrt sollte mit zwanzig Jahren Gefängnis bestraft werden. Wer am Steuer Nachrichten schreibt und mich dabei anfährt, sollte die Todesstrafe erhalten.

Sie wischt noch ein paar Mal. »Boyd ist ziemlicher Wasserfreak. Er hat eine eigene Website und ist Tourguide für Wildwasser-Rafting, Kanu- und Kajakfahren und was es da sonst noch so gibt. Ein Menüpunkt heißt ›Killing Box‹, dort findet man einen Haufen Fotos. Er hat Glück, dass sich keins von unserem Tatort darunter befindet.«

Mein Telefon klingelt. Es ist Sheriff Gray.

»Kommt ihr ins Büro?«, fragt er.

»Sind auf dem Weg.« Ich informiere ihn darüber, was wir bei der Obduktion herausgefunden haben. Er scheint nicht überrascht zu sein. Ich schätze, dass ihn nach seinen vielen Dienstjahren nicht mehr viel überrascht.

»Wo seid ihr genau?«

»Ungefähr auf halbem Weg nach Hadlock. Warum, was ist los?« Es muss wichtig sein, sonst würde er warten, bis wir wieder im Büro sind.

»Ich habe gerade einen Anruf von der State Patrol bekommen, und ich dachte, das könnte dich interessieren.«

»Ich habe schon mit dem State-Patrol-Typen am Tatort gesprochen. MacDonald. Er hatte nicht den blassesten Schimmer. Aber seine Schuhe haben geglänzt.«

»Der nicht, Megan, und sei bitte nett. Die haben einen anstrengenden Job, und vielleicht bist du eines Tages froh, wenn sie dir Rückendeckung geben.«

Er hat natürlich recht. »Also, mit wem hast du gesprochen?« Und warum sollte mich das interessieren?

»Trooper Lonigan. Er arbeitet heute auf Marrowstone Island. Er hat deine Fahndung gesehen und will, dass du ihn anrufst. Er weiß vielleicht, wer deine Jane Doe sein könnte.«

»Jane Snow«, korrigiere ich ihn.

»Was?«

»Ach, nichts, Sheriff. Gib mir die Nummer und ich rufe ihn von unterwegs an.« Ich fahre rechts ran und notiere die Nummer, die Sheriff Gray mir gibt, aber eigentlich ist das nicht nötig. Zahlen kann ich mir gut merken.

Als ich auflege, sagt Ronnie: »Marrowstone? Vielleicht kommt sie von dort.«

»Ja.« Ich wähle die Nummer und prompt hebt jemand ab.

»State Patrol, Lonigan.«

»Hier ist Detective Carpenter, Jefferson County Sheriff's Office. Der Sheriff sagte, ich soll Sie anrufen.«

»Okay.«

Ich warte. Warum lassen mich heute alle warten?

»Warum sollte ich Sie anrufen?«

»Weil ich Ihre Meldung wegen der vermisstes Frau und ein schreckliches Bild bekommen habe. Von MacDonald habe ich gehört, Sie haben die Leiche unten im State Park gefunden. Ich war vor einer Weile im Nordland General Store. Wissen Sie, wo das ist?«

Ich weiß es nicht.

Ich sage: »Ich glaube schon.«

»Die haben da richtig gute Sandwiches. Jedenfalls habe ich bei einem frühen Mittagessen Ihre Fahndungsbeschreibung gelesen und etwas zu Cass gesagt. Sie ist die Besitzerin. Sie macht auch einen richtig guten Hackbraten, das kann ich Ihnen sagen.«

Diesmal bin ich still. Ich bin auch hungrig.

»Jedenfalls habe ich ihr erzählt, was Mac gesagt hat und was Sie in Ihrer Fahndungsbeschreibung geschrieben haben, und wir haben zwei und zwei zusammengezählt und sind auf Joe Bobbsey gekommen.«

Es gibt Hunderte von Polizeibeamten im Bundesstaat Washington, und ich muss ausgerechnet an so einen Trottel geraten.

»Joe Bobbsey ist mein Opfer?«, frage ich verwirrt.

»Nein. Dazu komme ich gleich. Sie kennen Joe wahrscheinlich nicht. Er ist vor etwa zehn, fünfzehn Jahren aus Indiana hierhergezogen. Er war Farmer, aber jetzt besitzt er etwas Land und hat darauf Anglerhütten gebaut, die er vermietet«

Diesmal sage ich es: »Okay.«

»Tja, Cass sagt, dass einmal in der Woche eine der Mieterinnen in den Laden kommt, eine junge Frau, auf die Ihre Beschreibung passt. Sie sagt, sie kauft dort Lebensmittel ein. Sie sollte lieber in einen der neuen großen Läden in Silverdale gehen. Die sind um einiges billiger und haben auch eine größere Auswahl.«

»Cass?«

»Cass ist die Besitzerin. Sie sagt, die Frau zahlt immer in bar. Sie hat die Tasche voller Scheine und Kleingeld. Jedenfalls ist sie diesen Sonntag nicht gekommen. Sie passt auf die Beschreibung und ich dachte, ich überprüfe das mal für Sie.«

»Haben Sie zufällig den Namen dieser Frau, die was bei Joe Bobbsey gemietet hat?«, frage ich und denke, dass ich mich besser präziser ausdrücken sollte. Am besten nur Ja-oder-Nein-Fragen.

»Ihr Name ist Leann Truitt.«

»Haben Sie die Adresse von Leann Truitt?«

Ronnie schreibt in ihr Notizbuch.

»Ja. Aber ohne Joe Bobbsey finden Sie sie nicht. Es führen keine Straßen zu seinen Hütten. Nur ein Pfad durch den Wald. Zu einigen nicht einmal ein Pfad.«

»Wo sind Sie?«.

Lonigan sagt es mir.

»Ich bin fast in Port Hadlock. Wir treffen uns gleich.«

»Fahren Sie zum Nordland General Store, dort treffen wir uns.«

Ich lege auf.

»Wir haben eine erste brauchbare Spur«, sagt Ronnie. Sie sieht aufgeregt aus. Vielleicht steckt mehr dahinter. Vielleicht aber auch nicht. Wie auch immer, wir müssen es überprüfen.

Danach müssen wir uns auf die Suche nach Robbie Boyd machen.

SECHZEHN

Unterwegs hält mir Ronnie einen Vortrag über die Geschichte der Insel Marrowstone, den sie von ihrem Handy abliest. Wenn das Ding nicht so nützlich wäre, wäre ich versucht, es aus dem Fenster in den Puget Sound zu werfen.

»Marrowstone ist nach dem Marrowstone Point benannt, der 1792 von George Vancouver, einem britischen Forschungsreisenden, entdeckt wurde. Er nannte es Marrowstone wegen des harten, lehmartigen Bodens.«

Ich sage ihr nicht, dass sie den Mund halten soll. Sie ist aufgeregt, und das scheint ihre Art zu sein, Dampf abzulassen.

»Laut Volkszählung leben dort 884 Einwohner. Es gibt keine Städte. Nur ein paar staatliche Parks. Vierhundertzweiunddreißig Haushalte und in nur zehn Prozent von ihnen wohnen Kinder unter achtzehn Jahren. Können Sie sich das vorstellen?«

»Wow!«, sage ich.

Ist mir völlig egal.

»Kein einziger Einwohner lebt unter der Armutsgrenze. Das ist erstaunlich.«

»Und wie.«

Wir überqueren den Damm nach Indian Island.

Kilisut Harbor erstreckt sich zu unserer Linken. Ein Hinweisschild für Strandhütten weist mich an, rechts in die Robbins Road zu biegen, aber das ist die falsche Seite der Insel. Ich fahre Richtung Norden, wo die State Route 116 zur Flagler Road wird, und bleibe noch eine ganze Weile in der Nähe von Kilisut Harbor, bevor die Insel eine Art Riesendaumen bildet, der die Mystery Bay umschließt. Laut Ronnies GPS befindet sich der Nordland General Store genau an der Mystery Bay.

Weite Teile der Gegend wurden zu Ackerland und Weinbergen umgewandelt, mit ein paar kleinen Geschäften und einem eigenen Wohnmobilpark. Plötzlich taucht ein Wegweiser nach Mystery Bay auf, und ein weiteres, größeres Schild weist auf den Nordland General Store hin. Ich folge der Beschilderung und lande auf dem Schotterparkplatz vor einem einstöckigen Gebäude mit Flachdach. An das holzgetäfelte Gebäude wurde mehrfach angebaut. Der Gemischtwarenladen befindet sich auf der einen Seite, Mystery Bay Segel- und Campingzubehör in der Mitte, und dahinter ein Postamt. Auf der gegenüberliegenden Straßenseite liegt ein Bootsverleih an der Bucht. Es fehlen nur noch eine Tankstelle, eine Autowerkstatt und eine Kirche, und die Gemeinde wäre komplett. Man bekommt hier alles, was man braucht.

Neben dem Taurus stehen ein paar Vans mit Campingausrüstung und Kindern sowie ältere Paare, die wohl die Großeltern sind. Sie sehen erschöpft, aber glücklich aus. Ich kenne meine Großeltern nicht. Aber ich weiß, dass meine Großeltern mütterlicherseits schreckliche Menschen waren, die meine Mutter mehr oder weniger davongejagt haben, als sie sechzehn, schwanger und verängstigt war. Ich will sie also gar nicht kennenlernen. Mit den Eltern meines biologischen Vaters habe ich mich nie befasst. So lange sie keine Bedrohung für mich oder meinen Bruder darstellten, waren sie mir egal.

Ronnie dreht sich suchend auf dem Beifahrersitz um. »Hat

Trooper Lonigan nicht etwas von einem Restaurant hier erzählt?«

Im Fenster entdecke ich Schilder, auf denen ausschließlich selbstgebrautes Bier aus Port Townsend angepriesen wird. Ich passe. Ich sehe außerdem keinen Wagen der Staatspolizei. Wir steigen aus und gehen hinein, um Lonigan zu suchen.

Das Innere ist nicht so, wie man es von außen vermuten würde. Der Laden ist geräumig, mit weiß gestrichenen Regalen und Kühltruhen, die mit allem gefüllt sind, was man an Lebensmitteln braucht, und obendrein mit Bier oder Wein. Außerdem gibt es Haushaltswaren: Toaster, Kaffeekocher, sowohl elektrisch als auch die alten Brühkannen, Kartoffelstampfer, Stabmixer, Teller, Tassen und Besteck. Durch die vorderen Panoramafenster sieht man auf die Veranda mit Schaukelstühlen, Bänken und einem Tisch, an dem Kinder Dame spielen. Drinnen steht ein voller Kohleneimer mit Schaufel vor dem Fenster, daneben ein gusseiserner, bauchiger Ofen, der noch aus dem neunzehnten Jahrhundert stammen muss. Um Ofen und Fenster herum steht ein halbes Dutzend Holzstühle. Die Stühle sind schwer, gut verarbeitet und werden offensichtlich intensiv genutzt

Im Laden ist niemand. »Hallo? Ist hier jemand?«

Eine Frau, um die vierzig oder fünfzig, kleiner als ich und etwa zwanzig Kilo schwerer, kommt hinter der lackierten Holztheke hervor. Sie streicht ihr silbergraues Haar zurück und bindet es zu einem Pferdeschwanz zusammen.

»Falls Sie jemand Bestimmtes suchen, die sind nicht hier.« Sie lächelt, als sie das sagt, was mich zum Lächeln bringt. »Prinz Harry und Meghan kommen erst morgen hierher.«

Sie reibt ihre Hand an der Schürze ab und hält sie mir hin. »Cass.«

»Angenehm, Megan. Und das ist Ronnie.« Ich weiß nicht, warum ich uns mit unseren Vornamen vorgestellt habe. Aus Reflex. Sie ist Cass, wir sind Megan und Ronnie.

»Ich weiß, wer Sie sind. Lonigan hat mir gesagt, dass Sie kommen.«

»Er wollte uns hier treffen. Aber er hat wohl zu tun.«

Cass grinst. »Ja. Viel zu tun. Klar. Wenn Sie meinen. Ich habe Joe angerufen. Er müsste bald hier sein. Er ist unterwegs, ein paar Knochen brechen und die Miete eintreiben.«

Ich bemerke, dass ihr Gesichtsausdruck ernster wird, als sie über Joe Bobbsey spricht. Sie kann ihn nicht leiden.

»Wissen Sie, wie lange er ungefähr brauchen wird? Wir müssen ihm ein Foto zeigen.«

»Sie können es mir zeigen, wenn es von Leann ist. Sie kommt sonntags her. Pünktlich wie ein Uhrwerk, die Kleine.«

Ich wechsle einen Blick mit Ronnie. »Das Bild ist von einer Toten. Möglicherweise ...«

»Ich bin ganz schön rumgekommen, Herzchen. Ich habe schon tote Menschen gesehen. Zeigen Sie her.«

Ich habe die Mappe dabei. Ich schlage sie auf und nehme eine dreizehn mal achtzehn Zentimeter große Nahaufnahme vom Gesicht des Opfers heraus. Cass schaut wirft nur einen kurzen Blick darauf.

»Ja. Das ist Leann, ganz eindeutig. Armes Mädchen. Armes, armes kleines Ding.« Im nächsten Atemzug: »Wo sind meine Manieren? Lonigan sagte, Sie möchten vielleicht etwas essen. Auch Polizisten müssen zu Mittag essen.«

»Wir müssen wirklich nur Joe sprechen und ihm ein paar Fragen stellen.« Als ich das sage, bemerke ich die Enttäuschung auf Ronnies Gesicht. Es gibt eine Plastikvitrine mit Gebäck und vor allem mit großen Zimtschnecken mit weißem Zuckerguss. »Aber vielleicht können wir ja eine von Ihren Zimtschnecken dort probieren.«

»Wenn Sie mit Joe sprechen wollen, haben Sie reichlich Zeit zum Essen. Er ist auf Joe-Zeit. Er ist da, wenn er da ist. Ich hatte ihn gebeten, sich zu beeilen, aber das macht er nicht.« Sie murmelt etwas, das ich nicht ganz verstehen kann. »Ich mache Ihnen ein« richtiges Mittagessen.«

Cass verschwindet durch eine Tür. Ich höre Teller klappern und kurz darauf duftet es himmlisch. Nach ein paar Minuten ist sie wieder da und bringt zwei volle Teller.

»Setzen Sie sich an den Ofen. Sie müssen den Teller auf Ihren Schoß stellen. Das machen alle. Das ist hier so üblich.« Sie lacht wieder, und ich ertappe mich dabei, wie ich mitlache. Ich kann nicht anders. Ich habe jahrelang in Autos mit meinem Teller auf dem Schoß gegessen. Ronni setzt sich und nimmt Teller und Besteck entgegen, als würde sie zum ersten Mal ein Baby in der Hand halten und wüsste nicht recht, was sie damit anfangen soll. Ich haue rein.

Hackbraten, Bratensoße, Kartoffelpüree, in Butter gebratener Mais, der schmeckt, als käme er frisch vom Feld. Lonigan hat nicht gelogen. Es ist zwar nicht gerade ein Restaurant. Dafür ist es besser als ein Restaurant.

»Wie wär's mit Nachschlag?«

Ich winke ab. Mein Mund ist voll. Mein Magen auch. Ronnie legt ihre Finger vor den Mund und schüttelt den Kopf. Ich schaue auf die Wanduhr. Wir sind schon seit zwanzig Minuten hier. Immer noch kein Bobbsey. Als Cass den Kaffee bringt, ertönt die Glocke über der Tür.

»Joe ist da«, sagt Cass und geht zum Tresen.

Joe Bobbsey ist ganz anders, als ich ihn mir vorgestellt habe. So wie alle über ihn reden, habe ich einen Hinterwäldler mit rundem Bauch und schütterem Haar erwartet, der eine grüne John-Deere-Mütze trägt und Red-Man-Tabak kaut. Joe ist einen Meter fünfundachtzig groß, achtzig Kilo schwer und um die vierzig, mit blondem Haar, das ihm bis zum Kragen reicht, blauen Augen und einem Holzfällerbart.

Er schaut auf Ronnies Teller. »Wie wär's mit einem Stück Kuchen?«

»Frisch aus dem Ofen«, sagt Cass und stützt sich mit den

Ellbogen auf dem Tresen ab. Sie sieht aus wie eine Barkeeperin in einem alten Western. Sie deutet mit dem Kopf in meine Richtung. »Du musst mit ihnen reden.«

»Ich muss gar nichts, Cass. Ich bin nur aus Höflichkeit gegenüber Ray hier. Ich unterstütze die Polizei auf meine Weise.«

»Ja. Genau. Du vermietest deine Hütten ja auch nur an ehrliche, gottesfürchtige Leute und nicht an den Abschaum der Welt, der in meinen Laden einbricht, klaut oder sich auf meinem Parkplatz prügelt und damit meine Kunden vergrault.«

»Cass, ich führe keine polizeiliche Überprüfung von Leuten durch, die eine Anglerhütte mieten wollen. Ich führe ein Geschäft, genau wie du.«

Cass spottete. »Wie ich ...«

»Vielleicht überprüfst du ja alle deine Kunden. Alle Leute, die bei mir mieten, kommen hierher, um sich zu versorgen. Meine Kunden sind deine Kunden. Also bist du wohl genauso schuldig wie ich. Das hatten wir doch schon mal.«

»Du hast recht. Geh und rede mit den Damen. Ich bin beschäftigt.« Cass geht nach hinten in die Küche.

Joe setzt sich auf einen der Stühle, mit dem Rücken zum Fenster. Er stellt sich nicht vor und fragt auch nicht nach unseren Namen.

»Ich bin Detective Carpenter. Das ist Deputy Marsh. Falls Sie Joe Bobbsey sind, muss ich Ihnen ein Foto zeigen.«

»Mein Name ist nicht Bobbsey. Ich heiße Bohleber. Joe Bohleber. Mein Bruder ist Steve Bohleber. Wir sind Zwillinge. Wir sind vor acht Jahren aus Indiana hierher gezogen und man verpasste uns den Spitznamen Bobbsey-Zwillinge.«

Ich stehe auf, reiche Bohleber das Bild und sage: »Es ist kein schönes Bild, aber mir wurde gesagt, dass Sie vielleicht wissen, wer das ist.«

Ich warte auf seine Reaktion.

Er wirft einen noch kürzeren Blick auf das Foto als Cass.

»Ihr Name ist Leann Truitt. Sie ist Mieterin bei mir.« Die Art, wie er das sagt, verrät eine gewisse Melancholie. »Was ist mit ihr passiert?«

Ich antworte nicht. »Können Sie mir ihre Adresse geben?«

»Ich muss es Ihnen zeigen, und ich bin im Moment ziemlich beschäftigt. Können Sie später wiederkommen?«

»Nein.«

»Oh. Äh, okay. Sie meinen also jetzt gleich?«

»Ronnie wird in meinem Auto nachkommen und ich fahre mit Ihnen.« Ich werfe Ronnie einen Blick zu. Es ist mir ziemlich egal, ob es ihr gefällt oder nicht. Wir müssen geschlossen auftreten. Ich kann verstehen, warum Cass ihn nicht mag.

»Okay. Warum fahren Sie mit mir? Glauben Sie, ich laufe weg oder so? Ich bin doch kein Verdächtiger in dieser Sache, oder?«

Joe ist schon der zweite in den letzten Tagen, der sich erkundigt, ob er ein Verdächtiger ist. Das muss ansteckend sein.

»Nein, sind Sie nicht.« Das ist gelogen. Er ist gerade zu einem geworden. »Ich will Ihnen nur auf dem Weg dorthin ein paar Fragen über Ihre Mieterin stellen. Sie bringen uns hin und dann können Sie gehen.«

»Aber Sie nehmen mir nicht die Hütte auseinander, oder? Meine Hütten sind sauber. Ich kontrolliere sie einmal in der Woche. Wenn die Mieter irgendeinen Schaden angerichtet haben, sind sie raus.«

»Ich glaube nicht, dass Ms Truitt Schaden anrichten wird«, sage ich. Und raus ist sie erst recht. Es ist bemerkenswert, dass er sie so häufig kontrolliert. Ich frage mich, ob er einen Schlüssel hat.

Natürlich hat er einen.

Ich reiche Ronnie meine Schlüssel, während Cass ihr eine Lunchbox bringt und ihr etwas ins Ohr flüstert. Cass findet offenbar, dass Ronnie zu dünn ist.

Ich finde das auch.

SIEBZEHN

Vor der Tür parkt Joes Jeep, ein Grand Cherokee Laredo mit Allradantrieb, und nimmt zwei Parklücken ein. Auf dem Dach ist ein gelbes Zweier-Kajak festgeschnallt. Das Fahrzeug ist mit feinem, weißlich-grauem Staub bedeckt. Das Kajak hingegen ist staubfrei. Ich setze mich auf den Beifahrersitz und bemerke sofort einen Hauch von Marihuana. Wahrscheinlich mehr als nur einen Hauch. Joe bemerkt, dass ich es bemerke. Ich sage nichts dazu.

Von mir aus kann er sich Heroin spritzen, solange er mich nur zum Haus des Opfers oder ihrer Hütte oder was auch immer bringt.

Wir fahren ein paar Meilen auf der Flagler Road Richtung Norden, bevor wir an die Stelle kommen, wo die Mystery Bay in den Kilisut Harbor mündet. Mir fällt ein, was Ronnie über die etwa achthundert Menschen gesagt hat, die auf der Insel leben. Ich frage mich, wie es wohl wäre, in dieser Art von Abgeschiedenheit zu leben. Isolation. Würde mir das helfen, mein Leben zu bewältigen, oder würde ich mich dadurch sozial noch mehr abgrenzen?

Wir fahren weiter gen Norden in Richtung des Fort Flagler

Historical State Parks und biegen auf eine Schotterpiste, nehmen dann einen zerfurchten Weg zwischen den Feldern hindurch und fahren schließlich durch hohes Gras in Richtung Mystery Bay.

»Lebte sie mit jemandem zusammen?«, frage ich.

Er starrt geradeaus. »Besser nicht.«

»Ist das ein Ja oder ein Nein?«

»Das ist ein ›ich habe keine Ahnung‹, aber es wäre besser, wenn sie da allein gewohnt hätte.«

»Hat sie einen Mietvertrag?«

»Ja.«

»Verlangen Sie eine Referenz?«

»Sicher.«

»Würde es Ihnen etwas ausmachen, etwas ausführlicher zu antworten?«

»Jetzt passen Sie mal auf«, sagt er und sieht mich zum ersten Mal an, »ich habe mir schon die Zeit genommen, Sie hier raus in die Pampa zu fahren. Ich lasse Ihnen den Mietvertrag zukommen. Der nützt mir jetzt eh nichts mehr, schätze ich mal.«

»Wissen Sie noch, wen sie als Referenz angegeben hat? Die Mutter? Den Vater? Ihren Arbeitgeber?«

Ihren Mörder?

»Hat sie nicht gesagt, aber ich habe mit einem Jim Truitt gesprochen. Schätze mal, dass sie irgendwie verwandt sind. So ein reicher Typ. Mehr weiß ich nicht, aber seine Telefonnummer und Adresse stehen im Mietvertrag.«

Wir biegen in ein Waldgebiet ein und der Jeep schlängelt sich zwischen den hoch aufragenden Tannen hindurch. In der Ferne erkenne ich einen blau schimmernden Streifen am Horizont: Mystery Bay.

»Auswendig weiß ich die Adresse nicht«, sagt er. »Vielleicht hat sie eine Kopie in der Hütte. Falls Sie nachsehen wollen, ich kann Ihnen den Schlüssel geben.«

Er erzählt mir nicht alles, also hake ich nach.

»Kennen Sie Jim Truitt?«

»Nein. Hab den Kerl nie gesehen. Warum belästigen Sie nicht lieber ihn statt mich?«

»Sie sagten gerade, er sei reich. Woher wissen Sie das?«

Er antwortet nicht. Ich sage nichts, aber ich werde Jim Truitt finden. Und ich werde einen Deputy zu Joes Haus schicken, um den Mietvertrag zu holen. Ich will nicht, dass er ihn mir in »Joe-Zeit« schickt, wie Cass es ausdrückt.

Der Jeep hält auf einer schmalen Schotterstraße. Direkt vor uns liegt eine Lichtung, auf der eine Blockhütte steht. Ich schaue zurück, um zu sehen, ob Ronnie es durch das unwegsame Gelände geschafft hat. Ich kann mein Auto nicht sehen, aber die frischen Reifenspuren sollten ihr den Weg weisen. Ich hoffe, mein Taurus liegt nicht mit gebrochener Achse in irgendeinem Graben. Als sie neben uns zum Stehen kommt, bin ich erleichtert.

Ich habe nicht vor, in die Hütte zu gehen. Eigentlich möchte ich nicht einmal um die Hütte herumgehen. Hier könnte der Mord stattgefunden haben. Sie wurde gefesselt, verprügelt und sexuell missbraucht. Ich kenne solche Psychopathen aus eigener Erfahrung. Die belassen es meist nicht bei einem Opfer. Ich muss mich darauf gefasst machen, nach weiteren suchen zu müssen.

Ich nehme Joes Schlüssel für die Hütte an mich, und Ronnie notiert sich seine persönlichen Angaben in ihrem Notizbuch. Er wohnt in der Flagler Road, es wird also nicht schwer sein, ihn zu finden. Sie schreibt sein Kennzeichen und eine Fahrzeugbeschreibung auf und fragt nach seinem Führerschein. Er ist ein wenig gereizt, richtig böse wird er aber erst, als ich ihm sage, dass die Hütte und die Gegend ab sofort gesperrt sind, bis der Tatort freigegeben wird. Ich verspreche ihm, dass er seinen Schlüssel zurückbekommt und die Hütte nicht verwüstet wird. Er glaubt mir nicht.

Während wir auf die Spurensicherung warten, setzt Ronnie Joe in den Taurus und nimmt seine Aussage auf. Ich höre zu: Sie stellt alle richtigen Fragen. Sie macht nicht den Fehler mancher Ermittler, die versuchen, sich anzubiedern oder zu autoritär zu sein. Sie lässt ihn Fragen stellen und sie lässt ihn seine eigenen Fragen beantworten.

Kluges Mädchen.

Bevor ich ihn gehen lasse, frage ich: »Wo ist Ihr Zwillingsbruder jetzt?«

Er schüttelt mit dem Kopf.

»Wissen Sie es nicht oder wollen Sie es nicht sagen?«

»Ich weiß es nicht«, sagt er. »Er ist abgehauen, kurz nachdem Leann die Hütte gemietet hat. Ich habe schon länger nichts mehr von ihm gehört.«

»Haben Sie meinem Deputy gesagt, wo er wohnt? Eine Telefonnummer? Irgendeine Möglichkeit, ihn zu finden?«

Ronnie schüttelt den Kopf.

»Warum nicht, Mr Bohleber?«

»Ich bin nicht der Aufpasser meines Bruders. Ihm gehört die Hälfte des Geschäfts, aber er hat einfach seine Sachen gepackt und ist abgehauen. Hat mir nicht gesagt, wohin er geht, und um ehrlich zu sein, will ich es auch gar nicht wissen. Er hat mir die ganze Arbeit überlassen und bekommt immer noch die Hälfte der Einnahmen.«

»Welche Bank?«

Er sieht mich nur an.

»Ich frage nicht noch einmal, Mr Bohleber. Wenn ich mir einen Durchsuchungsbeschluss besorgen muss, gelten Sie als Verdächtiger und die ganze Sache wird noch viel ungemütlicher.«

Ronnie reicht ihm ihr Notizbuch und er schreibt es auf.

»So.« Er spuckt aus. »Ist das jetzt alles? Kann ich wieder an die Arbeit gehen?«

»Sicher«, erwidere ich. »Nachdem meine Kollegin ein paar Bilder von Ihren Reifenprofilen aufgenommen hat.«

Er verzieht das Gesicht, und Ronnie tut, worum sie gebeten wurde.

Als er wegfährt, macht sie weitere Fotos von den Reifenspuren in der feuchten Erde.

Ich rufe Sheriff Gray an und gebe ihm den aktuellen Stand der Dinge durch. Ronnie nennt mir die genauen GPS-Koordinaten von ihrem Handy und ich leite sie weiter. Ich bitte den Sheriff, einen Deputy zu Joe Bohlebers Haus zu schicken, um den Mietvertrag zu holen. Ich frage ihn, ob er die Strafregistereinträge von Leann Truitt und Jim Truitt überprüfen kann. Er stimmt zu, aber er klingt etwas zögerlich. Ich nenne das Geburtsdatum von Joe Bohleber und berichte ihm von der Zwillingsgeschichte mit Steve.

Als nächstes rufe ich Joe an.

»Ich dachte, wir wären fertig«, sagt er.

»Nicht ganz«, antworte ich. »Ich habe einen Kollegen zu Ihrer Adresse geschickt, um den Mietvertrag abzuholen. Er wird Ihnen eine Quittung dafür ausstellen.«

»Ich hatte nicht vor, nach Hause zu fahren.«

»Tut mir leid«, sage ich, obwohl ich es gar nicht so meine. »Ein Deputy ist bereits unterwegs zu Ihnen und Sie waren ja so kooperativ.«

»Gut, ich fahre nach Hause«, sagt er schließlich. »Aber lange werde ich nicht warten.«

Ich lege auf, und Ronnie und ich sperren einen großen Bereich um die Hütte mit gelb-schwarzem Tatortband ab, während wir auf die Deputys Davis und Copsey warten. Glücklicherweise dauert das nicht lange. Mit einer weiteren Rolle Absperrband vergrößern die Beamten die abgesperrte Zone.

In dem Moment rollt Mindy Newsoms weißer Lieferwagen

heran. Der Name ihres Blumenladens steht auf einer Seite des Wagens. Aber sie ist nicht gekommen, um Blumen auszuliefern. Wir sind befreundet, seit ich in Port Townsend lebe. Sie hatte gerade ihr Studium der Forensik an der University of Washington abgeschlossen und war neu im Büro des Sheriffs, als ich dort anfing. Sheriff Gray baute sogar extra einen alten Konferenzraum zu einem Labor für sie um. Gerade als sie die staatliche Zulassung als Kriminalistin erhielt, wurde die Stelle in eine Teilzeitstelle verwandelt. Ziemlich kleinteilige Teilzeit. Jefferson County schien ihre Fähigkeiten nicht regelmäßig zu benötigen. Sie gab die Stelle auf, heiratete einen Werksdirektor und bekam ein Baby. Während der Elternzeit eröffnete sie einen Blumenladen in der Innenstadt.

»Gibt es eigentlich keine andere Möglichkeit, uns zu sehen?«, fragt sie und kommt auf mich zu.

Wir umarmen uns. Anderen Frauen stehe ich nicht so nahe. Eigentlich stehe ich niemandem nahe. Mindy ist lustig, klug. Und sie bringt mich zum Lachen. Wenn ich eine Schwester hätte, würde ich mir wünschen, dass sie wie Mindy wäre.

Aber ich habe keine. Ich habe ja kaum einen Bruder.

»Der Sheriff meint, hier besteht ein Zusammenhang mit der Leiche, die ihr gestern gefunden habt«, sagt sie und begutachtet den Tatort.

»Ich habe sie von zwei Personen anhand von Fotos identifizieren lassen«, sage ich. »Wäre gut, wenn wir noch auf anderem Weg zu einem Treffer kämen. Kommt der Sheriff auch?«

»Er hat gesagt, ihr braucht mich.« Mindy öffnet die Seitentür des Lieferwagens und holt weiße Overalls heraus. »Kommst du mit rein?«

Ronnie kommt herüber und ich stelle sie vor.

»Ich würde gerne reingehen«, sagt sie, und Mindy und ich tauschen vielsagende Blicke aus.

»Ziehen Sie sich das über«, sage ich ihr. »Und halten Sie

sich genau an alles, was Mindy Ihnen sagt. Fassen Sie nichts an. Und bleiben Sie direkt hinter ihr.«

Ronnie salutiert übertrieben.

Ich schüttle den Kopf und denke, wenn ich eine Schwester hätte, dann würde ich mir wünschen, dass sie bloß nicht so wäre wie Ronnie.

Mindy reicht ihr einen Tyvek-Anzug, Überziehschuhe und eine Maske.

Während Ronnie sich anzieht, zeige ich Mindy ein paar Fotos vom Fundort in der Bucht und ein aussagekräftiges Bild des Gesichts von der Autopsie am Morgen.

Ein Gesicht, das nicht mehr zu Jane Snow gehört.

Leann ist ihr Name.

Ich sitze auf der Motorhaube des Taurus und gehe die Unterlagen in der Aktenmappe durch, während Mindy und Ronnie die Hütte betreten. Jetzt habe ich einen Namen und eine Adresse, oder zumindest eine GPS-Ortung. Ich habe den Vermieter, der meiner Meinung nach ziemlich kaltschnäuzig ist. Ich habe den Kletterer, Boyd, der die Leiche gefunden hat. Und ich habe eine Aussage von Cass aus dem Nordland General Store über die Gewohnheiten des Opfers. Und was für Gewohnheiten! Sie kaufte jeden Sonntag im Gemischtwarenladen ihre Lebensmittel ein. Präzise wie ein Uhrwerk.

Muster sind ein Magnet für Mörder.

Ich denke an alles, was ich nicht gemacht habe und was ich noch erledigen muss, als Sheriff Gray anruft.

»Ich habe die Führerscheindaten von Leann Truitt, hast du was zum Schreiben da?«

Ich brauche keinen Stift und kein Papier.

»Schieß los.«

Er liest die Informationen vor. Die Personenbeschreibung passt perfekt. Die Adresse auf dem Führerschein ist eine andere als die, an der ich mich gerade befinde, aber laut dem Bobbsey-Zwilling ist sie vor einem Jahr hierhergezogen. Gray sagt mir, dass sie einen 93er Subaru besitzt. Waldgrün. Er gibt mir das Kennzeichen durch.

»Das Fahrzeug ist nicht hier«, sage ich und füge hinzu: »Wie kann sie jeden Sonntag pünktlich zum Supermarkt fahren?«

Ohne ihm Zeit zum Antworten zu geben, sage ich: »Entweder hat sie eine regelmäßige Mitfahrgelegenheit oder ihr Auto wurde irgendwo abgestellt.«

»Das wollte ich auch gerade sagen«, sagt Sheriff Gray.

»Tut mir leid, ich habe nur laut gedacht.«

Ich wünschte, ich würde aufhören, mich ständig zu entschuldigen. Eigentlich tut mir so gut wie nie etwas leid.

Als Nächstes rufe ich Susie von der Zentrale an. Ich will nicht, dass Truitts Name veröffentlicht wird. Ich muss immer noch Jim Truitt finden. Ich lasse Susie die Fahrgestellnummer und das Kennzeichen des Subaru überprüfen, um zu sehen, ob er einen Strafzettel bekommen hat oder abgeschleppt wurde. Wenn er als verlassen gemeldet wurde, haben ihn die Beamten vielleicht abgeschleppt. Sie findet nichts. Ich sage ihr, sie solle mich informieren, falls das Kennzeichen oder die Fahrgestellnummer irgendwo gemeldet werden.

»Streck deine Fühler Richtung Ordnungsamt aus und bitte sie, mich direkt zu benachrichtigen, sollte das Fahrzeug gefunden werden. Ich will das Ganze nicht an die große Glocke hängen.«

»Verstanden«, sagt Susie.

Ich habe geschworen, alles zu tun, was nötig ist, um Serienmörder zu finden und aufzuhalten. Noch ist er keiner – jedenfalls soweit ich weiß –, aber ich habe so ein ungutes Gefühl, dass sich das bald ändern könnte. Ich glaube auch nicht, dass Mindy in der Hütte Beweise für irgendein falsches Spiel finden wird. Nennen wir es Vorahnung.

Leann wollte sich mit jemandem treffen. Und sie ist nie wieder nach Hause zurückgekommen.

ACHTZEHN

Als Ronnie aus der Hütte kommt, zieht sie ihren weißen Schutzanzug aus und steigt in den Taurus. Sie sieht ziemlich perplex aus.

»Was ist los?«, frage ich, während sie sich anschnallt.

»Ich verstehe überhaupt nichts. Es war nichts in der Hütte«, sagt sie. »Mindy hat überall nachgesehen. Keine Spur von Blut oder einem Kampf oder irgendwelchen Beschädigungen.«

»Das ist nicht unser Tatort«, sage ich. »Leann wurde woanders gefangen gehalten und getötet.«

»Stimmt, aber ich hatte gehofft, wir würden etwas finden.«

Hoffnung ist zwar gut und schön, denke ich, aber sie bringt die Ermittlungen nicht weiter.

Während der Fahrt schaue ich auf die Straße und denke immer noch darüber nach, was Ronnie auf Boyds Social-Media-Kanälen gefunden hat. »Killing Box«, so hatte er es genannt. Auf den Bildern, die sie von seinen Seiten heruntergeladen hatte, waren gefährliche Hindernisse an einem Fluss oder Bach zu sehen, wo Baumwurzeln oder Äste ins Wasser gefallen waren. Ich muss an eine Fischreuse denken: Das Wasser fließt durch, aber Tiere und Menschen, die von der Strömung erfasst und mitgerissen werden, verfangen sich darin. Es ist fast unmöglich für sie, sich herauszukämpfen und sich zu befreien. Boyd hatte Bilder von kleineren Tieren und sogar Rehen, die dort ertrunken waren, hochgeladen.

Eine Tötungsbox.

Einfach nur krank.

Ich muss mich auf das Gespräch mit Jim Truitt, der vermutlich Leanns Vater ist, vorbereiten. Laut Fahrzeugschein wohnt er in Port Ludlow. Ich muss mehr über sie erfahren.

»Was haben Sie denn erwartet, dort zu finden?« frage ich, als meine Gedanken wieder zu Ronnie zurückkehren.

»Ich wollte *etwas* finden. *Irgendetwas*, das uns einen Hinweis geben könnte.«

Innerlich muss ich schmunzeln. Ronnie redet schon wie ein TV-Ermittler. Aber sie hat nicht unrecht. Auch ich hatte gehofft, dass sie und Mindy einen Zettel oder irgendetwas finden würden, das über das Leben dieser Frau Auskunft gibt. Ein Foto von einem Freund. Oder einer Freundin. Ronnie sagte, es gäbe keine Fotos. Nicht an den Wänden, auf den Kommoden, nirgends.

»Erzählen Sie mir alles noch einmal.«

Ich hatte eine Weile nicht mehr zugehört.

»Es gab dort nichts Ungewöhnliches.«

»Schließen Sie die Augen und stellen Sie sich vor, wie Sie durch die Tür gehen. Ich habe diese Technik als hilfreich empfunden. Probieren Sie es aus.«

Sie *ist* hilfreich. Als ich sechzehn war, wurde mein Stiefvater ermordet und meine Mutter entführt. Ich fuhr die ganze Nacht herum und versuchte verzweifelt, sie zu finden. Ich hatte gerade erst meinen Führerschein gemacht. Meine Knöchel schmerzten und ich hielt auf einem Rastplatz neben einem Minivan. Die Scheiben des Vans waren beschlagen.

Auf dem Rücksitz schlief ein kleines Mädchen, und als ich neben dem Wagen anhielt, öffnete sie die Augen und ich nickte ihr zu. Ich fragte mich, ob sie auch auf der Flucht war. In meiner Vergangenheit war ich dieses kleine Mädchen gewesen. Ich schlief in unserem Auto und wartete. Ständig wartete ich. Dieses Mädchen dürfte vier oder fünf Jahre alt gewesen sein. Der Minivan war bis unters Dach mit Krempel vollgepackt. Es war kein Campingzubehör, aber es sah so aus, als lebte sie und wer auch immer bei ihr war, in dem Wagen. Hinter dem Lenkrad saß ein Mann und ich fragte mich, wo die Mutter war. Die Kleine war hübsch. Sie hatte dunkles Haar und dunkle Augen. Als sie sah, dass ich sie beobachtete, fuhr sie mit dem Finger über die beschlagene Scheibe. Sie malte einen Kreis mit zwei Punkten darin. Dann einen Bogen. *Ich bin traurig. Ich bin auf der Flucht.* Ich konnte ihr nicht helfen. Damals nicht. Aber später. Als ich den Mörder meines Stiefvaters geschnappt und meine Mutter gerettet hatte, suchte ich nach dem Mädchen im Minivan. Ich benutzte die Visualisierung von dem Tag, als ich sie zum ersten Mal gesehen hatte. Ich erinnerte mich an alles. An den Wagen, den Mann, der hinter dem Steuer saß, den traurigen Gesichtsausdruck des Mädchens, das Nummernschild …

Ich musste sie retten.

Das Nummernschild führte mich zu ihr und ermöglichte ihre Befreiung.

Ich hänge noch immer diesen Erinnerungen nach, als Ronnie an meinem Arm zerrt. Ich schlittere ein wenig über die Mittellinie und ein Lastwagen hupt. Ich fahre zurück auf meine Spur. Ich bin müde, und dieser Fall weckt die Geister der Vergangenheit. Ich musste jemand anderes werden, um zu tun, was damals getan werden musste. Ich will nicht mehr dieses Mädchen sein, aber ich muss.

Leann braucht mich auch.

»Ich dachte, Sie wären eingenickt«, sagt Ronnie. »Haben

Sie letzte Nacht nicht geschlafen? Oder geht es Ihnen wie mir? Wenn ich etwas Deftiges esse, falle ich in ein Fresskoma.«

Ronnie plappert weiter und mir ist wirklich nicht danach, sie zu unterbrechen. Sie war enttäuscht, dass der Mörder keine Nachricht in der Hütte hinterlassen hat:

Hey. Ich bin's. Ich habe Leann Truitt getötet und möchte bitte verhaftet werden.
Hier ist mein Name, mein Geburtsdatum und mein Aufenthaltsort ...

Das ist nicht fair, das ist mir klar. Ronnie hat versucht, zu helfen. Und sie hat noch nicht einmal gefragt, wann sie Feierabend machen kann.

»Sie haben mehr gesehen, als Sie glauben«, sage ich ihr. »Das ist alles. Ich weiß, dass Sie das schon kennen, aber es funktioniert wirklich.«

Sie schließt die Augen, lehnt ihren Kopf theatralisch gegen den Sitz. »Okay, aber es fühlt sich merkwürdig an.«

»Hat man Ihnen nicht gesagt, dass Sie auf Ihren Ausbilder hören sollen?« frage ich.

»Mir wurde gesagt, der Ausbilder hat immer recht. Mach, was er sagt.«

»Das ist gut. Dann bin ich also heute Ihre Ausbilderin. Ich möchte, dass Sie sich an alles erinnern, was Sie in dieser Hütte getan haben.«

»Tut mir leid, Detective. Ich bin einfach so nervös, und wenn ich nervös bin, rede ich.«

Das ist ja wohl die Untertreibung des Jahrtausends.

Sie hält ihre Augen geschlossen. »Ich schrieb meinen Namen auf dem Klemmbrett des Deputys, der an der Tür stand. Mindy ging hinein und ich versuchte, genau hinter ihr zu bleiben.«

Ich unterbreche sie. »Woraus besteht der Boden?«

»Holz. Dielen. Abgenutzt und glatt.«

»Ist er schmutzig? Staubig?«

»Nicht staubig. Nicht supersauber. Ich würde nicht von ihm essen. Für eine Hütte ist er ziemlich sauber.«

»Schauen Sie sich um«, sage ich, meinen Blick auf die Straße gerichtet. »Was sehen Sie?«

Sie atmet tief durch.

»Nur wenige Möbel. Eine Couch. Blau. Die Armlehnen sind gepolstert, aber an einer Stelle ist ein Riss und aus der Lehne quillt Füllmaterial heraus. Ein gepolsterter Stuhl mit hoher Rückenlehne. Alt. Beine und Armlehnen aus Holz. Grün. Ein Fernseher. Flachbildschirm. Ausgeschaltet. Ein Tresen trennt den vorderen Raum von der Küche ab. Hinter der Küche liegen Schlafzimmer und Bad hinter einer Tür.«

»Steht im vorderen Zimmer ein Tisch?«

Sie rührt sich ein wenig, hält aber die Augen geschlossen. »Ein kleiner. Neben dem Stuhl. Rund. Ein Klapptisch. Auf dem Tisch steht eine Pflanze und neben der Pflanze ein Glas mit Inhalt. Ein Whiskyglas. Rote Flüssigkeit. Ich habe nicht daran gerochen, aber es sieht aus wie ein Gin Tonic mit Preiselbeeren. Das trinke ich auch gern.«

Ich merke mir das für den Fall, dass ich sie eines Tages mal einlade.

»Die Küche?«

»Kein Tisch. Nur die Arbeitsplatte. Eine Kaffeemaschine. Auf dem Boden der Kanne ist eingebrannter Kaffee. Der Schalter steht auf ›an‹. Sie hat die Kanne stehen lassen und der Kaffee ist eingebrannt. Die Maschine muss sich selbst abgeschaltet haben. Ich rieche nichts.«

Ich dränge auf mehr. »Irgendwelche Papiere auf dem Tisch oder der Arbeitsplatte?«

»Ein Umschlag auf dem Tresen. Mindy hat einen Blick

darauf geworfen. Es war eine Zahlungsanweisung, ausgestellt auf Joe Bohleber. Achthundert Dollar.«

Dafür, dass sie es nicht wollte, macht sie sich verdammt gut. »Herd?«

Ronnie legt den Kopf leicht schief und erinnert sich. »Gas. Draußen muss es einen Propantank geben. Ich habe mir die Drehknöpfe angesehen. Alle ausgeschaltet. Ich war besorgt. Sie hatte die Kaffeekanne anbrennen lassen. Auf dem Herd war nichts. Doch, Moment. Da stand etwas. Eine Eisenpfanne. Die Pfanne sah aus, als wäre Schweinefett darin. Alt. Ich habe es nicht gerochen. Ich habe nichts gerochen, außer im Badezimmer.«

»Dann gehen Sie jetzt ins Bad.«

»Keine Tür. Die gibt es nicht. Das Waschbecken hat Rostflecken. Resopalplatte. Ein Stück Seife ... Lavendel ... und ein Schmuckding. Sie wissen schon, eine dieser Keramikhände mit gespreizten Fingern, an die man Ringe und Ketten und so was hängen kann? Aber da sind keine Ringe. Eine Goldkette mit einem Amulett.«

»Hat Mindy das Amulett gesehen?«, frage ich.

Ronnie wiegt den Kopf ein wenig. »Ja. Sie hat es geöffnet. Es war aus Gold. Es sah sehr alt aus.«

»Woran erinnern Sie sich noch? An Kleidung? Poster? Herumliegende Rechnungen? Irgendetwas?«

Ronnie zuckt mit den Schultern und blickt nachdenklich nach oben. »Der Schrank war vollgestopft mit Klamotten. Sie hatte wirklich eine Menge davon. Auf jeden Fall lagen mehrere Kleidungsstücke auf ihrem Bett verstreut. Drei Oberteile, ein langärmeliges, beigefarbenes Shirt mit Knopfleiste. Ein hellblaues, kurzärmeliges. Ein Pullover mit Pailletten. Ein paar Hosen, beige und schwarz. Eine Jeans. Sie waren alle ziemlich alt, aber immer noch schön. Ihre Wohnung war sehr ordentlich. Es passte nicht zu ihr, diese Sachen herumliegen zu lassen. Ich glaube, sie hat überlegt, was sie anziehen soll. Ich habe weder ein Scheckbuch noch eine Handtasche oder sonst etwas gesehen.«

»Warum sollte sie sich überlegen, was sie anziehen soll?«, frage ich.

Ronnie sieht mir in die Augen und sagt, was ich denke.

»Sie wird wohl eine Verabredung gehabt haben.«

NEUNZEHN

Das Haus von Jim Truitt ist eine Mini-Villa mit Blick auf die Twins, zwei kleine unbewohnte Inseln, die zwischen dem Bay Club und der Bull's Head genannten Halbinsel liegen. Nein, ich nehme es zurück: Es ist ein ausgewachsenes Herrenhaus. Daran ist gar nichts mini. Hinter dem riesigen Haus kann ich einen Bootsanlegeplatz erkennen. Mehrere Liegeplätze sind belegt. Segelboote, eine Yacht, ein Kabinenkreuzer und einige kleinere, aber nicht weniger teuer aussehende Boote. Ich fahre die kurvenreiche, von Rhododendren gesäumte Auffahrt entlang und komme zu einem seitlich gelegenen Parkplatz. Die Auffahrt geht hinter dem Haus weiter. Unter einem über-dachten Laubengang parkt ein schwarzer BMW.

»Der Mah-sta ist zu Hause«, sagt Ronnie mit arrogant verstellter Stimme.

Ich ignoriere sie.

Wir steigen aus, Ronnies Tür öffnet sich mit einem Quiet-schen, das mir vorher noch nie aufgefallen ist. Angesichts des Reichtums auf dieser Spielwiese im Reich Gottes lässt der BMW meinen Taurus wirken, als seien wir die Assis aus der alten Serie *Beverly Hillbillies*. Als ich mich umschaue, entdecke ich die Überwachungskameras. Eine auf jeder Seite des Portikus. Ich drücke den Knopf der Gegensprechanlage neben der Tür und warte. Und warte. Schließlich fragt eine Männerstimme: »Wie kann ich Ihnen behilflich sein?«

»Detective Megan Carpenter.«

Die Tür öffnet sich und hinter ihr erscheint ein Mann mit dunkelrotem Haar mit einem Bürstenschnitt. Er hat ein ausgeprägtes, kantiges Gesicht und sehr volle, mürrisch verzogene Lippen. Seine Nase ist zu breit für sein schmales Gesicht. Seine abstehenden Ohren sehen aus wie die Henkel einer Rookwood-Vase. Er trägt eine blaue Jeans, die an den Knien durchlöchert ist, und ein violettes T-Shirt mit dem Aufdruck »Priestess Warrior« auf der Vorderseite. Er lächelt. Aber es wirkt unecht. Er ist etwa Mitte vierzig, und ich frage mich, ob wir im richtigen Haus sind oder ob sich hier vielleicht eine Sekte versammelt hat, die Kool-Aid verteilt.

Priesterkriegerin?

»Ich bin Detective Carpenter. Das ist Deputy Marsh.« Ich halte wieder meinen Ausweis hoch. Er guckt gar nicht hin, sondern starrt auf Ronnies Dienstmarke – oder auf ihre Brüste. »Ich suche einen Mr Jim Truitt.«

Sein Lächeln gleicht jetzt eher dem Aussehen einer Katze, die einen Vogel erspäht hat.

»Wirklich? Was verschafft mir das Vergnügen eines Besuchs von, äh ...«, er schaut wieder auf Ronnies Dienstmarke/Brüste, »vom Polizeirevier des Jefferson County?«

»Ich komme wegen Ihrer Tochter«, sage ich.

Das Lächeln verschwindet, macht aber nicht der Besorgnis Platz. Es ist eher, als hätte ich etwas Widerwärtiges gesagt. »Was hat sie jetzt schon wieder angestellt?«

»Können wir reinkommen?«

Er überlegt kurz, dann tritt er zur Seite und bringt uns zu einem Raum, der so groß ist wie meine gesamte Wohnung, wenn nicht sogar noch größer. Eine Wand besteht komplett aus

Glas und gibt den Blick auf ein Segelboot mit einem bonbonfarbenen Spinnaker frei, das über die bleigraue Oberfläche der Bucht gleitet. Die Möbel sind teuer und wirken unbenutzt wie in einem Ausstellungsraum. Überall hängen gerahmte Fotos von Jim Truitt: an Deck einer Yacht, mit einer Trophäe posierend, am Steuer in der Kajüte eines klassischen Schnellboots mit Mahagonideck, wie ich vermute. Dutzende weitere Fotos von Segelschiffen, geangelten Fischen, Unterwasseraufnahmen; Truitt in Taucherausrüstung, Truitt in Bermuda-Shorts, Truitt beim Fliegenfischen.

Die Bildergalerie sagt alles.

Kein Bild von seiner Tochter, seiner Frau oder irgendeinem anderen Lebewesen, den keuchenden Fisch, den er aus dem Wasser gezogen hat, mal außen vorgelassen. Und dennoch lächelte er auf keinem einzigen Bild.

Und ich dachte, Geld macht glücklich.

»Ist Mrs Truitt zu Hause?«

Er schüttelte den Kopf. »Die ehemalige Mrs Truitt lebt auf St. Lucia, in dem Haus, das ich ihr als Scheidungsgeschenk gekauft habe.«

Er fragt nicht nach seiner Tochter. Das ist sehr seltsam. Ich bringe die Sprache auf sie.

»Wann haben Sie Leann das letzte Mal gesehen oder gesprochen?«

»Ich habe meine Tochter seit zwei Jahren weder gesehen noch gesprochen.«

Kein Mann der vielen Worte, aber mit viel Spielzeug.

»Haben Sie noch andere Kinder?«

»Worum geht es hier, Detective?«

Ich öffne den Aktenordner. »Ich werde Ihnen ein Bild zeigen. Es ist nicht angenehm.«

Ich reiche ihm die zehn mal fünfzehn Zentimeter große Aufnahme mit dem Gesicht seiner ermordeten Tochter. Er stößt einen kleinen Schrei aus, als er es ansieht, unterdrückt die gezeigte Emotion jedoch sofort wieder. Er reicht mir das Foto zurück.

Er sagt nicht: »Das ist meine Tochter. Das ist Leann«, oder: »Was ist mit ihr passiert?«. Die einzige erkennbare Emotion ist eine leichte Veränderung seiner Stimme.

Ich versuche, ihm das Foto zurückzugeben. »Können Sie es sich noch einmal ansehen? Ich brauche ein Ja oder Nein.«

Er weigert sich, es zu nehmen.

»Das ist sie.«

Mir ist klar, dass ich ein bisschen grausam bin, aber ich bin entschlossen, eine menschliche Reaktion von ihm zu bekommen.

»Das ist Ihre Tochter? Leann Truitt?«

Er nickt.

Ich weiß, dass Menschen ihre Trauer auf unterschiedliche Weise verarbeiten. Aber das hier ist etwas anderes. Er wirkt beinahe erleichtert. Am liebsten würde ich ihm eine reinhauen.

Aber ich tue es nicht.

»Können Sie mir sagen, wo sie gearbeitet hat?«, frage ich.

Er zuckt ein wenig mit den Schultern, um anzudeuten, dass es ihm egal ist. Er sagt: »Ich habe gehört, dass sie in einer Bar in Port Townsend arbeitet. Den Namen des Lokals kenne ich nicht.«

»Schon gut«, sage ich. »Ich finde es auch so heraus.« Ich weise Ronnie an, sich zu setzen, nehme ebenfalls Platz auf der Couch und lasse den Platz neben mir frei, in der Hoffnung, dass er sich setzt und sich nicht verkriecht. »Ist Ihre Tochter hier in der Gegend aufs College gegangen?«

Er lässt sich auf das andere Ende der Couch sinken und denkt einen Moment nach.

»Sie war brillant, Detective. Sie hatte eine große Zukunft vor sich. Aber dann ist etwas passiert. Ich weiß nicht, was. Sie wollte es mir nicht sagen. Sie schmiss die Uni. Ich glaube, das Jurastudium war nichts für sie. Sie sagte, sie könne sich nicht vorstellen, Anwältin zu werden, und nannte sie alle Arschlöcher. Solche Wörter hatte sie noch nie zuvor benutzt. Sie war ständig wütend. Und brauchte immer Geld. Ständig. Ich wusste, dass etwas sie verletzt hatte, aber ...«

Ich warte. Er sprach eigentlich nicht mit mir. Es war eher so, als würde er ein Band über die Vergangenheit abspulen. Eine Erinnerung, die er aussprechen musste, um sie wahr werden zu lassen oder um sie loszulassen.

»Ich hatte keine enge Beziehung zu Leann. Ihre Mutter brachte sie dazu, sich zu öffnen. Das war etwas, das sie unter sich ausmachten. Aber ihre Mutter war nicht mehr da, als Leann wieder bei uns einzog. Sie war weg. Das war, als Leann das College für immer aufgab. Ich gab meiner Ex die Schuld. Ich wusste nicht, dass das Problem nicht das College oder ihre Mutter waren. Sie schleppte es mit sich herum. Ehrlich gesagt, sie hat noch nie gute Entscheidungen getroffen.«

»Haben Sie sich gestritten?«, fragt Ronnie, und ich werfe ihr einen strengen Blick zu. Eine Regel bei Ermittlungen besagt, dass nur eine Person die Befragung durchführt. Ich will nicht, dass er in die Defensive gerät und aufhört zu reden.

Ronnie hat den Wink verstanden und wird unsichtbar.

»Und wie. Bevor sie auszog, um aufs College zu gehen, trieb sie sich auf Partys herum. Es fielen harte Worte. Auf beiden Seiten. Ich wollte ihr klarmachen, dass sie ein Studium braucht. Etwas Grundlegendes, um es im Leben zu etwas zu bringen. Aber sie war nicht daran interessiert, etwas aus sich zu machen. Als es dann zwischen ihrer Mutter und mir zu kriseln begann, willigte sie ein, aufs College zu gehen. Ich musste einige Beziehungen spielen lassen. Teure Beziehungen. Aber sie wurde angenommen und ging aufs College. Ich weiß nicht, ob sie zugestimmt hat, um den Streitereien zu entgehen, oder ob sie tatsächlich Vernunft angenommen hatte.«

Er presst die Handflächen gegeneinander, schließt die Augen und scheint eine Art Mantra zu wiederholen, wobei er aber nur die Lippen bewegt. Kein Ton. So sitzt er eine Weile da. Lange genug für Ronnie und mich, um einen kurzen *WTF?*-Blick auszutauschen.

Er öffnet die Augen und bemerkt, dass ich ihn beobachte. »Ich habe Kontakt aufgenommen. Um Rat gefragt.«

Um Gottes Willen, denke ich.

»Ich fürchte, ich weiß nicht, was sie meinen«, sage ich.

Sein Gesicht nimmt einen selbstgefälligen Ausdruck an. »Wissen Sie, was ein Seelenvertrag ist, Detective Carpenter?«

Ich schüttle den Kopf und kann nicht sagen, ob religiöse Verwirrung auch zu den Phasen der Trauer gehört.

»Ein Seelenvertrag«, sagt er geduldig, »ist eine Vereinbarung, die wir mit anderen Seelen getroffen haben, bevor wir geboren wurden.«

Ich blinzle. Ich habe keine Ahnung, worauf das hinauslaufen soll.

»Die Verträge haben einen Zweck. Sie lehren uns wichtige Lektionen, die wir lernen müssen, bevor wir die Reinkarnation erreichen können. Ich nehme an, Sie glauben nicht an Reinkarnation?«

Für mich ist das alles verrücktes Gerede, aber ich will, dass er weiterspricht.

»Doch.«

Ich schaue zu Ronnie und auch sie nickt mit dem Kopf.

Mir ist klar, dass er mir nicht glaubt, aber er fährt trotzdem fort.

»Leann war ihrer Mutter so ähnlich. Sie glaubten beide nicht an Spiritualität. Sie dachten, alles Gute, was geschieht, sei pures Glück. Und nicht das Ergebnis eines Seelenvertrags. Hätten sie sich bloß all die Dinge angesehen, für die ich gesorgt habe, dann hätten sie gemerkt, wie falsch sie lagen. Natürlich war ich das nicht allein. Ich war lediglich das Medium für meinen zukünftigen Übergang.«

Diese Art von Unsinn geht weit über das normale Maß

hinaus, aber ich höre ihm höflich zu, in der Hoffnung, dass auch noch etwas Nützliches aus seinem Mund kommt. Ich will nur ein paar Informationen über seine Tochter, damit ich einen Seelenvertrag mit ihrem Mörder schließen und die beiden auf die Reinkarnation vorbereiten kann.

»Ich weiß, dass Sie nicht daran glauben«, sagt er. »Das ist in Ordnung. Die wenigsten glauben daran.«

Bestimmt hat das Ganze etwas mit dem lila Kriegerpriesterinnen-T-Shirt zu tun. Vielleicht fühlt er sich schuldig, weil er wohlhabend ist. Vielleicht hat er testamentarisch verfügt, dass er mit seiner Yacht und einem goldenen Wachhund beerdigt werden soll. Er hat gerade den einzigen Teil seiner Familie verloren, der sich nicht von ihm hat scheiden lassen. Es scheint ihm nichts auszumachen. Mir schon.

»Es spielt überhaupt keine Rolle, was ich glaube«, sage ich.

Das ist die richtige Antwort. Er lächelt. »Stimmt genau. Es ist nur wichtig, was ich glaube und was ich tue.«

Ich nutze diese Pause, um ihn wieder auf den Boden der Tatsachen zurückzuholen, bevor er wieder mit der anderen Seite anfängt.

»Worum ging es denn konkret bei dem Streit? Zwischen Ihnen und Leann. Um Geld? Um Religion? Die bevorstehende Scheidung?«

Darum, dass du ein Idiot bist?

»Ich will Ihnen etwas zeigen«, sagt er, steht auf und verlässt den Raum. Ronnie unterdrückt ein Kichern und ich werfe ihr einen strengen Blick zu. Er kommt sofort zurück und hat einen Ordner voller Papiere in der Hand. Er nimmt einen Stapel heraus und reicht ihn mir. Es ist ein Mietvertrag, unterschrieben von Joe Bohleber und Leann Truitt, von vor einem Jahr. Als Referenz ist Jim Truitt aufgeführt und da steht eindeutig, dass er ihr Vater ist.

Bohleber hat gelogen. Er sagte, er sei sich über ihre Beziehung nicht im Klaren.

Es gibt Kopien von Zahlungsaufträgen in Höhe von achthundert Dollar, die auf Joe Bohleber ausgestellt sind. Ronnie hatte einen solchen Scheck in Leanns Wohnung gesehen. Vielleicht waren sie für etwas anderes bestimmt?

»Sie bezahlen die Miete Ihrer Tochter?«, frage ich.

»Und nicht nur die. Ich mag ihre Entscheidungen nicht gutgeheißen haben – so destruktiv sie auch waren –, aber sie war schließlich meine Tochter. Mr Bohleber ist ein Betrüger. Er wollte das Baby behalten, um noch mehr Geld zu bekommen. Ich zahlte, was er verlangte, und dafür überzeugte er sie davon, das Kind zur Adoption freizugeben. Ich wollte, dass es in eine gute Familie kommt und nicht in einer dysfunktionalen Problemfamilie aufwächst. Ich habe aber nie erfahren, was am Ende passiert ist.«

Dr. Andrade hatte gesagt, sie hätte vor Kurzem ein Kind bekommen. Truitt hat das gerade bestätigt.

»Sie sprechen von Leanns Baby?«

»Natürlich«, sagt er und zieht die Stirn in Falten. »Ist das nicht der Grund, weshalb Sie hier sind?«

»Bohleber ist der Vater von Leanns Kind.«

Ich versuche, es nicht wie eine Frage klingen zu lassen, und hoffe, er würde nicht merken, wie wenig ich weiß.

»Er hat mich angerufen und mich gewarnt, dass Sie kommen würden. Er meinte, die Polizei würde kommen, um eine Kopie des Mietvertrags abzuholen. Er bot mir an, ihn für eine angemessene Summe verschwinden zu lassen. Ich sagte ihm, er solle sich zum Teufel scheren. Von mir bekommt er nichts mehr. Leann ist weg. Das Baby ist weg. Meine Frau ist weg. Aber ich habe immer noch ein Ziel. Ich kann eine Verbindung herstellen. Ich kann ...«

Er verstummt und starrt durch das Fenster aufs Wasser. Ich fürchte, er bittet uns zu gehen. Ich fürchte für ihn, dass er es nicht tut. Ich kann es nicht fassen, dass er immer noch nicht gefragt hat, wie seine Tochter gestorben ist. Umso erstaunlicher, dass ich mich so gut unter Kontrolle habe.

»Ich möchte nur bestätigen, dass Joe Bohleber der Vater von Leanns Baby ist«, sage ich.

Er sieht verwirrt aus. »Nein«, sagt er. »Der nicht. Sein Zwillingsbruder. Steve. Steve ist der Vater. Oder zumindest hat er das Kind gezeugt. Ein guter Vater wäre er nie gewesen.«

Er schaut zu Boden und schüttelt den Kopf, und zum ersten Mal sehe ich etwas, was ich für echte Gefühle halte.

»Sie hätte niemals zurück nach Hause ziehen sollen.«

ZWANZIG

Auf dem Rückweg ins Büro ist Ronnie damit beschäftigt, das Gespräch mit Jim Truitt zu verarbeiten. Ununterbrochen. Um fair zu sein, es gibt einiges zu verarbeiten.

Ich brauche einen Scotch. Oder besser gesagt, zwei.

»Also, mal sehen, ob ich das richtig verstanden habe«, sagt sie. »Ihr Vater hat ihre Miete an Joe Bohleber gezahlt, um Steve, den Vater ihres Babys, zu bestechen, damit er Leann davon überzeugt, das Baby wegzugeben?«

Das war zwar etwas zu ausführlich, aber genau so war's. Truitt war überzeugt, einem höheren Zweck zu dienen, wie seine geheime Seele es ihm befahl. Selbst wenn er seine Tochter vielleicht liebte, konnte er doch die Schande nicht ertragen, dass sie von einem unbedeutenden Farmer schwanger wurde, der mittlerweile ein Handwerker und Vermieter geworden war.

»Die ganze Sache macht mich krank«, sage ich.

Leann hatte die Uni verlassen und ihre Chance auf eine Karriere aufgegeben, auf die ihr Vater stolz gewesen wäre – eine Karriere, mit der er im Yachtclub oder auf einer Privatinsel hätte prahlen können. Doch er hatte nicht begriffen, dass er das

Leben seiner Tochter durch seine selbstherrlichen Erwartungen und Einmischungen ruiniert hatte. Und mit seinem Geld auch. Als erst seine Frau und dann seine Tochter seinen Ansprüchen nicht genügten, zahlte er sie beide aus. Die Frau erhielt die Scheidungspapiere und ein Strandanwesen in St. Lucia. Seine Tochter wurde schwanger und wollte nichts von ihm außer Geld.

»Und zu allem Überfluss«, füge ich hinzu, »hat ihn sein sogenannter Seelenvertragsgeist angewiesen, das zu tun, damit er wiedergeboren werden kann.«

»Halten Sie mich bloß davon ab, in seinen Club einzutreten«, sagt Ronnie.

Ich lächle sie an.

Die einzige nützliche Information, die Jim Truitt hatte, war, dass sie in Port Townsend in einer Bar gearbeitet hat. Er wusste nicht, in welcher. Er kannte keinen ihrer Freunde. Er wusste nicht, wo sie ihre Bankgeschäfte erledigte. Er schickte ihr jeden Monat einen Scheck, damit sie über die Runden kam, entweder an ihr Postfach oder über Bohleber. Er wollte nicht, dass sich die Sache mit seiner missratenen Tochter im Yachtclub herumsprach.

»Deputy Davis hat den Mietvertrag bei Bohleber abgeholt«, liest Ronnie die SMS vor. »Ich schätze, wir arbeiten heute Abend wieder länger?«

Ich will überprüfen, ob es der gleiche ist wie der, den Truitt uns gegeben hat. Und ich will Steve Bobbsey finden und die Wahrheit aus ihm herausquetschen. Aber ich bin müde. Ich weiß, dass Ronnie müde ist. Ich brauche einen Drink. Ich bin selbst überrascht, als ich ihr sage, dass das bis zum Morgen warten kann.

»Wollen wir etwas trinken gehen?«, frage ich.

Ronnies Miene hellt sich auf. »Auf jeden Fall. Wohin gehen wir?«

»Ich zahle, also fragen Sie nicht.«

Wir gehen ins *The Tides* und ich hoffe, Mindy dort anzutreffen; wenn sie irgendwo ist, dann da. Ich sehe ihren weißen Lieferwagen an der Ecke. Sie sitzt in einer Nische am Fenster.

»Ich habe dich vorfahren sehen. Ich hatte gehofft, du würdest vorbeikommen.«

»Woher wusstest du, dass ich hierher kommen würde? Und noch wichtiger: Wenn du mich hast kommen sehen, warum steht mein Drink dann nicht auf dem Tisch?«

Sie lacht. »Weil ich Deputy Marsh mit dir zusammen gesehen habe. Ich weiß nicht, was sie trinkt. Ich wusste, wenn du irgendwo anhältst, dann hier.«

Wir setzen uns dazu. Ich bestelle Scotch, pur, doppelt, für alle. Der Kellner fragt, ob ich eine bestimmte Marke bevorzuge. Ich sage ihm, dass alles, was Glen heißt, in Ordnung ist. Mindy will protestieren, bemerkt aber meine Laune und lenkt ein. Mindy ist Weißweintrinkerin. Ich möchte ihren Horizont erweitern. Und ich möchte nicht allein beim Trinken harter Sachen gesehen werden. Ich habe einen Ruf zu verlieren.

»Was hat dir Leanns Vater erzählt?«, fragt Mindy.

Ich schüttle den Kopf. »Er gehört einer New-Age-Bewegung an. Sein geistiger Führer sagte ihm, er solle seine Tochter verlassen und den Vater ihres Babys bestechen, um sie zu überreden, es wegzugeben.«

Sie reagiert nicht überrascht. »Das erklärt, warum keine Babysachen in der Hütte waren. Aber ich habe eine angebrochene Flasche mit Multivitaminen im Medizinschrank gefunden. Wer ist denn nun der Vater des Babys?«

»Steve Bohleber«, antworte ich ihr. »Einer der berüchtigten Bobbsey-Zwillinge.«

Mindy guckt mich verwirrt an, also erkläre ich ihr, was es mit den Zwillingen auf sich hat und dass die Einheimischen ihnen diesen Spitznamen gegeben haben. Jedenfalls weiß ich jetzt, warum Steve nirgendwo zu finden war. Ich hoffe, er wurde für den Verrat an der Mutter seines Kindes und an seinem Baby gut bezahlt. Ich frage mich, ob er weiß, dass sein Bruder Joe Truitt immer noch ausnimmt. Truitt ist nicht die Art Mann, der sein Geld ohne weiteres hergibt. Er spart es für sein nächstes Leben. Und Joe ist geschäftstüchtig. Er lässt einen reichen Kerl wie Truitt nicht so einfach vom Haken. Daher der Anruf bei Truitt, um ihn zu warnen, dass ich kommen würde. Das Angebot, den Mietvertrag zu vernichten. Wenn ich ihn das nächste Mal sehe, wird er das bereuen.

»Ich habe in der Hütte jeden Zentimeter abgesucht«, sagt Mindy. »Dort wurde sie nicht umgebracht. Die vielen Schnitte und Verletzungen an der Leiche hätten dort Spuren hinterlassen müssen. Außerdem gab es keine Schleifspuren oder Schrammen auf irgendeiner Oberfläche, wo sie hätte angekettet sein können. Keine Kette. Kein Seil. Keine zerbrochenen Möbel. Das Einzige, was ich interessant fand, war die Kleidung auf dem Bett. Ronnie hat es dir wahrscheinlich erzählt.«

Unsere Drinks kommen, und Ronnie kippt die Hälfte ihres Getränks herunter, ohne eine Miene zu verziehen. Sie ist taffer, als sie aussieht. Sie wächst mir langsam ans Herz und ich weiß nicht, was ich davon halten soll.

»Erzähl mir das mit den Klamotten noch mal«, bitte ich, obwohl ich das eigentlich gar nicht wissen muss. Ich will nur in Ruhe meinen Scotch trinken und nicht reden müssen.

»Auf dem Bett lagen drei verschiedene Outfits«, fährt Mindy fort. »Ich konnte nicht feststellen, ob etwas aus dem Kleiderschrank fehlte. Für mich sah es so aus, als hätte sie eine Verabredung gehabt, wäre gegangen und nicht zurückgekommen. Auch deshalb glaube ich nicht, dass sie in der Hütte getötet wurde.«

»Erinnern Sie sich an das Amulett, Mindy?«, fragt Ronnie.

Mindy stellt ihr Glas ab und nickt. »Vintage. Massives Gold. Herzförmig. Der Verschluss war kaputt.«

»Waren Bilder darin?«, will Ronnie wissen.

»Ja.« Mindy nimmt einen Schluck Scotch und holt dann ihr Handy heraus. »Ein Schwarz-Weiß-Foto eines weißen Mannes. Vielleicht Ende dreißig, Mitte vierzig. Und ein Farbfoto von einem Baby. Das Baby sieht pummelig aus, aber ich denke, die meisten Babys sehen so aus. Es ist definitiv ein Neugeborenes. Sein dunkles Haar wirkt strähnig und verklebt.

Das Geschlecht ist nicht zu erkennen.«

Ronnie schaut sich die Fotos auf Mindys Telefon an. Sie hat etwas gefunden. Mit den Fingern vergrößert sie etwas auf dem Display und dreht es so, dass ich es sehen kann.

»Das ist der Mann aus dem Amulett.«

Es ist ein Schwarz-Weiß-Foto und die Haare sind dunkel, aber nicht schwarz. Sie fallen ihm bis auf die Schultern. Der Mann dürfte Ende dreißig sein. Sein Kiefer ist kantig, die Wangenknochen ausgeprägt. Die Lippen sind voll, fast geschwollen. Der Mund ist mürrisch verzogen.

»Das ist Jim Truitt«, sage ich.

Ronnie nickt. »Jetzt sehen Sie sich das Baby an«, fordert sie mich auf. »Die Lippen sind voll, prall wie Schläuche. Die Ohren stehen ab, und die viel zu breite Nase ... Kann es sein ...?«

Ronnie tauscht das Foto des Babys gegen eines von Jim Truitt aus, das sie im Internet gefunden hat. Dann gegen eines von Joe Bohleber. Das Baby sieht nicht wie ein Bohleber aus.

Es sieht aus wie ein Truitt.

Ich kann mich auch ohne Foto an Leanns Gesicht erinnern. Ihre Nase war zierlich. Vielleicht hat sie das Aussehen ihrer Mutter geerbt, so wie ich. Das Baby ähnelt der Linie von Jim Truitt.

»Vielleicht ist Jim Truitt der Vater«, sage ich.

Wir sitzen schweigend da. Ronnie trinkt den letzten Schluck ihres Scotch wie ein Profi. Sie wechselt zwischen den Bildern hin und her.

»Was meinen Sie, Ronnie?«, frage ich.

Ich lasse sie ihre Gedanken dazu äußern. Schließlich hat sie das Ganze mit einem Blick erkannt.

»Jim Truitt ist der Vater«, sagt sie und hält mir ihr leeres Glas hin. »Ich glaube, ich habe mir noch eins verdient.«

Ronnie trinkt genauso viel wie ich, aber keiner von uns geht es damit besser. Mindy trinkt ihren Scotch nicht aus und steigt wieder auf Wein um. Ich entscheide mich für Kaffee. Ronnie, die weiterhin trinkt, will irgendwo Karaoke singen gehen. Dazu wird es nie kommen.

Mindy geht, und Ronnie und ich sitzen da, während ich sie praktisch mit Kaffee zwangsernähre. Sie plappert weiter, wie viel Spaß Karaoke machen würde, und wird schließlich nüchtern genug, um zu fahren, und ich begleite sie nach Hause, um sicherzustellen, dass sie die richtige Tür erwischt.

EINUNDZWANZIG

Ronnie Marsh wohnt in einer Airbnb-Wohnung namens Big Red Barn. Früher war es eine Scheune. Der Besitzer hat sie umgebaut, einen kleinen Holzsteg über einen schmalen, künstlich angelegten Bach gelegt, ein neues Blechdach und schwarze Scharniere an den beiden Doppeltüren auf der Vorderseite angebracht, und voilà: fertig war der Traum eines Stadtmenschen vom Leben auf dem Land.

Ich bringe sie dazu, aus dem Auto zu steigen, begleite sie ins Haus und lege sie in ihr Bett.

Während sie schläft, nutze ich die Gelegenheit, mich umzusehen. Sie hätte mich sowieso herumgeführt, sage ich mir.

Die Zimmer sind nicht sehr groß, aber vom Schlafzimmer und vom Wohnzimmer aus hat man einen Blick auf die Bucht von Port Townsend und die Fährstrecken. Im Badezimmer gibt es eine riesige Badewanne und im Wohnzimmer einen offenen Kochbereich. Vom Schlafzimmer aus führt eine Tür auf die Terrasse, die mit Adirondack-Stühlen, ein paar Topfpflanzen und einem kleinen Holzkohlegrill geschmackvoll eingerichtet ist. Ein unbefestigter Fußweg schlängelt sich anscheinend hinunter bis zum Wasser. Ich bin versucht, ihn entlangzugehen.

Ich schaue hinaus und eine vorbeifahrende Fähre weckt Erinnerungen an meinen Bruder Hayden. Unsere Entfremdung bedrückt mich immerzu. Er ist in Afghanistan. Ich schaue über die Bucht auf die Lichter und spreche in Gedanken mit ihm. Ich sage ihm all die Dinge, von denen ich wünschte, ich könnte sie ihm persönlich sagen.

Komm nach Hause.

Verzeih mir.

Ich liebe dich.

Ich sollte mich zurückziehen. Der Scotch macht sich bemerkbar. Ich werfe einen letzten Blick auf die Bucht, atme tief ein und gehe zurück ins Haus.

Nachdem ich die Terrassentür verriegelt habe, gehe ich durch die Wohnung und vergewissere mich, dass alle Türen und Fenster geschlossen sind. Mir fällt Ronnies Waffe ein. Ich gehe zurück ins Schlafzimmer und löse ihren Pistolengürtel. Sie rührt sich, wacht aber nicht auf. Pistolengürtel und Waffe lege ich in ihren Schrank, in dem zwei weitere Uniformen ordentlich gebügelt und in flusensicheren Beuteln aus der Reinigung hängen. Sie besitzt beeindruckend viele schöne Klamotten. Im obersten Regal über den Kleidern stehen mehrere Designertaschen in einer Reihe.

Beruhigt, dass im Ronnie-Land alles in Ordnung ist, fahre ich nach Hause und stelle mein Auto auf seinen angestammten Platz. Weil ich kein Licht angelassen habe, muss ich mich vorsichtig zur Haustür vortasten, stürze dabei einmal fast und gehe ins Haus, um dann prompt über den unebenen Ahornboden zu stolpern.

Ich gehe ins Arbeitszimmer und setze mich an den Schreibtisch. Mir geht der Fall nicht aus dem Kopf. Jim Truitt ist ein Weltklasse-Widerling. Bohleber ist ein Weltklasse-Fiesling. In meinen Augen sind alle verdächtig. Die Vorstellung, Truitt könnte ein Kind mit seiner Tochter gezeugt haben, ist abstoßend, aber nicht unmöglich. Es wäre nicht das erste Mal, dass so etwas passiert. Es zeigt, was für eine Sorte Mensch er ist – mit anderen Worten, er hat nicht nur seine Tochter und sein Enkelkind oder Kind oder was auch immer im Stich gelassen, sondern auch noch jemanden dafür bezahlt, Leann zu überreden, ihr Baby aufzugeben. Er war sogar zu feige, es selbst zu tun. Er ist ein Eiferer oder, wer weiß, vielleicht war das auch nur gespielt, um so sein erbärmliches Verhalten zu entschuldigen. Angeblich stand er in Verbindung mit einer anderen Seele, die ihm Anweisungen gab. Ganz sicher sein kann ich mir nicht, aber es sieht für mich danach aus, als hätte seine Entscheidung drei Leben ruiniert und seiner Tochter ihr Leben gekostet.

Wie musste sich das anfühlen, eine Schwester-Tochter zu haben?

Mit diesem Schicksal hatte Leann zu kämpfen gehabt.

Und jetzt war sie tot.

Als ich daran denke, wie Jim Truitt sich mit seinen Geistern verbindet, kommt mir wieder die Fahrt mit Ronnie zur Marrowstone-Insel an jenem Morgen in den Sinn. Ich war so sehr in meiner Abneigung gegenüber den Bohlebers gefangen gewesen, dass ich sie unbedingt zu Hauptverdächtigen machen wollte. Truitt hatte behauptet, Steve sei der Vater von Leanns Kind. Aber die Ähnlichkeit zwischen dem Mann aus dem goldenen Medaillon und Jim Truitt lässt einen anderen Schluss zu. Den allerschlimmsten überhaupt. Das Baby ist wirklich von ihm. Ich habe es nicht gleich gesehen, aber Ronnie schon. Das muss man ihr lassen.

Ich denke an Marie Rader und unsere allerletzte Begegnung. Sie war die Frau von Alex Rader, meinem biologischen Vater, was Marie zu meiner Stiefmutter macht – ein ekelhafter Gedanke. Ich bin ein Elternmörder, ich habe meine Eltern getötet. Aber eigentlich stimmt das nicht. Ich habe meinen Vater getötet, also Vatermord begangen, und meine Stiefmutter getötet. Das war Tyrannenmord, also die Tötung eines Tyrannen.

Wenn es so etwas denn gäbe.

In einer Sitzung mit Dr. Albright habe ich ihr erzählt, wie ich Marie Rader getötet habe.

Ich stehe auf, um die Aufnahme von dieser Sitzung zu holen. Ich habe sie einmal angehört und das Band gekennzeichnet. Das stecke ich in den Kassettenrekorder und drücke auf ›Play‹.

Beim Hören halte ich meine Waffe noch immer in der Hand.

Ich weiß noch ganz genau, wie ich in ihrem Therapieraum sitze und Dr. Albright mich ansieht und ihr Blick weicher wird. Sie liest Leidenschaft und Verwirrung in meinen Augen.

Dr. A: Du hast über Marie gesprochen. Ich weiß, dass etwas Schreckliches passiert ist, mit ihr … und mit dir.

Ich: Es war nicht schrecklich. Es geschah, was geschehen musste.

Dr. A: In Ordnung. Erzähl es mir. Ich bin für dich da.

Ich kann die Wut und die Angst in meiner Stimme hören.

Ich: Ich sage ihr, dass sie wie eine Venusfliegenfalle ist. So rein und dramatisch in ihrem Rollstuhl, ohne jegliches Gefühl unterhalb der Taille. Marie wurde durch einen Autounfall gelähmt, den ihr Mann verschuldet hat. Das lässt sie ihn nicht vergessen. Sie hasst jede Frau, die attraktiver und begehrenswerter ist als sie. Um sie dafür ihren Zorn spüren zu lassen, benutzt sie ihren Mann.

Ich schleuderte ihr die Wahrheit ins Gesicht: Dass sie den ganzen Tag verbittert in ihrem Rollstuhl sitzt und auf das nächste Mädchen wartet, das sie hereinlegen kann. Sie versucht es zu leugnen, aber sie nennt mich Rylee. Sie kennt meinen richtigen Namen. Den Namen, den ich zu der Zeit auch benutze. Sie hat ein Messer in der Hand und ihr Gesicht hat wieder diesen harten Ausdruck angenommen. Ich sehe ihr an, wie sehr sie mich hasst, weil ich sie daran erinnert habe. Nicht an ihn. Sondern daran, wie erbärmlich sie ist.

Dr. A: Was hat sie gesagt?

Ich: »Ich hätte dich töten sollen, als ich die Chance dazu hatte. Ich hätte dich tätowieren sollen wie all die anderen und dir danach deine kleine Kehle aufschlitzen sollen. Ich weiß, was du für ihn bist.« Wie passend, dass sie die Tätowierungen vorgenommen hat. Unter dem Ärmel ihres hellrosa T-Shirts, das sich über ihrem Oberarm spannt, lugt der Schwanz eines Kois hervor. In diesem Moment kommt sie auf mich zugeschossen. Mit einem Arm dreht sie die Räder des Rollstuhls. In der anderen Hand hält sie das Messer. Eine Tattoo-Künstlerin, wie sie im Buche steht. Sie hat all ihren und seinen Opfern ein Tattoo verpasst. Ein kleines Herz auf der Schulter.

Sie ist stark. Sie kommt quer durch die Küche auf mich zugerast. Ich habe eine Pistole in der Hand. Ich schieße, aber ich verfehle sie. Ich erinnere mich, dass ich dachte: »Scheiße!« Ich habe nur noch eine Patrone. Ich schieße erneut und treffe ihre Kniescheibe. Als würde das irgendetwas nützen. Blut fließt aus dem toten Gelenk und sie nimmt es nicht einmal zur Kenntnis. Sie kann es nicht spüren. Die Räder des Rollstuhls werden schneller. Ich weiche zurück und überlege fieberhaft, was ich tun soll. Wie soll ich sie nur aufhalten? Ich habe keine Kugeln mehr. Ich lasse die Pistole auf den Boden fallen und bereue es noch im selben Moment. Ich hätte ihr damit den Schädel einschlagen sollen.

»Alex taugt nicht viel«, schreit sie. Ihre Augen blicken plötzlich kummervoll. Aber sie ist eine Schwindlerin und ich weiß das. »Er ist erbärmlich. Aber er gehört mir. Er tut, was ich ihm sage. Und er schuldet mir verdammt noch mal was.« Ich muss daran denken, was mein geisteskranker Vater gesagt *hat, bevor ich ihn ausgelöscht habe: »Ich habe getan, was ich tun musste. Ich hatte keine andere Wahl.«*

»Du hast die Fäden gezogen, Marie!« Ich schreie sie an. »Du bist hier die Erbärmliche!« Das Licht spiegelt sich im Messer und blendet mich, sodass ich blinzeln muss.

»Alex war von Schuldgefühlen getrieben. Ich wollte mich an all den hübschen Mädchen rächen«, schreit sie und stürzt sich mit dem Messer auf mich. »Du hast alles verdorben.«

In Sekundenschnelle ist sie fast auf mir und ich tue das Einzige, was mir in diesem Moment einfällt. Ich klemme meinen Fuß zwischen ihre Beine und stemme ihn gegen den Rollstuhl. Schnell und bestimmt. Das Messer fällt zu Boden. Marie Rader wird rückwärts durch die gläserne Terrassentür geschleudert.

Es wird still. Dr. Albright wartet. Sie blickt besorgt und teilnahmsvoll.

Ich: Seltsam, sie schreit nicht. Sie kommt wieder auf mich zu. Ich weiß nicht genau, wie es mir gelingt, aber ich schaffe es, den Rollstuhl zu ergreifen, während sie herumfuchtelt. Mit aller mir verbliebenen Kraft schiebe ich sie durch die glitzernden Scherben auf der Terrasse hindurch bis zu ihrem riesigen Koiteich. Dem Teich, mit dem sie geprahlt hat, als sie mich mit ihrem Eistee vergiften wollte. Das Wasser schwappt über ihren Kopf zusammen, als sie unter die Oberfläche sinkt. Instinktiv gehe ich zurück, um das Messer zu holen. Ich schaue ins Wasser, während Marie herumfuchtelt. Sie hustet und würgt, aber es gelingt ihr, sich an der steinernen Teichumrandung festzuklammern. Sie stemmt sich hoch. Diese Arme! Wie zwei Baumstämme. Ihre Muskeln wölben sich. Die Adern im Unterarm treten hervor wie ein Haufen Würmer unter ihrer Haut.

»Verflucht seist du!«, schreit sie. Ihr Blick ist rasend. Sie

versucht, sich hochzuziehen, und ich tue, was ich tun muss.
Und teilweise auch will. Ich kann nicht anders. Ich nehme das
Messer und steche mit der glänzenden Scheide auf ihre Hand
ein. Sie schreit auf. Aber sie hält durch. Ich trete mit dem Fuß
auf ihre andere Hand, als würde ich einen Skorpion zu Tode
quetschen wollen. Genau das ist sie ja auch und gleichzeitig
ist es eine Beleidigung für das Tier. Ihre abgetrennten Finger
liegen am Teichrand und das Wasser färbt sich rot. Sie geht
wieder unter. Die Kois schwimmen heran. Ich wünschte, es
wären Piranhas. Ich wünschte, im Teich wäre Salzsäure. Ist
jetzt auch egal. Ich bin erledigt. Und Marie auch.
    Dr. A: Hat jemand die Polizei gerufen?

Ich stelle fest, dass Dr. Albright nicht direkt gefragt hat, ob
ich die Polizei gerufen habe. Ich beantworte ihre Frage so gut
ich kann.

Ich: Wir haben ziemlich viel Lärm gemacht und ich hoffte,
dass niemand es gehört hatte oder dem Ganzen zumindest
nicht genug Bedeutung beigemessen hatte, um die Polizei zu
rufen. Da mein Vater Polizist war, setzte ich keine Hoffnung
in die Polizei. Rolland hat mal gesagt, dass die Polizei nur
begrenzte Möglichkeiten hat, aber ich wusste, dass es mindes-
tens einen Polizisten gab – und wer weiß, ob es nicht noch
mehr waren –, der sich über alle Regeln hinwegsetzte und
keine Skrupel kannte. Zur Polizei gehen? Meine Mutter hatte
die Polizei um Hilfe gebeten und wir wissen ja, wie das ausge-
gangen ist. Das ist eine von zwei Sachen, in denen sie und ich
uns einig sind. Die andere ist, dass Hayden niemals erfahren
darf, was ich weiß. Wie Mom trage ich jetzt diese Bürde. Ich
liebe meinen kleinen Bruder zu sehr, um ihm zu verraten, dass
vergiftetes Blut in seinen Adern fließt. Genau wie in meinen.
    Dr. A: Und woran erinnerst du dich?
    Ich: Der Koiteich ist rot von Maries Blut und es tut mir

leid, dass die Fische in diesem Dreck schwimmen müssen. Trotzdem kicke ich ihre abgetrennten Finger mit der Schuhspitze ins Wasser. Unter der Wasseroberfläche kann ich ihr Gesicht sehen. Ihre Augen sind offen und ihr Mund ist wie zu einem ewigen Schrei aufgerissen. Sie war zwar behindert, hat sich aber trotzdem mehr gewehrt als ihr Mann, das abscheuliche Schwein. Ich gehe ins Wohnzimmer und auch wenn ich nur einen schnellen Blick auf alles werfe, speichere ich es für immer in meinem Gedächtnis ab. Wie eine Kamera, bei der ein Finger auf dem Auslöser ruht. Klick. Klick. Klick. Die Szenerie, die Einrichtung. Ein ganz normales Wohnzimmer. Ein Fernseher gegenüber dem Sofa. Ein Fernsehsessel neben der Sitzgarnitur, ein Korb mit Stricksachen neben den Furchen, die Maries Rollstuhl in den Teppich gegraben hat. Ich greife nach dem Hochzeitsfoto von Alex und Marie, schlage das Glas ein und ziehe das Foto aus dem Rahmen. Ich falte es zusammen und stecke es in meine Tasche. Die Furchen. Meine Augen folgen den parallelen Furchen im Teppich, die sich durch das ganze Haus ziehen. Sie bleiben an dem einzigen Ort hängen, der für Marie nicht erreichbar war. Die Tür, die zum oberen Stockwerk führt. Wenn Alex Rader etwas vor den neugierigen Augen seiner Frau verbergen wollte, dann dort, wohin sie ihm nicht folgen konnte. Er musste nicht einmal abschließen. Ich mache Licht und gehe die Treppe hinauf.

Die Stimme verstummt wieder. Im Geiste gehe ich die Szene erneut durch, bevor meine Stimme wieder erklingt.

Ich: Oben befindet sich ein großer Raum mit Gauben, die zur Straße hinausgehen. Alex Rader hatte ihn sich als Arbeitszimmer eingerichtet. Ein Arbeitszimmer, wie ich es mir in meinem kühnsten Träumen nicht hätte vorstellen können. Ja, ich habe schon Pornos gesehen. Aber nicht absichtlich. Nicht direkt. Es ist schon vorgekommen, dass ich ins Internet gegangen bin und auf den falschen Link geklickt habe, und prompt befand ich mich in einer Welt voller nackter Körper, die sich auf eine Art und Weise bewegten und sinnlose Laute von sich gaben, die darauf schließen ließen, dass sie großen Spaß hatten. Einmal sah ich etwas so Seltsames, dass ich immer noch nicht weiß, was sie da taten. Oder wie viele es taten. Und ehrlich gesagt, will ich es auch gar nicht wissen. Der Raum ist mit dunkler Eiche getäfelt. Entlang der Fugen der Vertäfelung hat Alex Rader ein abscheuliches Foto neben dem anderen angepinnt. Es sind Szenen, die so widerlich sind, dass ich tief durchatmen muss, damit ich mir das ansehen kann, ohne mich abstützen zu müssen, um sie anzusehen, ohne mich zu übergeben. Ich hätte gar nichts dagegen, mich zu übergeben. Aber ich habe keine Zeit. Ich trete näher an die Stelle der Wand heran, an der ich ein bekanntes Gesicht erkenne. Megan Moriarty macht einen Spagat in ihrer Cheerleader-Uniform der Kentridge High School. Es ist eins der Bilder, die ich im Internet gesehen habe. Daneben klebt das Bild von Shannon Blume. Dasselbe Foto des hübschen, aber traurig blickenden Mädchens, das in der Zeitung erschien – das Bild, das ihre Eltern in den Händen hielten, als sie die Welt um Hilfe bei der Suche nach ihrer Tochter baten. Leann ist auch dort. Aber ich kenne das Foto nicht. Es wurde auf offener Straße aufgenommen, ohne dass sie es bemerkte, als sie unten am Yachthafen war. Sie wurde gestalkt.

Ich drücke die Stopptaste. Ist es Zufall, dass eins von Raders Opfern Leann hieß? Oder ist das so eine Masche des Schicksals, um mich daran zu erinnern, was ich zu tun habe? Rader ist tot. Marie, seine Gehilfin und Führerin, ist ebenfalls tot.

Raders Leann wurde auf der Straße fotografiert. Unten am Yachthafen. Sie wurde gestalkt. Ich glaube, mein Opfer – ich betrachte Leann jetzt als *mein* Opfer – wurde ebenfalls gestalkt.

Ich drücke wieder auf ›Play‹ und höre mir die Aufnahme weiter an.

Ich: Ich höre das dumpfe Geräusch wieder, diesmal lauter, und drehe mich um. Mit ihrer intakten Hand und dem Stumpf der anderen, die ich mit dem Küchenmesser verstümmelt habe, hat sich die klatschnasse Marie die Treppe hochgezogen. Sie robbt. Sie kann kaum sprechen, aber sie ist völlig außer sich und lässt sich nicht unterkriegen.

»Um hier rauszukommen«, spuckt Marie aus, »musst du schon an mir vorbei.« Sie hat das Messer in der Hand. Als ich an ihr vorbeiblicke, sehe ich, dass sie es wie einen Eispickel benutzt hat, um sich die Treppe hinaufzuziehen. Eine Spur aus Wasser und Blut folgt ihr wie die Schleimspur einer Schnecke. Nur ist sie keine Schnecke. Marie ist schnell. Schneller, als man sich vorstellen kann. Ich bin erst seit ein paar Minuten hier oben und sie hat es geschafft, mir zu folgen. Sie zieht sich auf mich zu. Ihr Haar ist nass und blutdurchtränkt.

»Ist dir klar, was du getan hast?«, frage ich, als ob man so etwas Abscheuliches überhaupt begreifen könnte. »Ist dir klar, wie viele Leben du vernichtet hast?«

»Versuch du doch mal, in einem Rollstuhl zu sitzen«, sagt sie. »Was glaubst du, wie das dein Leben zerstört?«

»Soll ich etwa Mitleid mit dir haben? Willst du mir weismachen, dass der Grund für deine mörderischen Fotosessions deine tiefsitzende Wut auf die Welt ist, weil dein Rückenmark verletzt wurde? Komm mal klar, Marie.«

Ich drücke wieder auf ›Stopp‹, um meine Gedanken zu sammeln. Ich weiß, was jetzt kommt, aber ich muss es noch einmal hören. Es ist ein Zwang, den ich nicht unterdrücken kann.

Ich: »Du kommst hier nicht lebend raus«, sagt sie. Die Klinge ist zwar durch ihre Verwendung als Eispickel abgestumpft, aber sie kann mir immer noch gefährlich werden, wenn ich ihr die Gelegenheit dazu gebe. Was ich nicht tun werde. Ich nehme den Schreibtischstuhl und schleudere ihn schnell und hart in ihre Richtung. Mithilfe ihrer kräftigen Arme – die sie in den Jahren als Schwimmerin trainiert hat, damals, als sie noch minutenlang die Luft anhalten konnte – hievt Marie ihren Oberkörper hoch. Sie balanciert sich mit ihrem Stumpf aus und versucht, sich auf mich zu stürzen. Ich werfe mich auf den Stuhl und er prallt gegen sie, sodass sie schreiend die Treppe rückwärts hinunterstürzt. Als sie unten ankommt, sehe ich die Messerspitze. Während ihres geräuschvollen Sturzes ist die Klinge hinter sie gefallen, hat ihren Hals durchbohrt, als sie zurückfiel, und ragt nun wie eine Metallzunge aus ihrem Mund. Ich kann kaum atmen. Einen Moment lang stehe ich nur da und beobachte, wie das Blut aus Maries klaffendem Mund rinnt.

Ich muss das Band nicht anhalten. Ich habe genau vor Augen, wie Leann Truitts Leiche in einer inszenierten Pose daliegt, mit gebrochenem Genick, gefoltert, vergewaltigt.

Ich: Ihr hellrosa Shirt ist jetzt blutrot. Ich höre die Sirene und mir ist klar, dass ich sofort verschwinden muss. Ich lese ein paar Fotos vom Boden auf und gehe an Maries zusammengesunkenem Körper mit den verkümmerten Beinen, ihren Baumstammarmen und dem Mund, aus dem das Küchenmesser ragt, vorbei. Neben der Tür liegt meine Oma-Handtasche. Ich schnappe sie mir, stopfe die Fotos hinein und renne zur Tür hinaus, durch die Hecke auf die Straße. Ich weiß, dass meine Fingerabdrücke überall im Haus zu finden sind, aber ich wurde noch nie verhaftet, und es gibt keine Spur von mir in irgendeinem System. Zumindest bisher nicht.

Ich lege meine Waffe in den Safe. Meine Zunge tut immer noch weh. Ich nehme die Flasche Scotch und den benutzten Plastikbecher aus der Schreibtischschublade und gieße mir einen kleinen Schluck ein, dann noch ein wenig mehr.

Bevor ich mir eine der anderen Kassetten anhöre, klicke ich auf meine E-Mails und scrolle nach unten.

Wallace hat eine weitere Nachricht geschrieben.

Mir sinkt das Herz in die Hose. Wie eine schlafende Schlange, die ich keinesfalls wecken will.

Aber ich tue es trotzdem.

Die Nachricht ist kurz.

Ich bezweifle, dass du weißt, wie es ist, so tief verletzt zu werden, dass du einen Teil von dir selbst verlierst. Ich weiß, wie sich das anfühlt. Bald weißt du es auch, Rylee.

In meinem Kopf dreht sich alles. Natürlich nicht vom Alkohol. Obwohl das auch eine Option wäre. Es sind die Gefühle. Es ist der Hass. Jemand da draußen kennt meine Geheimnisse. Jemand da draußen will, dass ich leide.

ZWEIUNDZWANZIG

Ich lege eine weitere Kassette ein, spule ein wenig zurück und drücke auf ›Play‹. Meine Stimme ertönt aus dem winzigen Lautsprecher des Abspielgeräts.

Ich: Courtney ist der richtige Name meiner Mutter. Das hat sie mir verheimlicht, so wie alles andere auch. Tante Ginger sagte, dass meine Mutter nach der Entbindung völlig verkrampft im Krankenhausbett lag und mich nicht ansehen konnte. Mama sagte, sie sei froh, dass ich ein Mädchen bin. Meine Tante Ginger antwortete ihr, dass sie das gleiche gehofft hatte. Sie bat Mama, mich anzuschauen. Sie sagte, ich sei wunderschön. Meine Mutter wollte nicht. Sie hatte Angst. Sie hatte Angst, ihn zu sehen, wenn sie mich betrachtete.
Dr. A: Ihn?

Ich spule etwas vor.

Ich: So vieles, was in meinem Leben passiert ist, war inszenierter Aufruhr. Inszeniert von meiner Mutter, um die Spuren der einen Lüge mit einer anderen Lüge zu verwischen und mit noch einer und noch einer. Ich weiß noch, dass wir einmal gemeinsam eine Folge von Teen Mom *im Fernsehen sahen und das Mädchen, das gerade ein Baby bekommen hatte, darüber sprach, es zur Adoption freizugeben.*

Dr. A: Deine Mutter wollte dich weggeben.

Ich: Ja. Ich vermute, das wollte sie. Natürlich sagte Tante Ginger, dass sie mich damit vor ihm habe schützen wollen. Sie behauptete, sie habe sich so lange vor ihm versteckt, damit er nicht merkte, dass sie schwanger war. Es war alles eine Lüge. Während meine Mutter und ich die Sendung sahen, sagte ich ihr, dass ich das nie tun könnte. Niemals würde ich ein Baby einfach so weggeben. Sie sagte, wenn es für das Kind das Beste wäre, wäre es vielleicht auch das Beste für mich. Sie sagte, sie kenne Leute, die es in Erwägung gezogen hätten, weil es das einzig Richtige sei.

Auf dem Band herrscht für einige Augenblicke Ruhe.

Ich: Sein Kind wegzugeben – wie kann das jemals richtig sein? Ich finde, sie hätte gar nicht erst schwanger werden dürfen. Meine Mutter antwortete nur, dass Fehler eben manchmal passieren. Manchmal seien Schwangerschaften alles andere als geplant. Ich wusste, dass meine Mutter jung war, als sie mich bekam. Sie sagte, sie sei achtzehn gewesen, aber inzwischen weiß ich, dass sie sechzehn war. Ich dachte, sie wäre mit meinem Vater verheiratet gewesen. Mit dem, der im Kampf für sein Land gefallen ist, einem Kriegshelden. Aber auch das war alles gelogen.

Die Kassette rauscht und ist zu Ende. Ich drehe sie um und denke über den Fall nach. Leann Truitt hatte ihr Baby aufgegeben. Meine Mutter hätte mich beinahe aufgegeben. Ich frage mich jetzt, wo genau ich mich auf der Skala des Entscheidungsspielraums meiner Mutter befunden hatte.

Tat es ihr leid, dass sie mich behalten hatte? Habe ich ihr Leben ruiniert?

Ich drücke auf ›Play‹ und warte darauf, dass das Band startet.

Ich: Tante Ginger sagte meiner Mutter, dass ich genau wie sie aussehe. Sie sagte meiner Mutter, dass ich ihr Baby sei und nicht seins. Eine Krankenschwester hörte das und meinte, dass es sie nichts anginge, dass es aber manchmal vorteilhaft sei, einen Mann um sich zu haben. Schon allein wegen der Unterhaltszahlungen. Meine Tante sagte, das werde bei diesem Mann nie der Fall sein.

Tante Ginger hatte recht. Dieser Mann, mein biologischer Vater, war ein Monster. Als Vater und als Mensch. Vielleicht hatte das Kind von Leann Truitt wirklich Glück, wenn es weit weg von Jim Truitt wäre. Vielleicht hatte meine Mutter recht damit, dass es für ein Baby manchmal besser ist ...

Dr. A: Deine Mutter hat dich schließlich doch akzeptiert.

Ich: Ich weiß nicht, ob sie mich jemals akzeptiert hat. Tante Ginger sagte, dass Mom nie die Papiere ausgefüllt hat, um mich zur Adoption freizugeben. Ich weiß nicht, ob das Absicht war oder ob sie andere Gründe hatte, mich zu behalten. Sie war immer vernarrt in meinen Bruder Hayden. Von mir erwartete sie, dass ich sie ersetzte, wenn sie nicht da war. Vielleicht hatte sie immer vor, uns zu verlassen, und dachte, ich würde ihren Platz einnehmen.

Schweigen.

Ich: Tante Ginger hat erzählt, dass meine Mutter mich im Arm gehalten und mir gesagt hat, dass sie mich liebe und nie zulassen würde, dass mir jemand wehtue. Schon wieder eine

Lüge. Als Tante Ginger gerade aufstehen wollte, hielt ich sie auf. Mich interessierte nicht, ob Mama mich weggeben wollte, es sich aber anders überlegt hat. Ich wollte wissen, woher mein biologischer Vater, Alex Rader, wusste, dass meine Mutter ein Kind bekomme hatte. Mich. Ich wollte wissen, warum er der Meinung war, ich gehörte zu ihm. Ich sagte ihr, dass ich mein ganzes Leben lang dachte, ich sei allein. Dass ich keine Verwandten außer Mom und Dad und Hayden hätte. Ich sagte ihr, dass ich unbedingt alle Informationen brauchte, um meine Mutter zu finden. Und den Mörder meines Stiefvaters.

Dr. A: Sprich weiter.

Ich: Tante Ginger verschweigt etwas. Etwas Wichtiges. Aber ich habe trotzdem das Gefühl, dass sie nur mein Bestes will. Deshalb hat sie mir auch erzählt, dass gleich nach meiner Geburt ein Polizist mit Blumen ins Zimmer kam.

Den Rest brauche ich nicht zu hören. Leann wurde belogen, genau wie ich. Wo war ihre Mutter während dieser ganzen Sache? Jemand, der seine eigene Tochter schwängert, ist doch auch sonst kein unbeschriebenes Blatt. Wahrscheinlich hat er sie schon ihr ganzes Leben lang belästigt. Wusste ihre Mutter davon? War sie so geldgierig, dass sie es vorzog, wegzuschauen?

Ich hatte Jim Truitt auf Vorstrafen durchleuchtet, und er war sauber. Nicht einmal ein Verkehrsverstoß. Ich habe bei ihm zu Hause keinen Tropfen Alkohol entdeckt. Nach meiner Einschätzung ist er weder ein Trinker noch drogenabhängig. Ich bin davon überzeugt, dass Leanns Mutter sie belogen und betrogen hat, so wie meine Mutter es mein ganzes Leben lang mit mir getan hat. Unsere Geschichten ähneln sich.

Ich will Gerechtigkeit für uns beide.

DREIUNDZWANZIG

Es ist gerade sieben Uhr morgens. Ich sitze am Schreibtisch, stelle Online-Ermittlungen an und bereue den Whisky vom Vorabend. Ich bin total hinüber und habe kaum geschlafen. Das wird mich den ganzen heutigen Tag kosten. Aus dem Flur ist das Gezeter von Nan zu hören, die wissen will, ob Sheriff Gray auch ja einen Bratapfel-Donut mitgebracht hat. Die mag sie am liebsten. Eine Tüte Donuts ohne Bratapfel für Nan mitzubringen, wäre ein beispielloses Verbrechen an diesem Ort, der sich mit Mord und anderen Kapitalverbrechen beschäftigt.

Mir fällt auf, dass Nan ziemlich viel Macht in diesem Büro besitzt. Ich glaube, der Sheriff hat Angst vor ihr. Sie ist eine von diesen passiv-aggressiven Personen, die immer erreicht, was sie will, ohne dass man es merkt.

Ach, wie dumm von mir. Ich dachte, ich hätte Ihnen die Akte gegeben.

Er hat keine Nummer hinterlassen.

Oh. Ich dachte, der Bratapfel-Donut wäre für mich. Da habe ich mich wohl geirrt.

Ich konzentriere mich wieder auf den Fall. Jim Truitt hat gesagt, seine Tochter würde in Port Townsend in einer Bar arbeiten. Es gibt über ein Dutzend Bars in Port Townsend – und in der näheren Umgebung noch viel mehr. Glücklicherweise steht die Old Whiskey Mill in der Water Street ziemlich weit oben auf meiner Liste.

Das ist der Pub, in dem Leann gearbeitet hat.

Die Old Whiskey Mill eröffnete in den späten 1800er-Jahren als Hotel, dem größten in Port Townsend. Zu jener Zeit versuchte die Stadt, sich als Endstation für die Eisenbahn zu etablieren, eine Position, welche die Städte Seattle und Tacoma auf der anderen Seite des Puget Sound bereits innehatten. Im Erdgeschoss des Gebäudes versuchten immer wieder verschiedene Geschäfte ihr Glück, doch anscheinend fuhr keins von ihnen ausreichende Gewinne ein, um sich über Wasser zu halten. Dann versuchten es zwei Schwestern mit einer Bar. Die Bar war ein Erfolg, vor allem bei den Gesetzeshütern, und die Old Whiskey Mill war wieder in Betrieb.

Ich spreche mit einem Barkeeper, der für Leann eingesprungen ist, und überbringe ihm die schlechte Nachricht, dass sie nicht mehr zur Arbeit kommen wird. Er ist sehr betroffen, aber leider kann er mir nichts über sie erzählen. Danach spreche ich mit der Besitzerin, die mir sagt, dass Leann erst vor einem Monat bei ihnen angefangen habe. Davor habe sie in einem Café gearbeitet, die Besitzerin weiß aber nicht, in welchem, Leann hatte kein Mitarbeiterformular ausgefüllt.

Woher wusste ihr Vater, dass sie in einem Pub arbeitete, wenn er sich doch angeblich nicht darum kümmerte, was sie tat?

Ich rufe weitere Informationen in der Strafregisterdatenbank ab. Es stellt sich heraus, dass Steve Bohleber in Indiana ein Vorstrafenregister hat. Er war kein Farmer, es sei denn, er hat in Indiana Marihuana angebaut, aber das ist dort immer noch illegal. Er saß drei Jahre wegen schwerer Körperverletzung in Pendleton, Indiana, im Hochsicherheitstrakt. Er hatte einen Polizisten angegriffen, der deswegen mit Gehirnerschütterung ins Krankenhaus musste. Steve kam ins Gefängnis. Und dabei hatte er noch Glück.

Die Beamten, die ihn festnahmen, waren viel zu freundlich.

Jetzt war er in der Versenkung verschwunden. Niemand, nicht einmal sein Bewährungshelfer, wusste, wo er sich aufhielt. Niemand interessierte sich für ihn. Außer mir.

Auch Joe Bohleber war nie Landwirt gewesen. Er wurde ein paar Mal wegen Betrugs und Geldwäsche verhaftet. Für mich ist es ziemlich eindeutig, dass er Truitt erpresst hat. Ich weiß nur nicht genau, womit.

Irgendetwas läuft zwischen den beiden. Bloß was?

Ich überprüfe Jim Truitt. Zeitungsarchive sind recht ergiebig, wenn man nach reichen Widerlingen wie Truitt sucht. Im *Port Townsend Leader* wird er kaum erwähnt. Er war in eine Art Landentwicklungsprojekt in der Nähe des Fort Flagler Historical State Park verwickelt. Die Zeitung erwähnt ihn als einen der Investoren. Interessanterweise kauften Joe und Steve Bohleber die Grundstücke für ihre Anglerhütten von einer Firma, an der Jim Truitt beteiligt war.

Sie haben schon vorher miteinander Geschäfte gemacht.

Sie haben mich beide belogen.

Mich zu belügen ist ein kapitaler Fehler.

Ich stoße auf einen Stapel Papierkram und beginne damit, in Olympia Informationen über die Adoption von Leanns Baby anzufordern. Jim Truitt ist jemand, der seine Beziehungen spielen lässt. Geld. Er kennt die Menschen und die Geister. Vielleicht hat er selbst ein Zuhause für das Kind gesucht.

Immerhin ist es sein Kind.

Er wirkte auf mich nicht wie jemand, der seine Besitztümer einfach so aufgibt. Er hat seiner schwangeren Tochter eine Wohnung gesucht und ihre Miete bezahlt. Er hielt Abstand, aber nicht ohne sie weiter zu kontrollierten. Seine Frau hat er nach St. Lucia in ein Strandhaus verfrachtet, hat aber weiter ein Auge auf sie.

Ich werde ebenfalls ein wachsames Auge auf ihn haben.

Ich hole mir einen Kaffee aus dem Pausenraum und überlege, ob ich mir einen Donut nehmen soll. Lasse es dann aber doch. Ich höre, wie Nan einem der Sachbearbeiter von den neuesten Heldentaten ihrer Tochter berichtet. Ich schalte auf Durchzug und gehe zurück zu meinem Schreibtisch.

Zuerst knöpfe ich mir die staatliche Adoptionsagentur vor. Nach etwa dreißig Minuten muss ich einsehen, dass ich nicht in das System eindringen kann, ohne Spuren zu hinterlassen. Das Sheriff's Office von Jefferson County hat keine Befugnis, nach Müttern zu suchen, geschweige denn Informationen über die Vermittlung von Adoptivkindern in Erfahrung zu bringen.

Sheriff Gray kommt mit einem Pappbecher und einer fettigen Tüte Fastfood ins Büro. Ziemlich große Tüte für ein Frühstück, aber er ist auch ziemlich groß. Zumindest sein Bauch. Er bemerkt meinen Blick und kommt an meinen Schreibtisch.

»Ich habe Frühstück mitgebracht.«

Was du nicht sagst.

»Was ist in der Tüte?«, frage ich.

Er öffnet sie und der Geruch von gebratenen Zwiebeln steigt mir in die Nase. Er zieht ein mit fettigem Papier umwickeltes Päckchen heraus. »Ich habe dir einen doppelten Zwiebel-Hotdog von der Würstchenbude mitgebracht. Leider keinen Malzmilchshake, den konnte ich nicht mehr tragen, tut mir leid.«

»Dabei habe ich extra auf den Donut im Pausenraum verzichtet.« Der Sheriff ist mit einer Krankenschwester verheiratet, die er im Krankenhaus kennen gelernt hat, als er dort wegen eines leichten Herzinfarkts eingeliefert wurde. Er ist definitiv übergewichtig und obwohl er sich ständig über Diäten beschwert, habe ich noch nie erlebt, dass er etwas auch nur halbwegs Gesundes ist.

Er legt die in fettiges Papier eingeschlagenen Würstchen

auf meinen Tisch und sagt: »Das sollten wir lieber für uns behalten.«

Zwar habe ich seit gestern nichts mehr gegessen, aber ich verzichte dankend. Ich weiß, wie man ein Geheimnis bewahrt. Und der Sheriff musste schon über einige meiner Geheimnisse Stillschweigen bewahren.

Ronnie betritt das Büro und sieht aus, als käme sie frisch aus einem Spa. Ich fühle mich wie nach ein paar Extrarunden gegen einen Profi in Gemischten Kampfkünsten, Ronnie hingegen ist frisch und munter, lächelt und plappert drauflos. Als ich sie gestern Abend ins Bett gebracht habe, war sie total ausgeknockt. Hätte ich so viel getrunken wie sie, würde der bloße Geruch von Fett ausreichen, damit ich mich übergebe.

Sheriff Gray schaut auf die Tüte, auf mich, auf sie, und holt einen weiteren Hotdog heraus.

»Für Sie habe ich auch einen. Aber sagen Sie Nan nichts davon.«

Oder seiner Frau.

Ich fordere Ronnie auf, sich einen Stuhl zu schnappen. Sie tut wie geheißen, setzt sich und wickelt das noch dampfende Hotdog mit »doppelt Würstchen, Zwiebel, Gurke« aus dem Papier. Heute trägt sie ein schlichteres Outfit in Form einer blauen Bluse, einer hellen Jacke, einer grauen Hose und Schuhen mit niedrigen Absätzen. Ihre Nägel sind gestutzt, aber nunmehr feuerwehrautorot lackiert.

»Ich bin in meinem Büro«, sagt der Sheriff. »Bevor ihr irgendwohin geht, möchte ich ein Update. Ich bin der Sheriff. Ich möchte wissen, was ihr macht.«

Ich höre einen Hauch Anschuldigung aus seinen Worten heraus und fühle mich in die Defensive gedrängt.

»Ich habe dich gestern auf den neuesten Stand gebracht, bevor wir gefahren sind«, sage ich.

»Du hast mir nicht gesagt, dass du mit Jim Truitt gesprochen hast.«

»Doch«, sage ich ihm. »Liegt in deinem Fach.«

Es liegt erst seit einer halben Stunde dort, aber das sage ich ihm nicht.

»Lass es mich anders ausdrücken. Du hattest mir nicht gesagt, dass es sich dabei um diesen Jim Truitt handelt.«

»Na und? Was ist denn mit ihm?« Ich bin überrascht, dass er eine so große Sache daraus macht. Mag sein, dass der Typ reich ist. Aber das hat den Sheriff – oder mich – bisher noch nie von etwas abgehalten.

»Sagen wir einfach, sei vorsichtig, Megan.«

Die Sache gefällt mir nicht.

»Ist er wichtig?«, frage ich, obwohl ich die Antwort schon kenne.

»Er ist ein großer Spender. Er unterstützt eine Menge Polizeiveranstaltungen. Er kauft Ausrüstung, wenn der Bezirk es nicht kann.«

Oder nicht möchte, denke ich.

»Was für ein Zufall, dass du ihn erwähnst, Sheriff. Wir müssen mit dir über ihn sprechen. Vielleicht sollten wir in dein Büro gehen, damit wir ungestört sind?«

Er wirft mir einen leicht finsteren Blick zu. Nicht übertrieben finster. Nur angedeutet.

»Das halte ich für eine ausgezeichnete Idee, Detective Carpenter«.

Oh, oh. Ich habe ihn wütend gemacht. So hat er mich noch nie genannt. Ronnie und ich folgen ihm in sein Büro. Er bittet Ronnie, die Tür zuzuziehen. Wir setzen uns. Sein Stuhl knarrt.

Kriechöl ist keine Lösung.

Fünfundzwanzig Kilo abzunehmen wäre effektiver.

»Mag ja sein, dass Jim Truitt ein großzügiger Gönner der Polizei ist, Sheriff. Das ist ganz fantastisch. Wir brauchen jede Unterstützung. Aber er ist auch noch etwas anderes.«

Ich mache eine Pause. Es ist, als hätte man schon alle

Trümpfe in der Hand, obwohl das Spiel gerade erst begonnen hat.

»Nämlich zwei Dinge«, sage ich. »Erstens ist er höchstwahrscheinlich ein Kinderschänder. Und zweitens könnte er unser Mörder sein.«

»Mir scheint, es gibt da aber noch einige Unklarheiten«, sagt er und sieht mich eindringlich an. »Bisher sind das alles Vermutungen.«

»Noch kann ich nicht beweisen, dass er der Vater von Leanns Baby ist. Aber ich arbeite daran. Die Sache ist die, ich habe keine Befugnis, die Adoptionsunterlagen anzufordern. Wenn ich das Baby finde, könnte ich einen DNA-Abgleich mit Bohleber und Truitt machen.«

Ronnie meldet sich zu Wort. »Wenn er wegen des Babys gelogen hat, hätte er ein Motiv für den Mord.«

Sheriff Gray denkt nach.

»Vielleicht hat er jemanden angeheuert, um sie zu töten?«, schlägt er vor. »Vielleicht tut es gar nichts zur Sache, ob wir das Baby finden. Und dann benötigst du immer noch die DNA von Truitt und Bohleber zum Vergleich. Glaubst du, sie werden kooperieren?«

Nein, bestimmt nicht.

»Ja«, sage ich.

VIERUNDZWANZIG

Nan klopft und steckt ihren Kopf zur Tür des Büros von Sheriff Gray herein.

Sie hasst es, wenn man sie ausschließt, und verschafft sich bei jeder sich bietenden Gelegenheit Zutritt.

Diesmal hat sie sogar einen triftigen Grund.

»Ich habe etwas für Sie«, sagt sie und reicht mir einen Ausdruck. Sie verweilt einen Moment, sieht das Essen auf dem Schreibtisch und wirft dem Sheriff einen giftigen Blick zu, bevor sie die Tür hinter sich schließt.

»Sie werden dieses Jahr eine Rute in ihrem Nikolausstiefel haben, Sheriff«, sage ich.

Seine Augen weiten sich. »Ich? Ich sage ihr, dass Ronnie das Zeug angeschleppt hat.«

Der Sheriff kann ganz schön fix sein, wenn er will. Ich schaue auf das Blatt Papier und bekomme große Augen.

»Was?«, fragt er.

Ich gehe zurück an meinen Schreibtisch, nehme einen Schluck kalten Kaffee und telefoniere los. Ronnie sitzt am Computer und sucht die Namen auf dem Ausdruck heraus. Eine Stunde später treffen wir uns wieder im Büro des Sheriffs.

Er sieht besorgt aus. Sein Hotdog ist nur halb aufgegessen und liegt noch in der Verpackung auf seinem Schreibtisch.

»Ist es so schlimm, wie es aussieht?«, fragt er.

Ich halte das Blatt Papier in der Hand, das Nan mir gegeben hat. Einige Passagen sind gelb hervorgehoben. Ich lese vor.

»Zwei bestätigte Morde. Der ältere ist zwei Jahre her. In beiden Fällen handelt es sich um Leichen, die mit Vermisstenmeldungen übereinstimmen. Ich habe lediglich das ViCAP, die fallanalytische Datenbank des FBI, für die Bezirke Jefferson, Clallam, Thurston, Mason und Kitsap abgefragt. Die andere Seite des Puget Sound habe ich nicht gecheckt. Es könnten also noch einige dazu kommen, wenn wir die Suche ausweiten.«

Ich schaue kurz zum Sheriff und zu Ronnie hoch, ehe ich fortfahre.

»Ihre Verletzungen stimmen mit denen von Leann überein. Beide Frauen wurden erwürgt. Beiden wurde das Genick gebrochen. Mehrere gebrochene Knochen. Abdrücke an den Handgelenken, Knöcheln und am Hals wie in unserem Fall.

In dem Bericht von vor zwei Jahren heißt es, die Todesursache sei Verbluten gewesen. Offenbar war sie schwanger und das Baby wurde ihr herausgeschnitten. Ich habe die Ermittler angerufen, die die Fälle bearbeitet haben. Der alte Fall stammt aus Clallam County. Der neuere Fall ereignete sich vor sechs Monaten in Kitsap. Ich vereinbare ein Treffen mit ihnen.«

Ich lasse das Blatt sinken. Der Sheriff sieht aus, als ekele er sich. Bestimmt nicht vor dem Hotdog, denke ich noch.

»In Clallam geht es um eine Frau namens Margie Benton«, erläutere ich. »Sie wurde vermisst und ihre Leiche zwei Wochen später gefunden. Bei dem Fall in Kitsap handelt es sich um Dina Knowles. Sie verschwand und wurde eine Woche später ermordet aufgefunden. Und jetzt kommt's: Beide Frauen waren etwa so alt und so groß wie Leann und hatten rote Haare.«

Ich habe jetzt Sheriff Grays ungeteilte Aufmerksamkeit. Und das aus gutem Grund. Wir haben einen Serienmörder in Jefferson County.

»Die Ermittler haben ihre Erkenntnisse zusammengetragen, und anscheinend haben die Opfer noch mehr gemeinsam. Knowles hatte im Jahr vor ihrer Ermordung ein Baby zur Welt gebracht. Beide arbeiteten in Bars.«

Der Sheriff wirft das Brötchen in den Papierkorb. »Haben sie irgendwelche Beweise? Einen Verdächtigen?«

Ich schüttele den Kopf und lasse die Bombe platzen.

»Beide Frauen wurden gynäkologisch untersucht. Es gab eindeutige Hinweise auf eine Vergewaltigung, aber keinen Verdächtigen.«

»Verdammt«, sagt er und läuft rot an. »Warum haben wir nicht früher davon erfahren?«

»Ich hatte irgendwie den Eindruck, dass beide Detectives dachten, sie hätten die Sache bis jetzt im Griff«, antworte ich.

Das ist ein grundsätzliches Problem bei der Strafverfolgung. Kein Gerichtsbezirk ist bereit, Informationen mit einem anderen zu teilen. Jeder betrachtet den Fall als seinen eigenen und will ihn allein lösen. Alle wollen die Verhaftung selbst vornehmen. Das kann ich nachvollziehen. Aber in diesem Fall habe ich das ungute Gefühl, dass mein Mörder derselbe ist wie der der anderen. Das bedeutet, dass ein Serienmörder auf freiem Fuß ist.

»Sheriff, ich habe um einen DNA-Test im Rahmen der gynäkologischen Spurensicherung bei Leann Truitt gebeten, aber wir wissen ja, wie es im Labor zugeht. Ich rufe Marley an, kann ich ihm von dir ausrichten, dass dieser Fall vorrangig zu behandeln ist?«

»Mach das«, antwortet er. »Und sag ihm, wenn das nicht schnell erledigt wird, ist die Hölle los.«

Wirklich? Ich bin stolz auf Sheriff Gray, dass er so hart durchgreift. Jetzt hätte ich nur noch gern, er würde mir erlauben, Jim Truitt ordentlich in die Mangel zu nehmen, um etwas aus ihm herausbekommen. Er muss meine Gedanken gelesen haben.

»Und du hast meine Erlaubnis, Jim Truitt wenn nötig auf den Kopf zu stellen, um zu sehen, was dabei zutage kommt, obwohl ich nicht davon ausgehe, dass es für einen Durchsuchungsbeschluss reicht. Sieh zu, dass du etwas über die anderen Morde herausfindest, und ich tue, was ich kann, um einen Gerichtsbeschluss für die DNA zu bekommen.«

Ich habe vor, Truitt zu verfolgen, ob mit oder ohne Genehmigung. Der Sheriff weiß das zwar schon, aber er deckt mich, falls mal irgendein Politiker hinter mir her sein sollte. Ich kann mich immer auf ihn verlassen. Truitt scheint ein gewisses Maß an Einfluss zu haben, und ich hoffe, dass er sich der Zusammenarbeit bei den Ermittlungen nicht entziehen kann.

»Brauchst du sonst noch etwas von mir? Irgendeine Hilfe in dieser Sache?«, fragt er.

»Ich hätte gern, dass Deputy Marsh weiterhin bei den Ermittlungen hilft.«

Ronnie guckt überrascht, dann strahlt sie mich an.

»Ich *bestehe* sogar darauf, dass sie das tut«, sage ich.

»Ich kläre das mit der Ausbildungsabteilung ab«, erwidert Sheriff Gray mit einem angedeuteten Lächeln. »Halt sie einfach aus der Schusslinie.«

Ich bin mir nicht sicher, ob er damit politische Konsequenzen meint oder dass Ronnie möglicherweise getötet wird. Ich denke, der Unterschied ist gar nicht so groß. Politische Konsequenzen können das Ende einer Karriere bedeuten, weil man bei jeder anderen Behörde auch auf der schwarzen Liste landet.

Er weiß, dass ich auf mich selbst aufpassen kann.

Langsam glaube ich, dass das auch auf Ronnie zutrifft.

FÜNFUNDZWANZIG

Bis die Akten aus Kitsap und Clallam per Kurier in meinem Büro landen, wird der halbe Vormittag um sein. Ich will sie Seite für Seite durchgehen, bevor ich ein Treffen mit den Detectives vereinbare. Ich rufe Marley Yang im Kriminallabor an, um zu erfahren, ob er den Abstrich erhalten hat. Die Empfangsdame geht ran.

»Ich muss nachsehen, ob Mr Yang da ist«, sagt sie. »Können Sie mir Ihre Nummer geben, damit er Sie zurückruft?«,

»Wenn er gerade nicht zu sprechen ist, müssen wir es wohl so machen. Unser Sheriff würde gerne mit ihm sprechen. Soll ich Sheriff Gray ans Telefon holen? Er ist gerade im Gespräch mit einem Richter in seinem Büro, aber ich kann ihn gerne an den Apparat holen, wenn Sie das wünschen.«

»Das wird nicht nötig sein«, sagt sie. »Ich verbinde Sie mit Mr Yang.«

Sie geht aus der Leitung, es ertönt kein Klingelton und auch keine kitschige Warteschleifenmusik, darum gehe ich davon aus, dass sie die Verbindung unterbrochen hat. Endlich ein Klick.

»Yang hier«, sagt eine vertraute Stimme. »Detective Carpenter, stellen Sie mich zum Sheriff durch.«

»Der Sheriff meinte, ich solle mit Ihnen sprechen«, lüge ich. »Er möchte wissen, ob Sie den Abstrich von gestern Morgen bekommen haben. Den von der Leiche, die auf Marrowstone gefunden wurde.«

Marley ist der Leiter des Kriminallabors. Ich habe ihn nur einmal persönlich getroffen. Er ist klein, stämmig, trägt längeres schwarzes Haar und einen Möchtegern-Ziegenbart. Er gehört zu der Generation, die glaubt, beim CSI ginge es nur darum, in schnellen Autos oder zu Fuß durch die Gegend zu rasen, Waffen zu tragen, Bösewichte zu erschießen und hinterher in einer Bar abzufeiern.

Es ist aber ganz anders. Abgesehen von den Bars natürlich.

»Das heißt, eigentlich wollen Sie das wissen, stimmt's, Detective Carpenter?«

Er klingt ein wenig verärgert. »Sie haben mich ertappt, Marley. Falls es Sie besänftigt, dürfen Sie mich ab jetzt Megan nennen.«

Marley lacht, eigentlich ist es eher ein Schnauben.

»Ja, ich habe den Abstrich bekommen«, sagt er. »Ich weiß, er hat Prio. Genau wie die dreißig oder vierzig anderen Anfragen. Es tut mir leid, aber Sie ... du weißt ja, wie überlastet wir sind.«

Komm mir nicht wieder damit. Von mir aus kannst du die Arbeit mit nach Hause nehmen, Hauptsache, sie wird erledigt.

»Das verstehe ich vollkommen«, sage ich. »Ich erlebe hier das Gleiche. Kannst du dir vorstellen, dass gestern eine Frau zu mir kam und verlangte, ich solle Fingerabdrücke von ihrem Auto nehmen, um zu beweisen, dass ihr Freund eine andere Frau darin herumkutschiert hat? Sie wollte die Fingerabdrücke auf DNA testen lassen. Ich habe ihr gesagt, dass das nicht geht. Dass ihr mit wichtigeren Verbrechen beschäftigt seid.«

»Ernsthaft?«, fragt er.

»Ich bin rausgegangen und habe etwas Fingerabdruckpulver verstreut, damit sie zufrieden ist, und habe ihr gesagt, wir würden der Sache auf den Grund gehen.« Das ist eine dicke Lüge, aber er wird denken, dass er mir etwas schuldig ist, weil ich ihn vor solch einem Unsinn bewahrt habe. Außerdem klingt es cool. Als ob ich etwas tun würde, was er sich als Teil der Verwaltungsmaschinerie sowieso nie erlauben könnte.

Jetzt muss er wirklich lachen.

»Ich dachte mir schon, dass dich das freuen würde.«

»Ich habe keine Meinung dazu«, sagt er lachend. »Ich habe gar nichts gehört. Da hast du Glück gehabt. Schön für dich!«

Ich flehe ihn an. Aber nur ein bisschen. Ich bettle nie.

»Kannst du mir helfen, Marley? »

»Du hast gesagt, der Sheriff will, dass ihr das Ergebnis so schnell wie möglich bekommt?«

»Er sagt, ich bekomme es, sobald ihr es ihm geschickt habt. Ich bin heute den ganzen Tag unterwegs, um Zeugen zu befragen. Könnte ich nicht später vorbeikommen, wenn ich sowieso in der Nähe bin?«

»Ich bin total überlastet, Megan.«

Er duzt mich und nennt mich Megan, es hat sich also gelohnt, ihm in den Arsch zu kriechen.

»War nur so eine Idee«, sage ich. »Ich habe ohnehin eine Praktikantin dabei. Ronnie Marsh. Kennst du sie?«

»Ronnie?«

Das war keine Frage.

Freudige Erregung trifft es eher.

Wenn ich jetzt seine Spermienanzahl überprüfen würde, hätte sie sich gerade verdoppelt.

»Sie macht gerade ihr Praktikum bei uns. Kluges Mädchen.«

Offensichtlich schindet Ronnie Eindruck, wo immer sie auch hingeht.

»Ja«, sagt er. »Wenn ihr vorbeikommt, gucken wir uns euren Abstrich an.«

»Dann bis später, Marley. Übrigens, wie lange brauchst du für einen Vergleich? Ein paar Tage? Eine Woche? «

»Nö«, sagt er. »Wir haben ein neues Gerät. Damit können wir die DNA innerhalb von zwei Stunden bestimmen. Einziges Problem: außer mir kennt sich niemand damit aus. Ihr müsst euch also an mich wenden.«

»Wird gemacht.«

Auf diese Weise kannst du vor Ronnie angeben und mir sagen, was ich wissen will, denke ich.

»Ciao, Marley.«

»Bis nachher, Megan.«

Wie schön, dass ich jemandem den Tag versüßen kann. Jetzt muss ich nur noch die DNA-Proben aus den Fällen in Clallam und Kitsap County besorgen, noch so ein Eilauftrag. Vielleicht sollte ich Ronnie schicken, damit sie sie persönlich abliefert, um sicherzugehen, dass er sich darum kümmert. Um fair zu sein, Marley ist ein guter Kriminaltechniker. Bei meinem letzten Fall hatte ich mit einem gesperrten Handy zu kämpfen. Marley konnte es binnen einer Stunde entsperren und mir die benötigten Informationen liefern. Und wenn ein Fall ihn interessiert, arbeitet er die ganze Nacht daran. In dieser Hinsicht ähneln wir uns. Übertrieben neugierig.

Andererseits ist Marley Teil des Verwaltungsapparats. Er ist gezwungen, alles zu begründen. Jeden Penny. Jede Stunde. Ich muss nur Ergebnisse erzielen. Ich tue, was ich tun muss, und bitte dann um Nachsicht, wenn sie mich erwischen.

So ähnlich, wie ich es mit Jim Truitt machen werde.

Menschen zu manipulieren, um an Informationen zu gelangen oder sie dazu zu bringen, mir einen Gefallen zu tun, ist ein Relikt meiner Kindheit. Ich habe schnell gelernt, dass kleine Tricks oder Lügen ein ausgezeichnetes Mittel sind, um zu bekommen, was man will. Wahrscheinlich habe ich selbst dann geweint, um ein Fläschchen zu bekommen, wenn ich gar keins gebraucht hätte. Aber wie gut ich auch gewesen sein mag, die unangefochtene Meisterin im Manipulieren war meine Mutter. Sie hat mich mein ganzes Leben lang manipuliert. Damals war mir das nicht bewusst, aber jede Idee, von der ich dachte, sie wäre meine, jeder Schritt, den ich tat, wurde von ihr eingefädelt. Dass ich mich um meinen Bruder kümmerte, während sie tage- oder wochenlang weg war, geschah nur zu ihrem Vorteil. Sie sagte mir, sie würde die Familie beschützen – mich und meinen Bruder –, aber in Wirklichkeit war sie ein verlogenes Miststück. Sie hat uns verraten. Als mein Stiefvater ermordet wurde, mussten Hayden und ich alleine fliehen. Kein Plan. Kein Geld. Keine Unterkunft. Kein Essen, außer dem wenigen, was ich erbetteln oder stehlen konnte. Sie verwandelte mich in ein Raubtier, wie sie selbst eins war, und meinen Bruder in jemanden, den ich bemitleidete und zu beschützen versuchte.

Das ist nicht wahr, denke ich, während ich in Gedanken versunken bin.

Ich liebe Hayden. Das werde ich immer tun. Aber die Dinge, zu denen ich gezwungen war, musste ich alleine erledigen. Er denkt, ich hätte ihn im Stich gelassen, und ich weiß nicht, ob er mir jemals verzeihen wird.

Ich glaube sogar, er hasst mich.

Ronnie kommt zu meinem Schreibtisch und legt theatralisch ein paar zwanzig mal fünfundzwanzig Zentimeter große Abzüge vor mir auf den Tisch. Die Qualität lässt zu wünschen übrig, da das Budget von Jefferson County zurzeit keinen anständigen Farbdrucker vorsieht. Sie deutet auf das erste Bild.

»Margie Benton. Clallam.«

Ich hatte damit gerechnet, dass Margie rotes Haar haben würde. Auch dass sie jung wäre, Anfang zwanzig. Aber auf die große Ähnlichkeit mit Leann Truitt war ich überhaupt nicht gefasst.

Sie könnten Schwestern sein.

»Dina Knowles. Kitsap«, sagt Ronnie und schiebt mir das nächste Foto hin.

Mein Herz beginnt zu rasen. Mein Mund ist trocken und mir wird ein wenig übel. Natürlich nicht so wie bei der Autopsie. Gefühle aus der Vergangenheit überwältigen mich, prallen aufeinander, drängen sich in den Vordergrund. Beim Anblick der Bilder muss ich völlig weggetreten sein. Das nächste, woran ich mich erinnern kann, ist Ronnie, die sanft an meiner Schulter rüttelt.

»Geht es Ihnen gut?«, fragt sie.

Ich wende meinen Blick von den Fotos ab und sehe Ronnie an.

»Alles okay. Es geht mir gut«, sage ich und will mir mit der Zunge über die Lippen fahren, aber ich habe keinen Speichel.

Ronnie bemerkt meine missliche Lage. »Ich hole Ihnen ein Glas Wasser«, sagt sie und eilt zum Wasserspender. Einen Moment später kommt sie mit einem kleinen Pappbecher zurück.

In der untersten Schreibtischschublade liegt eine angebrochene Flasche McCallum's, aber ich hole sie besser nicht raus. Ich muss ein gutes Vorbild sein, obwohl ich einen Drink jetzt wirklich gut vertragen könnte.

Ich nehme das Wasser und kippe es runter wie einen Schnaps, stelle den Becher umgekehrt auf den Tisch und schenke Ronnie ein zaghaftes Lächeln.

»Geht es Ihnen besser?«

»Mir geht es gut«, sage ich.

In Wahrheit ist es mir einfach nur peinlich. Sie war bereits dabei, als mir an Dr. Andrades Edelstahltisch schlecht wurde. Andererseits hat sie nicht ein Zehntel von dem gesehen, was ich schon gesehen habe.

Oder getan habe.

Ronnie hat noch mehr Bilder in der Hand und will sie gerade wegräumen. Ich lege meine Hand auf ihre.

»Lassen Sie. Ich muss alle sehen.«

Ich beginne mit Margie. Die Angaben unter dem Foto lauten: Größe ein Meter siebzig, Gewicht knapp 55 Kilo, Haarfarbe rot, Augen blau, Alter zweiundzwanzig, weiß, weiblich. Zuletzt kommt das Datum, an dem sie als vermisst gemeldet wurde, und das Datum, an dem die Leiche gefunden wurde.

Das zweite Bild ist eine Vermisstenanzeige. Das Foto sieht aus wie ein im Auto aufgenommenes Selfie. Es zeigt sie von der Brust aufwärts. Der obere Teil des Lenkrads ist im Bild, verdeckt aber nicht ihre vollen Brüste. Sie hat einen sexy Du-weißt-genau-dass-du-mich-willst-Blick aufgesetzt. Ihr Haar glänzt in einem schimmernden Kupferton. Ihr Gesicht ist vor Glück gerötet.

Es wirkt wie das Negativ des Obduktionsfotos, so frappierend ist der Kontrast.

Dina Knowles wird wie folgt beschrieben: ein Meter siebenundsiebzig groß, 57 Kilo, rote Haare, grün-braune Augen, zwanzig Jahre alt, weiß, weiblich. Auch die Daten, an denen sie als vermisst gemeldet beziehungsweise gefunden wurde, sind vermerkt. Ich blättere weiter zur zweiten Seite, die ebenfalls ein Foto der Vermisstenanzeige enthält. Dieses Bild wurde im Hinterhof eines Hauses aufgenommen. Sie sitzt an einem Campingtisch, vor sich ein großes Getränk. Vielleicht ein Eistee oder ein Long Island Tea. Auf dem Tisch befinden sich mehrere Bierdosen und Bierflaschen. Sie lächelt und hält spielerisch eine Hand in die Höhe, um die Kamera zu verdecken. Keine Ringe an den Fingern. Kein Schmuck. Nein, halt. Sie trägt einen Nasenring, einen kleinen goldenen Stecker. Das hatte ich auch mal, um wie eine Studentin auszusehen. Ich war erst siebzehn und hatte meine Zulassungspapiere gefälscht, um an die Portland State zu kommen.

Ich sehe mir noch einmal das Foto von Margies Vermisstenanzeige an. Sie trägt Ohrringe. Kleine gold-bunte Schmetterlinge.

Auf dem Obduktionsbild sind sie nicht zu sehen.

Margie wurde vor fast zwei Jahren getötet. Dina vor sechs Monaten. Die Todesdaten weisen keinerlei Ähnlichkeit auf. Dieser Mörder ließ sich nicht von einer Jahreszeit oder einem bestimmten Datum leiten. Sein Interesse galt der Ähnlichkeit seiner Opfer.

Leanns Beschreibung aus ihrem Führerschein passt zu Dr. Andrades Beschreibung bei der Obduktion. Größe ein Meter vierundsiebzig, Gewicht 57 kg, rote Haare, braun-grüne Augen, Alter einundzwanzig (wäre in einem Monat zweiundzwanzig geworden), weiß, weiblich. Auf dem Führerscheinfoto trägt sie Kreolen im Ohr. Ihr Haar wirkt auf dem Obduktionsfoto blassrot. Man kann sehen, dass sie tot ist. Sie hat Ohrlöcher in beiden Ohrläppchen. Aber keine Ohrringe.

Ronnie hatte gesagt, außer dem Medaillon befand sich kein Schmuck in Leanns Hütte.

Vielleicht ist dieser Typ ein Sammler?

Margies Schmetterlinge.

Dinas Nasenring.

Leanns Kreolen.

Serienmörder bewahren häufig Erinnerungsstücke von ihren Opfern auf. Es gab einen Mann in Indiana, der die Führerscheine oder Personalausweise seiner Opfer sammelte. Die Bilder erregten ihn sexuell. Sie wurden ihm aber auch zum Verhängnis.

»Alle haben wunderschönes rotes Haar«, sagt Ronnie und holt mich damit in die Gegenwart zurück. »Meins war auch mal so glänzend, bis ich es mit einer dämlichen Tönung behandelt habe. Ich glaube, ich färbe es zurück.«

Sie hat recht. Sie sehen alle aus wie Schwestern. Ich sage es zwar nicht laut, aber es schießt mir durch den Kopf: Ronnie könnte mit den toten Mädchen verwandt sein.

SECHSUNDZWANZIG

Ich gehe die übrigen Tatortfotos durch, die mir die Ermittler aus Clallam und Kitsap County geschickt haben. Die Verletzungen sind fast identisch mit denen unseres Opfers. Dunkle, schmale Schnitte entlang der Handgelenke, die gleichen Abdrücke an den Knöcheln und ein breiter, tiefer Bluterguss an der Kehle sowie der Abdruck einer Schnalle im Nacken. Die Leichen unterscheiden sich lediglich durch die Anzahl der tiefliegenden Blutergüsse, die von Faustschlägen oder Fußtritten herrühren.

Margies Körper wies auch einige Prellungen auf, die nach Ansicht des Rechtsmediziners von einem etwa fünf Zentimeter breiten Schläger verursacht wurden, mit dem man ihr einige Rippen im Rücken gebrochen hatte. Sie war das erste Opfer. Es ist möglich, dass ihr Mörder seine Methode bei den nächsten Morden aus irgendeinem Grund ein wenig geändert hat.

Um an seiner Technik zu feilen.

Aus Angst, erwischt zu werden.

Um mit seinem Opfer zu spielen.

Ich konnte mir die Bilder von Margies Ausweidung nicht zu genau ansehen. Sie waren einfach zu brutal. So unaussprechlich grausam. Ich würde mir die Befunde des Autopsieberichts dazu durchlesen. Der Gedanke, dass ein Baby aus ihr herausgeschnitten wurde, hatte mir Übelkeit bereitet. Meine Mutter war ihrem Entführer entkommen und lange genug verschwunden, um mich zu bekommen. Er hatte mich nicht aus ihr herausgeschnitten.

Offensichtlich hat auch Ronnie Probleme mit den Fotos.

Ich habe eine Idee und rufe Cass im Nordland General Store an. Das Telefon klingelt mehrere Male, ehe sie abnimmt.

»Nordland General Store. Zum Hieressen oder zum Mitnehmen?«

»Cass, ich bin's. Megan Carpenter vom Polizeirevier Jefferson County.«

»Ich dachte mir schon, dass Sie oder Ihre Freundin es sein könnten. Die Nummer des Sheriffs's Office war auf dem Display. Was kann ich Ihnen Gutes tun?«, fragt sie und gibt dann erst mal ihren Senf dazu: »Ich hoffe, Sie wollen nicht noch einmal mit diesem nichtsnutzigen Bobbsey-Zwilling sprechen. Bei dem bekomme ich Gänsehaut.«

Ich sage ihr, was ich vorhabe, ohne es zu begründen. Sie zieht ihre eigenen Schlüsse und stimmt zu. Sie verspricht, mich anzurufen.

Ich lege gerade auf, als Ronnie von ihrem provisorischen Schreibtisch herüberkommt.

»Ich habe den Detective aus Kitsap am Telefon«, sagt sie. »Er will wissen, ob wir uns hier treffen oder ob wir dorthin kommen wollen. Er hat bereits mit Clallam County gesprochen und denen ist beides recht. Er ist wohl neugierig auf das, was wir zu bieten haben.«

Ich überlege kurz. »Gib mir seine Nummer und sag ihm, dass ich ihn zurückrufe. Ich muss erst klären, was dem Sheriff lieber ist.« Das ist mir zwar eigentlich egal, aber ich brauche Zeit zum Nachdenken. Ich habe bereits Hilfe. Mit Ronnie hat es gut geklappt, aber ich arbeite allein. Dabei geht es nicht um

Neid oder darum, meinen Fall unter Kontrolle zu haben, sondern darum, sicher zu gehen, dass alles Nötige getan wird, um den Bastard zu finden und ihn aus dem Spiel zu nehmen. Ich brauche keine Partner, die mich zurückhalten oder von mir Rechenschaft verlangen.

Ich bin mir nicht sicher, wie Ronnie auf das reagieren wird, worum ich Cass gerade gebeten habe.

Ronnie geht zurück an ihren Schreibtisch und greift zum Hörer.

Mein Telefon klingelt, und ich gehe ran. »Büro des Sheriffs von Jefferson County, Detective Carpenter«.

»Gott sei Dank. Ich dachte schon, du hättest gekündigt.«

Ich erkenne die Stimme sofort. »Hallo, Dan.«

Dan Anderson ist ein Mann, den ich bei meinem letzten großen Fall kennengelernt habe, bei dem es um mehrere Morde oben in Snow Creek ging. Er lebt in der Gegend, in der die Morde geschahen, und hatte Hintergrundinformationen zu zweien der Opfer geliefert. Er hatte mich um ein Date gebeten, ich hatte zugesagt und es war ziemlich gut gelaufen. Doch dann war der Fall abgeschlossen und ich hatte mich nicht mehr bei ihm gemeldet. Er hatte sogar ein paar Sprachnachrichten hinterlassen, aber ich war nicht dazu gekommen, sie zu beantworten. Ich glaube, das hatte ich auch nicht vor. Ich dachte, er würde es irgendwann leid sein und aufgeben. Die meisten Männer würden das tun. Aber Dan offenbar nicht.

»Es ist schon etwas länger her, Megan.«

Genau genommen über zwei Monate. Fast hätte ich ihn gefragt, woher er meine Durchwahl hat, aber ich kann mich gerade noch bremsen.

»Ja, das ist es. Tut mir leid.« Ich bin kurz davor, die ganze »Ich-war-beschäftigt«- oder »Es-liegt-an-mir-nicht-an dir«- Nummer durchzuziehen. Er bewahrt mich davor, zu plappern.

Im Grunde bewahrt er mich davor, eine potenzielle Beziehung zu zerstören – dieser Bereich meines Lebens, der in letzter Zeit zu kurz gekommen ist.

Eigentlich schon immer.

»Es tut mir leid, dass ich mich nicht früher gemeldet habe«, sagt Dan. Er fragt nicht, ob ich seine Nachrichten erhalten habe. Er ist weder auf Konfrontation bedacht noch will er mich kritisieren.

»Ich hätte dich anrufen sollen«, sage ich.

Es bleibt still in der Leitung. Ich frage mich, was ich als Nächstes sagen soll, und ich schätze, ihm geht es genauso. Wie unangenehm.

»Na, dann lasse ich dich mal. Du steckst wahrscheinlich gerade mitten in einem großen Fall. Ich wollte nur mal wieder deine Stimme hören.«

Ich kann im Moment keine Beziehung gebrauchen. Doch dann merke ich, wie meine Entschlossenheit schwindet. »Ja, das stimmt. Aber falls du mal in der Gegend bist, können wir uns ja vielleicht auf einen Kaffee treffen.«

Die Worte sprudeln förmlich aus mir heraus. Einfach so. Ich meine es nicht so. Oder doch?

»Zufälligerweise bin ich in der Gegend.«

»Port Hadlock?«

»Nein, Port Townsend«, sagt er. »Ich kann auch gleich alles zugeben. Ich habe Mindy vor einer Weile getroffen und sie riet mir, dich anzurufen. Falls du dich wunderst, sie hat mir diese Nummer gegeben.«

Das passt. Mindy drängt mich, seit ich sie kenne, mein Leben in die Hand zu nehmen. »Ich bin heute ziemlich eingespannt«, sage ich.

Ich bin beschäftigt, aber es liegt wirklich nicht an dir. Es liegt an mir. Es tut mir leid.

Er atmet tief durch. »Oh. Okay. Vielleicht ein anderes Mal.«

Seine Enttäuschung ist sogar durch das Telefon hindurch

deutlich spürbar, weshalb ich umgehend meine Aussage abmildere.

»Dan«, sage ich, »warte. Vielleicht können wir uns in der Stadt treffen, am Wasser. Du weißt doch noch, wo das *Hops Ahoy* ist, oder?«

Wir hatten dort unser erstes und einziges Date. Mindy war mitgekommen, um mir einen Ausweg zu bieten, falls ich Dan nicht mögen würde. Er tauchte auf und die meiste Zeit redeten die beiden. Ich konnte nicht über meine Vergangenheit sprechen und es war mir unangenehm, Dinge zu erfinden. Nicht, dass ich mir nicht schnell Lügen einfallen lassen könnte. Es gefiel mir einfach nicht, Dan anzulügen. Er begleitete mich zu meinem Auto und bat mich um ein weiteres Date. Dazu kam es nicht.

Ich hatte es nicht zugelassen.

»Das ist toll. Und wann? Ich meine, um wie viel Uhr?«

Wir einigen uns auf sieben und beenden das Gespräch. Ich hoffe, dass ich den Fall bis dahin beiseitelegen kann, wohl wissend, dass ich sonst die ganze Nacht grübeln werde. Und vielleicht kommt etwas dazwischen. Wenn das der Fall ist, habe ich seine Nummer und muss ihn wieder enttäuschen. Leider hat Ronnie meinen Teil des Gesprächs mitgehört.

»Ist Dan Ihr Freund?«, fragt sie.

»Nein«, antworte ich. »Nur ein Bekannter.«

Ich habe nicht vor, ihr zu erklären, dass ich, wenn es um Beziehungen geht, vor allem um solche, die über das Schlafzimmer hinausgehen könnten, ziemlich verkorkst bin. Oder dass ich ihn fast sofort mochte und ich weiß, dass er mich mochte. Oder dass ich, wenn es um Liebe geht, nicht das nötige Vertrauen habe, um sie wachsen zu lassen. Stattdessen verberge ich wesentliche Seiten von mir und erfinde schließlich fast nur noch Lügen. Auf salzhaltigem Boden wächst nichts.

Ronnie grinst. »Es klang aber so, als hätten Sie heute Abend ein Date.«

Ich zucke mit den Schultern und erwidere ihr Lächeln. Ja. So ist es. Es gibt nicht viel, was mir Angst macht, aber ich werde gerade panisch. Ich muss telefonieren. Ich gehe nach draußen und rufe eine Person an, mit der ich schon eine Weile nicht mehr gesprochen habe.

Dr. Albright ist immer für mich da.

SIEBENUNDZWANZIG

Karen Albright lässt mich nicht im Stich. Sie nimmt direkt nach dem ersten Klingeln ab.

»Megan, ich bin froh, dass du anrufst.«

Sie klingt aufrichtig. Sie ist aufrichtig. Sie ist meine letzte beste Freundin auf Erden. Sie ist die einzige lebende Seele, die so gut wie alles über meine Vergangenheit weiß. Genug, um mich für eins dieser Monster zu halten, die ich gejagt habe. Gejagt und getötet. Aber das tut sie nicht. Sie hört mir zu. Ich vertraue ihr, wie ich meiner Mutter nie vertraut habe. Oder meiner Tante.

Ich habe mir nie erlaubt, sie beim Vornamen zu nennen. Karen. Für mich ist und bleibt sie Dr. Albright. Sie weiß es. Ich weiß es. So funktioniert das bei uns.

»Dr. Albright, ich wollte nur fragen, ob es Ihnen gut geht.« Selbst ich kann die Lüge hören. Die Nervosität, die in jedem Wort mitschwingt.

»Sprich mit mir, Megan. Ich bin da.«

Ich wusste, dass sie immer da sein würde.

»Es klingt sicher albern«, sage ich.

»Na, warum nimmst du dir dann nicht einen Moment und

amüsierst mich?«

Ich kann ihr Lächeln durchs Telefon hören. Ich weiß nicht, warum, aber mir steigen die Tränen in die Augen. Ich erlaube mir nicht zu weinen. Weinen ist Schwäche. Und Schwäche ist in meiner Welt gleichbedeutend mit Katastrophe und Tod. Ich zwinge mich zu einem kurzen Lachen.

»Ich habe heute Abend eine Verabredung.«

Dr. Albright bleibt stumm. Das ist auch einer meiner Tricks. Einer von den guten.

Ich breche das Schweigen. »Ich glaube, ich habe Angst.«

»Hast du Angst, dich zu amüsieren?«

Ich höre wieder die Fröhlichkeit in ihrer Stimme. Sie unterbricht meinen Redefluss nicht. Sie lenkt ihn nur auf den wahren Grund meines Anrufs.

»Ich mag ihn«, sage ich. »Er mag mich. Er versucht schon seit einem Monat, mich zu erreichen.«

»Hat er dich heute angerufen?«

»Gerade eben. Er will sich heute Abend mit mir treffen.« Ich erwähne nicht, dass der Vorschlag von mir kam. Es ist ein kleines Missverständnis, keine richtige Lüge. Dr. Albright bleibt still. Wenn ich ihr nicht sage, was ich auf dem Herzen habe, wird das ganze Gespräch daraus bestehen, dass ich ein oder zwei Wörter sage und sie schweigt.

»Wir hatten neulich zusammen zu tun und haben uns eigentlich ganz gut verstanden. Als er mich zu meinem Auto brachte, fragte er mich, ob ich nicht Lust hätte, ihn zu irgend so einer Kunstsache zu begleiten. Ich habe ja gesagt. Aber ich habe mich nicht mit ihm getroffen. Und ich habe seine Anrufe ignoriert. Und jetzt taucht er plötzlich wieder auf und dabei habe sowieso schon mehr als genug um die Ohren.«

»Was hast du um die Ohren, Megan?«

»Ich bin wieder auf der Jagd. Ich weiß, dass Sie es nicht gutheißen, was ich tue, oder was ich für meine Aufgabe in der

Welt halte, aber jemand entführt, foltert und tötet junge Frauen. Ich kann nicht ... Ich weiß nicht, wie ...«

Sie wartet. Ich bringe meine Stimme wieder unter Kontrolle, obwohl meine Gefühle völlig außer Rand und Band sind. Trauer, Panik, Wut, Zorn, Selbstverachtung. Ich will nicht wie mein leiblicher Vater sein. Ich will nicht wie meine Mutter sein. Manchmal möchte ich nicht einmal wie ich selbst sein.

»Manchmal halte ich mich für den Bösen – die Böse. Das macht mich wahnsinnig, aber immerhin weiß ich, was ich tun muss. Ich weiß, dass es das Richtige ist. Gestern und heute gab es ein Wirrwarr aus Verbindungen zu meiner Vergangenheit. Ich habe der Autopsie eines dieser Opfer beigewohnt. Bisher waren es drei in zwei Jahren. Der Fall, bei dessen Obduktion ich zugegen war, ereignete sich vor zwei Tagen. Zumindest haben wir da ihre Leiche gefunden.«

Ich spüre, wie sich die Dunkelheit ihren Weg in meinen Blick und meine Gedanken bahnt. Die Wut gewinnt die Oberhand. Gleich werde ich vom Zorn überwältigt sein.

Ich fahre fort. Ohne Luft zu holen. Ohne Pause. Einfach alles rauslassen.

»Die Frau, die er vor zwei Jahren getötet hat, wurde ausgeweidet. Er schnitt ein Baby aus ihr heraus. Sie war im vierten Monat schwanger. Schrecklich. Grauenhaft. Und die Frau, die ich gestern gefunden habe, hat vor einem Jahr ein Kind bekommen. Ich glaube, ihr eigener Vater hat sie geschwängert. Er zählt jetzt zu den Verdächtigen. Er ist reich und arrogant und krank im Kopf. Er versucht, den Sheriff dazu zu bringen, mir den Fall zu entziehen.«

Ich atme tief durch und Stille füllt den Raum.

»Aber du weißt nicht, ob er der Mörder ist.«

»Ja«, sage ich und füge schnell hinzu: »Ich meine, nein. Ich bin mir nicht sicher, ob er überhaupt der Vater ist. Und wenn er es ist, heißt das nicht unbedingt, dass er sie getötet hat. Oder sie töten ließ. Man sollte ihn ins Gefängnis stecken. Oder in die

Klapsmühle. Aber ich will, dass er zumindest die Verantwortung dafür übernimmt, dass er das Leben dieses Mädchens ruiniert hat.«

»So wie dein biologischer Vater dein Leben ruiniert hat.«

»Das ist nicht dasselbe«, sage ich.

»Ist es nicht?«

Ich lasse meine Gedanken und Gefühle weiterhin an Dr. Albrights unzerstörbarer und unvoreingenommener Mauer der Professionalität abprallen. Es gibt noch eine Sache, über die ich mit ihr sprechen möchte, aber ich kann nicht. Es ist die beunruhigendste Sache von allen, und sie hat nichts mit diesen Morden zu tun. Sie hat mit meiner Vergangenheit zu tun. Genauer gesagt, mit jemandem aus meiner Vergangenheit. Jemanden, den ich nicht identifizieren kann. Jemand, der mir vielleicht etwas Böses will.

Ich verabschiede mich, verspreche, öfter anzurufen, und lege auf.

Ich lehne mich an die Hauswand und lausche dem weit entfernten Läuten einer Glocke, weit draußen in der Bucht, und dem Kreischen der Möwen. Die Geräusche sind beruhigend. Die E-Mail, die ich erhielt, nachdem ich Dan das letzte Mal gesehen hatte, war alles andere als beruhigend. Sie war wie ein Schlag ins Gesicht. Unerwartet. Schmerzhaft. Unscharf.

Ich hatte gerade mehrere Morde in der abgelegenen Gegend oberhalb von Snow Creek aufgeklärt, weit entfernt von dem Ort, an dem Leanns Leiche gefunden worden war. Ich fühlte mich ziemlich gut. Die Sache war gut ausgegangen. Ich hatte Zeit, meine E-Mails zu checken, wie ich es normalerweise mehrmals am Tag tue, in der Hoffnung, dass eine von Hayden dabei ist. Es gab mehr als ein Dutzend neuer E-Mails, keine von meinem Bruder. Ich wollte sie gerade löschen, als mir eine ins Auge stach und mir einen Schauer über den Rücken jagte.

In der Betreffzeile stand:

Du bist es, Rylee.

Nicht viele wussten, dass ich in der Vergangenheit den Namen Rylee benutzt hatte. Der Absender war ein Name, den ich nicht kannte: Wallace. Als ich die E-Mail öffnete, blieb mir die Luft weg.

Jemand wusste, wo ich wohnte. Was ich arbeitete.

Und, was noch schlimmer war, dieser Jemand wusste wahrscheinlich, was ich *getan* hatte. Eine Stimme neben meinem Ohr lässt mich zusammenzucken. Es ist Ronnie. Sie ist manchmal unheimlich leise.

»Megan, der Detective von Kitsap hat wieder angerufen. Haben Sie schon eine Entscheidung getroffen?«

»Wir werden in der Stadt zu Mittag essen und dann hinfahren«, sage ich ihr. »Rufen Sie ihn zurück und fragen Sie ihn, ob er heute Nachmittag Zeit hat.«

ACHTUNDZWANZIG

Das Café Ajax befindet sich in einem historischen Gebäude an der North Water Street, zwischen Stadtzentrum und dem südlichen Ende der Bucht von Port Townsend. Die Einrichtung ist ein charmanter Mix aus Stühlen und Tischen in verschiedenen Größen, Farben und Formen. Am Deckenbalken hängt eine lange Reihe höchst unterschiedlicher Hüte, die scheinbar wahllos zusammengewürfelt wurden, von Cowboyhüten über Baskenmützen und Paillettenzylindern bis hin zu Filz- und Strohhüten für den Garten. Es sieht aus, als hätte sich jemand auf zahlreichen Flohmärkten ausgetobt. Laut Yelp, und ich stimme dem zu, ist das Essen ausgezeichnet. Ich esse einen Port-Hadlock-Schellfisch-Burger. Ronnie nimmt einen winzigen Beilagensalat. Ich bestelle einen großen Hadlock-Vanilla-Gorilla-Milchshake. Ronnie trinkt Wasser.

Meine Taille hasst sie.

Wir machen uns gerade wieder auf den Weg, als Cass aus dem Nordland General Store auf Marrowstone Island anruft.

Ich antworte. »Cass, haben Sie sie bekommen?«

»Na klar. Was soll ich machen? Hauptsache, die Mistkerle werden eingesperrt.«

»Ich werde sehen, ob Lonigan sie abholen kann. Haben Sie sie angefasst?«

»Es ging nicht anders. Wie soll ich etwas aufheben, ohne es zu berühren?«

»Das ist schon in Ordnung. Sie haben sie in separate Papiertüten gepackt und mit B und T gekennzeichnet, wie ich gebeten hatte, oder?«

»Das haben Sie mir doch gesagt«, bestätigt sie. »Ich bin keine dumme Tussi, die spiele ich nur im Fernsehen.«

Ich lache. Ich mag diese Frau wirklich. »Ich melde mich bei Ihnen oder Lonigan holt sie ab. Passen Sie gut darauf auf.«

Sie verspricht es.

»Was holt Lonigan ab und bringt es ins Kriminallabor?« fragt Ronnie, als ich mein Handy weglege.

Ich möchte es ihr nicht sagen. Und damit ihre Vorstellung von professionellen Ermittlungen, bei denen alles perfekt abläuft, zerstören. Aber sie verdient eine Antwort, denn sie hängt mit drin, falls es schief geht.

»Teller, Gabeln und Getränkedosen.«

»Betreffen sie diesen Fall, Megan?«

»Ja. Und nein.«

»Was heißt das?«

»Ich habe Cass gebeten, diese Dinge einzusammeln, nachdem Joe Bohleber und Jim Truitt gegessen haben. Möglicherweise hat sie ihnen gesagt, dass es heute kostenlos Kuchen und Gratis-Limonade gibt. Ein einmaliges Angebot, um das Geschäft anzukurbeln.«

Ronnie wirft mir einen wissenden Blick zu. »Das hat sie also möglicherweise gesagt, ja? So ein Zufall. Und sie hat zufällig die Tüten mit B für Bohleber und T für Truitt gekennzeichnet?«

Ich nicke.

»Und Lonigan bringt sie zu Marley für einen DNA-Vergleich mit der DNA aus Leanns Fall?«

Ich nicke wieder. »Ich habe Marley wegen der gynäkologischen Spurensicherung angerufen. Er hat zugestimmt, den Abstrich zu untersuchen. Dann wird die DNA aus den beiden anderen Fällen mit der von Leann verglichen.«

»Wow! Ich habe mein Praktikum im Kriminallabor gemacht und die haben immer jede Menge zu tun. Hat Marley wirklich zugestimmt, alle drei Fälle zu vergleichen?«

Jetzt werfe ich Ronnie einen wissenden Blick zu, bevor ich etwas sage.

»Das macht er bestimmt, wenn du ihn nett bittest.«

Sie grinst.

Als nächstes rufe ich Lonigan an. »Detective Carpenter hier. Sind Sie auf Marrowstone?«

»Ja«, sagt er. »Genauso wie gestern und vorgestern.«

»Können Sie mir einen großen Gefallen tun? Ich gebe Ihnen auch einen Hackbraten bei Cass aus.«

»Erst will ich wissen, was das für ein Gefallen ist.«

Ich sage es ihm. Er sträubt sich nicht. Ich muss nicht einmal bezahlen. Er bekommt sein Essen im Nordland General Store erstattet.

»Ich bringe die Tüten ins Kriminallabor, nachdem ich meinen Hackbraten gegessen habe.«

»Bringen Sie sie zu Marley Yang.«

»Yang, meinen Sie wirklich?«

»Ist das ein Problem?«, frage ich.

Er zögert nicht. »Ich vermute, Sie brauchen nicht sofort Ergebnisse.«

Es ist offensichtlich, dass er Marley kennt und ihn nicht leiden kann.

»Ich werde es ihm persönlich geben, aber ich habe keine Papiere dabei. Er wird wollen, dass ich es unterschreibe.«

»Richten Sie ihm aus, ich bringe den Papierkram heute mit. Und unterschreiben Sie nichts.«

Ich lege das Telefon beiseite und sehe, dass Ronnie mich

irritiert ansieht, aber sie fragt nicht nach. Man sieht, wie es bei ihr rattert, aber das bringt sie noch nicht weiter.

Ich sehe die Landschaft an mir vorbeiziehen. Ich denke über mein »Date« mit Dan heute Abend nach. Ich habe nichts Neues anzuziehen. Klamotten sind nicht mein Ding. Ich denke daran, was Ronnie und Mindy über die Kleidung gesagt haben, die auf Leanns Bett in ihrer Hütte lag. Sie war eine attraktive junge Frau. Selbst in einem Kartoffelsack hätte sie wahrscheinlich alle Blicke auf sich gezogen. Und dennoch hat sie mindestens drei Outfits anprobiert.

Ich habe weiß Gott nicht viel Erfahrung mit Dates, und das Einzige, was ich über Mode weiß, sind die Dinge, die ich im Fernsehen gesehen oder früher im Studentenwohnheim aufgeschnappt habe. Drei Outfits deuten darauf hin, dass sie denjenigen, mit dem sie sich treffen wollte, unbedingt beeindrucken wollte. Das lässt mich wieder an mein Date denken. Und an Dan. Sollte ich versuchen, ihn zu beeindrucken? Er scheint bereits beeindruckt zu sein, sonst würde er nicht versuchen, in Kontakt zu bleiben. Aber was erhofft er sich davon? Wenn er nur will, dass ich mit ihm schlafe, muss er mich nicht groß überzeugen. Aber was ist, wenn er mehr von mir will? Vielleicht will er, dass ich ihm etwas über meine Vergangenheit erzähle. Das kann ich nicht. Vieles aus meiner Vergangenheit weiß nicht einmal mein Bruder. Ich habe Hayden nur erzählt, was er wissen musste. Wie viel sollte Dan denn wissen?

»Erde an Megan.«

Ich fahre auf Autopilot, und unsere Ausfahrt liegt direkt vor uns.

»Ich denke nach.«

»Über heute Abend? Ihre Verabredung?«

»Nein«, antworte ich so harsch, dass sie nicht nur weiß, dass es nicht stimmt, sondern auch, dass ich nicht vorhabe, darüber zu sprechen.

Wir fahren die Küste des Puget Sound bis zur State Route

104 entlang, überqueren die Hood Canal Floating Bridge, fahren an Port Gamble vorbei zur Northeast State Route 104 und dann zur Außenstelle des Sheriffbüros von Kitsap County in Kingston.

Das Büro in Kingston ist ein einstöckiges Gebäude mit einer Holzfassade und einem Schindeldach. Es gibt nur wenige Parkplätze. Ich parke auf einem Parkplatz mit der Aufschrift »Nur Polizeifahrzeuge«. Es gibt noch zwei weitere Parkplätze. Beide sind leer.

»Hier wollten wir uns treffen, richtig?«

Ronnie holt ihr Telefon heraus. »Büro in Kingston. Soll ich mal anrufen?«

Ich bemerke ein Fahrrad, das an der Fassade lehnt. »Vielleicht ist das das Polizeifahrzeug.« Ich steige aus und sie folgt mir zur Eingangstür. Ich drehe den Knauf.

»Hallo. Jemand da?«

Keine Antwort.

Drinnen ist ein gähnend leerer Raum, keine Einzelbüros. Keine Vernehmungsräume. Nicht einmal ein Tresen, der die beiden Schreibtische mit den Namensschildern vom vorderen Bereich trennt. Ich höre irgendwo ein Kopiergerät laufen und folge dem Geräusch, als ein Mann in verblichenen Lee-Jeans und einem lila T-Shirt der Universität Washington, das über seiner Brust spannt, aus dem Raum tritt.

Er streckt mir die Hand entgegen. »Detective Clay Osborne.«

Sein Griff ist stark und zerquetscht mir die Hand, und ich versuche, es ihm gleich zu tun.

Bloß keine Schwäche zeigen.

»Detective Megan Carpenter«, antworte ich.

»Reserve Deputy Ronnie Marsh.« Ronnie reicht ihm die Hand und mustert ihn.

Clay ergreift ihre Hand und ich sehe, wie sie sich krümmt.

Für ihn, so vermute ich, ist es so, als würde er einen Schaumstoffball zusammendrücken.

Detective Osborne ist Mitte dreißig und etwa einen Meter neunzig groß. Sein Gewicht ist schwer zu schätzen, aber es passt perfekt zu seiner Statur. Er hat dichtes rotes Haar und einen Vollbart wie ein Holzfäller. Das Einzige, das ihn als Gesetzeshüter ausweist, ist das Schulterholster, das er trägt. Er hat einen alten Colt, Modell 1911, im Holster und merkt, dass es mir aufgefallen ist.

»Sind Sie mit dem Colt .45 vertraut?«

»Etwas«, antworte ich.

In Wirklichkeit weiß ich jede Menge darüber. Rolland, mein Stiefvater, hatte einen Colt M1911A1, eine Halbautomatik. Das war eine alte Militärwaffe, sie wurde von Soldaten in einer Reihe von Kriegen mitgeführt. Meine Mutter sagte, dass mein richtiger Vater – der sich als fiktiver Vater entpuppte – genau so einen hatte, als er nach Übersee ging. Ich stellte mir immer vor, wie er den Feind mit einer solchen Waffe angriff. Sie sagte mir, er sei ein Held.

Alles Lüge.

Clay nimmt die Pistole aus dem Holster, wirft das Magazin aus und sichert sie. Er tut dies alles mit routinierter Leichtigkeit, es ist seine zweite Natur. Er bietet sie keinem von uns an, sondern hält sie hoch und dreht sie so, dass wir beide Seiten sehen können.

»Das ist eigentlich ein Colt-Modell von 1912«, sagt er. »Kaliber 45, Magazinkapazität sieben Schuss plus einen im Lauf. Die nachträglich gefertigten Magazine fassen acht, plus einem Schuss im Lauf. Das ist das Original. Mein Stiefvater hatte die Waffe in Vietnam.«

Aus der Art, wie er es sagt, schließe ich, dass sein Stiefvater tot ist, also frage ich nicht weiter. Er steckt die Waffe zurück in den Schultergurt. »Aber Sie sind wohl kaum hier, um über meine Waffe zu sprechen.«

»Ich habe meine Akte mitgebracht«, sage ich. »Zumindest das, was wir bis jetzt haben. Kommt auch jemand aus Clallam County?«

Er stellt ein paar Stühle an einen der Tische und wir setzen uns. Das Gesicht von Dina Knowles erkenne ich schon. Ich sehe ihre Akte auf dem Schreibtisch. Ein paar der Fotos vom Zeitpunkt ihres Auffindens sind fein säuberlich angeordnet.

»Larry könnte sich etwas verspäten«, sagt er. »Er versucht, an die DNA-Ergebnisse heranzukommen. Er sagte, er könne sie nicht in seiner Akte finden und müsse Kopien vom Kriminallabor anfordern.«

Ja, natürlich. Warum ist mir das nicht eingefallen? Die DNA-Ergebnisse müssten bereits vom Kriminallabor überprüft worden sein. Ich muss Marley nichts davon liefern. Alles, was er braucht, sind die DNA-Proben, die Cass für mich gesammelt hat.

»Sie sprechen von Marley Yang, richtig?« frage ich.

»Ja«, sagt er. »Er ist derjenige, der den Vergleich zwischen unseren Fällen durchgeführt hat. Haben Sie die DNA schon eingereicht?«

»Den Abstrich der gynäkologischen Spurensicherung«, antworte ich. »Er wurde noch nicht ausgewertet.«

Clay atmet tief durch. »Ich weiß, wie das ist. Ich habe vier Wochen gebraucht, um die dazu zu bringen, sich meinen Fall anzusehen, und dann noch einmal drei Wochen, nachdem ich von dem Fall in Clallam County erfahren hatte, um sie dazu zu bringen, einem Vergleich zuzustimmen. Das war vor etwa fünf Monaten.«

»Ich habe heute mit Marley gesprochen«, sage ich. »Er sagte mir, dass sie ein neues Gerät haben, das die DNA in weniger als zwei Stunden überprüfen kann.«

Clays hebt die Augenbrauen »Ich schätze, sie wollen nicht, dass das herauskommt. Dann könnten sie nicht mehr alle mit dieser   ›Ich-bin-mit-DNA-Analysen-überlastet‹-Nummer abspeisen.«

Genau das habe ich auch gedacht. Ich glaube, Marley hat Angst, dass das Labor dann mit Dringlichkeitsanträgen überhäuft wird.

Ronnie meldet sich zu Wort. »Er hat mir das Gerät gezeigt, als ich letzten Monat dort mein Praktikum gemacht habe. Es ist ein faszinierendes und sehr teures Gerät und er ist der Einzige, der in die Bedienung eingewiesen wurde.«

Und wahrscheinlich möchte er, dass das auch so bleibt. Schon klar. *So bleibt der Arbeitsplatz erhalten.*

Ich nehme die Fallakte von Leann Truitt aus der Tasche.

»Es tut mir leid, ich bin noch nicht dazu gekommen, sie zu kopieren«, sage ich. »Könnten Sie das übernehmen, während wir auf Larry mit den Unterlagen des Clallam-Falls warten?«

»Habe ich da gerade meinen Namen gehört?«, fragt Larry Gray von der Tür aus.

Ich habe nur kurz mit Larry Gray gesprochen. Wenn man ihn so sieht, hat man das genaue Ebenbild von Sheriff Tony Gray vor Augen. Dieselben Gesichtszüge. Dasselbe schüttere Haar. Derselbe Bauch. Dieselbe Größe. Der einzige Unterschied ist, dass er etwa fünf Jahre jünger und fünf Kilo schwerer ist.

Besser gesagt acht.

»Sind Sie zufällig mit unserem Sheriff verwandt?«, frage ich. »Tony Gray?«

Er zuckt freundlich mit den Schultern. »Cousin zweiten Grades mütterlicherseits. Er verlangt nichts von mir und das ist auch gut so.« Mit einem breiten Grinsen fügt er hinzu: »Tony ist in Ordnung. Er hat keine Probleme, die nicht durch den Ruhestand gelöst werden könnten.«

Danke für nichts, denke ich.

Larry schleppt einen großen Leporello-Ordner an, der von einer Schnur und mehreren Gummibändern nur notdürftig zusammengehalten wird. Clay schiebt einen Stuhl beiseite, und Larry bringt seine Akte herüber.

»Clay«, sagt er.

»Larry.«

»Megan«, erwidere ich und strecke die Hand aus. Seine Hand ist groß, aber sein Händedruck ist sanft. Zumindest im Vergleich zu Clays.

»Und das muss Ihr getreuer Deputy sein, Ronnie Marsh«, sagt Larry, während Ronnies Hand durch seine große Pfote gleitet. »Wir haben ein paar Mal miteinander gesprochen. Ich habe Yang im Kriminallabor angerufen. Sie kennen Marley, nicht wahr?«

Ich nicke und er fährt fort. »Ja, er ist eine Kanone. Er sagte, ich bräuchte keine Kopie der Ergebnisse, denn er hat das alles schon in der Hand und sieht sich unsere Fälle an. Von Ronny hier hält er besonders viel. Er sagte, ich solle ihr sagen, dass er ihren Fall jetzt durchgehen würde.«

Ihren Fall?

Ronnies Fall?

»Machen wir uns an die Arbeit«, sagt Clay, nimmt Schreibblöcke in DIN-A4-Format heraus und verteilt sie. »Am besten, Sie fangen an, Detective Carpenter. Sie haben doch den neuesten Fall, stimmt's?«

Mit Typen wie ihm kenne ich mich aus. Wie der Fuchs mit dem Huhn.

Ich werde immer der Fuchs sein.

NEUNUNDZWANZIG

In der Wache in Kingston, Kitsap County, herrscht Stille. Keine surrende Heizungsanlage. Keine läutenden Telefone. Es ist still wie beim Gebet. Mir kommt der Gedanke, dass Beten gar keine so schlechte Idee wäre. Bei der Suche nach Leanns Mörder geht es darum, das nächste Opfer vor dem Tod zu bewahren. Jung. Hübsch. Voller Zukunftspläne, während er auf der Lauer liegt.

Ich beginne mit der Entdeckung von Leanns Leiche auf Marrowstone Island durch Robbie Boyd; ich sehe mir die Männer an, die ich gerade kennengelernt habe. Ich frage mich, ob sie Revieransprüche stellen oder ob sie kapieren, dass Serienmörder sich nicht darum scheren, ob sie durch verschiedene gerichtliche Zuständigkeitsbereiche streifen. Tatsächlich kommen sie so am leichtesten davon. Wir müssen uns zusammenschließen, statt alleine zu agieren.

Ich drücke uns die Daumen.

»Hat einer von Ihnen etwas über diesen Namen herausgefunden?«

»Ich habe ihn durch das System laufen lassen«, sagt Clay. »Ich glaube nicht, dass das sein richtiger Name ist.«

»Warum?« fragt Larry.

»Ich habe einen Freund, der Polizist ist und für den Sicherheitsdienst des Colleges arbeitet«, sagt Clay. »Ich habe ihn gebeten, nach dem Kerl dort in den Akten zu suchen, und er meinte, sie hätten einen Robbie Boyd, mit vollem Namen heißt er Robert Aloysius Boyd. Ich habe Jimmy – das ist mein Kumpel – gebeten, mir ein Bild von seinem Studentenausweis zu schicken. Ich habe es mit dem Foto auf seiner Facebookseite verglichen, von der Ronnie mir den Link geschickt hatte. Er sieht ihm kein bisschen ähnlich. Der Robbie Boyd, der dort aufs College geht, ist kein Weißer.«

Diese Enthüllung macht mich absolut fassungslos. Ich hatte Ronnie gebeten, im College anzurufen, um nachzufragen, ob Robbie Boyd zu der Zeit, als wir am Tatort waren, bei einer Lehrveranstaltung hätte sein müssen. Er war im Seminar. Aber offensichtlich war er nicht der richtige Robbie Boyd. Ich hasse es, mich komplett in einer Sache zu irren. Keine schlaue Art zu leben. Der Boyd am Tatort hat den Namen und den Ausweis von jemandem anderem benutzt. Es war so verwirrend, weil das Nummernschild seines beschissenen Ford Pinto auf Boyd zugelassen ist.

»Aber er muss Boyd kennen«, sage ich. »Das Autokennzeichen ist auf Robert Boyd zugelassen. Boyd hat Ronnie einen Washingtoner Führerschein mit diesem Namen gezeigt. Er wusste, dass der echte Boyd im Seminar war.«

Clay nimmt den Hörer vom Telefon auf seinem Schreibtisch und wählt eine Nummer.

»Hallo, Detective Osborne am Apparat. Ist Jimmy da? Ja, bitte geben Sie ihn mir.« Clay hält den Hörer vom Ohr weg. »Mein Kumpel versucht, den echten Boyd ausfindig zu machen und den Betrüger zu fassen.«

Während wir darauf warten, dass Jimmy ans Telefon kommt, fahre ich fort.

»State Patrolman MacDonald war der erste Beamte am Tatort, gefolgt von Deputy Davis.«

»*Old MacDonald had a farm*, der MacDonald?«, fragt Larry. »Ist er aus seinem Auto ausgestiegen?«

Interessant, denke ich. Offenbar kennt er MacDonald. »Ja. Er blieb bei Boyd, um den Tatort zu sichern, während Deputy Davis eine Klippe hinuntergeklettert ist.«

Larry grinst und nickt. »Klingt ganz nach ihm.«

Ich hole Fotos von meinem Tatort in der Bucht von Port Townsend hervor, gestochen scharf und in guter Farbqualität. Aufnahmen vom Wasser aus, die die Position der Leiche am Ufer zeigen. Aufnahmen aus verschiedenen Richtungen, um zu verdeutlichen, wie begrenzt der Zugang zum Leichenfundort ist.

»Kennen Sie sich mit Strömungsstrudeln aus?«, frage ich.

Beide schütteln den Kopf.

Ich fahre fort: »Damit meine ich ein Hindernis, in dem sich von der Strömung mitgerissene Tiere oder Menschen verfangen und schließlich sterben, weil sie sich nicht mehr daraus befreien können.«

Sie haben keinen Schimmer, worauf ich hinauswill.

»Boyd hat eine Website, auf der er von solchen Dingen spricht. Er nennt sie ›Tötungsbox‹«, erläutere ich und tippe mit dem Finger auf das Foto. »Wie Sie sehen, ist mein Tatort so einer Tötungsbox ziemlich ähnlich. Es gibt nicht viele Möglichkeiten, an diesen Ort zu gelangen, und keine von ihnen ist einfach. Entweder klettert man eine fünfzehn Meter hohe Klippe hinunter, schwimmt oder kommt mit dem Boot.«

Larry wirft mir einen fragenden Blick zu.

»Glauben Sie, Boyd ist unser Mann?«, fragt er.

»Er ist ein Verdächtiger.«

»Sie haben ihn doch sicher festgenommen«, fragt Larry.

Es wirkt wie eine Stichelei. Ich verstehe: Was, wenn ich

den Mörder hatte und ihn gehen ließ? Ich hätte die Aussage selbst aufnehmen sollen.

Clay liest meine Gedanken.

»Sie konnten nicht wissen, dass er gelogen hat, als es um seine Identität ging«, sagt er. »Einige dieser gefälschten Ausweise sind verdammt gut. Jimmy hat mir letztes Jahr erzählt, dass jemand auf dem College sie herstellt und verkauft.«

Mein Gesicht fühlt sich heiß an. Wahrscheinlich ist es auch rot. Das hätte ich merken müssen. Ich bin ein echter Profi, wenn es darum geht, gefälschte Führerscheine, gefälschte Geburtsurkunden oder gefälschte Visitenkarten zu beschaffen, alles, was man braucht, um zu verschwinden oder jemand anderes zu werden.

Ich habe es schon viele, viele Male getan.

Clay bekommt Jimmy ans Telefon. Er stellt auf laut und sagt ihm, wer alles mit ihm im Raum sitzt.

»Was kann ich für dich tun, Clay?«, fragt Jimmy.

»Erinnerst du dich an den Clown, nach dem ich dich gefragt hatte? Robbie Boyd?«

»Aloysius? Ja.«

»Der Kerl, den wir suchen, ist ein Weißer ...«, sagt er und unterbricht sich, als er meinen Blick bemerkt. »Warte einen Moment. Ich werde Detective Carpenter bitten, ihn dir zu beschreiben.«

Ich gebe eine vollständige Beschreibung ab, und er wiederholt sie mir gegenüber. Ich gebe ihm auch das Autokennzeichen durch.

»Hast du alles, Jimmy?«, fragt Clay.

»Was?«, fragt er und schlägt einen scherzenden Ton an. »Denkst du etwa, sie hätten mich nur eingestellt, weil ich so gut aussehe?«

»Quatsch«, sagt Clay. »Ginge es nur um dein Aussehen, hätten sie dich schon längst gefeuert.«

»Was mache ich, wenn ich ihn finde?«

»Halt ihn fest und ruf mich an.«

»Verhaften?«, fragt Jimmy. »Oder nur festhalten?«

»Brich ihm die Beine«, schnappt Clay zurück. »Mir ganz egal. Ruf mich einfach an.«

»Okay«, sagt er sofort. »Werd nicht gleich sauer. Ich rufe dich an.«

Clay legt auf. »Jimmy ist ein ausgezeichneter Sicherheitspolizist, aber mit harter Arbeit hat er es nicht so, wenn Sie verstehen, was ich meine.«

Das ist es ja, was mich beunruhigt.

»Wird er nach Boyd suchen?«, frage ich schließlich.

Clay denkt kurz darüber nach und lehnt sich im Stuhl zurück. »Das wird er. Aber er wird sich dabei nicht überanstrengen. Er hat früher im Sheriffbüro von Kitsap gearbeitet. Er wurde für eine Stelle als Detective übergangen und hat gekündigt, um für die Polizei von Port Townsend zu arbeiten und dann Campus-Cop zu werden. Er sagt, er sei zufrieden damit, seine Schicht zu machen und danach Feierabend zu haben. Tja, jedem das Seine, würde ich sagen.«

»An mein Mädchen, Margie Benton, war schwer ranzukommen«, sagt Larry und ergreift das Wort. »Sie hing an ein paar Felsen auf San Juan Island fest. Fast schon in kanadischen Gewässern. Von dort aus, wo sie gefunden wurde, konnte man D'Arcy Island sehen.«

Larry durchforstet seine Fächermappe.

»Ich habe ein paar Aufnahmen vom Tatort, aber machen Sie ruhig weiter.«

»Mein Opfer trug nur einen BH und einen Slip«, sage ich. »Andere Kleidungsstücke haben wir nicht gefunden.«

Ich sehe zu Clay hinüber.

Larry wühlt immer noch in seiner Mappe.

»Dina Knowles hatte nur einen Slip an«, sagt Clay. »Ihre Kleidung haben wir auch nicht gefunden.«

Endlich stößt Larry auf das, wonach er gesucht hat. Er legt ein paar Bilder auf den Schreibtisch und deutet mit seinen ungepflegten Pfoten darauf. »Diese Bilder wurden neben der Leiche und auf der anderen Seite der Meerenge aufgenommen. D'Arcy Island liegt gleich dort drüben.«

Ich frage mich, was an dieser winzigen Insel so wichtig sein soll, dass er sich so viel Mühe macht, das Bild zu finden. Also frage ich: »Was ist denn mit D'Arcy?«

Larry lehnt sich wieder zurück und breitet seine Hände aus wie ein Bischof, der einen Segen erteilt. »Sie sehen doch, was ich meine.«

Ich sehe es nicht. Kein bisschen. Clay schon und verbirgt ein Grinsen hinter der Hand. Ronnie hat ihrem Blick nach zu urteilen auch keine Ahnung, was er meint.

»Ganz einfach«, sagt Larry. »Hätte sie auf der anderen Seite der Meerenge gelegen, hätten die Kanadier sich um das Problem kümmern müssen.«

»Du Armer.« Clay tätschelt Larry die Hand. »Ständig überarbeitet und unterbezahlt. Ich kenn keinen, der so viel Pech hat wie du.«

Larry winkt ab. »Ja, ja.«

»Nein«, sagt er. »Ich meine es ernst. Ich glaube, der Mörder hat die Leiche einzig und allein deshalb dort abgeladen, um dich zu ärgern.«

»Okay. Schon kapiert. Keiner versteht, was ich meine.«

Ich schnalle es immer noch nicht.

Larry tippt erneut mit dem zu langen Fingernagel auf das Bild. »Wer auch immer dieses Mädchen umgebracht hat, hatte die Wahl zwischen Inseln, Stränden und Buchten, um ihre Leiche loszuwerden. Er musste ein Boot nehmen, er hätte mein Mädchen also genauso gut irgendwo in der Haro-Straße ins Meer werfen können. Wir wissen nicht, wo der Mord stattgefunden hat. Er hätte sie auf jede der gut zwölf Inseln bringen können. Aber er legt sie ausgerechnet auf San Juan Island ab. Der Mörder könnte ein Kanadier sein.«

Ich kenne nicht alle Inseln, vor allem nicht die an der kanadischen Grenze.

»Larry«, sagt Clay, »alle drei Frauen könnten überall umgebracht und in unserem Zuständigkeitsbereich entsorgt worden sein. Fakt ist – und korrigiert mich, wenn ich falsch liege –, sie lebten alle allein, sahen alle gleich aus, waren alle etwa gleich alt, hatten alle Babys oder waren schwanger und arbeiteten alle in Bars in der Nähe einer Wasserstraße.«

Das fasst es ganz gut zusammen, denke ich.

»Meine wurde so in Szene gesetzt, dass es aussah, als wäre sie dort ertrunken«, fügt Larry hinzu.

Ich ziehe die Augenbrauen hoch. Davon steht nichts in den Berichten, die ich erhalten habe.

»In Szene gesetzt?«, frage ich.

Er tippt wieder auf die Bilder. »Niemand bei klarem Verstand würde im Evakostüm in diesem eiskalten Wasser schwimmen gehen.« Den Blick immer noch auf mich gerichtet, zieht er ein weiteres Bild aus der Mappe. Es zeigt das Opfer am Tatort. Sie liegt auf dem Rücken, die Arme seitlich ausgestreckt, die Beine schulterbreit auseinander. Eine sehr unnatürliche Pose für eine Leiche, die an den Strand gespült wurde. Es ist auch nicht die Art, wie eine Leiche liegen würde, wenn sie aus einem Boot geworfen oder an den Strand gespült worden wäre.

Genauso wurde Leann Truitt in Pose gelegt.

»Glauben Sie, sie ist ertrunken?«, frage ich.

»Das hat einer von der Wasserschutzpolizei auch gefragt. Wie auch immer, der Fall ist zwei Jahre alt. Irgendwie drang die Nachricht zu den Medien durch, dass mein Mädchen mit einem Gürtel erwürgt worden war. Sie wurde gefoltert. Vielleicht habt ihr beiden einen Nachahmungstäter. Irgendjemand, der etwas von Margie Bentons Fall gehört hat.«

»Wurde es in den Nachrichten gebracht?«, frage ich.

»Klar«, spottet er. »Diese Blutsauger haben Bilder und alles Mögliche veröffentlicht. Keine Ahnung, woher sie die bekommen haben.«

Ben Franklin hat mal gesagt, drei können ein Geheimnis bewahren, wenn zwei von ihnen tot sind. Da ist was Wahres dran. Wenn es um Strafverfolgung geht, ist nichts geheim, sobald mehr als eine Person davon weiß. Larry selbst könnte es einem Reporter verraten haben.

Clay lacht ein wenig. »Larry, ich glaube genauso wenig wie du, dass es sich um einen Nachahmer handelt. Dieser Kerl ist stolz auf seine Morde. Er markiert sie.«

Ich drehe mich um und sehe ihn an. »Was meinen Sie damit?«

Bevor er es erklären kann, klingelt mein Telefon, Marley Yang ist am Apparat. Ich entschuldige mich und gehe nach draußen. Ich weiß, dass Marley ausflippt, wenn er die DNA-Probe von Lonigan bekommt. Lonigan weiß nicht einmal, um wessen Proben es sich handelt, also kann er es Marley nicht gesagt haben. Ich dachte, er würde sie als unbekannte Personen behandeln. Ich hatte Cass angewiesen, die Beutel mit einem B und einem T zu kennzeichnen.

Ich wollte nicht, dass Lonigan von meinem Vorhaben Wind bekommt.

DREISSIG

Ich stelle mich neben den Kopierer. Darüber hängt ein Schild mit vier lachenden Gestalten: »*Wann* wolltest du das haben?« Nan hat das gleiche Schild auf ihrem Schreibtisch. Sie hat die Angewohnheit, immer dann darauf zu zeigen, wenn die Aufgabe – oder die Person, die um deren Erledigung bittet – sie ärgert.

»Du hättest mich anrufen sollen, Megan«, sagt Marley. Er ist wütend und er hat recht.

Lonigan hatte ein Formular zur Erfassung von Beweismaterial ausgefüllt, das Cass unterschrieben hat, als sie das Material Lonigan aushändigte, und Marley musste es gegenzeichnen. Marley war ungehalten, weil er gezwungen war, ein Formular für Beweise zu unterschreiben, ohne dass es einen Nachweis dafür gab, dass sie ordnungsgemäß zusammengetragen worden waren. Es gab kein offizielles Ersuchen des Sheriffs und auch sonst keine Dokumente, gemäß derer er befugt war, das Material überhaupt zu besitzen, geschweige denn, es zu untersuchen.

»Was soll ich damit machen?«, fragt er, immer noch wütend.

Ich kann ihm seinen Zorn nicht verübeln. Das ist schon in

Ordnung. Andererseits ist es mir eigentlich egal. Mir geht es nur um den Fall.

»Es tut mir wirklich leid«, sage ich und versuche, ihn zu beschwichtigen. »Du hast recht, Marley. Es kommt nie wieder vor.«

Ich bin mir nicht ganz sicher, aber ich gehe davon aus, dass das eine Lüge ist.

Meine Worte besänftigen ihn nicht sonderlich, dennoch fahre ich fort.

»Du tust schon so viel für mich, dass ich ein ganz schlechtes Gewissen habe, wenn ich dich bitte, die neuen Proben mit denen von Leann Truitt, Margie Benton und Dina Knowles zu vergleichen.«

Ich klinge sehr zerknirscht.

Zumindest glaube ich das.

Marley stößt einen kleinen Seufzer aus. »Megan, du hast mich nur gebeten, herauszufinden, ob sich in Truitts gynäkologischen Abstrich DNA befindet. Das ist alles.«

Er wird weich. Das ist gut. Es fehlt nicht mehr viel.

»Ich soll dich von Ronnie grüßen«, sage ich. »Sie ist diejenige, die mir gesagt hat, dass du mir helfen würdest.«

Pause am anderen Ende der Leitung.

»Ich weiß, was du vorhast, Megan.«

Vielleicht habe ich den Bogen überspannt. Das ist mir schon das eine oder andere Mal passiert.

»Du willst mich und Ronnie verkuppeln.«

Ich entspanne mich. Er ist doch nicht so clever, wie er denkt.

»Ertappt. Sie hält dich wirklich für süß.«

Jetzt muss ich nur noch Ronnie davon überzeugen, dass sie Marley süß findet. Das dürfte nicht so schwer sein. Marley ist attraktiv, durchtrainiert und nicht völlig verblödet. Das ist im Kriminallabor selten.

»Ich mache es dieses eine Mal, Megan«, sagt er, »aber du

musst mir so schnell wie möglich einen Bericht zukommen lassen. Ich kann nicht einfach aus einer Laune heraus für dich Tests durchführen. Wenn das der Fall wäre, weißt du, wie viele Leute das von mir verlangen würden?«

Ich will Nein sagen. »Eine Trillion, denke ich. Ich werde es niemandem verraten. Versprochen.«

»Ich rufe dich an, aber erwarte nicht, dass ich deswegen alles andere stehen und liegen lasse.«

»Mache ich nicht.«

»Die Proben sind mit B und T gekennzeichnet. Ist das alles, was du hast? Keine Namen?«

»Noch nicht, aber ich arbeite daran.«

»Okay«, sagt er. »Solange du weißt, woher sie stammen und es in den Bericht schreibst, den du mir gerade versprochen hast.«

»Das werde ich.«

»Grüß Ronnie von mir.«

Ich grinse vor mich hin. »Mach ich.«

Ich lege auf und gehe zurück zu Clay und Larry, die sich zurückgelehnt haben und Ronnie dabei zuhören, wie sie von ihrem harten Leben erzählt und davon, dass sie immer Polizistin werden wollte und wie sich die Erde abgekühlt hat und die Dinosaurier entstanden sind und so weiter und so fort. Ich merke, dass sie in der Falle sitzen, als sich ihr gequälter Gesichtsausdruck in Hoffnung verwandelt, als ich wieder in Sichtweite komme.

Ronnie hat die ganze Zeit, in der ich am Telefon war, geredet. Ich habe kein Mitleid mit ihnen. Besser sie als ich.

Ich unterbreche Ronnies Monolog. »Das war das Kriminallabor. Marley führt in diesem Moment die Vergleiche durch. Und ich sollte Ihnen wohl sagen, dass ich zwei weitere DNA-Proben habe, die er mit den anderen abgleichen wird. Übrigens, er lässt Sie grüßen, Ronnie.«

»Oh, wie schön.« Mehr sagt sie nicht.

Ich werde sie wohl noch etwas bearbeiten müssen.

Clay beugt sich in seinem Stuhl nach vorn. »Welche Proben?«

»Oh, nein, erst sind Sie dran. Sie sagten, unser Mörder sei stolz auf seine Arbeit und darauf, seine Spuren zu hinterlassen. Erklären Sie das zuerst. Dann erzähle ich Ihnen von den Proben. Abgemacht?«

Clay schaut von einem zum anderen. »Okay. Irgendwo in der Nähe vom Fundort hinterlässt er ein Symbol. Ein Dreieck mit einem Auge. Larrys war neben der Leiche in den Fels gekerbt. Meins war in einen Baumstamm neben Dinas Leiche geritzt. In Ihrem Bericht ist keins aufgeführt.«

Ich habe es nicht in meinen Bericht geschrieben. Ich dachte, es hätte nichts zu bedeuten. Jetzt weiß ich es besser.

Larry stichelt. »Wir haben hier auf den Inseln viele kleine Freaks, die an alles Mögliche glauben. Sogar an Voodoo. Letztes Jahr hatten wir einen Hausbrand. Es war ein verlassenes Haus. Das Feuer brach in der Küche aus. Ich dachte, es könnten Obdachlose sein, Hausbesetzer, aber dann fand man die wahre Ursache. Ein paar Kinder hatten ein Vogelskelett verbrannt. Ich habe mit den Jungs gesprochen, und sie haben es im Fernsehen gesehen und einen Dämon beschworen. Ich gab ihnen den Dämon. Direkt auf ihren kleinen Hintern. Worauf ich hinaus will, ist, dass diese Dinger schon da gewesen sein könnten. Sie waren schließlich nicht in die Leiche geritzt, oder? Nein. Das hat nichts zu bedeuten.«

Ronnie meldet sich zu Wort. »Ich habe Ihre Berichte gelesen, und in keinem von beiden ist von einem allsehenden Auge die Rede.«

»Sie hat recht«, sage ich.

»Ich glaube, wir hatten alle den gleichen Gedanken: undichte Stellen. Ich wollte etwas zurückhalten, für den Fall, dass wir den Mörder erwischen. Wenn er mir von der Zeichnung erzählt hätte, hätte ich gewusst, dass ich den Richtigen habe.« Das ist geflunkert, aber ich lasse es durchgehen.

Ronnie gibt Clay ihren Notizblock. »Können Sie es für mich zeichnen?«

Er tut es und gibt ihr den Block zurück. Es sieht aus wie das, was auf der Unterseite des Steins eingekratzt war, den Deputy Davis in der Nähe von Leanns Ablageplatz gefunden hatte.

Ronnie holt tief Luft. »Mir ist gerade eingefallen: Das habe ich auf der Website gesehen.«

»Welche Website?«, frage ich.

»Erinnern Sie sich an das Kriegerpriesterinnen-T-Shirt, das Leanns Vater trug, und wie seltsam er geredet hat?«

Ich erinnere mich. Ich dachte in dem Moment, er hätte das Shirt gerade anprobiert.

»Ich habe recherchiert«, fährt sie fort. »Es gibt eine Website. Ich habe dieses Symbol auf einer der Seiten gefunden.«

Ich denke wieder an Jim Truitt.

Ronnie wirft mir einen verlegenen Blick zu. Sie hat mir nichts davon erzählt, und sie weiß, dass sie es hätte tun sollen. Zu ihrer Verteidigung: Ich habe nicht danach gefragt. Es war meine Schuld, dass ich nicht selbst nachgeforscht habe. Ich habe nachlässig gehandelt. *Merk dir diesen Moment*, sage ich mir. *Das ist ein weiterer guter Grund, nicht mit einem Partner – oder so etwas ähnlichem – zu arbeiten.* Ich rufe mir ins Gedächtnis, dass ich nur an diesem Treffen teilnehme, um Informationen zu erhalten. Ich brauche deren Hilfe nicht. Oder ihre. Ich werde sie aber benutzen. Das ist ein faires Spiel.

Das hat mir meine Mutter beigebracht.

Larry stichelt weiter. »Ziehen wir hier keine voreiligen Schlüsse, kleines Fräulein. Kinder. Vandalen. Ambitionierte Sprayer. Verdammt, das ist kein Zufall. Die Hälfte der hiesigen Religionsgemeinschaften hat ähnliche Symbole, wenn es überhaupt welche sind. In diesem Land gab es schon immer Eingeborenenstämme. Bei den Salish gibt es viel Aberglauben. Götter für dies und das. In meiner Gegend glauben einige an Hexen.«

»Heidnische Symbole«, fügt Ronnie hinzu und befreit sich aus dem Treibsand ihrer Verlegenheit. »Der Wicca-Kult. Es ist altägyptisch, das Auge des Horus. Es bedeutet Schutz und Gesundheit für die Könige. Es ist außerdem das Zeichen der Freimaurer.«

»Es ist auch auf der Rückseite des Dollarscheins«, sagt Clay.

Larry holt einen zerknitterten Geldschein aus seiner Jeanstasche. »Ich wusste doch, dass ich es von irgendwoher kenne. Sehen Sie? Es hat nichts zu bedeuten."

»Ich glaube nicht, dass man allzu viel in das Symbol hineininterpretieren kann«, bemerkt Clay, »außer, dass es an jedem der Tatorte gefunden wurde. Es muss für den Mörder eine Bedeutung haben. Ich stimme mit Megan überein. Wenn wir ihn finden, kann er uns sagen, was es bedeutet.«

Ich kann mich diesem Gedankengang nicht anschließen. Und ich bin auch noch nicht über die ›kleines Fräulein‹-Anrede hinweg. Ich muss noch ein paar Verdächtige ausschließen, ehe ich anfange, mich mit den Mythen der Ureinwohner oder religiösen Sekten aller Art zu befassen, die es überall im Staat gibt. Aber um sicherzugehen, werde ich Ronnie weiter nachforschen lassen. Sie ist die Computerfachfrau. Ich werde nach Personen suchen, die ich befragen kann.

Ich gebe ihnen eine Kopie des Berichts aus der Gerichtsmedizin. Ronnie hat mehrere gemacht. Sie weiß, was sie tut. Sie überfliegen ihn beide und ich beobachte, wie sie nicken, während sie lesen.

Larry lässt den Bericht sinken. »Ich stimme zu, dass das alles sehr ähnlich aussieht«, sagt er, »aber ich denke immer noch, dass es ein Nachahmer sein könnte. Wir hatten so etwas schon einmal hier in Washington und an anderen Orten. Erinnern Sie sich an Robert Berdella, den ›Schlächter von Kansas

City‹, den ›Sammler‹? Er sah aus wie Rob Reiner, der Schauspieler. Sie sehen nicht alle verrückt aus oder verhalten sich verrückt. Er hat viele dieser Dinge mit seinen Entführungsopfern gemacht, bevor er sie ermordete. Vielleicht ist dieser Typ ein Fan von ihm.«

Clay ergreift als Nächster das Wort und sieht mich und Ronnie an. »Ich erinnere mich natürlich an Berdella, aber die beiden hier sind kaum alt genug, um zu wissen, wer Rob Reiner ist, geschweige denn Berdella. Du meinst also, jemand imitiert Berdellas Verbrechen?«

Larry zuckt leicht mit den Schultern. »Berdella ist tot, aber es wurden Bücher über ihn geschrieben. Es gibt eine Million Möglichkeiten, jemanden zu töten. Und die Wahrscheinlichkeit ist groß, dass jemand die gleichen Methoden anwendet wie jemand anderes, ohne es zu wissen.«

Clay lehnt sich in seinem Stuhl zurück und hält inne, während er nachdenkt. »Jetzt müssen wir nur noch einen Katholiken finden, der an Hexerei glaubt, junge Männer entführt, Analsex mit ihnen hat und Frauen hasst. Komm schon, Larry. Warum versuchst du, die Sache noch schwieriger zu machen, als sie ohnehin schon ist?«

»Das sind nur ein paar Ideen«, sagt Larry. »Wenn man einen Fall nicht aus allen Blickwinkeln betrachtet, wird man es später vor Gericht schwer haben. Ein Verteidiger wird den ganzen Scheiß zur Sprache bringen, und du wirst sagen müssen, dass du es nicht einmal in Betracht gezogen hast. Die Geschworenen werden denken, du hättest etwas gegen den Drecksack, den du verhaftet hast.«

Clay richtet seinen stählernen Blick auf mich.

»Jetzt sind Sie dran«, sagt er. »Welche DNA-Proben?«

EINUNDDREISSIG

Ich komme mir vor wie ein Frosch, der auf einem dieser Seziertischchen aus dem Biologie-Leistungskurs fixiert ist. Ich bin festgeklemmt. Ich kann mich nicht herauswinden. Tatsache ist, dass ich einen Deal mit Clay abgeschlossen habe. Ich erzähle ihm von den DNA-Proben, die ich bei Marley in Auftrag gebeten habe, wenn er mir im Gegenzug von dem Zeichen des Mörders erzählt. Ich wollte mich zwar an die Abmachung halten, ihm aber nicht unbedingt mehr als nötig erzählen. Ein Motto von mir lautet: »Gib niemals alle Trümpfe aus der Hand.« Das gilt für alle Bereiche des Lebens. Nicht nur für einen Fall. Er muss nicht unbedingt wissen, wer die Proben für mich besorgt hat. Ich höre Larry schon juristische Gründe dafür aufzählen, warum ein Verteidiger die Ergebnisse in der Luft zerreißen würde. Da mag Larry zwar recht haben. Andererseits ist es mir egal, ob die Sache überhaupt vor Gericht verhandelt wird, wo der Mörder dann mit Unschuldsmiene und einer Bibel in der Hand in seiner weißen Kleidung und den weißen Schuhen vor den Geschworenen sitzt und den zu Unrecht Angeklagten mimt.

Er wird dafür bezahlen, was er getan hat.

Auf *meine* Art.

»Ich halte immer, was ich verspreche«, lüge ich. »Bevor wir von meinem Fall abschweifen, wollte ich Ihnen aber noch sagen, dass ich Leann Truitts Vermieter vernommen habe. Wie Sie wissen, wurde eine Vermisstenanzeige aufgegeben und ein Beamter der Staatspolizei auf Marrowstone Island hat sie identifiziert.«

Das stimmt nur teilweise. Eigentlich hat Cass sie identifiziert, aber Lonigan hat mich deswegen kontaktiert.

»Der Vermieter heißt Joe oder Joseph Bohleber«, fahre ich fort. »Er verdient sein Geld mit der Vermietung von Anglerhütten.«

Und mit Erpressung.

»Es war gar nicht so leicht, die Wahrheit über den Mietvertrag aus ihm herauszubekommen, und in Bezug auf den Vater des Opfers, Jim Truitt, hat er mich angelogen und behauptet, er würde ihn nicht kennen.«

Larry stützt einen Arm auf den Schreibtisch und blickt zur Seite. »Jim Truitt ist ihr Vater?«

Ich nicke.

»Scheiß die Wand an.« Er sieht Ronnie an und sagt: »Entschuldigen Sie meine Ausdrucksweise.«

In meiner Gegenwart scheinen ihn seine derben Ausdrücke nicht auszumachen.

»Jim Truitt ist ein einflussreicher Mann«, sagt er, »falls Sie das noch nicht wussten.«

Ich nicke. »Der Sheriff erwähnte so etwas.«

Larry stößt sich vom Schreibtisch ab und macht eine Geste nach dem Motto: *Na bitte, da haben wir es.*

»Soll ich Ihnen nicht von unserem Gespräch erzählen?«, frage ich.

»Klar, schießen Sie los ... Auch wenn Sie sich das eigentlich sparen können«, sagt Larry. »Er ist ein widerlicher verlogener Sack voller ... Exkremente, daher stimmt wahrscheinlich nichts von dem, was er Ihnen erzählt hat. Aber er hat Beziehungen. Bedeutende Beziehungen. Wenn Sie sich mit Jim Truitt anlegen, können Sie Ihren Job vergessen.«

Clay sagt nichts. Er stellt nicht einmal Fragen, was mich zu der Annahme führt, dass er über Jim Truitt genauestens im Bilde ist. Wie kann es sein, dass ich neben Sensibelchen Ronnie die Einzige bin, die noch nie was von diesem Drecksack gehört hat?

»Also, ich habe DNA-Proben von Truitt und Joe Bohleber.«

»Was?« Larry erhebt sich von seinem Platz. »Sie haben Truitt dazu gebracht, freiwillig eine DNA-Probe abzugeben?« Es klingt, als sei das eine völlig abwegige Vorstellung.

Natürlich hat er recht. Truitt hat die Probe nicht freiwillig abgegeben, sondern wusste einfach nicht, dass er überhaupt eine Probe abgibt. Das ist ein winziger Unterschied.

»Es war schwierig«, sage ich, »aber ich habe es geschafft«. Das ist immerhin nicht gelogen. »Von Joe Bohleber habe ich auch eine. Fehlen nur noch Steve Bohleber und Robbie Boyd. Da sie Zwillinge sind, dürfte die DNA-Sequenz bei Steve und Joe identisch sein.«

»Weiß Marley davon?«, fragt Clay. »Es hat ihm sicher gar nicht geschmeckt, die ganze DNA zu überprüfen.« Er sieht mich an, als wüsste er, was ich tatsächlich getan habe. Ich erzähle ihnen nicht, dass Marley keine Ahnung hat, von wem die Proben stammen.

»Wie auch immer«, fahre ich fort, »Marley hat gesagt, er kümmert sich schnellstmöglich um den Abgleich. Hat Sie die DNA von Margie Benton und Dina Knowles zu irgendwelchen Erkenntnissen geführt?«

In den Berichten war nichts darüber zu lesen.

Larry lässt den Kopf hängen. »Meine Proben waren verunreinigt.«

»Verunreinigt?«, frage ich. Ich kann mir schwer vorstellen, wie ein Vaginalabstrich in einer kontrollierten Umgebung verunreinigt werden kann – und falls doch, nimmt man eben einen neuen ab. »Konnten Sie nicht einfach einen neuen Abstrich vornehmen?«

»Nicht direkt verunreinigt«, sagt er, als würde er etwas Ungehöriges gestehen. »Mein Opfer führte ein sehr aktives Sexualleben.«

»Meins auch«, sagt Clay schnell, »aber wir haben eine brauchbare Probe.«

Larry missversteht meinen enttäuschten Gesichtsausdruck als Verärgerung über das, was er gerade gesagt hat.

»Denken Sie jetzt bloß nicht, ich wäre ein Sexist«, sagt er und blickt erst zu mir, dann zu Ronnie. »Hey, alles, was wir hier sagen, bleibt doch unter uns. Oder?«

Ich ignoriere ihn. Wer weiß, ob ich nicht irgendwann etwas brauche, was ich gegen ihn verwenden kann. Ronnie ist mein Zeuge.

Larry versucht, sich zu erklären, und tritt dabei nur noch tiefer ins Fettnäpfchen.

»Mein Opfer hatte bestimmt jeden Tag bis zu zwanzig ›Proben‹ in sich. Sie arbeitete abends in einer Bar und war nebenbei Prostituierte. Dann gab sie den weniger gut bezahlten Job auf: Sie kündigte in der Bar. Bestenfalls wäre die DNA nicht beweiskräftig.«

Ich hatte angenommen, dass Larrys und Clays DNA-Beweise übereinstimmten. Ich dachte, das sei der Grund, warum sie die Fälle gemeinsam bearbeiteten. Aber ich hatte mich geirrt. Vielleicht würde die DNA doch nicht ausreichen, um die Fälle zu lösen.

Sofern alles andere zum Mörder führt, spielt es ohnehin keine Rolle.

»Ich habe die Vergangenheit von Bohleber und Truitt unter die Lupe genommen«, sage ich. »Bohleber hat mir von seinem Zwillingsbruder Steve erzählt. Und dass sie von Indiana, wo sie eine Farm hatten, nach Marrowstone gezogen seien. In einem

Strafregister aus Indiana habe ich einen Eintrag zu Steve Bohleber gefunden. Er hat drei Jahre wegen tätlichen Angriffs auf einen Polizisten gesessen. Jetzt ist er auf Bewährung. Ich habe bei seinem Bewährungshelfer nachgefragt, aber sie konnten ihn nicht ausfindig machen.«

Ich habe ihre volle Aufmerksamkeit und fahre fort.

»Joe Bohleber stand in Indiana unter Verdacht, Bankbetrug und Geldwäsche begangen zu haben, aber wurde nie verurteilt. Hier ist nichts aktenkundig. Keiner der Zwillinge war jemals als Bauer tätig. Joe sagte mir, sie besäßen zusammen eine Reihe von Anglerhütten. In einer davon lebte Leann Truitt an der Mystery Bay.«

Larry mischt sich ein. »Wahrscheinlich haben sie eine Marihuana-Plantage auf Marrowstone. Dein Opfer hat dort herumgeschnüffelt und sie haben sie getötet, um sie zum Schweigen zu bringen.«

Clay hebt die Hand. »Sachte, Larry. Seit 2012 ist der Hanf-anbau auf Marrowstone Island gesetzlich erlaubt. Die Leute können es dort im Garten anbauen, wenn sie wollen, was anscheinend auch viele tun. Warum sollte Bohleber also befürchten, dass er verpfiffen wird?«

Ich bin ziemlich sicher, dass Bohleber sich keine Sorgen um Marihuana macht. Noch kann ich es nicht beweisen, aber er hat etwas mit Erpressung zu tun. Truitt ist ein ganz anderes Kaliber. Wenn er der Vater von Leanns Baby ist, hat er ein Motiv, um Leann zu töten oder jemanden damit zu beauftragen. Vielleicht hat er einen der Bobbsey-Zwillinge angeheuert.

»Sie haben beide gesagt, dass die Leichen schwer zugänglich waren«, sage ich. »Wie sind Sie an sie herangekommen? Wer hat den Tatort untersucht?«

Larry legt ein weiteres Bild auf den Schreibtisch. Es zeigt den Tatort aus der Wasserperspektive. Am unteren Bildrand ist eine Reling zu erkennen.

»Die Küstenwache kam raus«, sagt er. »Sie brachten ein

paar Leute von der Spurensicherung mit und arbeiteten am Tatort zusammen. Brauchen Sie ihre Namen?«

»Im Moment nicht«, sage ich. »Ich habe auch die Küstenwache kommen lassen. Captain Martin und einen Deputy namens Floyd. Sie haben den Technikern geholfen, das Gebiet zu durchkämmen. Die Küstenwache hat die Leiche geborgen und zu einer Bootsrampe gebracht, wo der Leichenbeschauer sie in Empfang genommen hat.«

»Captain Marvel«, sagt Clay mit einem Grinsen.

»Während meines Praktikums bei der Küstenwache hat Roy hat mich einmal auf einem Boot mitgenommen«, sagt Ronnie.

In diesem Moment bin ich Larry dankbar, dass er keinen schlüpfrigen Kommentar zu Ronnies Praktikum abgibt.

»Ich habe Ihre Autopsieberichte gelesen«, sage ich. »Die Todesursache bei Knowles war Strangulation. Benton ist verblutet. Beide hatten Genickbrüche. Ist das richtig?«

Larry und Clay nicken.

»Was gibt es noch, was nicht in den Obduktionsberichten steht?«

Larry und Clay tauschen einen vielsagenden Blick aus. Larry bedeutet Clay, die Frage zu beantworten.

»Die Leichen wurden geschrubbt«, sagt er. »Ich meine richtig saubergeschrubbt. An Knien, Füßen, Händen, Ellbogen und Gesäß gab es mehrere winzige Abschürfungen. Wir haben Schrammen dazu gesagt. Unser Rechtsmediziner hat jeden Zentimeter Haut untersucht. In Dinas linkem Ellenbogen haben wir zwei Teppichfasern gefunden. Larry meinte, Margie hätte dieselben Schrammen aufgewiesen, doch der Rechtsmediziner konnte nichts Bemerkenswertes daran entdecken. Larry rief den Rechtsmediziner an, nachdem wir darüber gesprochen hatten, dass der Mörder die Stellen abgeschrubbt haben könnte, und der Rechtsmediziner meinte ...«

Larry unterbricht Clay. »Er hat gesagt, er könnte sich nicht daran erinnern. Immerhin sei seitdem schon über ein Jahr vergangen. Es war tatsächlich schon über ein Jahr her, aber ich konnte mich noch ganz genau daran erinnern, und er hätte sich ebenfalls daran erinnern sollen. Ich glaube, er wollte einfach nicht zugeben, dass er etwas übersehen hat.«

»Können wir eine erneute Untersuchung der Leiche veranlassen, Larry?«, frage ich.

Er schüttelt den Kopf. »Eingeäschert.«

»Genau wie Dina«, fügt Clay hinzu.

Ich entschuldige mich und gehe rüber in den Kopierraum, um Sheriff Gray anzurufen. Es ist schon nach Feierabend, aber ich weiß, dass er noch ans Handy gehen wird.

»Ich wollte gerade gehen«, sagt er. »Hast du etwas für mich?«

Ich bitte ihn, den zuständigen Richter oder wen auch immer zu kontaktieren, um dafür zu sorgen, dass Leanns Leiche noch nicht an die Familie übergeben wird.

»Ich brauche einen konkreten Grund für eine gerichtliche Anordnung«, sagt er.

»Teppichfasern«, sage ich ihm. »Wir suchen nach Teppichfasern.«

ZWEIUNDDREISSIG

Ich kehre zu den anderen zurück, als Larry sich den dicken Bauch reibt.

»Gibt's hier was zu essen?«, fragt er.

»Ich weiß, dass du Burger und Pommes gegessen hast, ehe du hergekommen bist«, sagt Clay. »Das riecht man immer noch.« Er sagt das scherzhaft, aber wir arbeiten noch nicht einmal zwei Stunden an dieser Sache.

»Was ist mit euch, Mädels?« fragt Larry. »Nebenan gibt es einen Thai-Laden.«

Ronnie, deren Mittagessen aus einem Salat und einem Glas Wasser bestanden hat, zirpt: »Ich mag Thai.«

»Ich bin allergisch gegen thailändisches Essen«, lüge ich. Ich will nichts essen, denn ich will hier fertig werden und bin in ein paar Stunden mit Dan im *Hops Ahoy* verabredet. »Es ist gleich nebenan, vielleicht könnten Sie etwas bestellen. Wir müssen zurück ins Büro.«

Clay sieht enttäuscht aus. Er zieht die Stirn in Falten. »Wozu die Eile? Ich bin sicher, Tony hat nichts dagegen, wenn ihr beide nach Port Townsend fahrt, wenn wir fertig sind.«

Ich sehe ihn nicht an, aber ich frage mich, woher er weiß, dass wir beide in Port Townsend wohnen. Ich wusste nicht, dass Ronnie dort lebt, bis ich sie nach Hause gebracht habe. Jefferson County ist groß, und das Büro des Sheriffs ist in Port Hadlock.

»Der Sheriff erwartet als erstes einen Bericht auf seinem Schreibtisch, und er ist ein Frühaufsteher.«

Das ist meine Version und ich habe mir geschworen, mich daran zu halten.

»Sie haben unsere Berichte«, sagt Larry. »Ich bin am Verhungern. Ich esse immer vor sechs, weil ich Magenprobleme und Sodbrennen habe. Wenn ich noch länger warte, kann ich nicht vor Mitternacht ins Bett gehen.«

Ich bin froh, als Clay uns zur Seite springt.

»Lass uns fertig werden und ich lade dich zum Essen ein, Larry.«

Ich blättere meine Notizen durch. Ich möchte mir die Tatorte selbst ansehen, aber ich möchte nicht mit dem Boot auf die San Juan Island fahren. Ich habe die Fotos. Ich muss wissen, wer ihre Zeugen sind und ob sie ihnen geglaubt haben. Ihre Meinung stand nie in den Berichten.

»Ich muss die Liste der Personen durchgehen, mit denen Sie gesprochen haben. Ronnie hat meine Berichte geschickt und sie sind auf dem neuesten Stand. Bis auf die DNA, die ich heute bekommen habe, aber davon hatte ich Ihnen ja gerade erzählt. Die Tatortberichte haben Sie ja schon.«

»Ich war die meiste Zeit mit Mindy unterwegs«, sagt Ronnie.

Clay wirft mir einen fragenden Blick zu. »Mindy?«

»Mindy Newsom ist unsere beste Kriminaltechnikerin«, sagt Ronnie. »Sie ist großartig.«

»Die hätten wir brauchen können«, sagt Larry. »Wie sieht sie aus?«

»Wie bitte?«

»Ich meine, möglicherweise kenne ich sie«, sagt Larry. »Besitzt sie nicht einen Blumenladen?«

»Ja«, sage ich schnell und fahre fort.

Ich glaube allmählich, dass Larry nicht nur faul ist, sondern ein Schwein. Clay ist in Ordnung. Ich beschließe, ihm einen Teil meines Verdachts über Truitt zu erzählen. Aber nicht, dass ich glaube, dass er der Vater des Babys seiner Tochter ist.

Larry wirkt nicht so, als könne er das für sich behalten.

Ich sage: »Bohleber behauptete, er kenne Jim Truitt nicht, obwohl Truitt für Leanns Hüttenmiete mit unterschrieben hat. Joe hat mir erzählt, dass ihm und seinem Zwillingsbruder Steve das Angelhüttengeschäft gemeinsam gehört, aber Steve hat nichts damit zu tun. Ich habe mit Truitt gesprochen. Ich fand es seltsam, dass er, als er von dem Mord an seiner Tochter erfuhr, keine Fragen darüber stellte, wie, wann oder wo es geschah. Er wollte auch die Leiche nicht sehen. Er sagte, er habe seine Tochter seit zwei Jahren nicht mehr getroffen. Aber er gab an, die Miete seiner Tochter bezahlt zu haben, seit sie vor über einem Jahr das Jurastudium abgebrochen hat. Er und Leann hatten gestritten, weil sie von Steve Bohleber schwanger war. Truitt war der Meinung, dass seine Tochter kein Baby bekommen und ihr Leben ruinieren sollte, aber er wollte sicherstellen, dass das Baby ein gutes Zuhause bekommt. Sie wollte das Baby behalten. Bohleber, der Vater des Babys, wollte Geld, um Leann zu überzeugen, das Kind zur Adoption freizugeben. Wenn sie das Kind behielte, würde das bedeuten, dass Truitt Bohleber als Verwandten dulden müsste, und wie Sie wissen, ist Truitt sehr hochmütig und die Bohlebers sind sehr gierig. Er hat Steve Bohleber bezahlt, was dieser verlangt hat, und das Baby wurde vor einem Jahr zur Adoption freigegeben. Er wusste nicht, wie er Steve jetzt finden sollte, da dieser sich in unbekannte Gefilde abgesetzt hat. Nachdem Joe Bohleber uns Jim Truitts Namen genannt hatte, rief Joe ihn an und sagte, dass wir ihn wahrscheinlich aufsuchen würden.«

»Ich weiß, worauf Sie hinauswollen«, sagt Larry. »Sie halten Jim für den wahren Vater des Babys, er aber behauptet, es sei Steve, weil er die Wahrheit kennt. Bankbetrug, Geldwäscherei. Und jetzt Erpressung. Deshalb haben Sie die DNA von Jim. Jim hat Steve vielleicht bezahlt, damit er die Stadt verlässt. Vielleicht bezahlt er Joe, damit er das alles für sich behält. Sie glauben, Jim könnte der Mörder sein?«

Clay sagt nichts, und ich möchte Larrys Vermutungen nicht bestätigen. Zeig nie dein ganzes Blatt. Ich habe schon zu viel gesagt.

»Ich habe vier Verdächtige und keine Zeugen«, sage ich. »Keiner in der Bar, in der Leann gearbeitet hat, konnte mir viel erzählen. Keiner wusste, mit wem sie ausging, aber es war bekannt, dass sie sich mit Männern traf. Im Plural. Alle drei Frauen hatten Babys. Glauben Sie, das hat etwas zu bedeuten?«

Ich schon. Aber ich möchte wissen, was sie denken.

Clay spricht zuerst. »Die Babygeschichte könnte eine Rolle spielen oder auch nicht. Wenn sie nicht alle von demselben Mörder geschwängert wurden, sehe ich auch keinen Zusammenhang. Nur Larrys Opfer war schwanger, als sie ermordet wurde.«

Larry sagt, was ich erwarte: »Sie beide sind keine Mütter, aber Frauen bekommen nun mal Babys. Das ist eine simple Tatsache im Leben. Dass sie alle drei Babys haben, bedeutet gar nichts. Das ist nur eine Vermutung.«

Clay und Larry hatten Polizisten befragt, die in den Bars, in denen die Opfer arbeiteten, verkehrten. Margie wurde drei Wochen, nachdem sie zuletzt gesehen worden war, gefunden. Dina wurde zwei Wochen vermisst, ehe man ihre Leiche fand. Leann wurde nur kurze Zeit vermisst, vielleicht eine Woche oder kürzer, wie Cass aus dem Nordland General Store sagte. Am vergangenen Sonntag kam sie nicht, um Lebensmittel einzukaufen. Das passt zu den Angaben des Rechtsmediziners und zum Autopsiebericht.

»Alle drei Opfer haben in Bars gearbeitet«, sagt Clay. »Dina hat in *Doc's Marina Grill* gearbeitet.«

»Das ist in Port Townsend. Ich kenne den Laden«, sage ich. »Mein Opfer hat in der Old Whiskey Mill gearbeitet.«

»Nicht weit von dem Lokal, in dem Dina gearbeitet hat«, fügt Clay hinzu. »Bars eignen sich gut für Mörder, um gezielt nach Opfern zu suchen.«

»Margie wohnte in Crane«, sagt Larry. »Aber sie hat im *Front Street Alibi* gearbeitet, wenn sie nicht gerade auf dem Rücken lag.«

Clay mustert ihn stirnrunzelnd.

»Was?« fragt Larry. »Wenn die keine Prostituierte war, bin ich der Weihnachtsmann.«

»Das Alibi ist in Port Angeles«, entgegne ich.

»Ja. Tut mir leid, dass ich mich so ausdrücke, kleines Fräulein.«

Kleines Fräulein? Das ist das zweite Mal, wenn ich richtig gezählt habe.

Clay wirft schnell ein: »Das ist nur etwa fünfundzwanzig Minuten von Port Townsend entfernt, wo die beiden anderen gearbeitet haben. Der Mörder will, dass sie gefunden werden.«

Larry fährt fort: »Er hinterlässt sie nackt, oder fast nackt, um sie zu demütigen. Margie wurde aufgeschnitten. Sie hatte Abdrücke am Hals, an den Handgelenken und an den Knöcheln, die so aussahen wie bei Ihrem Mädchen. Sie hatte kurz zuvor Sex, aber wie ich schon sagte, sie war eine Nutte, also was soll's? Sie wurde mindestens drei Wochen vermisst.«

Der Rechtsmediziner hatte gesagt, sie war seit höchstens vierundzwanzig Stunden tot, als man sie fand.

»Dina hatte einige Blutergüsse im Bereich der Vagina«, sagt Clay und senkt seine Stimme ein wenig. Ronnie zuliebe, nehme ich an. »Sie wurden auf eine Vergewaltigung zurückgeführt, aber es könnte auch Missbrauch vorliegen. Sie war promiskuitiv, also ist es nicht einmal sicher, dass es sich um eine Vergewaltigung handelte. Sie hatte die gleichen Verletzungen wie die anderen. Sie wurde seit zwei Wochen vermisst, mehr oder weniger. Unserem Leichenbeschauer zufolge war sie bei ihrem Auffinden etwa vierundzwanzig Stunden tot.«

Das Muster scheint klar zu sein, auffallend klar. Drei Wochen vermisst, zwei Wochen vermisst, weniger als eine Woche vermisst. Der Mörder hat einen Lauf. Er wird immer schneller. Wenn er nach einem Zeitplan vorgeht, ist das nächste Opfer bereits entführt oder wird es bald sein.

»Leann wurde in einer Bucht in der Nähe des Marrowstone State Park gefunden. Sie wissen, wer sie gefunden hat und wie. Wo wurden Ihre gefunden?«

»Dinas Leiche wurde in der Nähe des Adelma Beach in der Discovery Bay entdeckt«, sagt Clay. »Die Zentrale erhielt einen anonymen Anruf, der besagte, dass sie die Leiche vom Wasser aus entdeckt hätten. Wir haben uns Ihrer Küstenwache bedient, um das Wasser in der Nähe des Strandes abzusuchen.«

»Zeugen?« frage ich. »Verdächtige?«

Clay schüttelt den Kopf. »Keine Verdächtigen. Captain Martin war in der Nähe, als der Anruf einging. Er hat es bestätigt. Sie hatte keine Familie, die wir ermitteln konnten. Ihre Kollegen sagten, sie habe mit den Kunden geflirtet. Mit niemand Bestimmtem. Die Nachbarn wussten nicht viel über sie. Sie blieb für sich. Wie die beiden anderen Opfer lebte sie in der Nähe des Wassers. Sie hatte ein kleines Haus gleich hinter Haven Boatworks mit Blick auf den Hafen von Port Townsend. Es liegt direkt am Pacific Northwest Trail, der entlang der Bucht verläuft. Ich glaube nicht, dass Jim Truitt als Mörder für Dina in Frage kommt, aber bei den Bohlebers sieht das anders aus. Einer oder beide waren vielleicht in der Bar und könnten sie getroffen haben.«

»Captain Martin musste auch mein Opfer bergen. Der arme Kerl hat echt kein Glück«, fügt Larry hinzu.

»Was meinen Sie damit?«, frage ich.

»Seine Frau ist vor etwa zehn Jahren ertrunken. Er hat sie sehr geliebt. Es ist ein Jammer, dass er das alles durchmachen muss, aber das nun mal so, wenn man bei der Küstenwache ist. Leute ertrinken andauernd, aber Mord ist etwas ganz anderes. Ich würde diesen Job lieber nicht mehr machen, nach dem, was er erlitten hat.«

Ronnies Gesicht wird blass. »Hat er seine Frau gefunden?«

»Er war bei ihr.« Larry sieht auf seine Hände hinunter. »Sie waren nackt baden. Sie war im sechsten Monat schwanger.«

»Sie war schwanger?«, frage ich.

Ronnie wird noch blasser. Sie ist jetzt kreidebleich.

»Hat seine Frau verloren«, antwortet Larry. »Das Baby verloren. Er hätte fast sein Leben verloren, als er versuchte, sie zu retten. Hätte fast seinen Job verloren. Er wurde zum Alkoholiker, aber darüber wird nicht mehr geredet. Er wurde trocken und sie haben ihn behalten. Er ist gut in seinem Job und es ist schwer, so einen Mann zu ersetzen.«

Am liebsten würde ich fragen, wer den Badeunfall bearbeitet hat, aber ich verzichte darauf. Das finde ich schon selbst heraus. Clay hatte Larry einen seltsamen Blick zugeworfen, als der das Ertrinken erwähnte, aber er sagt nichts.

DREIUNDDREISSIG

Ich setze Ronnie im Sheriff's Office ab und fahre nach Hause, um mich umzuziehen. Gerade genug Zeit, um pünktlich im *Hops Ahoy* zu sein. Ich denke an Dan. Detective Osborne erinnert mich so sehr an ihn. Nicht nur vom Aussehen her, sondern auch seine ruhige, unvoreingenommene Art. Ich könnte mir vorstellen, dass man sich gut mit ihm unterhalten kann, genau wie mit Dan. Aber er ist Polizist. Das würde nie funktionieren. Nicht, dass ich an ihm interessiert wäre. Ein Date mit Dan ist schon schwer genug. Dan ist nicht aufdringlich. Er hört interessiert zu, aber er erwartet nicht, dass ich meine ganze Lebensgeschichte vor ihm ausbreite. Das könnte ich auch gar nicht. Ein Polizist würde so lange nachbohren, bis er mich in den Wahnsinn getrieben hätte.

Ich blicke in das Häufchen Elend von einem Kleiderschrank. Auf den Bügeln präsentieren sich mir mehrere Möglichkeiten, aber im Grunde genommen ist alles dasselbe. Schwarze oder blaue Baumwollhosen, weiße Hemden, zwei Blazer, ein paar Kleider und eine schöne Freizeitjeans. Meine Wahl fällt auf die Jeans und ein weißes Oberteil. Schließlich ist es ein ganz zwangloses Treffen. Nicht einmal ein richtiges Date. Ein Abendessen mit einem Freund.

Ich trage Lippenstift und Wimpertusche auf und betrachte mich im Badezimmerspiegel. Das Oberteil passt gar nicht. Ich ziehe ein anderes Top mit langen Armen und Knöpfen an. Es sitzt etwas enger, aber das ist okay.

Ich frage mich, warum ich ausgerechnet das *Hops Ahoy* vorgeschlagen habe. Dorthin gehe ich, wenn ich deprimiert bin. Aber nicht zu einer Verabredung. Das sagt vielleicht schon alles.

Es ist kein richtiges Date, rufe ich mir in Erinnerung.

Schon erstaunlich, wie ich sogar mich selbst belüge.

Im gelben Schummerlicht der Straßenlaternen wirkt das weiße Ersatzoberteil schmuddelig. Ich gehe zurück ins Haus und ziehe ein weißes T-Shirt an. Dazu passt ein Blazer und ich kann meine Waffe mitnehmen. Ich schnalle mein Schulterholster um und ziehe den Blazer darüber, um die Waffe zu verstecken. Immerhin läuft ein Serienmörder frei herum. Und hat es auf Frauen in Bars abgesehen.

Wer weiß? Vielleicht habe ich ja Glück.

Ich rufe Dan vom Auto aus an. Plötzlich habe ich keine Lust mehr, ins *Hops Ahoy* zu gehen. Dort habe ich Dan beim letzten Mal getroffen und ihn später versetzt. Ein anderer Treffpunkt ist besser.

Er geht ran. »Hallo. Ich wollte gerade los.«

»Sollen wir uns nicht lieber im *Pourhouse* treffen? Du magst doch Livemusik – und sie haben Scotch.« Ich erinnere mich, dass er Scotch trinkt.

»Klingt nach einem Plan«, sagt er. »Bist du schon losgefahren?«

»Ich bin schon fast da.« Ich lege auf und biege eine Minute später auf den Parkplatz beim *Pourhouse* ein. Hier treffen sich eher die Einheimischen und es ist weniger touristisch. Ich war noch nie dort, aber Ronnie hatte es auf einer unserer Fahrten erwähnt, die von ihrem Stream-of-Conciousness-gleichen Geplapper begleitetet wurden.

Vom Biergarten im hinteren Teil des *Pourhouse* hat man einen wunderbaren Blick auf die Bucht von Port Townsend. Hier finden auch die Livekonzerte statt. Das *Pourhouse* befindet sich zwischen einem Geschäft für Bootsmotoren und einem Wellness-Center. In einem Ort, durch den ich auf meinem Weg von Ohio hierher gekommen bin, gab es einen ähnlichen kleinen Straßenzug. Nur dass die Bar zwischen einem Waffengeschäft und der Polizeibehörde lag.

One-Stop-Shopping, denke ich. Eine Waffe besorgen, sich betrinken, verhaftet werden.

Ich parke auf dem seitlich vom Gebäude gelegenen Parkplatz, von wo aus ich die vier blau-weißen Sonnenschirme im Biergarten sehen kann. Ich scanne den Raum nach bekannten Gesichtern ab und erkenne ein paar Polizisten und Deputys. Umso besser. Das wird die Gerüchte zerstreuen, dass ich lesbisch sei, weil ich nie mit jemandem ausgehe.

Mindys Blumenwagen ist nicht zu sehen. Es enttäuscht mich etwas, dass sie mich diesmal nicht unterstützt. Ich werde nervös. Ich wähle einen Platz an einem der überdachten Tische im hinteren Teil der Terrasse mit dem Rücken zur Bucht, aber mit Blick auf die Bar und den Parkplatz. Auf einem Platz zwischen mir und der Bucht spielen ein paar Leute Boccia, aber die beunruhigen mich nicht sonderlich. Eine Kellnerin kommt freundlich lächelnd an meinen Tisch und nimmt meine Bestellung auf. Am liebsten würde ich einen dreifachen Scotch bestellen und ein Glas Wasser dazu, um dem Scotch zu zeigen, wer der Boss ist. Stattdessen bestelle ich einen Weißwein. Ich möchte mich nicht betrinken, bevor ich zu Hause bin. Allein. Vielleicht. Ich weiß nicht, was ich will. Die Pistole bohrt sich in meinen Rücken und ich rücke auf dem Stuhl ein Stück vor.

Die Waffe tröstet mich. Sie ist mir vertraut.

Das Scheinwerferlicht eines Wagens leuchtet in der Parklücke neben meinem Taurus auf. Die Lichter gehen aus und Dan steigt aus seinem Pick-up aus. Er kommt über den Parkplatz, sieht mich und winkt. Ich gebe der Kellnerin ein Zeichen und sie kommt zu mir an den Tisch.

Ich trinke doch lieber einen Scotch.

»War keine Ecke mehr für dich frei?«, fragt er, zieht einen Stuhl heran und setzt sich. »Ich weiß doch, dass du gerne mit dem Rücken zur Wand sitzt.«

»Durch ein paar Bocciaspieler fühle ich mich nicht bedroht.«

Er lacht. »Klingt einleuchtend. Möchtest du mir erzählen, wie dein Tag war?«

»Möchtest du mir erzählen, warum du in der Stadt bist? Hast du Schnitzkunstwerke ausgeliefert?«

»Unter anderem.«

Wir wissen beide nicht, was wir als Nächstes sagen sollen. Ich wünschte, Mindy wäre hier. Notfalls sogar Ronnie. Nein. *Nicht Ronnie.* Die Kellnerin bringt meinen Scotch und ein Glas Wasser.

Dan grinst. »Für mich bitte dasselbe.«

Die Kellnerin geht und Dan wendet sich mir zu.

»Was soll das sein?«, fragt er. »Scotch mit einem Schluck Wasser?«

»Ich mache den Scotch mit dem Wasser bekannt«, antworte ich. »Ich dachte, sie sollten sich kennenlernen.«

Wir müssen beide lachen. Es ist mir etwas peinlich. Normalerweise bin ich nicht so locker im Umgang mit Leuten, die ich kaum kenne.

Natürlich toppt er meine Bemerkung: »Wenn mein Wasser kommt, können wir die beiden Gläser nebeneinanderstellen, damit sie sich nicht ausgeschlossen fühlen. Quasi ein verwässertes Blind Date.«

Unser Gelächter verstummt, die Getränke kommen, wir nippen, bleiben still, nippen wieder und ich bete darum, dass die Livemusik beginnt. Die Band steht auf der nur wenige Meter entfernten Bühne und spielt sich gerade ein. Der Satz auf dem Schild ist eine Lüge. Das ist keine Livemusik. Das ist eine Zumutung. Der Sänger ist bestimmt Ende achtzig. Immerhin kann er Gitarre spielen, das muss man ihm zugutehalten, aber das Singen sollte er lieber bleiben lassen.

Bitte, lieber Gott.

Dan scheint in guter Stimmung zu sein. Er wippt mit dem Fuß im Takt zur Musik und scheint nicht zu bemerken, wie schief der Gesang ist. Aber so ist Dan, denke ich. Unvoreingenommen. Einfach ein netter Kerl. Unerschütterlich.

»Der Sänger kommt mir bekannt vor. Hörst du gerne die älteren Sachen?«

Ich weiß nicht, was ich sagen soll. Ich habe mich noch nie für eine bestimmte Musikrichtung interessiert. Wenn ich Ja sage, fragt er mich, wen ich gerne höre. Wenn ich Nein sage, fragt er mich, ob ich Musik hasse. Ich wechsle lieber schnell das Thema.

»Wie lange bist du in der Stadt?«

Das klingt schräg, also formuliere ich den Satz schnell noch einmal.

»Ich meine, wann fährst du nach Hause?«

Mist. Noch schlimmer. Ich bin nervös. Ich rede dummes Zeug. Ich klinge gerade wie Ronnie.

»Morgen früh muss ich zurück«, sagt Dan. »Ich muss noch ein paar Aufträge fertigstellen, die ich Käufern versprochen habe.«

Am liebsten würde ich fragen, wann er zurückkommt. Ich würde ihn gerne wiedersehen. Ich bin gerne mit ihm zusammen. Leider bin ich alles andere als ein aufregendes Date. Es ist kein Date, sage ich zu mir selbst. Bis jetzt habe ich es geschafft, das zu verhindern. An meinem verpfuschten Leben ist vor allem meine Mutter schuld. Wir waren nirgendwo lange genug, um Freunde zu finden oder um dazuzugehören. Stets waren wir auf der Flucht. Wir wechselten unsere Identität wie andere Leute ihre Unterwäsche. Und wir haben alle belogen. Ich habe mich selbst belogen, um einigermaßen bei Verstand zu bleiben.

Und jetzt sitzt da dieser umwerfende, talentierte Mann, der mich nett genug findet, um sich bei mir zu melden und sich mit mir zu treffen, und das, obwohl ich ihn mehrmals versetzt habe. Natürlich kann ich behaupten, dass es an meiner Arbeit liegt, aber in Wirklichkeit habe ich Angst davor, jemanden so sehr zu mögen. Wie wäre es, wenn ich noch einmal von vorne anfange? Aber wem will ich hier etwas vormachen? Ich bin immer noch dasselbe Mädchen von damals.

Vielleicht liegt es am Scotch, aber der Sänger klingt plötzlich gar nicht so schlecht. Wir bestellen etwas zu essen. Wings für Dan, Pizza für mich. Offenbar habe ich Hunger. Es bleibt nichts übrig, was ich mit nach Hause nehmen könnte. Wir unterhalten uns ein bisschen. Die meiste Zeit erzählt mir Dan von seiner Arbeit und wie er sein Geschäft erweitern will.

»Einer der Gründe, warum ich in Port Townsend bin, ist, dass ich auf der Suche nach einem Grundstück für mein Unternehmen bin.«

»Du willst ein Atelier eröffnen?«

Er lacht, als ob es ihm peinlich wäre, aber der Mann ist ein Künstler mit Kettensäge und Pinsel. Kein Scherz.

Er antwortet nicht.

»Würdest du hierherziehen?«

In seinem Blick liegt die Frage, ob mir das gefallen würde. Ich schaue zur Seite.

»Nicht unbedingt«, sagt er. »Ich arbeite gerne in meinem Haus in Snow Creek. Ich hatte eher an einen Ort gedacht, an dem ich meine Arbeiten verkaufen kann. Am besten irgendwo am Wasser. Natürlich nur in der Saison, so etwas muss ich auch berücksichtigen. Und ich müsste jemanden einstellen, der sich um das Geschäft kümmert, während ich an meinen Skulpturen arbeite. Derjenige müsste vertrauenswürdig und charmant sein und bereit, lange zu arbeiten.«

»Klingt nach einem echten Plan, Dan.«

Er lacht.

Ich liebe sein Lachen. Es bringt seine Augen zum Leuchten.

»Mindy hat mir erzählt, dass du wieder an einem großen Fall arbeitest.« Das hat er von mir gelernt: das Thema wechseln. »Darfst du darüber reden? Ich werde niemandem auch nur ein Sterbenswörtchen davon erzählen.«

Ich muss mich jemandem anvertrauen, und sei es nur, um meine Gedanken zu ordnen. Ich habe das Gefühl, dass ich Dan vertrauen kann, zumindest in dieser Sache. Ich bestelle noch eine Runde Scotch und wir unterhalten uns. Es ist leicht, mit ihm zu reden, und ich erzähle ihm mehr, als ich wollte, aber er ist ein guter Zuhörer. Er sagt mir nicht, was ich zu tun habe. Das überrascht mich, besonders bei einem Mann. Männer sind von Natur aus besserwisserisch.

Als ich geendet habe, sitzt er nachdenklich da und blickt schweigend auf das nachtschwarze Wasser der Bucht.

»Klingt nach sehr viel Arbeit. Jetzt verstehe ich, warum du so beschäftigt warst. Danke, dass du dich heute Abend mit mir getroffen hast.«

»Und du bist dabei, ein paar deiner Arbeiten zu verkaufen?«

Er nennt mir den Namen eines kleinen Ladens, in dem einige seiner Schnitzereien ausgestellt sind.

»Ein Bär, ein Adler im Flug und ein Leuchtturm«, sagt er. »Die Leuchttürme gehen weg wie warme Semmeln. Ich überlege, ob ich nicht auch noch ein paar Taucherhelme schnitzen soll.«

Er wollte mir den Bären schenken, als ich in Snow Creek an meinem letzten Fall arbeitete. Ich wollte ihn aber nicht annehmen.

»Wo ist der Bär?«, frage ich.

»Den, den ich dir geben wollte, habe ich behalten, Megan. Ich kann ihn dir mitbringen, wenn wir uns das nächste Mal treffen.«

Wie geschickt. Er will mich zu einem weiteren Date überreden. Möglicherweise hat er sogar Erfolg.

»Ich denke darüber nach«, antworte ich. »Über den Bären, meine ich. Er sah so echt aus.«

Vieles in meinem Leben sieht echt aus. Selbst ich sehe echt aus. Ich kann alles sein, was man von mir erwartet. Diese Art der Täuschung liegt mir im Blut. Ein Fluch, der mir von meinem biologischen Vater auferlegt wurde. Er war ein Polizist. Genau wie ich. Aber ein böser. Ich würde nie so ein Polizist werden wie er. Aber wie er habe ich diesen Job angenommen, um meinen Zielen näherzukommen. Er tat es, um unschuldige Opfer zu töten. Ich, um Drecksäcke wie ihn aus dem Weg zu räumen.

Der betagte Sänger legt wieder los, aber der Scotch hat meine Abneigung zum Schmelzen gebracht. Ich merke, dass ich langsam betrunken werde. Ich steige auf Kaffee um.

»Danke, Dan.«

»Wofür?«

»Dafür, dass du so ein guter Zuhörer bist.«

»Du meinst, weil ich dir keine Ratschläge erteilt habe, wie du deine Arbeit machen sollst? Das ist doch selbstverständlich. Ich bin Holzbildhauer, kein Polizist. Du schreibst mir ja auch nicht vor, wie ich meine Blöcke bearbeiten soll.«

Ich blicke auf die Uhr auf meinem Display und er bemerkt es.

»Es ist spät geworden«, sagt er.

Ich nicke. »Ich muss morgen früh raus.«

Ich wünschte, ich könnte die ganze Nacht hier sitzen. Nicht reden. Nur die Sterne und das Wasser anschauen.

Ich stehe auf und er begleitet mich zum Auto, öffnet die Tür und hält sie mir auf. »Gute Nacht, Megan.«

»Gute Nacht, Dan«, sage ich. »Es war schön mit dir.«

Er beugt sich vor und ich halte ihn nicht auf. Der Kuss ist weich und sanft. Ich bin noch nie so geküsst worden. Er lächelt und ich küsse ihn zurück. Diesmal länger. Dann ziehe ich mich zurück und steige in mein Auto. Er schließt die Tür.

Durch den Kuss bin ich wieder völlig nüchtern geworden. Auf dem Nachhauseweg merke ich, dass mein Kiefer schmerzt. Ich kann einfach nicht aufhören zu lächeln.

Es ist fast Mitternacht. Ich lege Handtasche und Schlüssel auf den Tisch am Eingang, lehne mich kurz gegen die Tür, schließe die Augen und lasse den Abend Revue passieren: Den Kuss, sein Lächeln, sein Lachen. Ich kann mich nicht erinnern, jemals einen so entspannten Abend gehabt zu haben.

Es war fast normal.

Oder das, was ich mir unter normal vorstelle.

Auch nach drei Tassen Kaffee ist der Alkohol noch nicht verflogen. Obwohl ich müde bin, bin ich zu aufgekratzt, um schon schlafen zu können. Ich schließe meine Waffe im Waffensafe ein, ziehe Sweatshirt und Shorts an und starte den Computer, um meine E-Mails zu checken. Zwar habe ich Hayden schon etliche Nachrichten geschickt, aber ich rechne nicht mit einer Antwort. Wieder nichts.

Ich melde mich von meinem privaten E-Mail-Konto ab und rufe mein dienstliches auf. Über ein Dutzend neue Nachrichten. Mehrere sind von der Personal- und Ausbildungsabteilung. Offenbar habe ich zweimal das Diversitätstraining und die Schulung zum kulturellen Bewusstsein verpasst. Zu so etwas gehe ich nicht, weil mich das vier Stunden meiner Lebenszeit kostet, die mir niemand zurückgibt, während ich auf einem Stuhl festsitze und mir Anleitungen für etwas anhöre, das ich längst kann. Das ist, als müsste man sich erklären lassen, wie man sich die Schnürsenkel bindet. Ich brauche auch nicht jedes Jahr eine Einführung in Waffenkunde. Ich bin geübt im Umgang mit Pistole, Gewehr und Schrotflinte. Es geht hier nicht um einen Wettbewerb, sondern nur um eine Bescheinigung für meine Akte, die belegt, dass ich die Anforderungen erfüllt habe.

Ich bin viel zu aufgedreht, um ins Bett zu gehen, also beschließe ich, mir den Rest der Kassette vom Vorabend anzuhören. Ich nehme die Schachtel aus dem obersten Schrankfach und stelle sie auf den Boden neben meinem Schreibtisch. Die Kassette steckt noch immer im Abspielgerät. Ich ziehe in Erwägung, mir einen Wein zu holen, denn ich habe es mir zur Gewohnheit gemacht, etwas zu trinken, wenn ich die Kassetten meiner Sitzungen mit Dr. Albright abspiele. Stattdessen gehe ich in die Küche und hole mir ein Glas Leitungswasser. Ich brauche einen klaren Kopf am Morgen. Als ich im Sessel sitze, drücke ich auf ›Play‹.

Das Band setzt mitten im Satz ein.

Ich: ... habe mein ganzes Leben lang gedacht, ich wäre allein. Dass ich keine Verwandten außer Mom und Dad und Hayden hätte. Ich habe meiner Tante gesagt, dass ich alles wissen muss, damit ich meine Mutter finden kann. Und den Mörder meines Stiefvaters.

Dr. A: Fahr fort.

Ich: Ich weiß genau, dass Tante Ginger etwas verheimlicht. Etwas Großes. Aber ich spüre auch, dass sie sich um mich sorgt. Da erzählt sie mir, dass gleich nach meiner Geburt ein Polizist mit Blumen ins Zimmer meiner Mutter kam. Er sagte zu Ginger: »Eilzustellung«. Tante Ginger sagte ihm, dass die andere Frau im Zimmer, eine Frau Morales, schlafe. Sie sagte, der Mann sei gutaussehend gewesen und habe Uniform getragen. Er sagte ihr, die Blumen seien für Courtney. Meine Mutter. Tante Ginger dachte, sie könnten von ihrer Mutter und ihrem Vater sein, also nahm sie sie dem Mann ab. Er nickte und wandte sich zum Gehen. Sie erzählte, dass meine Mutter das Geländer am Bett hochgeklappt hatte und keine Anstalten machte, die Blumen zu nehmen, also nahm Tante Ginger sie. Er nickte meiner Mutter zu und verließ das Zimmer.

Meine Mutter wollte die Blumen nicht annehmen, und Tante Ginger nahm die Karte und reichte sie ihr. Dann berichtete sie, dass meine Mutter zu weinen begann und ihre Hand zu dem Inkubator wanderte, in dem ich lag. Sie sagte zu Tante Ginger: »Wir müssen hier verschwinden.« Sie klang verängstigt. Tante Ginger sagte, sie habe mit ihr gestritten. Sie habe gerade ein Baby bekommen und könne nicht einfach gehen. Aber meine Mutter schwang ihre Beine über die Bettkante, riss die Schläuche in ihren Armen heraus und stieß ein Wimmern aus. Meine Mutter wusste, dass sie nichts tun durfte, um die Aufmerksamkeit auf sich zu lenken. Sie zog sich an und wiederholte, dass sie gehen müssten. Und zwar sofort. Meine Mutter sagte: »Er bekommt sie nicht.« Tante Ginger dachte, sie sei ein wenig verrückt geworden und wollte den Knopf für die Krankenschwester drücken, aber Mama hielt sie auf und reichte ihr die Karte. Darauf stand: »Herzlichen Glückwunsch an uns. Für immer verbunden. Sie gehört mir. Sie wird immer mein sein. Irgendwann komme ich sie holen.«

Ich drücke auf »Stop«.

»Ich komme sie holen. Sie gehört mir«, flüstere ich. »Für immer verbunden.«

Das bringt mich zurück zu meinem aktuellen Fall. *Für immer verbunden.* Wurden diese Frauen deshalb angekettet und mit einem Halsband versehen, wie ein Hund? War hier eine Art krankhafter Besitzanspruch im Spiel? Alle drei Opfer waren schwanger oder waren schwanger gewesen; zwei von ihnen hatten Babys und gaben sie weg. Doch dem ersten Opfer, Margie, wurde das Baby aus dem Mutterleib geschnitten. Schwangerschaften waren eine unbestreitbare Verbindung zum Mörder.

Ich trinke mein Wasser und denke an ein Glas Wein, aber nur für einen Moment. Ich muss mich weiter konzentrieren.

Jim Truitt ist möglicherweise der Vater von Leanns Kind. Könnte er auch der Vater der Kinder von Margie und Dina sein? Dina hatte ihr Baby weggegeben. Leann hatte ihr Kind weggegeben. Aber Margie war immer noch schwanger gewesen. War das dem Mörder wichtig? Wollte er das Baby loswerden? Wollte er, dass sie es behielt? Vielleicht bewahrt er den Fötus als Trophäe auf. Vielleicht hat er ein ganzes Regal voller Gläser, in denen Föten schwimmen ...

Der Gedanke dreht mir den Magen um. Ich starte das Band erneut.

Ich: Meine Tante erzählt mir alles. Sie erzählt mir, dass meine Mutter und sie sicher waren, dass der Mann mit den Blumen etwas mit dem Vergewaltiger meiner Mutter zu tun hatte. Ihrem Peiniger. Meinem Vater. Sie schlossen daraus, dass er mit der Polizei in Verbindung stand und dass er weitere Mädchen entführt hatte. Und dass die Cleverness meiner Mutter sie gerettet hatte. Aber dann bekam meine Mutter mich. Und er hatte sie gefunden.

Die unverhohlenen Schuldgefühle in meiner Stimme sind unüberhörbar. Ich war der Grund, warum meine Mutter auf der Flucht war. Ich höre Dr. Albrights beruhigende Stimme.

Dr. A: Fühlst du dich für irgendetwas davon schuldig, Rylee?

Ich antworte ein paar Sekunden lang nicht. Ich weiß noch, dass ich dachte, ich wüsste, was Dr. Albright von mir hören wollte.

Sie wollte hören, dass ich nicht verantwortlich war.

Ich: Ich weiß, dass ich es nicht bin.

Dr. A: Genau. Du warst ein Neugeborenes. Du hast nichts entschieden.

Ich: Aber Tante Ginger sagte, dass Mom daran gedacht hat, mich wegzugeben. Wenn sie das getan hätte, vielleicht …

Dr. A: Du kannst die Zeit nicht zurückdrehen und irgendetwas davon ändern. Du warst ein Neugeborenes.

Ich: Sie hätte mich fast weggegeben. Aber meine Tante sagte, dass sie mich nicht weggeben konnte, sobald ich geboren war und sie mich im Arm hielt. Sie hatte noch nicht einmal den Papierkram ausgefüllt. Und sie wollte nicht, dass er mich bekommt.

Ich schalte das Kassettengerät aus.

Papierkram. Es mussten Formulare ausgefüllt worden sein für die Schwangerschaften, die Entbindungen, die Adoptionen, einfach alles. Vielleicht finde ich durch den Papierkram heraus, wer die Väter sind. Wir sollten am nächsten Morgen in den Krankenhäusern mit der Suche beginnen. Wenn ich Glück habe, gibt es vielleicht sogar Überwachungsbilder.

So sehr ich mich auch davor fürchte, die Bänder meiner Sitzungen abzuspielen, so sehr hatte Dr. Albright doch recht damit, dass sie mir etwas brächten. Anhaltspunkte. Ich lasse die Kassette im Abspielgerät, packe es in die Schachtel und stelle die Schachtel zurück in den Schrank. Es ist fast ein Uhr nachts. Ich muss um sechs Uhr aufstehen und früh anfangen.

Ich putze mir die Zähne, kämme die Knoten aus meinen Haaren und mache auf dem Weg ins Bett Station vor dem Computer. Ich muss noch einmal meine E-Mails abrufen.

Zwanghaft, ich weiß. Privat und beruflich. Ich bin für mehrere Stunden nicht erreichbar gewesen und es könnte etwas passiert sein. Unwahrscheinlich, denn dann hätte mich jemand angerufen oder aufgesucht.

Ich rufe mein persönliches E-Mail-Konto auf. Ich überfliege schnell die Liste der eingegangenen E-Mails, aber ich will mich nur noch hinlegen und schlafen gehen und an morgen denken. Morgen werde ich Boyd selbst ausfindig machen. Ich werde Ronnie gegen die DNA-Ergebnisse bei Marley eintauschen.

Ein fairer Tausch, wie ich finde.

Bei meinen E-Mails ist nichts dabei, was sofort beantwortet werden muss. Ich gehe auf meinen Arbeits-Account. Eine Nachricht kommt von einer E-Mail-Adresse, die wie ein Marketing-Betrug aussieht, aber mir kommt sie bekannt vor. Ich zögere, sie zu öffnen. Ein Schauer läuft mir über den Rücken und ich hole meine Pistole aus dem Waffenschrank. Mein Herz schlägt mir bis zum Hals und ich überprüfe jedes Zimmer, die Dusche, die Schränke, die Türen, die Fenster. Alles sicher. Trotzdem lege ich die Waffe nicht weg. Ich sitze an meinem Schreibtisch, die Waffe in der Hand, und öffne die E-Mail.

In der Betreffzeile steht:

Hallo Rylee!

In diesem Moment entweicht die Luft aus meiner Lunge. Ich stoße ein leises Keuchen aus, etwas, das ich mir vor anderen nie erlauben würde. Ich sehe das Ausrufezeichen hinter meinem Namen wie eine Art Dolch. Nein, ein Küchenmesser – blutgetränkt.

Er ist es wieder.

Wallace.

Ich lese:

Du bist in letzter Zeit ja sehr beschäftigt. Aber du hast schon immer deine Nase in Dinge gesteckt, die dich nichts angehen. Wie ich sehe, bist du wieder auf der Jagd. Und dieses Mal mischst du dich in die Fälle von Clallam und Kitsap County ein. Schön für dich. Du wirst deinen Mann schon finden. Ich hoffe nur, er findet dich nicht zuerst. Du bist nicht halb so schlau, wie du denkst.

Bei der nächsten Zeile stockt mir der Atem und ich stehe auf, lehne mich mit dem Rücken an eine Wand und sehe mich im Zimmer um.

Dort steht:

Ich bin in Port Townsend. Wir sehen uns bald. Wallace

Ich bekomme kaum noch Luft. Ich überprüfe noch einmal das gesamte Haus. Schnell. Alles ist verschlossen, aber aus Erfahrung weiß ich, dass jemand, der ins Haus will, auch hineinkommt. Schlösser sind nur so gut wie die Waffe, die sie schützt. Kwikset, Schlage, Smith & Wesson.

Ich ziehe eine Jeans an und lege meine Waffe auf den Schreibtisch. Er schreibt: *Ich bin sicher, du wirst deinen Mann finden.* Er weiß, dass es ein Mann ist? Ist er der Mann, den ich finden muss? Kann sein. Die Morde begannen, nachdem ich hierhergezogen war. Sie ähneln den Morden von Alex Rader. Aber der ist tot und seine Psycho-Frau auch. Er hat keine Kinder außer mir und Hayden.

Hayden ist wohlbehalten, oder zumindest wohlbehaltener als ich, in Afghanistan.

Schließlich gehe ich mit Jeans, Sweatshirt und Pistole ins Bett. Ich schlafe schlecht. In meinem Kopf kreisen die Fragen und Pläne zu dem Fall. Ich werde morgen mit Bohleber sprechen, nachdem ich die DNA-Ergebnisse erhalten habe. Ich werde Boyd finden und auf die eine oder andere Weise DNA bekommen. Wenn möglich, werde ich die Kinder ausfindig machen. Wenn die DNA mit der von Truitt übereinstimmt, werde ich mir eine gerechte Strafe für ihn überlegen. Ich halte ihn nicht wirklich für den Mörder. Er ist ein Heuchler, ein Betrüger, ein Feigling, ein inzestuöser Bastard. Bohleber ist ein Hochstapler. Aber man weiß nie, wozu ein Mensch fähig ist, wenn er bedroht wird.

FÜNFUNDDREISSIG

Das Handy piept und reißt mich aus meinem unruhigen Schlaf.

Ich habe schlecht geträumt – eigentlich war es ein Albtraum – von Dingen, die ich am liebsten in der Vergangenheit ruhen lassen würde. Nachdem ich Leann gesehen habe. Und die Bilder von Benton und Knowles. Das alles bringt mich zurück zu dem, was ich Marie angetan habe, die für den Mord an Rolland und die Entführung meiner Mutter verantwortlich war. Wenn ich die Augen schließe, sehe ich immer noch Maries zuckenden Körper, ihre Augen, die mich aus dem Koiteich heraus anstarrten. Ich dachte, sie wäre ertrunken, aber sie war ein zähes Miststück.

Das war ich auch.

Und ich habe nicht so schnell aufgegeben.

Ich greife zum Nachttisch, um auf das Handydisplay zu schauen. Es zeigt an, dass ich eine Sprachnachricht vom Kriminallabor erhalten habe. Es ist zwei Uhr nachts. Sie muss von Marley Yang sein. Eigentlich sollte er jetzt schlafen. Das ist seine Art, sich an mir zu rächen, weil ich ihn arbeiten lasse.

Ich höre die Sprachnachricht ab.

»Megan, ich bin's, Marley. Deine neue Partnerin und du, ihr müsst morgen früh als allererstes ins Labor kommen. Sag ›Danke, Marley‹.«

»Danke, Marley«, krächze ich, und es fühlt sich an, als ob mein Schädel zerspringen würde. Und das, obwohl ich nach dem Scotch nicht auch noch Wein getrunken habe. Ich kann nicht bis morgen früh warten. Ich weiß, dass er vor Ronnie angeben will, aber ich muss wissen, was er hat. Dem Tonfall nach zu urteilen, muss es gut sein. Ich drücke auf »Zurückrufen«. Dieses Spiel können auch zwei spielen. Er geht ran, und ich höre im Hintergrund ein lautes Radio laufen.

»Hey, Megan. Bist du noch wach? Es ist zwei Uhr.«

Aufgestanden und bewaffnet. Meine Waffe liegt unter meinem Kopfkissen. Das erklärt, warum mir der Schädel brummt.

»Ich habe lange gearbeitet«, sage ich. »Du auch, hm?« Es ist eine gute Lüge. Sie zeigt ihm, dass ich anerkenne, dass er viel Kraft in seine Arbeit steckt und dass ich das auch tue. Perfekte Bindungsarbeit, denke ich.

»Du hast nicht abgenommen, also habe ich eine Sprachnachricht hinterlassen.«

Was du nicht sagst, Sherlock. »Ach, ich war so vertieft, weißt du?«

»Das kenne ich.«

Genug geplaudert. Komm zur Sache.

»Auf jeden Fall habe ich deine Ergebnisse. Du wirst nicht glauben, was dabei herausgekommen ist.«

Doch, vielleicht schon, wenn du es mir sagst, denke ich.

»Wetten doch«, sage ich.

»Ich habe zwei DNA-Proben auf den Objektträgern von Leann Truitt gefunden. Eine ist von ihr und die andere gehört einem Unbekannten.«

Mir rutscht das Herz in die Hose.

»Und in der DNA-Datenbank ...«

Marley unterbricht.

»Ja«, sagt er. »Ich habe es durch die Datenbank laufen lassen. Ich habe keinen Namen gefunden. Aber wenn du mich ausreden lässt, erfährst du, was ich herausgefunden habe.«

»Okay. Tut mir leid.«

»Die ursprünglichen Analysen für die Opfer aus Clallam und Kitsap habe damals nicht ich durchgeführt. Die DNA-Probe aus Clallam war nicht eindeutig. Die Leiche wurde eingeäschert, sodass man keinen zweiten Abstrich mehr abnehmen konnte. Das Ergebnis war nicht aussagekräftig. Es gab etwa hundert Möglichkeiten, und selbst wenn wir eine Vermutung gehabt hätten, wäre es als Beweismittel unzureichend gewesen.«

Nicht eindeutig, wie Larry gesagt hatte.

»Hast du auch noch eine gute Nachricht?«, frage ich.

»Das Beste habe ich mir für den Schluss aufgehoben«, erwidert er. »Die Kitsap-Probe enthielt zwei DNA. Die eine gehört dem Opfer und die andere war nicht in der Datenbank zu finden, aber ...«

Er lässt seine Worte in der Luft hängen.

»Aber *was*, Marley?«

Er zögert so lange, dass ich durch das Telefon greifen und ihm auf den Kopf hauen möchte.

»Es gab eine positive Übereinstimmung mit der unbekannten DNA von Leann Truitt.«

Ich lasse das auf mich wirken und merke nicht, dass ich den Atem anhalte, bis Marley sagt: »Hast du mich gehört?«

»Ja, Marley. Gute Arbeit. Ich schulde dir was.« Ich hoffe, ihm ist klar, dass das nur eine Redewendung ist. Ich schulde ihm doch nichts dafür, dass er seinen verdammten Job macht. »Ich schicke Ronnie vorbei, um die Ergebnisse persönlich abzuholen.«

»Perfekt«, sagt er, und dann: »Kann sie mir einen Bericht darüber geben, woher ihr die Proben habt?«

»Ja.« Ein Bericht ist überflüssig. Weder Bohleber noch Truitt stimmen mit einem der Ergebnisse überein. »Aber bewahr die Ergebnisse von B und T für mich auf, wenn du kannst.«

»Ich denke schon. Ich gebe sie in die DNA-Datenbank ein, aber ich brauche eine Fallnummer, damit ich sie einordnen kann, falls später jemand einen Treffer landet.«

Mist! Ich hatte vergessen, dass sie in die DNA-Datenbank aufgenommen werden und dass mit dem Eintrag eine Art Fallnummer verbunden sein muss. Aber eigentlich ist das doch eine gute Sache. Wer weiß, ob nicht auf diese Weise irgendein Polizist bei einem anderen Fall eine Übereinstimmung findet. Ich würde gern erleben, wie Bohleber oder Truitt, oder am besten beide, geschnappt und wegen Vergewaltigung oder Mordes angeklagt werden.

»Ich gebe Ronnie die Nummer, okay?« Am besten schreibe ich einfach einen Bericht über den Vorfall, in dem ich selbst die Person bin, die ihn meldet. Auf diese Weise kommen sie direkt zu mir, falls es einen Treffer gibt.

»Okay«, sagt Marley. »Ich erwarte Ronnie morgen früh mit den Ergebnissen.«

Ich lege auf und setze mich auf die Bettkante. Alex Rader hat alle Frauen vergewaltigt, die er entführt hat. Aber Alex' DNA war nicht in der Datenbank, weil er ein Polizist war. Nun, jetzt ist sie es, weil ich seine Leiche zusammen mit den Beweisen für die anderen Entführungen und Vergewaltigungen, die er begangen hatte, zurückgelassen hatte. Ich habe meine Mutter vor diesen Monstern gerettet und wer weiß, wie viele zukünftige Opfer ich dadurch vor ihm bewahrt habe.

Es ist sehr spät – oder sehr früh, wie man es nimmt – und ich muss bald zur Arbeit, um eine Art Bericht für Marley zu verfassen. Es ist gar nicht so schlecht, wenn Ronnie ins Labor fährt, um die gute Beziehung zu pflegen, die ich zum Laborleiter aufgebaut habe.

Ronnie ist überaus nützlich und ich muss gestehen, dass ich anfange, sie zu mögen.

SECHSUNDDREISSIG

Ich stehe um sechs Uhr auf und absolviere im Eiltempo meine Morgenroutine: duschen, föhnen, Zähne putzen, Haare kämmen, Lippenstift und Augen-Make-up auftragen. Glücklicherweise muss ich nicht darüber nachdenken, was ich anziehe. In meinem Kleiderschrank hängen mehrere, beinahe identische Kleidungsstücke, so dass ich mir nur eine Garnitur schnappe und sie anziehe. Ich schnüre meine Stiefel und suche meine Waffe im Safe. Für einen kurzen Augenblick gerate ich in Panik: Das Fach ist leer. *Ich habe sie unter mein Kopfkissen gelegt.* Ich stecke sie in mein Schulterholster, nehme Autoschlüssel und Handtasche und mache mich auf den Weg. Um sechs Uhr dreißig stelle ich meinen Wagen auf dem Parkplatz des Sheriffs ab. Das kann ich mir erlauben, weil ich keine Angst haben muss, angehalten zu werden oder einen Strafzettel zu bekommen.

Ich bin Bulle.

Das reicht schon.

Wie ich sehe, ist Sheriff Gray bereits da. Und ich sehe ebenfalls den Smart von Ronnie.

Nan kommt auf mich zu, als ich das Büro betrete.

»Das muss heute Nacht reingekommen sein«, sagt sie und reicht mir einen Stapel Papiere. »Ich habe sie heute Morgen aus dem Drucker geholt. Sieht wichtig aus.«

Sie steht da und wartet darauf, dass ich etwas sage oder sie aufkläre. Ich nehme die Papiere. Sie sind von Marley aus dem Labor.

»Danke«, sage ich. »Ist der Sheriff beschäftigt?«

Nan sieht enttäuscht aus, wohl weil ich ihr nicht sage, was es mit den Laborergebnissen auf sich hat. Sie ist die letzte Person, der ich das sagen würde, mit ihrem nebelhornlauten Mundwerk.

»Reserve Deputy Marsh ist bei ihm.«

Sie sagt das so, als ob es einen schlechten Geschmack in ihrem Mund hinterließe. Ich vermute, es liegt daran, dass er sich in der Vergangenheit so sehr auf Nan verlassen hat und Ronnie nun ihren Platz einnimmt. Oder es versucht. Ich klopfe an seine Tür und trete ein. Ronnie ist heute in Zivil.

»Megan«, sagt er und schaut auf. »Ronnie hat mir gerade von eurem Treffen gestern in Kitsap erzählt.«

»Mein Bericht liegt dir vor«, sage ich. Ich frage mich, ob Ronnies Ausführungen irgendetwas von dem, was ich geschrieben habe, widerlegen. Und ob sie erwähnt hat, dass ich Cass DNA-Proben von Bohleber und Truitt besorgen ließ.

»Und sie sagte mir, dass sie jetzt ein DNA-Gerät zur Schnellanalyse haben.«

Ronnie meldet sich zu Wort. »Eigentlich haben sie das Gerät schon seit über sechs Monaten, Tony.«

Tony? Was zum ...?

»Ich habe die DNA-Ergebnisse im Drucker gefunden und sie auf deinen Schreibtisch gelegt«, erklärt Sheriff Gray.

Nan hat sie also *nicht* im Drucker vorgefunden. Sie muss sie gelesen haben und hat sich eine Ausrede einfallen lassen, um sie sich anzusehen. Das ist zwar nicht ihr Job, aber es ist ihre Masche.

»Die habe ich hier, Sheriff«, sage ich. »Marley hat mich gestern Nacht angerufen und wir sind das kurz durchgegangen. Ich möchte, dass Ronnie heute Vormittag hinfährt und mit Marley spricht. Ich habe ein paar Unterlagen für ihn und er hat versprochen, einen vollständigeren Bericht über die DNA-Vergleiche zu erstellen.«

»Sicher«, antwortet er. »Ich glaube, er hat unsere Ronnie hier ganz schön ins Herz geschlossen.«

Unsere Ronnie?

Ich sage ihm nicht, dass ich seiner Verblendung ein kleines bisschen auf die Sprünge geholfen habe. Okay, nicht nur ein bisschen. Ich gebe es nur ungern zu, aber auch ich habe Gefallen an ihr gefunden. Sie kann manchmal nervtötend geschwätzig sein, aber die Art und Weise, wie ich an die DNA-Proben gekommen bin, hat sie offenbar für sich behalten. Das weiß ich zu schätzen. So erfährt der Sheriff nicht, dass ich die Privatsphäre von Großkotz Truitt verletzt habe. Was er nicht weiß, macht ihn nicht heiß. Nicht einmal Marley weiß, zu wem die Proben gehören.

»Ich ... wir bekommen hier langsam Bewegung in die Sache, Sheriff. Beim Clallam-Fall haben wir im Augenblick nur einen Unbekannten und wir können keinen Verdächtigen identifizieren. Die DNA aus dem Fall ist verunreinigt, so dass wir sie nicht mit den anderen in Verbindung bringen können, aber wir können die von Kitsap mit unserer in Verbindung bringen. Ich war etwas überrascht, dass Dr. Andrade sich von der gynäkologischen Spurensicherung nicht viel versprochen hat.«

»Niemand ist perfekt, Megan«, sagt er.

Dieser Kommentar ist an mich gerichtet. Ich weiß, dass ich nicht perfekt bin. Ich bin die Erste, die das zugibt. Aber normalerweise führe ich jeden Job zu Ende. Wenn das dann beinahe Perfektion bedeutet, habe ich nichts dagegen. Wenn überhaupt, dann bin ich wahrscheinlich strenger mit mir als die anderen. Außer vielleicht der anonyme E-Mail-Schreiber, der verschleierte Drohungen schickt. Ich habe so lange überlebt. Vielleicht sollte er sich noch einmal überlegen, was er da tut?

»Ich bin froh, dass du meinen Rat befolgt und Jim Truitt in Ruhe gelassen hast«, sagt der Sheriff und wirft mir einen Seitenblick zu.

Ronnie senkt den Blick und läuft rot an.

Na toll. Ich nehme alles, was ich über sie gedacht habe, zurück. Sie hat ihr Herz ausgeschüttet. Hat mich verraten. Sheriff Gray will mir sagen, dass er weiß, dass ich Truitts DNA heimlich besorgt habe. Wenigsten hält er mir keine Predigt.

»Ich war lange auf und muss noch ein paar Dinge erledigen«, sage ich. »Ronnie, kommen Sie bei mir vorbei, wenn Sie hier fertig sind. Ich habe etwas für Sie, das Sie ins Labor mitnehmen können.«

Ohne mich anzuschauen, steht sie auf. »Ich bin fertig. Ich wollte nur guten Morgen sagen.«

Und offenbar nicht nur das. Aber man kann ihr schwerlich einen Vorwurf machen. Dies ist ein interessanter Fall. Das ist nichts, was man auf der Akademie lernt. Dort übt man nur. Dies ist ein echter Fall.

Ich gehe zu meinem Schreibtisch, logge mich in den Computer ein und fülle ein Formular aus, das sie mit ins Labor nehmen kann. Ich trage nur das ein, was er wissen muss, um die DNA-Proben für mich zu archivieren. Keine Namen, keine Orte, keine Daten, kein Beamter, der die Probe entnommen hat. Ich erwähne nicht einmal Lonigan in dem Kurzbericht. Es macht keinen Sinn, ihn mit reinzuziehen, falls sich die Sache zu einem Problem entwickelt. Auch Ronnie wird nicht erwähnt, aber ich spiele mit dem Gedanken, ihr alles in die Schuhe zu schieben. Sie den Wölfen zum Fraß vorzuwerfen. Aber ich tue es nicht.

Sie steht neben meinem Schreibtisch. »Es tut mir leid, Megan.« Sie sieht plötzlich aus wie ein misshandeltes Tier. Mit gesenktem Kopf und traurigem Gesichtsausdruck. Wäre sie ein

Hund, würde ihr Schwanz zwischen den Beinen klemmen. Sie tut mir überhaupt nicht leid. Sie hat versprochen, es für sich zu behalten. Versprochen ist versprochen.

Es sei denn, ich verspreche selbst etwas.

Mit Betätigung der »Print«-Taste erwacht der Drucker neben Nans Schreibtisch zum Leben. Ich eile hinüber und nehme das Papier aus dem Fach, ehe Nan es sich schnappen kann. Dann sichere ich die Datei auf meinem Computer, ohne jedoch eine weitere Kopie für irgendwen zu erstellen.

Ronnie nimmt den Bericht und geht. Ich erwarte sie erst nach dem Mittagessen zurück. Marley wird wohl irgendwo mit ihr essen gehen. Ich weiß noch, wie Tante Ginger mir erzählte, dass mein leiblicher Vater nach meiner Geburt unbedingt ins Krankenhaus kommen musste, um meine Mutter wissen zu lassen, dass er über die Geburt im Bilde war. Er hatte ihr Blumen mitgebracht. Ich bezweifle, dass der Mörder der Vater all dieser Babys ist, aber es kann sein, dass er sie unter irgendeinem Vorwand im Krankenhaus besucht hat.

Ich nehme mir die Berichte aus Kitsap und Clallam County vor und durchsuche sie nach Hinweisen auf ein Baby, das Krankenhaus, in dem das Baby geboren wurde, Geburtsurkunden, nach allem, was mir einen Anhaltspunkt liefert. Wenn ich einen Mann finde, der alle drei oder auch nur zwei der Opfer besucht hat, habe ich eine passable Spur. Mit etwas Glück gibt es in den Krankenhäusern noch die Überwachungsvideos. Aber zuerst brauche ich die Namen der Krankenhäuser und die Entbindungsdaten der Opfer. In Leanns Fall könnte ich diese Informationen wahrscheinlich von ihrem Vater, Jim Truitt, bekommen, der behauptet, er wisse nichts über sie, außer dass sie eine Enttäuschung sei.

Im Kopf spiele ich durch, was ich zu ihm sagen könnte. Was ich gern sagen möchte.

Tja, Jim, raten Sie mal? Sie ist jetzt keine Enttäuschung

mehr. Sie ist tot. Wenn ich herausfinde, dass Sie sie getötet haben, oder sie sogar töten ließen, sind Sie der Nächste.

In Leanns Fall frage ich mich, wann und wo sie ihr Baby wohl bekommen hat. In Clays und Larrys Akten finde ich nicht, was ich suche, und ich weiß, dass es auch nicht in meinen steht. Ich muss bei ihnen nachfragen, ob sie das im Rahmen ihrer Ermittlungen herausgefunden haben.

Dann habe ich eine plötzliche Eingebung. Leann lebte auf Marrowstone Island, und der Nordland General Store ist dort das Zentrum des Universums. Kleine Läden wie dieser sind ein Zentrum des Klatsches – und Klatsch, davon bin ich überzeugt, ist so gut wie Bargeld. Vielleicht hat Cass eine Idee, wo Leann entbunden hat.

Ich rufe Cass an.

Sie meldet sich mit »Nordland«.

»Cass, hier ist Megan.«

»Hallo, Kleines. Hat Ihnen das Zeug, von dem ich nichts weiß, etwas gebracht?«

Ich erinnere mich daran, was ich gerade über Klatsch und Tratsch gedacht habe, und will ihr nicht mehr sagen.

»Es wird noch untersucht«, sage ich. »Auf jeden Fall ist es hilfreich. Es wird gewisse Aspekte entweder bestätigen oder ausschließen.«

»Ich helfe gerne«, antwortet sie. »Bleiben Sie mal kurz dran.«

Ich höre jemanden im Hintergrund reden, dann meldet sich Cass mit leiser Stimme zurück. »Einer dieser Idioten, wahrscheinlich Joe, hat den Leuten erzählt, ich würde Kuchen verschenken. Ich muss wohl ein Schild draußen anbringen, dass ich keine kostenlosen Kuchenstücke mehr habe.«

Wir kichern beide.

»Ich weiß nicht, wie ich Ihnen dafür danken soll, Cass«, fahre ich fort. »Bitte erwähnen Sie es niemandem gegenüber ...«

»Ich bin ja nicht blöd«, erwidert Cass gutmütig. »Ich sehe

mir immer *CSI* und diese Polizeiserien an. Es ist so aufregend, wenn man helfen kann. Auch wenn es nur ein kleiner Beitrag ist. Machen Sie sich keine Sorgen. Meine Lippen sind versiegelt. Es sei denn, Sie brauchen mich als Zeugin. Dann könnte man mich nicht mal mit einer Schaufel zum Schweigen bringen. Probe B und Probe T haben einen Arschtritt verdient. Ich hoffe, ihr erwischt sie.«

Ich wiederum hoffe, Cass verplappert sich nicht bei irgendwem auf der Insel. Das Schlimmste, was passieren kann, ist, dass der Sheriff und ich wegen Belästigung von Jim Truitt, dem aufrechten Bürger, und seinem geistigen Führer gefeuert werden.

»Cass, ich habe nicht wegen der Proben angerufen. Ich muss Sie aushorchen.«

»Mich? Schießen Sie los.«

»Zuallererst muss ich Sie bitten, das für sich behalten.«

»Ich schwöre bei meinem verkrüppelten Herzen und bei allem, was dazugehört«, erklärt Cass und bringt mich wieder einmal zum Lächeln. Ich hoffe, ich bin noch genauso zäh wie sie, wenn ich älter werde.

»Wissen Sie, wo Leann ihr Baby bekommen hat? Oder den Namen ihres Arztes? Irgendetwas?«

Sie zögert keine Sekunde.

»Schätzchen, der Nordland General Store ist das Herz von Klatsch- und Tratschstadt, und Sie sprechen zufällig mit der Bürgermeisterin. Ich selbst tratsche zwar nicht, aber ich habe ein feines Gehör. Ich weiß zum Beispiel, dass bei Leann die Wehen in ihrer Hütte eingesetzt haben und sie ins Krankenhaus in Poulsbo gebracht wurde. Leider weiß ich nicht, in welches, und den Namen des Arztes habe ich auch nicht gehört.« Sie nennt mir ein Datum, das dem Zeitpunkt des Geschehens sehr nahe kommt.

Poulsbo liegt in Kitsap County.

Dina Knowles lebte, arbeitete und starb in Kitsap County.

Ich bedanke mich bei Cass, lege auf und wähle sofort die Handynummer von Clay Osborne. Er ist ganz außer Atem, als er abnimmt.

»Detective Carpenter. Ist die DNA schon zurück?«

»Das ist sie. Nicht so, wie ich dachte, aber es ist immerhin etwas. Können Sie reden?«

Ich höre Straßenverkehr, Kinderlachen und Gesprächsfetzen.

»Klar«, sagt er. »Ich jogge gerade. Das hilft gegen den Stress. Laufen Sie auch?«

Nein, denke ich, *ich schlucke meinen Stress einfach mit einem Glas Wasser runter.*

»Früher, als ich in der Highschool war«, sage ich. »Jetzt nicht mehr. Zumindest nicht seit der Polizeischule.« An den meisten Tagen auf der Akademie sind wir täglich acht Kilometer gelaufen. Die besessenen Kadetten liefen sechszehn Kilometer und kamen dann zurück zum Sporttraining. Liegestütze, Hampelmänner, Sit-ups – all die lustigen Sachen, die ich nie vermissen werde.

»Sie sollten mal mit mir laufen gehen«, sagte er. »Bewegung verlängert Ihr Leben.«

Nicht, wenn man von Psychopathen bedroht wird. Aber vielleicht hilft es, wenn ich laufen muss. Also, wirklich muss. Ich verzichte.

»Hört sich gut an«, lüge ich. »Aber jetzt brauche ich erst einmal ein paar Informationen.«

»Schießen Sie los.«

»Wissen Sie, wo Dina Knowles ihr Baby bekommen hat? Etwas über die Ärzte? Irgendetwas in dieser Richtung?«

»Stimmt eine der DNA-Proben mit Dina überein?«

»In gewisser Weise«, sage ich. »Aber das ist nur einer der Gründe, warum ich frage. Ich schicke Ihnen eine Kopie des Laborberichts.«

»Okay«, sagt er. »Ja, ich habe herausgefunden, wo Dina ihr Baby bekommen hat. North Kitsap Medical Center.«

»Poulsbo, stimmt's?«

Eine weitere Verbindung. Ich habe eine Glückssträhne. Das ist gut.

»Stimmt«, sagt er. »Ich kann dort anrufen, wenn Sie irgendetwas brauchen – Akten, was auch immer. Ich habe den Namen des Arztes, der das Baby entbunden hat, und all das.«

Ich frage mich, wie groß die Wahrscheinlichkeit ist, dass Leann und Dina denselben Arzt hatten. Es könnte riskant sein, mit diesem Arzt zu sprechen, ohne dass ich es muss. Wer weiß, was Leann ihm erzählt hat? Vielleicht hat Jim Truitt für die Entbindung bezahlt. Vielleicht sind sie Golf- oder Segelkumpel.

»Das wäre toll, Detective Osborne. Ich habe etwas im Sinn. Können wir uns dort treffen?«, frage ich.

»Jetzt?«

»Ich bin in Port Hadlock.« Ich schaue auf die Uhr auf meinem Computer. »Können Sie es in einer Stunde schaffen?«

»Bis gleich«, sagt er.

Ich hinterlasse eine Nachricht für Ronnie auf meinem Schreibtisch, falls sie vor mir zurückkommt. Aber das ist unwahrscheinlich. Gerade fahre ich in meinem Taurus auf der State Road 19 Richtung Süden, als mein Handy klingelt.

Es ist Captain Marvel.

»Detective, hier spricht Captain Martin.«

Ich stelle mir vor, wie er am Bug eines Bootes steht, eine Hand in die Hüfte gestemmt, das markante Kinn nach vorne gestreckt, hinter ihm sein wehender Umhang.

»Ja, Sir«, sage ich.

»Ich bin noch einmal zum Tatort gefahren und habe ihn abgesucht, aber ohne Erfolg. Falls ich Ihnen sonst noch irgendwie behilflich sein kann, rufen Sie mich an.«

Am liebsten würde ich fragen, warum er an den Tatort zurückgekehrt ist, lasse es aber. Es könnte so rüberkommen, als würde ich seine Bemühungen nicht honorieren. Er leistet gute Arbeit und ich weiß das zu schätzen, aber gleichzeitig stört es mich ein wenig.

»Detective?«

»Vielen Dank, Captain. Ich werde Ihnen Bescheid geben.«

»Wie geht es mit dem Fall voran? Schon irgendwelche Hinweise?«

»Nicht viel. Noch nicht.«

»Ich habe schon einiges über Sie gehört. Man sagt, Sie bekommen jeden.«

Und ich habe gehört, dass Sie jede Frau bekommen.

»Wo wir schon telefonieren«, sagt er, »würde ich Sie gerne etwas fragen.«

Ich hoffe, er wird mich nicht um ein Date bitten. Also, ich wage zu bezweifeln, dass er mich das fragen will. Aber wenn er es täte, wäre Ronnie am Boden zerstört. Wenn sie von ihm spricht, bekommt sie diesen verträumten Ausdruck in den Augen. Ich fühle mich ein wenig schuldig, weil ich sie in Richtung Marley gedrängt habe. Und jetzt rede ich mit dem Mann, den sie anhimmelt.

»Ich würde gerne wissen, ob das arme Mädchen sexuell missbraucht wurde.«

Seine Frage überrascht mich. Ich hätte nicht erwartet, dass er immer noch über diesen Fall nachdenkt. Er muss doch noch andere Dinge geben, mit denen er sich beschäftigen kann. Aber dann fällt mir ein, dass seine Frau ertrunken ist. Sie waren Nacktbaden gewesen. Vielleicht war es ein Schock für ihn gewesen, Leann so zu sehen. Ich kann verstehen, was dadurch ausgelöst werden kann und wie im Kopf alles durcheinandergerät.

Wenn ich etwas Rotes sehe, muss ich an Rolland denken, wie er tot auf dem Küchenboden in unserer Wohnung in Port Orchard lag. Ein großes Messer in seiner Brust und eine Blutlache um ihn herum.

»Leider kann ich Ihnen keine Details nennen, Captain.«

Ich spüre, wie er zusammenzuckt.

»Verstehe«, sagt er. »Tut mir leid. Ich möchte nur alles tun, um zu helfen.«

»Captain Martin, ich weiß Ihre Bemühungen zu schätzen.

Wir haben einen gynäkologischen Abstrich ans Labor geschickt, so viel kann ich Ihnen sagen.«

Er schweigt. Ich glaube, ich habe seine Gefühle verletzt. Obwohl ich ihn für einen arroganten, aufgeblasenen Angeber halte, tut er mir ein wenig leid.

Schließlich ergreift er das Wort. »Ich habe von einem Deputy in Clallam gehört, dass es möglicherweise einen weiteren Mord gibt, der mit diesem in Verbindung steht.«

»Von wem haben Sie das gehört?«, frage ich, obwohl ich weiß, dass es Larry Gray war. Captain Marvel hatte die Leiche von Margie geborgen. Larry konnte wahrscheinlich den Mund nicht halten. Bislang hat er mich eher behindert als mir geholfen.

»Ach, so ein Deputy, den ich kenne«, sagt er. »Naja, auf jeden Fall hoffe ich, dass Sie den Kerl schnappen.«

»Danke, Captain. Das werde ich.« Ich höre mich an wie mein Chef.

Oder wie meine Mutter.

Ich wette, Nan hat die Nachricht gelesen, die ich für Ronnie hinterlegt habe. Da steht nur, dass wir uns nach dem Mittagessen im Büro treffen. Sie wird so was von enttäuscht sein. Ich habe Ronnie nicht gesagt, wohin ich gehe, weil ich keine große Sache daraus machen wollte. Sie schien aufgeregt zu sein, weil sie etwas Wichtiges erledigen durfte. Als ich in Richtung Süden nach Poulsbo fahre, hat sich der Himmel in der Ferne zusammengezogen. Am anderen Ende der Bucht sind dicke schwarze Wolken zu sehen. Das Wasser ist aufge-wühlt und rollt in dunklen Wellen ans Ufer.

Ja, denke ich, ein Sturm braut sich zusammen.

ACHTUNDDREISSIG

Ich drehe eine Runde über den Krankenhausparkplatz und
frage mich, wo die Menschen parken sollen, die medizinische
Hilfe benötigen. Hier ist nichts frei. Schließlich sehe ich Clay
auf einer Harley sitzen. Er weist mich in die halbe Parklücke
neben ihm ein. Er wird ertrinken, wenn der Sturm ausbricht.
Wir treffen uns am Eingang.

»Was vermuten Sie denn in Dinas Unterlagen?«, fragt er,
als wir uns auf den Weg zum Eingang machen.

Ich antworte nicht. Nicht, weil ich nicht will, sondern weil
ich überrumpelt bin.

Ein Polizist, kein Sicherheitsbeamter, sitzt mit der Mitarbeiterin von der Rezeption an einem Tisch. Der Anblick einer
Polizeiuniform in einem Krankenhaus lässt mich erschaudern.
Ich kann es kontrollieren. Es ist nicht Alex Rader. Polizist und
Serienmörder. Er ist tot. Und dann sieht der Beamte auf und
lächelt mich an. Mein Herz beginnt zu pochen. Er erinnert
mich an Rader. Gleiche Größe, gleicher Haarschnitt, gleiches
schmieriges Lächeln.

»Was gibt's, Kumpel?«, sagt der Beamte zu Clay.

Er hat also gar nicht mich angelächelt. Ein Glück.

Mein Puls normalisiert sich allmählich.

»Jimmy, das ist Detective Carpenter«, sagt Clay. »Jimmy ist der Freund, mit dem ich über Boyd gesprochen habe.«

Jimmy steht auf und kommt um den Schreibtisch herum, und er und Clay umarmen sich. Ein bisschen zu lange. Der Blick, der zwischen ihnen hin und her geht, ist nicht der eines Waffenbruders. Ronnie wäre am Boden zerstört, wenn sie wüsste, dass Clay doch kein Frauentyp ist.

Mir ist das egal.

Er ist süß, aber nicht mein Typ.

»Jimmy Polito.« Der Polizist nimmt meine Hand, und trotz seiner stattlichen Größe ist sein Händedruck so weich wie der von Ronnie.

»Sie sind der Jimmy, der am College arbeitet?« Ich tue so, als ob ich nicht überrascht wäre, obwohl ich es bin. Port Townsend hat ein kleines Polizeirevier, und ich dachte, ich kenne jeden. Außerdem ist es vom Campus mindestens eine Stunde Fahrzeit bis hierher. Wann hat er Zeit, noch als Polizist zu arbeiten?

Vielleicht habe ich Jimmy nie getroffen, weil er immer irgendwo außer Dienst arbeitet.

»Genau der«, sagt Jimmy und streicht sein schwarzes Haar zurück. »Freut mich, Sie kennenzulernen.«

Sein Akzent ist anders.

Er bemerkt, dass ich es bemerkt habe.

»Ich komme ursprünglich aus New York«, sagt er. »Manhattan. Little Italy. Ich habe die Augen meiner Mutter und das Temperament meines Vaters.« Er lacht und der sonst so zurückhaltende Clay lacht mit.

»Jimmy hat einmal quer durch die USA gearbeitet«, sagt Clay. »Er war beim Kitsap County Sheriff's Office, bevor er ein Verräter wurde und zur Polizei von Port Townsend ging.«

»Verräter, hm«, sagt Jimmy und stellt sich in eine Art Boxerhaltung.

Das ist wie ein männliches Paarungsritual. Ich habe es schon oft gesehen. Aber deswegen bin ich nicht hier, und ich habe auch keine Zeit für eine weitere lange, lange Männerumarmung. Ich brauche Kaffee und bin schlecht gelaunt.

»Da Sie schon mal hier sind«, frage ich, »haben Sie etwas über einen der Boyds herausgefunden?«

Jimmy schüttelt den Kopf. »Über keinen von beiden. Ich habe die Kollegen vom Sicherheitsdienst ein Auge darauf werfen lassen. Der echte Boyd wurde seit einer Weile nicht mehr auf dem Campus gesehen. Seine Professoren sagen, dass er seit über einem Monat nicht mehr zum Unterricht kommt. Ich habe sein Wohnheim überprüft. Er hat ein Einzelzimmer. Keine Spur. Auch keine Spur vom dünnen weißen Boyd. Oder dem Auto, das Sie beschrieben haben. Soll ich weiter suchen?«

»Können Sie herausfinden, ob der weiße Boyd dort Student ist?« frage ich. »Vielleicht unter anderen Namen? Vielleicht können Sie im Studentenbüro ein Foto von ihm zeigen, ein Bild im Wohnheim aufhängen, um zu sehen, ob ihn jemand wiedererkennt? Sein Bild ist auf seiner Website.«

»Daran hätte ich denken sollen«, sagt Jimmy. »Wird gemacht, Detective Carpenter.« Er gibt einen kleinen ironischen Salut von sich.

»Megan, bitte«, sage ich. »Und ich weiß es wirklich zu schätzen. Sie können mich oder Clay anrufen. Ich gebe Ihnen meine Handynummer.« Da ich keine Visitenkarten mehr habe, nehme ich einen Notizzettel von seinem Schreibtisch und schreibe meinen Namen und meine Nummer auf. Angeblich hat er die ganze Vorarbeit schon geleistet. Clay hat das alles bereits angefordert, das habe ich mit eigenen Ohren gehört. Es macht mich wütend, dass er noch nichts davon erledigt hat.

»Das ist rein geschäftlich, Kumpel«, sagt Clay. »Du solltest sie nicht betrunken anrufen.«

»Hey, ich kann nichts dafür, dass ich ein Mann bin.«

Sie lachen beide. Ich lasse ihnen ihren Spaß. Wenn man bei

der Polizei arbeitet, darf man nicht wegen jeder Bemerkung oder jedes Blicks beleidigt sein. Das gehört zum Job.

»Wir müssen uns ein paar Unterlagen ansehen, Jimmy.« Clay wird wieder der ernste, unbestechliche Clay. »Kannst du ein paar alte Patientenakten für uns heraussuchen?«

Jimmy führt uns ein paar Meter weiter von der Rezeptionistin weg. »Vertrauliches Zeug. Das gefällt mir.« Er nimmt ein Notizbuch heraus. »Geben Sie mir die Namen und Geburtsdaten.«

Ich nehme sein Notizbuch und seinen Stift und schreibe die Daten aller drei Opfer aus dem Gedächtnis auf. Er und Clay tauschen einen Blick aus und Jimmy grinst.

»Clay hat gesagt, Sie seien scharfsinnig, Megan. Vielleicht färbt etwas davon auf seinen ignoranten Arsch ab.«

Clay schweigt. Er ist jetzt im totalen Clay-Modus. Es ist gut zu sehen, dass er sowohl ernst als auch lustig sein kann. Das ist praktisch, wenn man versucht, unerlaubt an vertrauliche Informationen zu gelangen, für die man sonst einen Gerichtsbeschluss oder einen Haftbefehl bräuchte. Ich war darauf vorbereitet, zu lügen und/oder ein gefälschtes Dokument zu versprechen. Aber so ist das hier viel einfacher.

»Das wird ein paar Minuten dauern«, sagt Jimmy. »Die Kack-e-teria, und ich meine Kacke, ist am Ende des Flurs auf der linken Seite. Dort gibt es anständigen Kaffee und Krispy-Kreme-Donuts, und so wie ihr beide ausseht, seid ihr auf Entzug.«

Wie könnte ich da Nein sagen?

Clay und ich gehen den Flur entlang.

»Ich entschuldige mich für Jimmy«, sagt er.

»Dafür muss man sich nicht entschuldigen. Er tut eine Menge für uns. Ich hoffe, er kriegt keinen Ärger mit der Krankenhausverwaltung.« In Wirklichkeit ist mir das scheißegal. Ich will nur die Informationen, ohne dass ich einen Haufen Papiere ausfüllen muss und am Ende vielleicht die Genehmigung verweigert wird.

Als wir hereingekommen sind, habe ich mich in der Eingangshalle umgesehen und nicht weniger als drei Überwachungskameras gesehen. Als ich nun den Flur hinuntergehe, drehe ich mich um und sehe, dass die Kameras den gesamten Flur abdecken könnten. Hier gibt es noch zwei weitere. Eine in jeder Ecke der Cafeteria. Eine weitere befindet sich hinter dem Tresen und ist auf die Kasse gerichtet.

An der Kasse sollte ein Schild sein: *Vertraue niemandem.*

Und ein allsehendes Auge.

»Ganz schön viele Überwachungskameras«, bemerke ich, als wir Kaffee und Donuts holen. »Kann Jimmy uns Videomaterial besorgen?«

Clay guckt etwas skeptisch. Vielleicht will er nicht, dass Jimmy ein solches Risiko eingeht. Dann muss ich eben einen Weg finden, mich in ihr System zu hacken. Ich habe das schon mal gemacht – zwar nicht hier und auch schon seit ein paar Jahren nicht mehr, aber ich bin mir ziemlich sicher, dass ich es schaffe. Wenn nicht, könnte ich jemand anderen im Krankenhaus anquatschen.

»Vergessen Sie, dass ich gefragt habe, Clay. Wahrscheinlich kann er das sowieso nicht. Ich versuche nur eins und eins zusammenzuzählen.« Ich versuche nur, an etwas Unterhaltsames für heute Abend zu kommen.

Er schmunzelt über meinen kleinen Scherz, mit dem ich meine Lüge kaschiere. Es gelingt mir immer besser, meine wahren Gedanken vor ihm zu verbergen, denn er nickt.

»Das bewundere ich an Ihnen.« Er beißt in seinen Donut und spricht mit vollem Mund. Ich finde, das sieht widerlich aus, sage aber nichts und lasse es mir nicht anmerken. »Sie geben nicht auf. Sie sind wie ein Jagdhund, der Witterung aufnimmt.«

Ich nippe an meinem Kaffee, während er weiterspricht.

»Was wittern Sie hier? Was glauben Sie, in diesen Unterlagen zu finden?«

Ich antworte, dass ich versuche, herauszufinden, ob sich die Wege der Opfer gekreuzt haben. Möglicherweise hatten sie denselben Arzt. Lagen im selben Krankenhaus.

»Alles, was auf ein bestimmtes Verhaltensmuster deutet.«

Ich sage ihm nicht, dass ich vor allem an den Geburtsurkunden interessiert bin. Und auch nicht, dass ich mit Sicherheit weiß, dass auf meiner eigenen Geburtsurkunde weder der Name des Vaters noch mein eigener Name stand. Meine Mutter hatte die Absicht, mich wegzugeben. *Genau wie Dina.* Vielleicht auch, wie Margie es vorgehabt haben könnte. Weder Larry noch Clay haben so tief gegraben. Auf meiner Geburtsurkunde stand lediglich »Säugling«, ein weiteres vaterloses Kind. Ich wollte die Geburtsurkunden von Leanns und Dinas Babys sehen.

Ich erkläre ihm, dass ich die genauen Daten und Uhrzeiten der Geburten erfahren möchte. Ich möchte wissen, welche Ärzte bei den Geburten dabei waren, und vielleicht finde ich außerdem die Krankenschwestern, die Dienst hatten. Irgendjemand muss doch etwas gesehen haben. Wenn nicht, dann habe ich es zumindest versucht. Clay wirkt wie ein erfahrener Ermittler, aber bei Dinas Fall scheint einiges durch das Raster gefallen zu sein. Und Larry ... Larry hat wegen Margie mit Sicherheit keine Mahlzeit ausgelassen. Ich habe das Gefühl, dass beide Opfer als Loser angesehen wurden. Sie waren promiskuitiv. Und sie waren alleinstehend, als sie Mutter wurden. Na, und wenn schon. Haben sie deswegen eine weniger gründliche Untersuchung verdient?

Meine Mutter und mehrere andere Sechzehnjährige waren Opfer. Sie hatte gelogen und behauptet, entführt worden zu sein, bevor es tatsächlich passierte. Meiner Tante Ginger zufolge war meine Mutter weggelaufen, um Zeit mit einem Jungen zu verbringen. Dann wurde sie wirklich gekidnappt, gefesselt und vergewaltigt. Als sie versuchte, dies der Polizei mitzuteilen, wurde sie zunächst erniedrigt und dann ignoriert. Selbst ihre eigenen Eltern glaubten nicht an ihre Geschichte. Sie lebte in einer Atmosphäre von Skepsis und Misstrauen und wurde dadurch zum perfekten Ziel für Rader.

Dasselbe scheint auch für Dina Knowles und Margie Benton zu gelten. Sie sind tot. Sie haben niemanden, der sich für sie einsetzt. Sie können ihre Version der Geschichte nicht erzählen. Deshalb bin ich hier.

Jimmy braucht länger als erwartet, um die Unterlagen zu besorgen. Ich hoffe, er musste keine Erlaubnis einholen. Oder hat ihn vielleicht die Dame an der Rezeption daran gehindert?

In der Vergangenheit hätte ich einen Weg gefunden, das zu bekommen, was ich wollte, ohne dass jemand davon erfuhr. Aber jetzt kenne ich jemanden, der das Ganze vereinfachen kann. Ich entschuldige mich, gehe auf die Toilette und rufe Sheriff Gray an. Ich bitte ihn, einen Gerichtsbeschluss von dem Richter zu besorgen, mit dem er befreundet ist.

Ich kehre zu Jimmy zurück und trinke meinen Kaffee aus.

Innerhalb weniger Minuten summt mein Telefon. Sheriff Gray hat eine Kopie des Gerichtsbeschlusses an mich und eine an das Krankenhaus geschickt. Nach weiteren fünfzehn Minuten habe ich die Unterlagen und das Videomaterial auf einem USB-Stick.

Wahrscheinlich habe ich damit die Brücke zu Clay Osborne zerstört. Clay ist verärgert, dass ich ihn übergangen habe, tut mir leid, nein, es tut mir nicht leid. Ich hätte ihn sonst einbeziehen müssen. Und Jimmy aus Little Italy. Kein Problem.

Ich fahre zurück nach Port Hadlock, der Regen prasselt gegen die Windschutzscheibe und verschmiert die Landschaft. Ich bin mir jetzt ziemlich sicher, dass Jimmy nicht gerade gründlich nach Robbie Boyd gesucht hat. Er hatte behauptet, er würde die Krankenhausunterlagen holen, aber als ich ihn suchte, plauderte er nur mit der Rezeptionistin.

Margie Benton ist das fehlende Puzzleteil. Das Krankenhaus hatte keine Aufzeichnungen über sie.

Ich bin zwanzig Minuten vom Büro entfernt, als der Sheriff anruft.

»Megan, ich habe schlechte Nachrichten.«

Mein Herz macht einen Sprung. Seinem Tonfall nach ist er beunruhigt.

»Wir haben Robbie Boyd gefunden.«

Ich bin verwirrt. Das ist eine gute Nachricht.

»Und?«, frage ich.

»Er ist tot. Aber das ist noch nicht alles. Es gibt eine weitere Leiche.«

NEUNUNDDREISSIG

Der prasselnde Regen verwandelt sich in einen leichten Nieselregen, als ich bei Sheriff Gray anlange, der in der South Water Street auf mich wartet. Während ich parke und zu ihm rübergehe, verschaffe ich mir einen Überblick über die Gegend. Zwischen Port Hadlock und Skunk Island ragt eine Landzunge ins Wasser und bildet eine natürliche Grenze. An der Spitze dieser kleinen felsigen Halbinsel verläuft ein Steg wie ein Finger, der in Richtung Lower Hadlock Road weist. Streng genommen gehört das Gebiet zu Port Hadlock.

Ronnie ist auch da.

Sie trägt eine weiße Bluse, eine braune Hose und vernünftige Schuhe. Ihr geflochtenes Lederholster hat sie um ihre unfassbar schmale Taille geschnallt. Sie muss zusammen mit dem Sheriff gekommen sein, denn ich kann ihren Smart nirgendwo entdecken. Sie richtet ihr Fernglas auf ein Boot der Küstenwache, das von der südlichen Spitze von Skunk Island her auf uns zukommt. Ich kann Captain Marvel erkennen, der am Bug steht.

Er spricht gerade mit dem Sheriff über sein Handy.

»Fürchtet euch nicht: Captain Marvel in Sicht«, sage ich, als der Sheriff die Verbindung unterbricht.

»Sei nett, Megan«, sagt er. »Ihr müsst rüberfahren, du und Ronnie.«

Ich mag keine Boote. Nicht einmal Fähren. Ein Schiff – egal was für eins – ist für mich wie die Farbe Rot, ein Trigger. Etwas, das die erfolgreich verdrängten Erinnerungen zurückbringt. Das Sheriff's Office hat zwei Boote, aber ich kenne weder die Namen noch bin ich jemals mit einem der beiden gefahren. Ronnie sitzt auf einem Felsen und zieht sich Gummistiefel an. Ich trage meine Arbeitsstiefel.

Sheriff Gray beugt sich vor und sagt mit leiser Stimme: »Ich habe ihr meine Gummistiefel geliehen. Ich wollte nicht, dass sie sich ihre Designerschuhe ruiniert.« Er schenkt mir ein wissendes Lächeln.

Nicht zum ersten Mal frage ich mich, was Ronnie bei der Polizei zu suchen hat. Offensichtlich hätte sie genug Geld, um auf ein Elite-College zu gehen oder ein unabhängiges Leben zu führen. Die Kleidung, die sie in den letzten paar Tagen getragen hat, kostet mehr als alles, was ich besitze. Und ein Smart ist auch nicht gerade billig.

Das Boot fährt an den Steg heran. Ich hole mein Handy und ein Notizbuch aus dem Auto. Ronnie ist bereits auf dem Steg. Sie schaut auf meine Lederstiefel, sagt aber nichts Bissiges. Oder vielleicht denkt sie, ich würde sie ins Wasser schubsen, wenn sie das täte.

Womit sie vollkommen recht hat.

Der Captain fährt das große Boot vorsichtig an den Steg heran. Er verlässt das Steuerhaus und wirft ein paar Fender über die Backbordseite. Er wirft Ronnie eine Bootsleine zu. Sie kichert, als sie sie fängt und an einer der Klampen vertäut. Gekonnt hüpft sie an Bord, und ich schiebe mich über die klaffende Lücke zwischen Dock und Deck.

Sheriff Gray löst die Bootsleine und wirft sie mir zu. Ich fange sie nicht, aber sie landet im Boot, keine große Sache also.

Captain Marvel zieht die Fender wieder an Bord und wendet sich an Ronnie.

»Sie kennen Ihre Knoten, Seemann.«

Er nimmt die lächelnde Ronnie bei der Hand und führt sie in die Kajüte. Ich bin auf mich allein gestellt. Perfekt. Einfach perfekt.

»Sie kommen besser rein«, sagt er. »Dieses zierliche Fräulein hat ein paar kräftige Bewegungen drauf.«

Ich bin mir nicht sicher, ob er Ronnie oder das Boot meint. Ich bewege mich an der Seite der Kajüte entlang, greife nach einem der Haltegriffe und stelle meine Füße so gut es geht auf. Als die beiden 150-PS-Motoren anspringen, werde ich mit dem Rücken gegen die Kajütenwand geschleudert.

Jede Wette, dass er nur angeben will.

Als wir uns dem Tatort nähern, kann ich die weiß gekleideten Kriminaltechniker erkennen. Der Captain wirft den Anker und lässt ein Schlauchboot ins Wasser herunter. Er hängt eine Leiter an die Reling. Ronnie und ich schaffen es, ins Schlauchboot zu steigen. Im Boot liegt ein Paar Plastikruder, aber Ronnie greift nach einem aufgerollten Seil, das vorne am Boot festgebunden ist, ruft einen der Techniker herbei und wirft ihm das Seil zu. Der Techniker zieht uns an den Strand. Ronnie steigt als erste aus dem Boot und kommt mit einem schweren Stein zurück, den sie auf das aufgewickelte Seil legt.

»So«, sagt sie. »Jetzt kann es nicht wegschwimmen.«

Sie macht es einem wirklich leicht, sie zu hassen. Auf der anderen Seite finde ich es toll, jemanden um mich zu haben, der weiß, wie man so etwas macht.

Der Kriminaltechniker sagt, dass der Leichenbeschauer mit einem Fall von Brandstiftung mit Todesfolge in einem anderen Teil des Bezirks beschäftigt ist und dass sie die Leiche nach der Untersuchung des Tatorts mitnehmen werden.

»Wir haben gerade erst angefangen«, sagt er und weist auf die Umgebung. »Tatortband brauchen wir gar nicht. Skunk ist unbewohnt.«

Ich schaue mich um. Große Basaltblöcke türmen sich an der Südspitze der kleinen Insel auf; der Rest besteht aus Wald und Strand. Möglicherweise hat die Flut alle Fußabdrücke weggespült.

»Hey, Detective Carpenter.«

Einer der Techniker kriecht aus dem meterhohen, windgepeitschten Gestrüpp hervor.

»Das sollten Sie sich vielleicht ansehen.«

Ich bahne mir einen Weg durch die Felsen, die den Strand übersäen. Der Techniker ruft mir zu, ich solle mich erst ein Stück links halten und dann direkt auf ihn zugehen. Ich mache zwei Schritte nach links und dringe ins Gebüsch ein. Es reicht mir bis zur Hüfte, Brombeerdornen zerren an meiner Jacke. Wie gut, dass meine Arbeitshose so dick ist. Ich mache Halt, um meine Jacke zuzumachen, und halte meine Arme hoch, um sie vor dem Schlimmsten zu bewahren. Als ich tiefer in den Wald vordringe, beginnt eine leichte Steigung und das Gestrüpp lichtet sich. Der Techniker führt mich ein paar Meter weiter in den Wald hinein und hält dann an.

Meine Augen folgen seinem Blick.

Ich sehe es sofort.

Die Leiche hängt mit dem Rücken zu uns und wird vom Wind gedreht, sodass wir sie von vorne sehen. Boyd trägt noch dieselben verschlissenen Klamotten. Einer seiner abgewetzten hellbraunen Armeestiefel ist ausgezogen, und eine schmuddelige Socke lugt unter der verblichenen Jeans hervor. Sein Kopf ist weit nach links und unten geneigt, sein Hals wurde durch das Gewicht des Körpers in die Länge gezogen, der an einem gelben Nylon-Kletterseil hängt. Langes, gelocktes, fettiges schwarzes Haar verdeckt seine linke Gesichtshälfte. Seine

Zunge wirkt, als hätte man ihm einen schwarzen Korken in den Mund gesteckt.

Es ist nicht der echte Robbie Boyd, sondern der Mann, der sich für ihn ausgegeben hat.

Der Techniker schaut zuerst mich an, dann wieder auf die Leiche.

»Er hat etwas in der Hand«, sagt er.

Ich kneife die Augen ein wenig zusammen. Aus seiner rechten Hand lugt ein Stück rot-schwarz-weißer Stoff hervor.

Ich blicke zurück auf den Weg, den wir gekommen sind, und entdecke einen schmalen niedergetrampelten Pfad im Gebüsch, der von der Leiche bis zum Strand reicht. Ich schaue mir die Leiche noch einmal genau an. Das Seil wurde über einen tiefhängenden Ast in etwa drei Metern Höhe geworfen und dann um den Baumstamm geknotet. Ich kann den Knoten am Hals nicht sehen, da der Kopf schief liegt, weiß aber, dass er da ist.

»Kletterseil«, sage ich.

Der Techniker nickt.

Ich kämpfe mich wieder zurück durch das Gestrüpp bis zum Strand, wo ein anderer Techniker mit Ronnie turtelt. Sie lächeln beide, und der Techniker schreibt gerade etwas in ein Notizbuch.

Als ich näherkomme, tut der Techniker plötzlich ganz geschäftig und Ronnie schaut in eine andere Richtung.

»Wer hat sie gefunden?«, frage ich.

Selbst aus dieser Entfernung kann ich erkennen, dass es sich bei dem Opfer um eine junge Frau handelt, etwa so alt wie die anderen Opfer, vielleicht sogar noch etwas jünger. Die Leiche liegt mit dem Gesicht nach oben, die Beine weit gespreizt, die Arme zu beiden Seiten ausgestreckt, der Hinterkopf liegt in einer Kuhle zwischen zwei großen Steinen, sodass das Gesicht deutlich zu sehen ist. Eine Rothaarige.

Genau wie die anderen.

Ihre Vulva ist mit Blut verschmiert, das an den Innenseiten ihrer Beine herunterläuft. An einem Bein sind große Hämatome, an den Hand- und Fußgelenken sieht man Fesselspuren und am Hals ein breiteres Mal.

»Joey hat gesagt, dass Roy sie gefunden hat«, sagt Ronnie.

»Captain Martin?«, frage ich.

Sie nickt.

»Und wer ist Joey?«

»Entschuldigung. Deputy Joe Fischer.«

Der Techniker hockt neben der Leiche und hebt eine Hand, ohne sich umzudrehen.

»Das bin ich«, sagt er, steht auf und kommt zu uns herüber. »Captain Martin sagt, er war auf Patrouille in dieser Bucht, als er sie entdeckt hat. Er rief uns an und hier sind wir. Mein Kollege hat den Mann im Baum gefunden.«

Ich mag seine Art nicht.

»Gute Arbeit«, sage ich.

Dieser Körper unterscheidet sich von den anderen dadurch, dass er völlig nackt ist. Ihre Augen sind jedoch offen, genau wie die der anderen.

Ich gehe zur Leiche.

»Aber fassen Sie sie nicht an«, sagt er.

Ronnie streift sich Latexhandschuhe über.

»Kann ich mitkommen, Megan?«, fragt sie.

»Bleiben Sie hinter mir«, sage ich, »und passen Sie bloß auf, dass Sie mit diesen klobigen Stiefeln nicht stolpern und auf die Leiche fallen.«

»Versprochen.«

Der Techniker zeigt auf weitere Spuren im Sand, über die er sich der Leiche genähert hat. Wir folgen seinen Fußstapfen.

In der Sonne glitzert ein Gegenstand aus Metall oder Glas, der halb im Sand vergraben ist. Ich wende mich an den Techniker. »Da steckt etwas im Sand.«

Joey steckt eine Markierungsfahne in den Sand neben dem Gegenstand.

Ich gehe weiter bis zur Leiche. Sie hat starke Blutergüsse an Brust, Bauch und Rippen. Ich gehe in die Hocke, um sie mir genauer anzusehen. Ihre Knie sind aufgeschürft. Ich kann ihre Handflächen nicht sehen, aber die Knöchel sind definitiv aufgerieben und verschorft. An den Schienbeinen sind Blutergüsse, und auch an den Rippen hat sie blauviolette und gelbe Blutergüsse, die etwa die Größe einer Faust oder eines Stiefels haben. Ihr rotes Haar ist wie ein Fächer um ihren Kopf verteilt. Es sieht aus, als hätte es jemand absichtlich so drapiert. Ihre blauen Augen starren ins Leere. Ihre Lippen haben einen tiefen Schnitt, sind aber nicht gespalten wie bei den anderen Opfern. Ihr Gesicht ist ansonsten unversehrt.

Der Deputy schreit aus dem Wald.

»Detective, das müssen Sie sich ansehen.«

Ich vergewissere mich, dass Ronnie mir folgt, als ich den Pfad zurück in den Wald gehe.

»Dort drüben, bei dem umgestürzten Baum, habe ich eine Handtasche gefunden«, sagt er. »Ein paar Meter weiter liegt Kleidung. Ein Kleid und ein BH, so wie es aussieht. Ich habe Fotos von der Handtasche gemacht, für den Fall, dass ich sie eintüten soll, während Sie hier sind.«

»Das wäre super«, antworte ich ihm. »Und schauen Sie nach, ob Sie irgendein Symbol finden, ja?«

Er wirft mir einen fragenden Blick zu.

»Bei den anderen Leichen«, sage ich, »wurde immer ein etwa handtellergroßes Symbol ins Gestein oder einen Baumstamm geritzt.«

Während der Techniker die Handtasche holt, schaue ich mir den Baum und die Leiche erneut an. Beim Baum handelt es sich um eine junge Erle, deren Stamm einen Durchmesser von etwa dreißig Zentimetern hat. Das Seil ist über einen Ast geschlungen und Boyds Zehen berühren gerade den Boden.

Natürlich wurde sein Hals ein paar Zentimeter in die Länge gezogen. Ich versuche, mir vorzustellen, wie er hergekommen ist, um sich das anzutun.

Es fühlt sich falsch an.

Würde ich mich erhängen wollen, würde ich das Seil am Stamm befestigen und dann über den Ast werfen. Dann würde ich mich auf eine Erhöhung stellen, mir das Seil um den Hals binden und die Erhöhung wegkicken. Hier gibt es aber nichts, worauf man stehen könnte. Ich muss wohl oder übel auf den Bericht des Rechtsmediziners warten.

»Können Sie ein Bild von der Stelle machen, an der das Seil anliegt?«

Der Techniker nickt. »Sie wollen wissen, ob es Anzeichen von Verbrennungen gibt, die durch Reibung erzeugt wurden«, sagt er. »Um zu sehen, ob die Leiche vielleicht erst hochgezogen und dann angebunden wurde.«

»Wie lautet Ihr Name?«

»Bart, Detective Carpenter. Deputy Bart Johnson. Sie haben letztes Jahr auf der Polizeiakademie einen Vortrag gehalten und ich war in Ihrem Workshop zu Mordfällen.«

Ich erinnere mich daran, dass Sheriff Gray mich gezwungen hatte, diese Veranstaltung zu übernehmen. Normalerweise macht er solche Sachen, aber an dem Tag hatte er etwas Wichtiges zu tun. Wahrscheinlich musste er Candy Crush auf seinem Computer spielen.

»Bart, könnten Sie ein Foto für mich machen, bevor ich gehe?«

»Kein Problem«, sagt er und öffnet den Reißverschluss seines Tyvek-Anzugs bis zur Taille. Er greift hinein und holt einen langen, schmalen Stab heraus.

»Ein Selfie-Stick«, sagt er. »Ich habe ihn immer dabei, für den Fall, dass ich mir Sachen ansehen muss, die ich sonst nicht erreichen kann.«

Endlich einmal eine sinnvolle Verwendung für diese unerträglichen Selfie-Sticks, denke ich.

Er verlängert den Stab auf etwa fünfundsiebzig Zentimeter. Dann greift er wieder in seinen Overall und holt sein Handy heraus. Er geht um den Baum herum, filmt ihn aus verschiedenen Blickwinkeln und zeigt mir dann das Video.

»Drücken Sie auf Stopp«, sage ich.

Er tut wie geheißen.

»Wonach sieht das für Sie aus?«

Das Video zeigt die Rückseite des Stamms. Er zoomt das Bild näher ran.

»Hier ist Ihr Symbol, Ma'am.«

Das allsehende Auge.

Da ist es.

Er schickt mir das Video auf mein Handy. Ich öffne es, kann aber nicht erkennen, ob das Seil die Rinde stark aufgescheuert hat oder nicht.

»Wenn Sie die Leiche herunterholen, machen Sie bitte weitere Bilder von der Stelle und den Knoten. Und von diesem Symbol.«

»Ich schicke Ihnen alles zu, Ma'am.«

Dieser Techniker ist nicht älter als ich, aber er macht, dass ich mich alt fühle.

Bei »Ma'am« muss ich an »Mamsell« denken, wie in »Schulmamsell«, eine prüde alte Jungfer.

Ich kehre an den Strand zurück. Das Boot liegt vor Anker und Ronnie hat einen anderen Felsen gefunden, von dem aus sie den Kriminaltechnikern bei der Arbeit zusieht.

»Joey«, sage ich zu dem Techniker, »wenn Bart die Leiche runterbringt, können Sie bitte die Kleidung des Toten nach einem Messer durchsuchen?«

»Ja, Ma'am.«

Gerade will ich ihm sagen, dass er aufhören soll, mich »Ma'am« zu nennen, da klingelt mein Telefon.

Es ist Sheriff Gray.

»Ist das der Kerl, den du gesucht hast? Boyd?«

»Ja«, sage ich. »Er hängt an einem Baum.«

»Mord oder Selbstmord?«

Das steht noch nicht fest, aber ich sage, was ich denke.

»Es sieht aus, als hätte er sich erhängt«, antworte ich mit einem spürbaren Anflug von Sarkasmus.

Bislang wurden alle Opfer sorgfältig in Pose gesetzt. Der Mörder erzählt eine Geschichte. Wenn Boyd der Mörder war und Selbstmord begangen hat, endet die Geschichte hier.

Wenn nicht, muss ich diese Geschichte beenden.

»Aber du glaubst nicht, dass es Selbstmord war?«

»Sie haben eine Handtasche neben Boyds Leiche gefunden. Und ein paar Frauenkleider.«

»Aber du glaubst, jemand will Boyd als Mörder hinstellen?«

»Es ist zu früh, um das zu sagen«, sage ich. »Hoffentlich werden sie beide identifiziert.«

In diesem Moment kommt Bart mit seinem Telefon auf mich zu.

»Das Stück Stoff«, sagt er mit unsicherem Blick.

»Was ist damit?«

»Es ist eine Notiz«, sagt er und hält sein Handy hoch.

Ich schaue darauf und spüre, wie der Sand unter meinen Füßen wegrutscht.

Dort steht in Druckbuchstaben:

TUT MIR LEID, MEGAN

VIERZIG

Ich denke an die Nachricht, die für mich am Tatort hinterlassen wurde. Ich frage mich, ob mich jemand aus meiner Vergangenheit verfolgt oder ob es sich um einen neuen Verehrer handelt. Ich schaue zu Ronnie hinüber. Ihr Mund bewegt sich, und ich bemühe mich, meinen Ärger und meine Sorgen abzuschütteln und ihr zuzuhören, während wir zurück ins Büro fahren.

»Vitruvianische Frau«, sagt Ronnie.

Auf den letzten Kilometern hat sie sich darüber beschwert, wie ihre Eltern sie behandeln und dass sie nicht wollen, dass sie in die Strafverfolgung geht.

In diesem Augenblick stimme ich mit ihnen überein.

»Kennen Sie die?«, fragt sie mich.

Kenne ich nicht.

»Der vitruvianische Mensch«, fährt sie fort. »Leonardos berühmte Zeichnung des menschlichen Körpers. Eine männliche Figur im Kreis, die Arme seitlich ausgestreckt, die Beine gespreizt. Er glaubte, dass sie die göttliche Verbindung zwischen dem menschlichen Körper und dem Universum darstellt. Den perfekten Menschen. Sie haben das Bild schon mal gesehen. Ganz bestimmt sogar. Nur ist das hier eine Frau.

Ihre Beine und Arme sind gespreizt. In Pose gebracht. Wie auf einer Zeichnung.«

Ich denke darüber nach. Vielleicht ist sie ja an etwas dran?

»Recherchieren Sie das mal, wenn wir zurück sind«, sage ich.

Sie holt ihr allgegenwärtiges Handy heraus und fängt an, mit dem Finger auf dem armen, ramponierten Bildschirm zu tippen und zu wischen.

»Hier ist es. Sehen Sie?«

Sie hält den Bildschirm so, dass ich ihn sehen kann, ohne meinen Blick von der Straße abzuwenden. Ich habe die Zeichnung schon oft gesehen.

»Was, glauben Sie, hat das zu bedeuten?«, frage ich.

Ronnie zuckt leicht mit den Schultern. »Es ist eine Frau und kein Mann. Wenn er die Frau durch einen Mann ersetzt, muss es etwas Wichtiges sein. Vielleicht ein Mutterkomplex? Ich habe von einigen Serienmördern gehört, die Probleme mit ihrer Mutter hatten. Die perfekte Frau. Nur dass sie tot ist.«

Die perfekte Frau ist tot.

»Denken Sie weiter darüber nach, mal sehen, was Ihnen noch so einfällt«, schlage ich ihr vor.

Im Moment habe ich andere Dinge im Kopf. Zum Beispiel stammt das Stück Stoff, das Boyd in seiner Hand hielt, von dem Rock, der neben seiner Leiche gefunden wurde. In der hinteren Tasche seiner Jeans befand sich ein Edding. Der Stift und das Stück Stoff waren mit Blut bedeckt.

Mein Name.

Da Boyd nicht geblutet hat, nehme ich an, dass das Blut von dem weiblichen Opfer stammt.

Vitruvianische Frau.

In der Handtasche befand sich außerdem ein Führerschein aus dem Bundesstaat Washington, der sie als Karynn Eades auswies. Karynn mit einem Y und zwei N. Ich konzentriere mich auf das Stoffstück in Boyds Hand. Boyds Hände waren blutig, doch er hatte keine Schnittwunden. Sheriff Gray, Ronnie, Captain Marvel, Joey und der andere Mann am Tatort, Bart, waren der festen Überzeugung, dass es ein Abschiedsbrief war. Ich bin mir da nicht sicher. Ihrer Meinung nach wusste Boyd, dass ich herausgefunden hatte, dass er der Mörder war. Er nahm ein weiteres Leben, bevor er sein eigenes beendete. Das ergab Sinn, und das war es, was mich am meisten verärgerte. Boyd war nach diesem Tag in der Bucht von Marrowstone verschwunden.

Ich hatte ihm am Tatort meinen Namen genannt.

Und ich war es, die ihn gehen ließ. Wenn es Selbstmord war, ist es meine Schuld, dass Karynn mit zwei N tot ist.

Ich will nicht glauben, dass er der Mörder ist.

Ich gehe die übrigen Details vom Tatort noch einmal durch.

Die Kleidung entsprach der Größe des Opfers. Schuhe wurden nicht gefunden. Der BH war in den Rock eingerollt. Am Rock fehlte ein Stück Stoff in der Größe der Notiz. Der glitzernde Gegenstand, den ich in der Nähe der Leiche im Sand entdeckt hatte, stellte sich als eine abgefeuerte Kaliber-45-Hülse heraus. Die Spurensicherung setzte einen Metalldetektor ein und fand mehrere andere Pistolen- und Gewehrhülsen verschiedener Kaliber. Captain Martin sagt, er habe in der Vergangenheit Schüsse in der Bucht gehört und vermutet, dass die Patronenhülsen wahrscheinlich vom vierten Juli oder von Silvester übriggeblieben sind.

Ronnie schweigt, bis wir bei unserer Dienststelle ankommen und einparken. Ich schalte die Zündung aus.

»Was machen wir jetzt?«, fragt sie. »Boyd ist tot, und er hat die Morde praktisch gestanden. Zumindest den an Karynn, und er war direkt bei ihrer Leiche.«

Ich sage nichts. Ich denke nach. Ich steige aus dem Auto und gehe hinein, Ronnie folgt mir. Ich bin fast an meinem Schreibtisch, als Nan mir einen rosa Zettel überreicht.

»Detective Osborne hat angerufen«, sagt sie. »Er sagte, Sie

sollen ihn so schnell wie möglich zurückrufen.«

Er hat meine Nummer. Er hätte mich direkt anrufen können und nicht über die neugierige Nan gehen müssen.

»Er sagte, er wolle Sie am Tatort nicht stören«, sagt sie mit gerunzelter Stirn, als ob sie meine Gedanken gelesen hätte. Sie steht einfach nur da.

Falls du Dankbarkeit erwartest, hier ist ein Tipp, gratis für dich: Sei nicht so neugierig.

»Danke, Nan«, sage ich und zwinge mich zu einem Lächeln.

»Das ist mein Job«, sagt sie und geht zügig davon.

Vielleicht habe ich ihre Gefühle verletzt. Aber das ist mir egal.

Ronnie zieht sich einen Stuhl heran und öffnet den Mund, um eine weitere Flut von Einsichten oder Fragen von sich zu geben. Ich rufe Clay an. Danach werde ich aus reiner Höflichkeit Larry anrufen. Ich erwarte nicht, dass Larry viel unternehmen wird. Immerhin kann Clay dann Jimmy aus Little Italy verständigen, dass er seine Suche abbrechen soll.

»Megan«, sagt Clay, als er das Gespräch annimmt. Ich höre lauten Verkehr im Hintergrund und das Brummen eines Motors. Er sitzt auf seiner Harley. »Wie ich höre, haben Sie Boyd gefunden.«

»Auf Skunk Island, der Stinktierinsel.«

»Genau der richtige Ort, um sich zu erhängen.«

Mit wem haben Sie gesprochen?

»So ist der allgemeine Konsens.«

Es wird still in der Leitung, dann sagt er: »Aber Sie glauben das nicht.«

»Ich will nur ganz sicher sein«, sage ich. »Ich warte auf sämtliche Beweise.«

»Das ist das Klügste, was man tun kann. Aber nach dem, was ich gehört habe, lag er nur fünf Meter von der Leiche eines anderen Opfers entfernt.«

Ihr Name ist Karynn. Ich hasse es, wie ein ehemals lebendiger Mensch auf eine Sache, ein Opfer, reduziert wird, nachdem er ermordet wurde.

»Die Leichen sind auf dem Weg zu Dr. Andrade«, teile ich ihm mit.

»Ist sie ein Fall für uns?«

»Ich glaube schon.«

Clay wirft mit Singsang-Stimme ein: »Ich weiß, ich weiß. Sie wollen erst alle Beweise abwarten.«

»Sobald Dr. Andrade mir den Termin für die Autopsie durchgibt, rufe ich Sie an, wenn Sie wollen.«

Ich hoffe, er sagt Nein. Ich will mich nicht vor seinen Augen übergeben müssen. Auch wenn er kein Interesse an Frauen hat.

»Das wäre gut«, sagt er. »Soll ich meinen Freund Jimmy anrufen?«

»Das ist einer der Gründe, aus denen ich Sie zurückgerufen habe. Ich würde mir gerne Boyds Zimmer im Studentenwohnheim ansehen.«

»Wonach suchen Sie?«, fragt er.

»Ich drehe nur jeden Stein um. Können Sie das klären? Ich habe keinen Durchsuchungsbeschluss, aber der Typ ist tot. Wo kein Kläger, da kein Richter.«

»Ich rufe Jimmy gleich im Anschluss an. Aber denken Sie daran, er hat die Identität des echten Robert Boyd gestohlen und er wird vermisst. Wir müssen davon ausgehen, dass er noch am Leben ist. Vielleicht ist er sogar dort.«

Ich lege auf.

»Fahren wir zum College?«, fragt Ronnie.

»Nicht wir. Sondern ich. Ich möchte, dass Sie hierbleiben und die Computerrecherchen übernehmen.«

Sie sieht aus wie ein enttäuschtes Kind. Sie wird darüber hinwegkommen, da bin ich sicher.

EINUNDVIERZIG

Ich stelle mein Auto auf einen Parkplatz, der mit Campus Security gekennzeichnet ist. Wahrscheinlich bekomme ich einen Strafzettel, aber sie werden mich nicht lebendig zu fassen bekommen. Clay hatte Wort gehalten und mich sofort zurückgerufen. Jimmy hatte seinen Segen gegeben und die Leiterin der Sicherheitsabteilung angerufen. Sie wird mich in ihrem Büro empfangen und zu Boyds Wohnheimzimmer begleiten. Jimmy hat sich endlich etwas einfallen lassen.

Mein Handy piept, es ist eine Nachricht von Dan.

Dan: Hi, Du. Der Abend neulich hat mir sehr gefallen.

Ich: Mir auch.

Dan: Lass es uns wiederholen.

Ich weiß nicht, was ich antworten soll. Ich möchte ihn wiedersehen, aber ich weiß nicht, wie ich etwas Gutes in mein Leben einbauen kann. Ohne es zu ruinieren, meine ich. Ich wähle einen einfachen Ausweg. Ich schicke Dan ein Daumen-hoch-Smiley und schreibe, dass ich ihn später anrufen werde.

Bin mit meinem Fall beschäftigt.

Jetzt antwortet er mit einem Daumen-Hoch.

Jemand klopft an meine Beifahrertür, aber alles, was ich sehen kann, ist eine Uniform und ein Pistolengürtel. Ich lege mein Telefon zur Seite und kurble das Fenster herunter, in Erwartung, dass man mir sagt, ich könne hier nicht parken. Eine Frau in den Dreißigern steht vor dem Fenster.

»Detective Carpenter?«

»Das bin ich.«

»Wir sind verabredet«, sagt sie. »Kommen Sie.«

Ich steige aus. Bei ihrem Alter habe ich mich verschätzt. Sie ist sicher Ende vierzig. Sie ist groß, schlank, sieht sportlich aus, trägt kurzes schwarzes Haar, kein Make-up, eine dunkelblaue Uniform und drei silberne Sterne an jedem Kragenende. Feine Linien um die Augen deuten entweder aufs Solarium oder ein hartes Leben hin.

Ich bin mir nicht ganz sicher.

»Chief Holmes«, sagt sie, ohne mir die Hand zu reichen. »Jimmy meint, Sie wollten Robert Boyds Stube sehen.«

Stube. Nicht Zimmer oder Wohnung. Sie ist Ex-Militär.

»Ex-Army?«, frage ich.

»Navy«, sagt sie mit einem Lächeln. »Erste Unteroffizierin. U-Boot-Dienst.« Sie geht. Ich nehme an, ich soll ihr folgen.

»Vielen Dank, dass Sie sich die Zeit nehmen.«

»Danken Sie nicht mir. Danken Sie Jimmy.« Sie hat ein wahnsinniges Tempo drauf, ich muss laufen, um mit ihr Schritt zu halten. Lauf ist nicht gerade mein Ding, es sei denn, ich muss jemanden verfolgen oder vor jemandem wegrennen. Sie merkt es und wird langsamer.

»Entschuldigung. Alte Gewohnheit.«

»Kein Problem«, sage ich. »Kannten Sie Boyd?«

»Ich kannte ihn nicht persönlich, hatte ihn aber aufgrund seiner Aktivitäten hier auf dem Campus auf dem Kieker.«

Ich warte darauf, dass sie erklärt, was sie meint.

»Er hat mit gefälschten Ausweisen und Drogen gehandelt. Sein Zimmer hat er sich mit einem anderen Studenten geteilt. Keiner der beiden hat je an einem Kurs teilgenommen, aber ihre Noten blieben unverändert gut. Ich gehe davon aus, dass jemand anderes in ihrem Namen die Prüfungen für sie geschrieben hat. Oder sie haben sich in das System der Uni gehackt und die Noten eingegeben.«

Ich weiß, wie das geht. Ich habe es sogar selbst schon gemacht. Wenn man das Passwort von einem der Mitarbeiter hat, ist es ganz einfach.

»Wer war sein Zimmergenosse?«, frage ich.

»Qassim Hadir«, sagt sie. »Er stammt aus Syrien. Jimmy meinte, er hätte einen Führerschein aus Washington, der auf den Namen Robert Aloysius Boyd zugelassen ist. Ich weiß nicht, wer von den beiden die Ausweise gefälscht hat.«

Clay hatte gesagt, Robbie Boyd hätte die Identität seines Mitbewohners, eines Nichtweißen, gestohlen. Und jetzt sagt mir Chief Holmes, dass der andere Kerl Qassim Hadir heißt. Ich schätze mal, für Clay und Jimmy läuft er unter »Nichtweißer».

»Woher wissen Sie, dass Qassim Hadir sein richtiger Name ist? »

Sie schüttelt den Kopf. »Das ist es ja: Ich weiß es nicht. Die Daten aus der Schulzeit sind noch unauffällig, aber danach passt nichts mehr. Alle Angaben zu ihren Jobs sind gefälscht. Die Empfehlungsschreiben sind gefälscht. Ein Freund von mir hat die von Boyd angegebene Sozialversicherungsnummer durchs System laufen lassen. Robert Boyd ist vor neun Jahren im Alter von sechzehn Jahren gestorben. Sie nutzen die Daten eines Toten – ist das zu glauben?«

Ja, ist es.

Ich hätte dasselbe getan, wenn auch aus einem anderen Grund. Überleben. Und wer weiß, ob es den beiden nicht auch darum ging. Einer von beiden ist tot. Erhängt. Möglicherweise versucht jemand, ihm mehrere Morde anzuhängen. Der andere ist verschwunden, wenn man Jimmy Glauben schenken kann. Ironie des Schicksals? Oder Absicht? Was, wenn der Mörder Boyd benutzt hat, um uns auf eine falsche Fährte zu locken? Boyd und Qassim konnten ihre Identitäten wechseln wie andere Leute ihre Unterwäsche. Boyd hätte genauso gut einfach untertauchen können. Wie Qassim.

Aber er tat es nicht.

Ich bekomme den Eindruck, dass jemand anderes hier die Fäden in der Hand hält.

»Es gibt nichts, was ich noch nicht gesehen habe«, gab ich zurück.

Das zweistöckige Studentenwohnheim beherbergt je fünf Einheiten oben und unten. Die Holzfassade hat einen kriegsschiffgrauen Anstrich, der verblasst und an vielen Stellen abgeblättert ist. Dazu gesellen sich schwarze Eisengeländer und Betontreppen.

Von außen blicke ich hoch zu Boyds Zimmer im oberen Stockwerk. Auf den Balkonen mit Blick auf die Bucht stehen billige weiße Plastikstühle. Auf einem Balkon, ich glaube, es ist Boyds, steht eine große hölzerne Kabeltrommel als Tisch. Auf ihr stehen ein Aschenbecher und drei leere Bierdosen.

Chief Holmes öffnet die Tür mit einem Generalschlüssel. Ich merke mir, dass ich später die Bierdosen mitnehmen will, sollte ich drinnen nichts Nützlicheres finden. Ich habe zwar die DNA von Boyds Leiche, doch falls ihn jemand angeheuert haben sollte, sind hier vielleicht noch Spuren des echten Mörders zu finden.

Chief Holmes stößt die Tür auf und uns schlägt ein pene-
tranter Geruch entgegen. Unerträglich. Wie eine ganze Lastwa-
genladung voller Gestank.

ZWEIUNDVIERZIG

Das Sheriff's Office von Kitsap County ist in vollem Einsatz. Clay geht mit strenger Miene und zwei weiteren Detectives von Tür zu Tür und spricht mit allen Bewohnern des Wohnheims, die zu Hause sind.

Viele sind das nicht.

Die meisten sind bei irgendeiner Art von Protest auf der anderen Seite des Campus, wo Bulldozer eine winzige Waldfläche bedrohen. Ein Serienmörder ist auf freiem Fuß, aber davon bekommen sie nichts mit und es wäre ihnen wohl auch egal, solange dadurch keine gute Party oder ein Protest gestört würde.

»Hatten Sie einen Durchsuchungsbefehl?«, fragt mich Clay.

Chief Holmes erspart mir eine Erklärung.

»Sie kam, um sich nach dem Wohlergehen von Boyds Mitbewohner zu erkundigen. Ich klopfte und bekam keine Antwort. Ich roch etwas Beunruhigendes und öffnete die Tür mit meinem Generalschlüssel. Ich erkannte den Geruch sofort und ging hinein, um sicherzugehen, dass nicht noch jemand verletzt war.«

Clay reibt sich den Nacken und grinst.

»Eine Erklärung wie aus dem Lehrbuch, Chief.«

Er sieht mich an. »Ist das auch Ihre Version?«

»Ja«, antworte ich. »Ich bin ebenfalls hineingegangen. Wir haben nichts angefasst und sind gleich wieder herausgekommen und haben Sie gerufen.«

Dieser Teil stimmt zwar nicht, aber Chief Holmes zuckt nicht einmal mit der Wimper. So langsam gefällt mir die Art der Navy – oder zumindest ihre Version davon.

Chief Holmes meldet sich zu Wort. »Der Name, den der Kerl angab, als er sich einschrieb, war Qassim Hadir.« Sie erläutert noch, wie die Sozialversicherungsnummer auf einen Mann zurückzuführen ist, der seit neun Jahren tot ist.

»Ich lasse seine Fingerabdrücke bei IAFIS durchlaufen und vor Ort überprüfen«, sagt Clay. »Ihnen dürften die Fingerabdrücke der Leiche von heute Morgen vorliegen. Wenn Sie diese überprüfen, können Sie mir dann sagen, ob Sie einen Treffer haben? Ich werde das Gleiche tun.«

Ich nicke.

»Sieht so aus, als bräuchten Sie mich und meine Leute hier nicht mehr«, erklärt Chief Holmes. »Wir werden uns wieder um die Überwachung des Campus kümmern. Halten Sie mich diesbezüglich auf dem Laufenden, Clay.«

Das war keine Bitte. Jemand war auf ihrem Campus getötet worden.

»Es sah aus, als wäre sein Genick gebrochen«, sagt sie.

Er nickt.

Chief Holmes weist über Funk ihre Leute an, wieder an ihre Arbeit zu gehen. Ich begegne ihr noch einmal, als sie das Wohnheim verlässt.

»Ich weiß zu schätzen, was Sie da getan haben.«

»Ich habe gar nichts getan.«

»Ich will diesen Kerl fangen.«

»Ich weiß, dass Sie das wollen. Ich wünsche Ihnen viel

Glück. Ich rate ihm, nicht wieder auf meinem Campus aufzutauchen.«

Ich kehre in das Apartment zurück, ein kleiner Raum, der Wohnzimmer und Küche in einem ist. Die Couch im Wohnzimmer wurde zum Bett ausgezogen. Sie sieht nicht aus, als hätte jemand darauf geschlafen, denn sie ist mit schmutzigen Klamotten, Zeitschriften und Snackverpackungen übersät. Ich knie mich auf den Boden und schaue unter die Couch, in die Küchenschränke, in den Herd und in den Kühlschrank. Am Kühlschrank hängt ein Poster, das mit einem Magneten befestigt ist. Es handelt sich um eine grobe Zeichnung von einem Schwein. Die Augen sind durchgestrichen und die Zunge hängt heraus. Neben dem Schwein ist eine noch plumpere Zeichnung einer Handfeuerwaffe mit Flammen aus dem Lauf. Unter die Zeichnung hat jemand in krakeligen Buchstaben geschrieben: »SORRY, SCHWEIN«. Ich falte es zusammen und stecke es unter meinen Blazer in meinen Hosenbund. Die Bewohner dieser Einheit hatten es nicht so mit dem Schreiben und es gibt nichts anderes, was ich mit dem Zettel in Boyds Hand vergleichen könnte.

Ich betrachte die Leiche, die bäuchlings auf dem Schlafzimmerboden liegt. Es ist ein arabisch aussehender Mann, in den Zwanzigern, klein, pummelig, lange Arme. Drei Dinge fallen mir auf. Erstens: Er hat Tattoos auf beiden Handrücken. Beide Tattoos stellen einen Augapfel dar. Zweitens: Sein Kopf ist mir fast zugewandt. Drittens: Er wurde auf die gleiche Art und Weise wie Karynn Eades in Pose gebracht.

Vitruvianischer Mann.

Ansonsten ist anscheinend nichts bewegt worden. Die Wohnung ist unordentlich, aber nicht schlimmer, als man es angesichts zweier junger Männer erwarten würde. Ich höre eine Sirene. Ich gehe nach draußen, um mit Chief Holmes zu warten. Ich brauche keine Fotos von dem, was ich drinnen gesehen habe.

Ich habe alles in meinem Kopf gespeichert.

Chief Holmes kehrt zurück und ich bitte sie, alle Unterlagen über Boyd und den Toten zu besorgen, die sie finden kann. Sie verspricht mir, dass sie mir bis heute Abend vorliegen werden.

Einen Augenblick später kommt ein uniformierter Deputy aus Kitsap County mit Detective Clay Osborne die Treppe hinauf.

Jetzt untersucht Clay die Wohnung, während ich auf der obersten Stufe sitze und warte. Ich versuche, den Kriminaltechnikern aus dem Weg zu gehen.

»Was für ein Chaos«, sagt Clay.

Er ist lautlos hinter mir aufgetaucht. Ich hasse das.

»Immerhin haben wir jetzt beide Boyds gefunden«, sage ich.

»Was, meinen Sie, ist hier passiert, Megan?«

»Sagen Sie es mir.«

»Ich will keine voreiligen Schlüsse ziehen.«

»Ich auch nicht.«

Es ist eine Patt-Situation.

»Sie zuerst«, sage ich. »Alles, was Sie sagen, kann und wird bei einer Meinungsumfrage nicht gegen Sie verwendet werden.«

Clay grinst. »Okay. Ich fange an. Es sieht folgendermaßen aus. Schlüsselwort ist hier ›aussehen‹. Ein vermeintlich viertes Opfer des Mörders wird auf den Felsen von Skunk Island gefunden. Sie hat ein gebrochenes Genick und liegt ausgebreitet, wie dieser Typ hier. Nicht weit entfernt wird der gesuchte Robbie Boyd an einem Baum hängend gefunden. Er hat ein Stück Stoff in der Hand, auf dem ›Sorry, Megan‹ oder etwas Ähnliches steht. In der Nähe werden einige Kleidungsstücke und eine Handtasche mit dem Führerschein des Opfers gefunden.«

Ich bleibe ruhig und lasse mir nichts anmerken, während er meinen Blick sucht.

»Es sieht so aus, als hätte der helle Boyd dem dunklen Boyd das Genick gebrochen und ihn auf den Boden gelegt. Dann brachte er das letzte Opfer, Karynn, nach Skunk Island. Ihr Genick wurde vielleicht schon gebrochen, bevor sie dorthin gebracht wurde. Der weiße Boyd hat das Gefühl, dass das Spiel vorbei ist, und beschließt, sich selbst zu töten. Er schreibt Ihnen einen Bekennerbrief, wirft ein Seil über einen Ast und erhängt sich.«

Als Clay das laut ausspricht, bin ich davon überzeugt, dass der Mörder das alles arrangiert hat. Vier Frauen sexuell missbraucht, ermordet, entsorgt. Und jetzt müssen zwei Typen, Kriminelle, sterben, um hinter ihm klar Schiff zu machen.

Ich habe noch eine Frage. Aber ich halte meine Zunge im Zaum. Wie hat Boyd Karynns Leiche nach Skunk Island gebracht? Wir haben Boyds Schrottauto nie gefunden. Es gibt keine Möglichkeit, nach Skunk Island zu kommen, außer mit einem Boot. Es wurde kein verlassenes Boot auf der Insel gefunden.

»Das war's?«, fragt Clay.

»Ich denke schon.«

»Sie werden doch weiter graben, oder?«

»Sie etwa nicht?

Er senkt den Blick zu Boden. »Wer erzählt Larry Gray von all dem?«

Ich wollte Larry anrufen. Aber ich habe es vergessen.

»Er ist Ihr Freund und Sie beide haben bereits eine funktionierende Beziehung«, sage ich.

Clay hält dagegen. »Er ist mit Ihrem Chef verwandt.«

Schon wieder eine Patt-Situation. Clay will sich nur nicht anhören, wie Larry rumheult, dass er nicht in die Suche nach Boyds Leiche einbezogen wurde. Er will seinen Fall abschließen und sich wieder wichtigen Dingen widmen, wie zum Beispiel dem Essen oder seinen sexistischen Bemerkungen. Er ist ein krasser Gegensatz zu Sheriff Gray, seinem Cousin zweiten Grades mütterlicherseits. Wie auch immer. Ich habe dem Sheriff erzählt, dass Larry auch an den Fällen arbeitet und er hat nur die Stirn gerunzelt. »Ich rufe Larry an«, sage ich schließlich. »Das hatte ich sowieso vor, aber dann kam das dazwischen.«

Clay kehrt ins Apartment zurück und ich gehe zu meinem Auto. Es steht noch da, wo ich es geparkt habe. Kein Strafzettel. Ich steige ein und fahre zurück nach Port Hadlock zum Sheriff-büro von Jefferson County. In meinem Kopf schwirren viele Dinge herum, die immer mit der Frage enden: *Woher hat Clay erfahren, dass Boyds Leiche gefunden wurde?*

Wahrscheinliche Antwort: Polizeifunk.

Ein Polizist hat mit einem Einsatzleiter gesprochen und diese Informationen wurden an die NASA weitergeleitet und über einen Satelliten gesendet. Andere Möglichkeit: Es existiert eine Art kollektives Gedächtnis, wie bei einem Ameisenvolk.

Ich wende mich aus einem besonderen Grund an Larry. Es wurde keinerlei Übereinstimmung bei der DNA-Untersuchung meiner ursprünglichen Verdächtigen, Jim Truitt und Joe Bohleber, gefunden, auch nicht mit den unbekannten, überein-stimmenden Proben von Dina Knowles und Leann Truitt. Die DNA-Probe von Margie Benton war verunreinigt und konnte mit nichts verglichen werden. Keine der DNA-Proben war in der vom FBI geführten Datenbank enthalten.

Ich habe vier weibliche Opfer und von allen vier wurde DNA entnommen. Diese Person hat mindestens vier Menschen getötet – vielleicht sogar mehr, wenn die Boyds ihre Opfer sind. Ein derart umtriebiger Mörder müsste irgendwo registriert sein. Doch in der DNA-Datenbank ist nichts zu finden. Wessen DNA ist also nicht in der FBI-Datenbank enthalten, die die umfangreichste der Welt ist? Da gibt es einige Möglichkeiten. Menschen, die nie eine Straftat begangen

haben. Menschen, die ausgenommen sind, wie Regierungsange-
stellte, Politiker, Mitarbeiter der Strafverfolgungsbehörden …

Mich überkommt ein Schaudern. Alex Rader kommt mir in
den Sinn. Er war Polizist. Und ein Kidnapper. Ein Folterer. Ein
Mörder. Und, natürlich, er ist tot. Doch selbst als er noch lebte,
hätte man seine DNA nicht in der FBI-Datenbank gefunden.

DREIUNDVIERZIG

Ich bekomme die Telefonnummer des Rechtsmediziners von Kitsap County. Dr. Wilson ist zum Studentenwohnheim gekommen und hat die Leiche ins Leichenschauhaus in Bremerton bringen lassen, wo er die Obduktion durchführen wird. Er hat versprochen, mich wegen der Ergebnisse anzurufen. Ich beschließe, nicht zum Sheriff's Office in Port Hadlock zurückzufahren. Der Sheriff und Ronnie würden ohnehin nicht mehr da sein, wenn ich dort ankäme.

Auf dem Nachhauseweg rufe ich unseren eigenen Rechtsmediziner, Dr. Andrade, an. Seine Assistentin nimmt den Anruf entgegen. Die Leichen von Skunk Island seien überführt, es stünde aber noch kein Termin für die Obduktion fest. Sie bittet mich, ihnen nicht noch mehr Arbeit zu aufzubürden. *Sehr witzig.* Sie sagt, sie werde sich mit mir in Verbindung setzen, sobald Datum und Uhrzeit feststünden. Ich erinnere sie daran, dass es sich bei der Untersuchung jetzt um den Fall eines Serienmörders handelt, und bitte sie, dies an Dr. Andrade weiterzugeben. Wir müssen schnell handeln. Plötzlich ist die Leitung tot. Ich rufe sie zurück. Als sie abnimmt, sage ich ihr, sie solle Dr. Andrade bestellen, er möge mich bitte zurückrufen, ansonsten würde ich ihn selbst erreichen und dafür sorgen, dass er einen Termin festlegt. Dann sage ich ihr, dass es nicht in ihrem Zuständigkeitsbereich liegt, die Wichtigkeit einer Untersuchung zu bestimmen, und lege auf.

Das tat gut.

Ich parke vor meinem Haus. Eigentlich gehört es mir natürlich nicht, aber ich habe mir angewöhnt, es als meins zu betrachten. So lange wie hier habe ich sonst noch nirgendwo gelebt. Es ist das Gegenteil von dem, was ich als Kind erlebt habe. Wir blieben nie lange an einem Ort. Meine Mutter gab mir oder Hayden eine Schüssel, aus der wir einen zufälligen Städtenamen ziehen mussten, und dort zogen wir dann hin. Die Zufälligkeit gab uns Sicherheit. Wenn wir schon nicht wussten, wohin wir gingen, konnte es auch niemand sonst wissen.

Trotz der Droh-E-Mails von »Wallace« sehe ich keinen Grund, umzuziehen. Das ist mein Zuhause. Soll er doch kommen. Ja, ich habe Angst. Aber manchmal macht Angst einen mutig.

Ich lege meine Handtasche und meinen Schlüssel auf den Tisch, gehe ins Schlafzimmer und lasse mich auf die Matratze fallen. Ich kann nicht mehr denken. Ich verliere den Überblick. Also stehe ich auf, schnappe mir einen Notizblock und einen Stift und male ein Schaubild. Opfer, Zeugen, Beweise, beteiligte Bezirke, Krankenhäuser, DNA, Leichenfundorte, Arbeitsstelle, Wohnort, Fahrzeuge und so weiter.

Ich reiße das Blatt heraus und versuche es erneut.

Die Leichenfundorte sind immer in Ufernähe. Auch die Wohnorte der Opfer befinden sich in Wassernähe. Alle Frauen arbeiteten in Bars. Zwei der Frauen hatten ihre Kinder zur Adoption freigegeben und eine war schwanger. Hatte es etwas mit den Kindern zu tun? Wie groß war die Wahrscheinlichkeit, dass sie zufällig alle ein Kind bekommen hatten? Die Einzige, die nicht in das Profil passte, war Karynn Eades, aber ich hatte noch nicht allzu viele Informationen zu ihr. Ich hatte alle Hoffnungen in Boyds Mitbewohner gesetzt, um weiterzukommen. Dass Boyd nicht der Mörder war, war mir klar. Aber ich hatte das Gefühl, er wäre irgendwie involviert. Und jetzt war Boyds Mitbewohner tot. Ermordet. Sein Genick wurde gebrochen, genau wie bei Karynn Eades und den anderen Opfern.

Ich brauche mehr. Marley kann die DNA in ein paar Stunden auswerten, aber dafür braucht er die Proben und ich muss ihn davon überzeugen, dass er es macht. Als ich nach dem Telefon greife, um Dr. Andrade anzurufen, bemerke ich, dass es schon spät ist. Er hat nicht zurückgerufen. Ich rufe in der Zentrale an, lasse mir seine Privatnummer geben und rufe bei ihm zu Hause an. Eine Frau geht ans Telefon.

»Ist dort Mrs Andrade?«

»Ja«, sagt sie. »Wer ist am Apparat?«

»Megan Carpenter, Mrs Andrade. Ich bin Detective in Jefferson County.«

»Ach, *diese* Megan?«

»Vermutlich, Mrs Andrade. Ist Ihr Mann zu sprechen?«

»Er isst gerade zu Abend, Detective. Spät wie immer. Können Sie ihn morgen auf der Arbeit anrufen? «

Im Hintergrund ist ein unwirsches Gemurmel zu hören und dann ist Dr. Andrade am Telefon.

»Megan, ich wollte dich eigentlich anrufen, habe aber gehört, dass du drüben in Kitsap noch mehr Leichen gefunden hast. Du bist wie der Todesengel.«

»Ich war auf der Suche nach einem Zeugen ... «

»Du willst sicher wissen, ob ich den gynäkologischen Abstrich schon ins Labor geschickt habe. Die Antwort lautet Ja. Ich wusste, dass die Zeit drängt. Ich habe auch einen Mundhöhlenabstrich von dem Mann, Boyd, machen lassen. Ist alles im Labor. Viel Glück.«

Er legt auf.

Als ich das Telefon gerade aus der Hand legen will, klingelt es.

»Mir ist gerade eingefallen, dass es dich sicher interessiert, dass ich morgen früh die Autopsie durchführe«, sagt er. »Um acht.«

»Es tut mir leid, dass ich dich zu Hause anrufen musste ...«

Die Leitung ist wieder tot.

Ich habe, was ich will. Ich muss nicht unbedingt bei den Autopsien dabei sein, um die Ergebnisse zu erfahren. Ich wollte lediglich, dass die DNA-Proben ins Labor geschickt werden. Jetzt muss ich nur noch Marley dazu bringen, sein Zaubergerät wieder ins Spiel zu bringen. Stimmt die DNA von Boyd mit dem unbekannten Samenspender von Leanns und Dinas Leichen überein, habe ich meinen Mörder. Falls nicht, ist das der Beweis, dass der Mörder noch auf freiem Fuß ist.

Ich tätige einen weiteren Anruf.

»Ronnie Marsh«, meldet sie sich. Sie klingt abgelenkt. Ich hoffe, sie ist nicht auf einem Date, denn sie muss etwas für mich erledigen.

»Sind Sie beschäftigt?«, frage ich.

»Ich sehe mir die Aufzeichnungen auf dem USB-Stick an, den Sie mir gegeben haben.«

»Sie sind noch bei der Arbeit?« Ich schaue auf die Uhr.

»Ich glaube, ich habe etwas gefunden. Leann Truitt und Dina Knowles bekamen beide ihre Babys im Kitsap Medical Center, aber auf keiner der beiden Geburtsurkunden steht der Name des Vaters. Die Babys wurden zur Adoption freigegeben. Die Namen der Paare, die die Babys adoptiert haben, konnte ich nicht herausfinden. Die Entbindungsärzte waren bei beiden verschieden. Aber wissen Sie was?«

Ich wünschte, sie würde das lassen.

»Was?«, frage ich.

»Ich habe die Daten der Entbindungen gefunden und sie mit den Videoüberwachungsbändern verglichen. Ich bin sie durchgegangen, aber es gibt mehrere Kameras und ich weiß nicht genau, wonach ich suchen soll.«

Ich hatte vergessen zu fragen, welche Kamera zu welcher Etage oder Einheit gehört. *Verdammt!*

»Gute Arbeit. Aber Sie hätten wirklich nicht so lange aufbleiben müssen.«

»Ist schon okay, Megan. Ich will diesen Kerl fangen.«

Sie meint es ernst, und ich fühle mich ein wenig schuldig, weil ich sie gebeten habe, länger zu arbeiten.

»Vielen Dank«, sage ich schließlich. »Ich hätte nach den Kameranummern für die Stockwerke fragen sollen, die wir brauchen.«

Ich sagte »wir«.

In diesem Moment geht mir durch den Kopf, wie hilfreich es ist, einen Partner zu haben. Also, natürlich keinen richtigen Partner. Ronnie ist Reserve Deputy. Wahrscheinlich landet sie im Strafvollzug oder im Büro. Sie ist zu gut im Umgang mit Computern, um in einem Streifenwagen durch die Gegend zu fahren oder Strafzettel zu verteilen.

»Lassen Sie es für heute Abend gut sein, ich rufe das Krankenhaus an, um zu erfahren, welche Kameranummern wir brauchen. Wir können es uns morgen gemeinsam ansehen. Ich kann Ihre Hilfe gut gebrauchen, vier Augen sehen mehr als zwei.«

»Wirklich?«, fragt sie.

Sie klingt so glücklich. Ich weiß nicht, ob es daran liegt, dass sie Feierabend machen kann oder dass sie mir zusammen die Videos ansehen darf.

»Ich wollte Sie bitten, mir heute Abend einen sehr großen Gefallen zu tun.«

»Klar, sagen Sie mir einfach, was ich tun soll.«

Sie sträubt sich nicht.

Ich gebe ihr die Nummern von Marleys Arbeitsplatz und seine private Handynummer und sage ihr, sie solle ein Treffen vereinbaren.

»Dr. Andrade hat mir versichert, dass der gynäkologische

Abstrich und die DNA-Probe von Boyd im Labor sind«, fahre ich fort. »Ich weiß, es wird ein paar Stunden dauern. Aber könnten Sie Marleys Babysitter spielen, bis er ein Ergebnis hat?«

»Sie wollen, dass er die DNA von Boyd mit der des Unbekannten von Dina Knowles und Leann Truitt vergleicht. Und Sie wollen wissen, ob er Karynn sexuell missbraucht hat. Ich habe gesehen, wie die Techniker Abstriche von ihrem Körper genommen haben, es sollte also mehrere Abstriche von beiden Körpern geben. Es könnte die ganze Nacht dauern, bis die Ergebnisse vorliegen.«

Sie hat natürlich recht.

Ich gebe ihr weitere Anweisungen.

»Bitten Sie Marley, zuerst Boyd zu testen, um zu sehen, ob seine DNA mit der des Unbekannten übereinstimmt. Ich bitte Sie nur ungern darum, Sie können also gerne ablehnen.«

Eigentlich macht es mir überhaupt nichts aus, sie darum zu bitten, aber es ist immer gut so zu tun, als ob.

»Mal sehen, was Marley sagt, Megan. Von dem DNA-Gerät verstehe ich nicht so viel. Soll ich Sie trotzdem anrufen, auch wenn es wirklich spät ist?«

»Mir ist nichts zu spät«, sage ich.

»Ach, dass hatte ich ganz vergessen. Ich habe Karynn durchs System laufen lassen. Sie ist sauber. Keine Vorstrafen. Nicht einmal ein Strafzettel. Ich habe eine Liste mit Links zu ihren sozialen Medien, ihrer Familie, ihren Freunden und ihren Adressen zusammengestellt.«

»Schicken Sie sie an meine Büro-Mail. Ich bin zu Hause und werde sie hier durchgehen. Kann sein, dass ich ein paar Leute von der Liste anrufe, um zu sehen, ob sie heute Abend noch mit mir sprechen können. Morgen machen wir einen Ausflug.«

»Wohin fahren wir?«

»Das erfahren Sie morgen. Vielen Dank für Ihre Hilfe. Und

richten Sie Marley meinen Dank aus. Und verbringen Sie nicht die ganze Nacht dort. Notfalls soll Marley Sie oder mich anrufen. Bei dem, was wir morgen vorhaben, sollten Sie ausgeschlafen sein. Versuchen Sie, gegen acht Uhr im Büro zu sein, wenn Sie können«

»Ich werde da sein.«

Ich beende den Anruf und rufe meine Büro-Mails ab. Ronnie hat ihre Liste bereits geschickt. Das Krankenhausvideo ist auch dabei. Es ist eine riesige Datei. Ich bin dankbar, dass sie mir beim Sichten behilflich ist. Kann sein, dass wir nur unsere Zeit verschwenden. Aber mein Bauchgefühl sagt mir etwas anderes.

VIERUNDVIERZIG

Ich verbringe den Abend damit, Ronnies Liste der Personen durchzugehen, die wir wegen des Mordes an Karynn befragen müssen, und versuche außerdem, möglichst viel über Margie Benton herauszufinden. Ich gebe nur ungern zu, dass Larry Gray mit all dem recht hatte, aber Margie Benton scheint nicht existiert zu haben. Keine Polizeiakte. Nichts in den sozialen Medien. Nichts in den Nachrichten. Niemals.

Ich rufe in Clallam County an und bitte die übermüdete Dienststellenleiterin, ihre Adresse auf frühere Einsätze zu überprüfen. Es gab nur zwei Polizeieinsätze bei dieser Adresse oder in deren Nähe. Bei keinem ging es um Margie. Im ersten Fall ging es um einen Betrunkenen auf der Straße, bei dem anderen wurde ein Spanner gemeldet. Laut der Einsatzleiterin haben die Polizisten bei keinem der Einsätze jemanden vorgefunden.

»Es wurde festgestellt, dass es sich bei den Anrufen um einen Scherz handelte«, sagt sie. »Ein paar Kinder dachten wohl, es sei lustig, für Aufregung zu sorgen, und gaben einfach irgendwelche Adressen an.«

Der Name von Margies Vermieter stand in Larrys Bericht, aber laut Ronnie ist er inzwischen verstorben. Das kleine Haus hat ein älteres Ehepaar gemietet. Larry sagt, er habe mit ihnen gesprochen. Ich werde noch einmal hinfahren und alles überprüfen. Ich beschließe, Larry nicht anzurufen und ihm von dem neuen Opfer zu erzählen, ehe ich die Nachforschungen zum Mord an Margie Benton abgeschlossen habe.

Plötzlich fällt mir Karynn Eades ein. Ihr Name stand nicht auf der Liste der angeforderten Krankenhausunterlagen. Ich muss einen weiteren Gerichtsbeschluss einholen, will aber eigentlich nicht darauf warten. Bei dem Tempo, mit dem der Mörder zu Werke geht, wird er wahrscheinlich wieder zuschlagen.

Ich rufe Clay an.

»Detective Carpenter«, sagt er. »Was kann ich zu dieser späten Stunde für Sie tun?«

Ich werfe einen Blick auf die Uhr. Normale Menschen schlafen um diese Zeit tief und fest. Clay klingt nicht so, als hätte ich ihn geweckt. »Ich wollte nur noch einmal sagen, wie leid es mir tut, dass ich Sie im Krankenhaus übergangen habe. Ich brauchte die Sachen unbedingt und dieser Typ macht mir ein bisschen Angst. Verstehen Sie?«

Ich höre einen Seufzer. »Es sei Ihnen verziehen. Vergessen Sie nicht, dass wir im selben Team sind. Ich nehme an, Sie arbeiten sonst immer allein.«

»Das ist richtig«, sage ich.

»Als Einzelkämpfer geht man die Dinge nach einem bestimmten Muster an. Man weiß, wie man etwas tun will, und dann tut man es. Wenn Ihnen etwas in die Quere kommt, umgehen Sie es.«

Er hat recht.

»Ich verstehe«, versichert er. »Das tue ich wirklich. Bei mir ist es genauso. Ich habe immer allein gearbeitet. Dann habe ich eine kurze Zeit mit Larry zusammengearbeitet und das hat mich davon überzeugt, dass es besser ist, wenn ich allein arbeite.«

Ich lache. »Er ist ein Feuerteufel«, sage ich.

»Ja, das ist er. Haben Sie nur angerufen, um sich zu entschuldigen, oder brauchen Sie noch einen Gefallen?«

Der Typ ist gut, denke ich.

»Wenn Sie mich schon so fragen, ich brauche wirklich etwas. Seien Sie mir nicht böse, aber ich muss wissen, ob das Krankenhaus Unterlagen über Karynn Eades hat. Karynn mit einem Y und zwei N.«

»Was, dieses Mal ohne Gerichtsbeschluss?«

Er klingt verärgert. Ich kann es ihm nicht verdenken, aber er wird darüber hinwegkommen.

»Kein Gerichtsbeschluss«, sage ich. »Nur eine Bitte von Teammitglied zu Teammitglied.«

Er schweigt. Ich warte.

»Können Sie mir ihre Daten per SMS schicken? Ich besorge die Unterlagen für Sie, aber Sie schulden mir was.«

Am liebsten würde ich antworten, dass ich ihm nichts dafür schulde, dass er seine Arbeit macht. Ich löse schließlich auch seinen Fall.

»Okay, alles klar.«

Er hält Wort. Fünf Minuten später habe ich einen Datensatz an eine Nachricht angehängt:

Karynn Eades brachte vor sechs Monaten einen Jungen zur Welt. Wurde zur Adoption freigegeben. Vater unbekannt. Sie lebte von Sozialhilfe.

Ich rufe die Krankenhausakte auf meinem Computer auf. Darin sind keinerlei Angaben zum Arbeitsplatz enthalten. Die Adresse stimmt mit der in ihrem Führerschein überein. Angehörige sind nicht aufgeführt. Sie ist genauso unauffällig wie die anderen.

Außer Leann Truitt. Sie stammt aus einer wohlhabenden Familie. Sie erzielt drei von drei Punkten auf dem Profil-o-

Meter. Passt auf die Beschreibung, arbeitete in einer Bar, hatte ein Baby, das sie abgegeben hatte. Der einzige Unterschied ist, dass Margie noch schwanger war, also das Kind nicht abgegeben hatte. Noch nicht. Und Leann hatte Familie, die kontaktiert werden konnte.

Ich weiß auch ohne den Bericht von Marley, dass Boyds DNA mit keinem der Opfer übereinstimmen wird. Der Mörder, den ich suche, ist immer noch da draußen.

Ich falle ins Bett und hoffe, dass ich drei Stunden Schlaf bekomme. Doch diese Hoffnung verflüchtigt sich, als mein Verstand sich weigert, die Angst zu verdrängen, die die E-Mails ausgelöst haben. Ich denke an die Menschen in meinem Leben, die ich verletzt habe, sei es absichtlich als Teil einer größeren Sache oder weil ich nicht in der Lage war, jene Art von Liebe zu zeigen, die trotz allem in mir steckt. Jemand da draußen kennt meine Schwächen. Er kennt meine Geschichte. Er weiß, dass ich eine Kämpferin bin.

Und wenn ich ihm begegne, werde ich beweisen, dass ich weder Zeit für das Wort »Entschuldigung« habe noch daran glaube.

FÜNFUNDVIERZIG

Am nächsten Morgen steht Sheriff Gray an meinem Schreibtisch und spricht mit Larry, seinem Cousin zweiten Grades, der auf meinem Stuhl lümmelt.

Später werde ich Desinfektionsmittel brauchen.

Larry steht auf und macht eine theatralische Verbeugung. Er hat noch einen zusätzlichen Spritzer Öl auf seinem Haar verteilt und ich gehe jede Wette ein, dass das Haar entflammbar ist.

»Da ist ja das junge Fräulein«, sagt er.

»Ich wollte Sie gestern Abend anrufen.«

»Machen Sie sich keinen Kopf deswegen. Tony hat mir alles erklärt. Sie haben viel zu tun, kleine Lady.«

Kleine Lady?

Sheriff Gray schreitet ein, bevor ich etwas Entsprechendes erwidern kann. »Ich schätze, die Sache ist so gut wie aufgeklärt. Reserve Deputy Marsh ist gerade auf dem Weg ins Labor, um die DNA-Analyseergebnisse der Skunk-Island-Morde abzuholen.«

Larry setzt sich auf die Kante meines Schreibtischs und legt seine Pranke auf seinen dicken Oberschenkel. »Alles hübsch verpackt und in einem kleinen Päckchen zusammengeschnürt. Boyd ist der gesuchte Kerl. Ich wette, sein Mitbewohner am College hat es herausgefunden und Boyd hat ihn deswegen getötet.«

»Ja«, sage ich. Wenn es Larry hilft, nachts ruhig zu schlafen, will ich ihm nicht widersprechen. »Detective Gray, ich muss Sie etwas fragen.«

»Du kannst mich Larry nennen«, sagt er und fügt schnell hinzu: »Ich bestehe sogar darauf. Du hast gerade meinen größten Fall aufgeklärt.«

»Danke, Larry«, sage ich.

Du hast ja so was von keine Ahnung.

»Ich möchte alle offenen Fragen klären«, sage ich, »du weißt schon, damit uns niemand an die Eier kann.«

Sein Gesicht wird ernst und er atmet tief durch.

»Ich verstehe, was du meinst, Kleine«, antwortet er. »Das habe ich auch schon alles durch. Irgendeine kleine Anwältin, die sich einen Namen machen will und dafür einen Polizisten durch den Dreck zieht.«

In dem Moment begreife ich, dass es eine Anwältin gab, die das Pech hatte, eine Frau zu sein und sich an seinen schlechten Ermittlungen zu stören.

»Wenn es dir nichts ausmacht, werde ich ein paar Erkundungen über Margie einholen. Du weißt schon. Mit ihrem letzten Arbeitgeber sprechen, gucken, ob ich ein paar ihrer alten Freunde ausfindig machen kann, diese ganzen Sachen.«

Ich bemühe mich, wenig begeistert zu klingen, nach dem Motto, es ist zwar das Allerletzte, aber irgendjemand muss den Kram ja machen.

»Ich begleite dich persönlich«, sagt er. »Bring deine kleine Partnerin mit, und ich verwöhne euch mit einem Frühstück, dass ihr umfallt.«

»Gar nicht nötig, Larry. Ich hätte nur gerne ein paar grundlegende Punkte abgedeckt.«

»In Ordnung. Aber du kannst mich jederzeit anrufen, mein Angebot bleibt bestehen«, sagt er und zwinkert mir zu.

Ich bekomme Gänsehaut.

»Danke, Larry«, sage ich. »Ich komme darauf zurück.«

Träum weiter.

Larry steht auf und klopft Sheriff Gray mit ernstem Gesichtsausdruck auf die Schulter. »Vergiss nicht, mich anzurufen. Es ist schon wieder viel zu lange her und du gehörst schließlich zur Familie.«

»Mach ich, Larry.«

Sheriff Gray wird ihn nicht anrufen. Das merke ich daran, wie er sich auf die Unterlippe beißt. Das macht er immer, wenn er jemandem etwas sagen will, das demjenigen nicht gefallen wird. Ich habe das Gefühl, dass er Larry schon eine ganze Weile aus dem Weg geht.

Larry zwingt mir eine Umarmung auf und ich unterdrücke meinen Impuls, zu schreien.

»Bis später.« Er winkt Nan zu und verlässt das Büro.

Sheriff Gray atmet tief durch. »Ich dachte schon, er würde gar nicht mehr gehen.«

Ich werfe ihm einen Blick zu. »Cousin zweiten Grades mütterlicherseits, richtig?«

Er schüttelt den Kopf. »Ich verzichte gerne. Meine Mutter mochte ihn auch nicht. Verdammt, ich glaube, nicht einmal seine eigene Mutter wollte ihn haben.«

Er fordert mich auf, ihm in sein Büro zu folgen, setzt sich auf seinen Stuhl aus der Hölle und wischt sich über das Gesicht. »Mach bitte die Tür zu.«

Die Tür quietscht, als ich sie schließe.

Sein Gesichtsausdruck ist todernst. »Boyd hat es nicht getan, oder?«

Ich schüttele den Kopf.

»Setz dich.«

»Bevor du versuchst, mich davon abzuhalten, ich will nur mit ein paar Leuten über Margie Benton sprechen.«

Sheriff Gray macht eine resignierende Geste mit der Hand. »Verstehe. Du musst deine Arbeit zu Ende bringen. Tu, was immer du tun musst, um den Kerl zu schnappen. Es gab schon mehr als genug Tote.«

»Ich möchte Ronnie mitnehmen.«

»Im Ernst?«

»Ich glaube, sie ist vielversprechend«, sage ich. »Und wehe, du sagst ihr, dass ich das gesagt habe.«

Er gibt mir grünes Licht und ich verlasse das Büro.

Mein Telefon klingelt. Es ist Ronnie.

»Marley muss die Nacht im Labor verbracht haben«, sagt sie. »Armer Kerl. Ich bin auf dem Weg, um Frühstück und Kaffee für ihn zu holen. Soll ich Ihnen etwas mitbringen?«

»Er hat die ganze Nacht gearbeitet?«, frage ich.

»Ja, hat er. Er meint, er hätte was für uns, wollte aber nicht sagen, was es ist, bis ich ihm einen Kaffee bringe. Wissen Sie, irgendwie ist er süß. So nerdig süß.«

Gott, was habe ich getan?

»Er ist einmalig.«

»Sie wollen also nichts?«

»Danke, alles gut. Kommen Sie einfach, so schnell Sie können. Ich habe mit Detective Gray und dem Sheriff gesprochen und wir können gehen. Wir können unterwegs einen Kaffee trinken.«

Ich lege auf und habe ein ungutes Gefühl. Was ist, wenn Boyds DNA mit der der anderen Leichen übereinstimmt? Ich weiß, ich sollte froh sein, wenn das der Fall ist. Der Mörder ist tot. Die Fälle sind gelöst. Aber innerlich wäre ich unzufrieden. Ich will nicht, dass er es ist. Ich will diejenige sein, die ihn fängt. Und ihm Einhalt gebietet.

Auf jeden Fall werde ich mir den Benton-Fall vorknöpfen. Es gibt so viel, was Larry nicht untersucht hat. So vieles, was er nicht gemacht hat. So viele Hinweise, denen er nicht nachgegangen ist.

Mein Telefon klingelt schon wieder. Offensichtlich bin ich sehr beliebt heute Morgen.

Ich nehme ab.

»Megan, ich bin's, Clay. Ich schätze, Sie haben gestern Abend mit Larry gesprochen. Er hat mich vorhin angerufen und schien nicht überrascht zu sein, was Boyd angeht. Sind Sie mit dem Ergebnis zufrieden?«

»Larry war heute Morgen hier und hat mit dem Sheriff gesprochen. Er ist zufrieden, also bin ich es auch.«

In der Leitung bleibt es so lange still, dass ich schon denke, er ist nicht mehr da. Seine Stimme klingt ungläubig. »Ich weiß, dass Sie das nicht so meinen.«

»Doch«, sage ich. »Tue ich wohl. Wir sind fertig. Der Fall ist abgeschlossen.«

»Wirklich.«

»Naja, ich muss ein paar Sachen erledigen und die Berichte schreiben, aber sonst, ja.«

»Was für Sachen müssen Sie denn noch erledigen?«

Das hätte ich nicht sagen sollen.

»Das Video aus dem Krankenhaus«, sage ich ihm. »Ich habe es noch nicht durchgesehen. Sie wissen schon ...«

»Gründlich wie immer«, schließt er ab. »Soll ich Ihnen dabei helfen? Wahrscheinlich gibt es jede Menge Videomaterial zu sichten. Sie können es hierher ins Büro bringen. Oder ich komme zu Ihnen.«

»Ich dachte, Sie hätten die Nase voll?«, antworte ich.

»Ich bin zufrieden. Larry ist zufrieden. Wenn Sie es noch nicht sind, helfe ich Ihnen. Wir sind ein Team, schon vergessen?«

Ein Team.

Genau.

»Ich gehe heute Abend zu Ronnie, dort wollen wir es

gemeinsam durchgehen«, lüge ich. »Ein Gläschen Wein. Pizza. Wir machen uns einen schönen Abend. Ich weiß Ihr Angebot zu schätzen, aber das kriegen wir schon hin. Wie Sie schon sagten, ich bin die Einzige, die sich querstellt.«

Ich werde mir den ganzen Abend Ronnies Geplapper anhören müssen, aber daran habe ich mich schon gewöhnt. Vielleicht möchte Mindy ja auch kommen. Ein Frauenabend auf der Suche nach einem Mörder. Ein Abend ganz nach meinem Geschmack.

»Sind Sie sicher?«, fragt er.

»Ganz sicher. Außerdem müssen Sie Jimmy unter Kontrolle halten.«

»Ach, eigentlich ist er ganz in Ordnung. Ich soll Ihnen sagen, dass er Ihnen verziehen hat, dass Sie ihn überrumpelt haben.«

Das ist mir so was von egal.

»Da bin ich aber froh«, sage ich. »Er ist ein netter Kerl.«

»Nun, wenn Sie sicher sind, dass Sie meine Hilfe nicht brauchen, lass ich Sie beide alleine. Es war schön, mit Ihnen zu arbeiten, Megan.«

»Mit Ihnen auch, Clay.« Wir legen auf und ich glaube, ich werde ihn vermissen. Clay erinnert mich ein wenig an mich selbst. Und man kann sich gut mit ihm unterhalten, wenn man ihn nicht gerade anlügen muss.

Ich habe ein seltsames Gefühl und kann nicht genau sagen, was es ist. Aber wenn es wichtig ist, wird es mir schon einfallen. Ich logge mich in den Computer ein und gehe in mein privates E-Mail-Postfach. Keine E-Mail von Hayden. Ich logge mich ein, um meine Büro-Mails abzurufen und erstarre.

Wallace.

Wie ich gehört habe, darf man dich beglückwünschen. Du hast den Kerl geschnappt. Mehr oder weniger. Aber irgendwie

auch nicht, oder? Bist du enttäuscht, dass du ihn nicht erle-
digen konntest?

Diesmal nennt er mich nicht Rylee. Das ist auch gar nicht nötig. Er weiß, wer ich war. Und er weiß, wer ich jetzt bin. In meinem Kopf dreht sich alles. Er zeigt mir, dass er mir immer noch auf den Fersen ist. Beglückwünscht mich und versucht mir im gleichen Satz zu sagen, dass ich eine Mörderin bin. Die E-Mail muss ungefähr zu der Zeit eingegangen sein, als ich auf Skunk Island war. In den Medien wurde aber erst gut sieben Stunden später über den Fall berichtet. Woher hat er seine Informationen?

Es ist nicht das erste Mal, dass mir der Verdacht kommt, jemand von der Polizei könnte ihm die Informationen zuspielen.

SECHSUNDVIERZIG

»Wohin zuerst?«, fragt Ronnie.

Wir sitzen in meinem Auto und ich überlege, ob ich sie mitnehmen soll. Ich könnte ihr das Video mitgeben und es sie zu Hause durchsehen lassen. Auf diese Weise würden ihre Zeit und ihre Fähigkeiten optimal eingesetzt. Andererseits hat sie etwas von einem Kätzchen. Wenn man es füttert, folgt es einem nach Hause. Ich lasse sie bei dem gesamten Fall mitarbeiten. Wenigstens das eine Mal sollte ich sie das machen lassen. Wenn nichts dabei herauskommt, ist auch das eine gute Lektion. Bei manchen Nachforschungen kommt trotz der vielen Lauferei nur wenig heraus.

»Erst möchte ich wissen, was Marley für uns hatte.«

»Er hat in keinem der Fälle eine Übereinstimmung mit Boyd gefunden.«

Hallelujah.

»Was hat er herausgefunden?«

»Die Untersuchung des gynäkologischen Abstrichs bei Karynn Eades ergab, dass die dort gefundene DNA mit der unbekannten DNA bei Dina Knowles und Leann Truitt übereinstimmt. Wir haben jetzt eine Verbindung zwischen den drei Mordfällen.«

Ich verlasse den Parkplatz des Sheriffbüros und fahre in Richtung Norden.

»Unser erstes Ziel ist Adelma Beach. Auf dem Weg nach Crane zu Margies letzter bekannter Adresse kommen wir genau dort vorbei. Ich möchte einen Blick auf die Stelle werfen, an der Dina abgelegt wurde. Haben Sie die Bilder?«

Ronnie holt drei Fotos mit der bestmöglichen Sicht auf den Tatort hervor. Sie wurden aus drei verschiedenen Perspektiven von der Leiche aus aufgenommen.

»Die brauchen wir nicht, wenn es darum geht, den exakten Fundort der Leiche zu ermitteln«, erwidert sie, »Ich habe die GPS-Koordinaten.«

Sie kann uns mit ihrem Zauberhandy genau dorthin führen. Ich würde mir gerne das Symbol ansehen, das laut Clay in einen umgestürzten Baumstamm geritzt wurde.

»Sie haben doch nicht etwa alle Adressen von Dina und Margie?«

»Doch, natürlich«, sagt sie. »Ich habe sie gestern Abend eingegeben, während ich auf Marley gewartet habe.«

Die Art und Weise, wie sie seinen Namen ausspricht, verrät mir, dass sich zwischen den beiden etwas anbahnt.

»Sie mögen ihn, stimmts?«

Ich weiß nicht, warum ich gefragt habe. Doch, ich weiß es. Ich will, dass sie eine gewisse Nähe zu ihm aufbaut. Er ist nicht mein Typ, und obwohl ich fast alles tun würde, um an Informationen zu kommen, möchte ich nicht mit Marley ausgehen.

»Er hat mich gestern Abend geküsst«, sagt sie plötzlich und wirft mir einen besorgten Blick zu. »Das wird mich doch nicht meinen Job kosten, oder?«

Ich lache laut auf und sie lehnt sich schmollend zurück.

»Wenn man wegen so etwas gefeuert würde, müsste die halbe Abteilung gehen.«

»Aber Marley hat gesagt, es solle unter uns bleiben. Ich hätte es Ihnen wahrscheinlich nicht sagen sollen.«

»Nein. Sie konnten es mir ruhig sagen. Ich werde Ihr Geheimnis bewahren, bis Sie bereit sind, es zu verraten.«

Sie lächelt. »Sie sind eine gute Freundin, Megan.«

Ja, genau. Warum komme ich mir dann wie ein Miststück vor, das sie aus vollkommen egoistischen Gründen in Marleys Arme getrieben hat? Aber wer weiß, vielleicht wären sie sowieso zusammengekommen. Marley? Unglaublich, dass er nicht zu Ronnie stehen will. Er sieht nicht schlecht aus, aber ich kann mir nicht vorstellen, dass er bei einer Schönheit wie Ronnie mithalten kann.

»Ich habe eine Wegbeschreibung zu Dinas Fundort.«

Sie tippt auf ihr Handy und eine körperlose Frauenstimme beginnt, uns den Weg zu beschreiben. Ich biege an der Four Corners Road ab und schon sind wir am Adelma Beach und fahren die South Discovery Road an der Discovery Bay entlang. Die Küstenlinie der Bucht ist größtenteils bebaut, dort steht alles Mögliche, von der Blockhütte bis zum millionenschweren Anwesen. Das Navi führt uns zu einem verlassenen Abschnitt, der so felsig ist, dass man ihn nicht als Strand bezeichnen kann. Wir machen uns zu Fuß auf den Weg zu den Koordinaten und versuchen, uns nicht die Beine zu brechen.

Das Handy zeigt an, dass wir an der richtigen Stelle sind.

Ich befinde mich auf einer sandigen Fläche, die nicht größer als mein Schlafzimmer ist. Der Baumstamm ist leicht zu finden. Er hat einen Durchmesser von einem Meter und ist ungefähr sechs Meter lang. Die Flut hat ihn an diesen kleinen Strandabschnitt gespült, seine dicken Wurzeln haben sich in den Sand gegraben und wirken wie ein Anker. Das andere Ende des Stammes liegt im Wasser. Ich klettere darüber und finde die Schnitzerei. Sie wurde mit einer scharfen Klinge in das Holz geritzt und ist etwa so groß wie ein Kaffeebecher.

Das allsehende Auge.

Ronnie macht mit ihrem Handy eine Nahaufnahme davon. Ich klettere wieder hinüber und schaue auf die Bucht hinaus. Sie sagt, was ich denke.

»Die Leiche kann nicht lange hier gelegen haben. Auch wenn dieses Ungeheuer mit der Flut hierher gelangen konnte, eine Leiche wäre bei Ebbe herausgetrieben worden.«

»Guter Gedanke«, sage ich.

Ich sehe mir die Bilder an. Dinas Körper lag auf dieser Seite des Stammes. Arrangiert wie die anderen Leichen, etwa eineinhalb Meter von den Wurzeln entfernt. Ich sehe keine Schleifspuren auf dem Bild. Ich fahre mit dem Stiefel über den feuchten Sand. »Sie wurde nach der Flut hier abgeladen«, sage ich. »Sie muss innerhalb weniger Stunden gefunden worden sein. Der Leichenbeschauer schätzte, dass sie seit mindestens vierundzwanzig Stunden tot war.«

»Und wo wurde sie getötet?«, fragt Ronnie. »Wo wurde sie aufbewahrt, ehe er sie hier ablegte?«

»Clay hat gesagt, sie hatte ganz leichte Schrammen oder Abschürfungen der Haut an Knien und Ellenbogen. Ich habe im Autopsiebericht nichts von Teppichfasern gelesen, Sie vielleicht?«

Ronnie schüttelt den Kopf.

Wir sind über dreißig Meter weit über scharfkantige Felsen geklettert, um hierher zu gelangen. Ich frage mich, ob die Leiche mit dem Boot geborgen wurde.

»Steht im Bericht, wie die Leiche geborgen wurde?«

Ronnie blickt auf den Weg zurück, den wir gekommen sind.

»Ich bezweifle, dass sie weggetragen wurde. Roy hat sie entdeckt.« Sie nickt jetzt. »Ich weiß, was Sie denken. Roy hat sie auf sein Boot geladen. Er hat die *Integrity* unter seiner Verantwortung. Die hat ein raues Deck. Daher könnten die Hautabschürfungen stammen.«

Mein Job ist weiterhin sicher. Das habe ich ganz und gar nicht gedacht. Das war nicht einmal ansatzweise eine Möglichkeit. Die Abschürfungen befanden sich nur an ihren Knien und Ellbogen. Wenn sie nicht auf dem Deck herumgekrochen ist, hätte sie die Schrammen nicht von dort. Aber es hätte passieren können, wenn sie zu Lebzeiten in den Kofferraum eines Fahrzeugs gesperrt worden wäre. Oder in ein Haus mit Teppichboden.

»Wo waren die Hautabschürfungen?«, frage ich. Der Unterricht beginnt.

Sie denkt nur kurz nach, das muss man ihr lassen. »Sie können nicht von der *Integrity* stammen. Die Abschürfungen sind zu Lebzeiten entstanden. Teppichboden. Es gibt auf keinem unserer Boote einen Teppichboden.«

»Wo gibt es Teppichböden?«, frage ich.

»In einem Haus.« Sie schnippt mit den Fingern. »Und im Kofferraum eines Autos. Aber sie müsste noch am Leben gewesen sein, um sich diese Schürfwunden zuzuziehen. Vielleicht, als sie entführt wurde? Sie wurde im Kofferraum eines Wagens transportiert.«

»Ich vermute, dass die Abschürfungen vom Teppichboden eines Zimmers herrühren, in dem sie festgehalten wurde«, sage ich. »Es war ein Raum mit Teppichboden, also wahrscheinlich kein Keller oder Geräteschuppen. Ich weiß, das schränkt den Tatort nicht sonderlich ein.«

»Aber wenn wir einen Verdächtigen haben, wissen wir, in welchen Bereichen wir nach Beweisen suchen müssen«, entgegnet Ronnie.

Dieses Mädchen hat eine schnelle Auffassungsgabe. Aber sie wird nach Abschluss des Falles nicht hierbleiben. Sie absolviert diverse Praktika im Rotationsverfahren und hat nur noch den heutigen Tag. Dann geht es weiter, vielleicht ins Archiv oder in die Zentrale oder sie fährt mit einem vereidigten Deputy auf Streife.

»Geben Sie das nächste Ziel ein«, fordere ich sie auf. »Crane ist nicht weit weg.«

»Werden Clay und Larry uns begleiten?«

»Die sind beschäftigt«, lüge ich. Ich will nicht, dass jemand vor uns zu unseren möglichen Zeugen geht. Das könnte deren Gesundheit gefährden. Wie die von Qassim Hadir zum Beispiel. Als wir nach Boyd und seinem Mitbewohner gesucht haben, waren beide tot, ehe wir sie fanden.

SIEBENUNDVIERZIG

Ich fahre die State Route 20 entlang und biege nach Norden auf die State Route 101 ab. Ronnies GPS führt uns nach Crane, einem kleinen, nicht eingemeindeten Ort mit weniger als einhundert Einwohnern. Zweimal dachte ich schon, wir hätten uns verfahren, bevor wir eine Häuserreihe mit Blick aufs Meer entdecken. Margies Haus ist ein hübscher kleiner Bungalow mit einer behindertengerechten Rampe und sehr vielen Gartenzwergen und Topfpflanzen.

Der Mann, der die Tür öffnet, scheint um die Neunzig zu sein. Die Frau hinter ihm im Rollstuhl ist noch älter, oder vielleicht denke ich das nur wegen ihrer strähnigen weißen Haare, die kaum die Kopfhaut verdecken. Die beiden heißen Mr und Mrs Ivy. Sie kannten Margie Benton nicht – nie von ihr gehört – und die Nachbarn auf beiden Seiten wohnen erst seit ein paar Monaten hier. Die Ivys laden uns zum Kaffee ein, wie die meisten älteren Menschen, denen ich in diesem Job begegne, und gerne auch für etliche Stunden, damit wir uns unterhalten können. Ich lehne die Einladung ab.

»Kommen Sie, wir versuchen es im Alibi, vielleicht erinnert

sich dort jemand an sie«, sage ich zu Ronnie. »Es ergibt keinen Sinn, mit den Nachbarn zu reden.«

Indem wir die State Route 101 umfahren und die Nebenstraßen nehmen, sind wir in fünfzehn Minuten in Port Angeles. Es ist fast Mittag. Zum Essen haben wir die Wahl zwischen McDonald's, Wendy's und einem Asiaten. Ich fahre am Gebäude der US-Grenzpatrouille in Port Angeles vorbei und biege bei Wendy's ein. Wir essen im Auto. Ronnie hat eine Karte von Port Angeles herausgesucht.

»Wo haben Sie studiert?«, frage ich sie aus reiner Höflichkeit.

»Washington State University. Mein Vater wollte, dass ich Anwältin werde und in seine Kanzlei einsteige.«

»Aber Sie sind stattdessen in die Strafverfolgung gegangen. Warum?«

»Ich hätte niemanden vertreten können, den ich für schuldig halte.«

Das ist eine ehrliche Antwort. Ich hatte sie für eines dieser reichen, verwöhnten Kinder gehalten, die übermäßig darum bemüht sind, der Welt zu beweisen, dass sie nicht privilegiert sind. Ihre Garderobe ist ein einziges Privileg. Die Schuhe, die sie trägt, kann ich mir nicht leisten. Aber genau wie sie habe ich diesen Job nicht des Geldes wegen gewählt. Ich mache ihn, um die Arschlöcher, die andere Menschen quälen, zu finden und zu vernichten. Mörder. Vergewaltiger. Kidnapper. Wie sie könnte ich so jemanden niemals vertreten. Aber im Gegensatz zu ihr will ich sie nicht verhaften. Ich will, dass sie für immer verschwinden.

»Was ist mit Ihnen, Megan?«

Ich antworte nicht.

»Mal sehen, was wir in der Bar herausfinden.«

Das *Front Street Alibi* befindet sich zwischen *Baskin Robbins* und dem Wok. Die Parkplätze befinden sich an der Seite. Es ist kurz nach Mittag und der Parkplatz ist fast voll.

Hinten gibt es eine Karaoke-Bühne, die Bar und die Küche befinden sich zu meiner Linken, die Sitzplätze sind rechts. Auf einem Schild über der Bar steht: »Happy Hour All Day«. Deshalb gab es auch keine Parkplätze mehr. Das Lokal ist voll, und alle trinken und unterhalten sich lautstark.

Hinter der Bar stehen zwei Barkeeper. Einer ist männlich und sieht aus, als wäre er minderjährig. Die andere, eine Frau zwischen vierzig und fünfzig, hat einen Bierbauch, der unter ihrer bauchfreien Folklorebluse hervorlugt.

Die Frau fragt: »Was darf ich euch bringen?«

Ich zeige ihr meinen Ausweis. Ronnie ist heute zum Glück in Zivil. Sie holt ihr Ausweisetui mit der Reserve-Deputy-Marke heraus und zeigt es der Bedienung.

»Was nehmen Sie?«, fragt die Frau erneut. »Hier kommen ständig Leute mit Ausweisen rein. Die meisten um diese Tageszeit. Für Polizisten gehen die Drinks aufs Haus.«

»Wir sind nicht hier, um etwas zu trinken«, sage ich. »Wir sind auf der Suche nach jemandem.«

»Sind wir das nicht alle, Schätzchen?«, fragt sie.

Ronnie holt das Bild von Margie Benton aus Larrys Akte hervor.

»Kennen Sie sie?«, frage ich.

Sie wirft einen kurzen Blick auf das Foto und blickt dann wieder zu mir. »Was wollen Sie von Marge?«

»Sie kennen sie also?«

»Ja. Ich *kannte* sie. Sie ist tot. Was will Jefferson County von ihr?«

»Kannten Sie sie aus der Zeit, als sie hier gearbeitet hat?«

Sie nickt und wischt mit einem sauberen weißen Handtuch über die Theke. »Sie ist schon seit zwei Jahren tot. Worum geht es hier?«

»Ich suche den Mistkerl, der sie getötet hat«, sage ich.

Sie hört auf, die Theke zu wischen, sieht mir in die Augen und sagt: »Das wurde aber auch Zeit.«

Der Name der Barkeeperin ist Missy Johnson. Es überrascht mich nicht, dass sie Detective Larry Gray kennt. Sie kennt ihn sogar sehr gut. Missy vertraut uns an, dass sie weiß, dass Larry verheiratet ist, aber gleichzeitig ziemlich umtriebig. Sie erzählt uns, dass sie Larry nach Margies Ermordung kennengelernt hat, als er in die Bar kam, um Fragen zu stellen. Davor war er nur ein seltener Kunde, dann wurde er zum Stammgast. Mindestens dreimal die Woche bis zum Feierabend und danach wurde er Stammgast bei ihr zu Hause.

»Verstehen Sie mich nicht falsch«, sagt sie. »Larry ist ein toller Kerl. Aber ich glaube nicht, dass er sich allzu sehr für seinen Job interessiert. Nicht ein bisschen. Er will einfach nur seine Zeit bis zum Ruhestand durchbringen.«

»Was wissen Sie über den Mord an Margie?«

Sie blickt in der Bar umher und dann wieder zu mir. »Ich werde Ihnen sagen, was ich ihm gesagt habe, aber es ist schon eine ganze Weile her.«

Margie hatte früher mit Missy die Bar geführt. Sie waren gute Freundinnen. Margie war sehr beliebt. Vielleicht ein bisschen zu beliebt. Sie hatte Stammkunden, aber das ist für eine Barkeeperin ja nichts Ungewöhnliches. Vor etwa drei Jahren wurde Margie jedoch von einem ihrer Kunden schwanger, brachte das Baby zu Hause zur Welt und gab es zur Adoption frei. Die Adoption fand sozusagen unter der Hand statt. Laut Missy konnte Margie ein Kind nicht gebrauchen, Geld aber umso mehr. Sie sagte, in dieser Sache hätten sie unterschiedliche Meinungen gehabt, aber sie blieben trotzdem Freundinnen, bis Margie wieder schwanger wurde.

»Sie war schwanger, als sie getötet wurde. Aber das wissen Sie ja bereits. Ich glaube, sie war vielleicht im vierten oder fünften Monat. Sie wusste nicht, von wem es war, und auch nicht, wann es passiert war. Wir haben uns richtig zerstritten, als sie mir sagte, dass sie auch dieses Kind weggeben wollte. Sie hatte bereits ein junges Paar, das interessiert war. Sie war ein

Miststück, auch wenn man nicht schlecht über Tote reden soll. Es hat ihr überhaupt nichts ausgemacht, das Baby wegzugeben. Sie war nur traurig, dass sie nicht mehr Geld bekam.«

Jetzt wusste ich, warum Larry nicht härter an dem Mord gearbeitet hatte.

Er dachte, Margie sei die Mühe nicht wert. Die Vorstellung machte mich krank. Sie war nicht nur eine Nutte, wie Larry sie genannt hatte. Sie war eine Babyfabrik.

»Gab es einen Stammgast, der ein Problem mit Margie hatte?«

Sie schüttelt den Kopf. »Jemand, der sie getötet haben könnte? Nein. Alle mochten sie, wie ich schon sagte. Ich glaube aber nicht, dass irgendjemand davon wusste, dass sie ihre Babys verkauft hat, außer mir und vielleicht Roy Martin.«

Ronnie ergreift meinen Arm. Ich bin erschrocken.

»Roy Martin vom Jefferson County Sheriff's Office?«, frage ich.

Ronnie lockert ihren Griff, und wir tauschen einen kurzen Blick aus.

»Ja«, sagt sie. »Bootsführer oder so. Er war die ganze Zeit hier, bis Margie weg war. Ich habe Larry einmal gefragt: ›Larry, warum kommt dieser gutaussehende Martin nicht mehr hierher?‹. Er erzählte mir, dass Martin derjenige war, der Margies Leiche gefunden hatte. Das hat ihm wohl ziemlich zugesetzt.«

Ronnie kann sich wahrscheinlich nicht vorstellen, dass ihr Held in einer Bar wie dieser in einem anderen Bezirk herumhängt.

»Hat Roy Margie gekannt?«, frage ich.

»Ja«, sagt sie. »Wie ich schon sagte, er war ständig hier. Er war einer von Margies Stammgästen. Ich glaube nicht, dass er in sie verliebt war oder so, aber sie hat ihn immer bedient. Er ist ein echter Spaßvogel. Hat uns alle zum Lachen gebracht.«

Superheld. Stand-up-Comedian. Bootsführer. Roy ist ein vielseitiger Mann.

»Haben Sie eine Idee, wer das getan haben könnte?«, frage ich.

Missy wischt wieder die Theke. Sie senkt ihre Stimme.

»Seien Sie mir nicht böse«, sagt sie. »Ich weiß nichts Genaues.«

»Aber ...?«

»Ich glaube, es war ein Polizist. Ich weiß, dass Polizisten oft zu Unrecht kritisiert werden, und ich will auch nicht respektlos sein, aber das denke ich nun mal.«

Ich frage sie weiter aus, aber sie hat keine Ahnung, wer es gewesen sein könnte. Nur, dass es ein Polizist gewesen sein muss. Verschiedene Dinge führen sie zu dieser Annahme. Zum Beispiel die Tatsache, dass Margies Affären fast immer Polizisten waren. Margie hatte angedeutet, dass ihr erstes Baby von einer Polizistenfamilie adoptiert worden war, wollte aber nie sagen, von wem. Margie hatte darüber gelacht, dass sie ein zweites Mal schwanger geworden war, und hatte behauptete, die Polizisten würden sie im Geschäft halten. Sie hatte nie gesagt, wer der Vater sein könnte. Missy glaubt nicht, dass Margie es mit Sicherheit wusste. Und sie denkt, wenn Margie so viel mit verheirateten Polizisten zu tun hatte, müsste sie auch eine Menge dunkler Geheimnisse über sie erfahren habe. Margie war habgierig genug gewesen, um ihre eigenen Kinder zu verkaufen. Ob sie auch zu Erpressung fähig gewesen war?

ACHTUNDVIERZIG

Wir sitzen schweigend im Taurus und verdauen, was wir gerade erfahren haben. Es passt zu meiner Theorie und auch wenn es nichts beweist, sagt mir mein Bauchgefühl, dass ich der Sache nachgehen sollte. Missy hatte sich geweigert, die Namen der Polizisten zu nennen, die in der Bar verkehrten. Sie sagte, dass Margie mit allen geflirtet habe, weil sie gute Trinkgelder gaben.

Ich glaube, einer von ihnen ist außerdem ein Mörder.

Ronnie ist verärgert.

»Detective Gray hat uns also angelogen«, sagt sie.

»Jeder lügt«, antworte ich.

Sogar ich.

Für mich geht es ums Überleben. Bei Larry geht es um persönliche Vorteile. Er will nicht, dass seine Affäre bekannt wird. Er wollte nicht, dass wir mit Missy Johnson reden. Seine Lügen kümmern mich nicht. Ich frage mich, ob er die DNS manipuliert hat. Hatte er eine Affäre mit Margie? Wer könnte die Ergebnisse des Falles besser verschleiern als der Detective, der ihn bearbeitet? Er hatte Zugang zu allen Beweisen, Aufzeichnungen und Berichten und er wusste, wer daran interessiert war und ob der Fall überhaupt zu lösen war. Er hatte von Anfang an versucht, mich davon abzubringen.

Zum Beispiel, als er behauptet hatte, das an den Tatorten gefundene Symbol bedeute nichts. Und warum war er heute Morgen beim Sheriff gewesen? Er und Tony hatten seit Jahren nicht mehr miteinander gesprochen. Sie mochten sich nicht einmal. War er dort gewesen, um Informationen zu bekommen? Außerdem hatte er mir angeboten, heute Morgen mitzukommen. Hatte er sicherstellen wollen, dass ich Missy nicht finde? Und er hatte behauptet, Margie sei seit Jahren nicht mehr in der Bar tätig gewesen, und gesagt, sie habe auf der Straße als Nutte gearbeitet. Missy Johnson sagte, dass Margie bis zu ihrem Tod in der Bar gearbeitet hat. Sie wusste nichts davon, dass Margie eine Prostituierte war.

Mir ist etwas mulmig zumute und das hat nichts mit dem Mittagessen bei Wendy's zu tun. Wie soll ich das dem Sheriff beibringen, falls Larry sich als Mörder entpuppt? Und selbst wenn es nicht Larry war, ist das ein Skandal, der auf uns alle zurückfällt.

Ich muss es dem Sheriff sagen.

Ich starte den Wagen und fahre zurück nach Port Townsend zu *Doc's Marina Grill*, wo Dina gearbeitet hat. Vor ihrem Tod hat sie ihr Baby zur Adoption freigegeben. Aber diese Adoption war vom Krankenhaus organisiert worden. Sie zog keinerlei finanziellen Nutzen daraus. Außerdem hatte sie keinen Vater angegeben. Wusste sie, wer der Vater war? War auch sie mit einem Polizisten zusammen gewesen? War das *Doc's* ein Treffpunkt für Polizisten, wie das Alibi?

»Megan?«, fragt Ronnie.

Ich war tief in Gedanken versunken und quasi auf Autopilot gefahren. Ich sehe sie an.

»Glauben Sie, es ist ein Polizist?«

Ja, denke ich.

»Ich bin noch nicht ganz sicher«, sage ich zu ihr. »Aber ich denke, es könnte sein.«

»Wenn wir uns die Überwachungsvideos aus dem Krankenhaus ansehen, müssen wir das im Hinterkopf behalten.«

Sie hat recht. Wir gehen sie heute Abend durch. Ich hatte Clay gesagt, dass wir das bei Ronnie zu Hause machen. Er hatte angeboten, vorbeizukommen und zu helfen. Zu dem mulmigen Gefühl, das in mir aufsteigt, kommt noch Paranoia hinzu.

»Roy war in Margie verknallt. Du glaubst doch nicht ...«

Ich wende meinen Blick nicht von der Straße.

»Jeder ist so lange verdächtig, bis er es nicht mehr ist«, sage ich. »Wir behalten vorerst alle im Auge. Okay?«

Captain Marvel gehört nun zum Kreis der Verdächtigen. Er kannte Margie Benton, möglicherweise auf sehr intime Weise, und hat mir das nie gesagt. Er hat die Leichen gefunden, aber vielleicht hat er sie auch entsorgt. Sollte er der Mörder sein, hat er seine Spuren sehr gut verwischt. Er war an jedem Tatort, aber das könnte mit seinem Dienst bei der Küstenwache zusammenhängen.

Und dann sind da noch Clay und sein Kumpel Jimmy aus Little Italy. Ich kann mir Jimmy als Clays mörderischen Handlanger vorstellen. Jimmy ist immer zu Späßen aufgelegt, während Clay eher seriös auftritt. Jimmy flirtete, als wir uns das erste Mal trafen, aber es war spielerisch. Und dann war da noch die Art, wie die beiden einander ansahen. Die Art, wie sie zusammengehalten haben. Alle Opfer waren vergewaltigt worden. Die beiden passen einfach nicht rein. Und Clay war nur deswegen behilflich, weil ich ihn darum gebeten hatte. Er hat sich nicht in meine Ermittlungen eingemischt.

»Was halten Sie von den Symbolen am Tatort und der Art und Weise, wie die Leichen in Pose gesetzt wurden?«, frage ich Ronnie.

»Ablenkung«, antwortet sie sofort. »Oder vielleicht hat es eine psychologische Bedeutung für den Mörder, wie wir schon besprochen haben. Ich habe gelesen, dass Serienmörder eine Signatur haben. Das könnte bei diesem Kerl der Fall sein. Und es gibt keinen Schmuck an den Leichen. Wir wissen, dass Leann sich für ein Date umgezogen hat. Können Sie sich vorstellen, zu einem wichtigen Date zu gehen und keine Halskette oder so etwas zu tragen?«

Eigentlich kann ich mir das sehr gut vorstellen. Bei meinem Treffen mit Dan trug ich fast kein Make-up.

Wir treffen in Port Townsend ein. Ich biege ab, zu *Doc's Marina Grill* in der Hudson Street. Die Straße ist gesäumt von Wohnwagen und Wohnmobilen und Picknickbänken. Der Blick auf die Bucht ist spektakulär. Ich habe schon ein paar Mal bei *Doc's* gegessen und die Bänke erinnern mich an Zeiten, in denen ich mit Hayden unten an der Bucht saß und wir auf einer Bank wie dieser eine Möwe beobachteten, die sich mit einem kleineren Seevogel um eine Pommes stritt.

Mein Herz wird schwer, als ich an meinen kleinen Bruder denke. Ich frage mich, wie es ihm geht. Ob er jemals an mich denkt.

»Sieht aus, als hätten sie gut zu tun«, sagt Ronnie, als ein Pick-up ausparkt und ich mich auf den freien Parkplatz stelle.

»Clay hat die Namen von Dinas Manager und dem Besitzer in der Akte«, sage ich.

Ronnie hatte sich die Namen natürlich schon notiert.

»Wir werden einfach so vorgehen wie in Port Angeles. Wir lassen die Leute auf uns zukommen und fragen sie dann, ob sie die Personen auf den Bildern erkennen.«

»Vertrauen Sie Detective Osborne nicht?«, fragt sie.

»Das ist keine Frage des Vertrauens«, antworte ich Ronnie. »Wenn wir dasselbe Gebiet abdecken wie er, bekommen wir auch dieselben Antworten.« *Oder auch nicht.* »Ich will sehen, ob es jemanden gibt, mit dem er hätte reden sollen.«

Das ist eine nette Umschreibung dafür, dass ich herausfinden will, ob er uns, wie Larry, etwas verheimlicht.

Anstatt durch die Vordertür zu gehen, gehen wir nach hinten, wo es meines Wissens einen eingezäunten Sitzbereich gibt. Wir halten eine Kellnerin an und ich zeige ihr meinen Ausweis. Ronnie holt das Foto von Dina Knowles heraus und zeigt es ihr.

»Das ist meine erste Woche«, sagt sie und schüttelt den Kopf. »Ich habe das Mädchen noch nie gesehen.«

Sie verweist uns an den Restaurantleiter im Lokal.

Ich frage: »Gibt es noch eine andere Kellnerin, die schon ein Jahr oder länger hier arbeitet? Ich möchte Ihren Chef nicht stören.«

Sie bittet uns, zu warten, und geht hinein. Eine kleine, untersetzte Frau um die vierzig kommt heraus und wischt sich die Hände an einer kurzen Schürze ab.

»Kann ich Ihnen helfen?«

Ich weise mich aus, und Ronnie zeigt ihr das Foto.

»Dina«, sagt sie. »Sie ist tot.«

»Ich weiß. Deshalb sind wir ja hier.«

»Ich dachte, dass Clay in ihrem Mordfall ermittelt«, fragt sie.

»Wir sind ein Team«, antworte ich. Das sind Clays Worte, nicht meine.

»Was wollen Sie wissen? Wir sind gerade ziemlich beschäftigt, also habe ich nicht viel Zeit.«

»Ich brauche nur ein paar Minuten. Haben Sie bei Detective Osborne eine Aussage gemacht?« Falls ja, hat Clay sie nicht in seiner Akte erwähnt.

»Sie haben sie nicht?«

Sie gehört zu den Leuten, die eine Frage mit einer Gegenfrage beantwortet. Das kann ich gar nicht leiden. Ich mache das genauso, wenn ich eine Frage nicht beantworten will.

Ich schaue auf ihr Namensschild. »Bonnie, ich muss Ihnen ein paar Fragen stellen. Wenn Sie nicht hier reden wollen, können wir das auch auf dem Revier in Port Hadlock tun.«

Sie wirkt verunsichert. Ich habe nicht die Befugnis, sie nach Port Hadlock zu bringen, aber das weiß sie ja nicht.

Sie beschließt, auf Nummer sicher zu gehen. »Sie war ein anständiges Mädchen. Etwas verkorkst, aber wer ist das heutzutage nicht?«

»Was meinen Sie mit ›verkorkst‹?«, fragt Ronnie.

Bonnie führt uns in eine Ecke der Veranda, wo niemand in der Nähe ist, und senkt ihre Stimme.

»Ich habe tatsächlich mit dem Detective gesprochen, aber er hat nur nach meinem Namen gefragt und danach, wann ich Feierabend habe. Er hat nie nachgefragt, also dachte ich, die Sache sei erledigt.«

Wir warten. Ronnie stellt keine einzige Frage. Sie hat einen meiner Tricks aufgeschnappt.

»Ich möchte nicht schlecht über Tote sprechen.« Sie schaut von einer zur anderen und merkt, dass wir sie weiter anstarren werden. »Okay. Ich denke, es ist sowieso egal. Ich habe von einem der anderen Mädchen gehört, dass Dina gestohlen hat.«

»Bitte erklären Sie mir das«, sage ich.

»Sie hat sich die Kreditkartennummern notiert«, sagt Bonnie und sieht uns dabei aufmerksam an. »Ich bin sicher, sie hat die Kreditkarten zweimal durchgezogen und das Geld eingesteckt. Ich mochte sie, aber das ist ein Riesen-Tabu in diesem Geschäft. Die Kunden beschweren sich zwar nicht jedes Mal, aber sie kommen nicht wieder. So viel ist sicher.«

»Aber das ist nicht das eigentliche Problem, stimmt's?«, frage ich.

Manchmal hilft es, den anderen etwas zu drängen.

Sie presst die Lippen aufeinander, meistens ist das ein Zeichen dafür, dass man befürchtet, es könne einem etwas herausrutschten.

»Sie werden es sowieso herausfinden«, sagt sie schließlich. »Ich habe gehört, dass der Manager Clay erzählt hat, dass sie es schon öfters getan hat. Timmy – das ist der Manager – hat sie ein paar Mal gewarnt, hatte aber Mitleid mit ihr, weil sie gerade ein Baby bekommen hatte. Dann haben wir herausgefunden, dass sie das Baby weggegeben hat. Das hat den meisten von uns nicht gefallen, vor allem dem Manager nicht. Aus religiösen Gründen. Soweit ich weiß, hat Dina nicht wieder gestohlen, aber ich bin sicher, dass der Manager mit einem Polizisten darüber gesprochen hat.«

»Wissen Sie, wer der Polizist war?«

»Nein«, sagt sie. »Dann kam dieser Detective und wir erfuhren, dass sie getötet worden war. Wir fühlten uns alle schuldig, weil wir sie so behandelt hatten. Ich wollte nicht über Dina sprechen, also bin ich früher gegangen. Ich hätte dem Detective sagen sollen, was ich wusste, aber was hätte das genützt? Sie war tot.«

»Und Sie wissen bestimmt nicht, wer der Polizist war?«, frage ich. »Der, mit dem der Restaurantleiter über ihren Diebstahl gesprochen hat?«

»Er ist nicht oft hier, sitzt meistens an der Bar. Gut aussehender Typ. Ich meine, attraktiv wie ein Filmstar, wenn Sie sich das vorstellen können. Ich weiß nur, dass er Polizist ist, weil er immer Essen und Getränke umsonst bekommt.«

NEUNUNDVIERZIG

Ronnie sitzt schweigend im Auto, als wir zurück zum Sheriff's Office fahren. Es ist seltsam ruhig, und mittlerweile mag ich ihr unaufhörliches Geplapper als Hintergrundgeräusch kaum noch missen. Aber jetzt denkt sie nach. Und das ist gut so. Sie setzt die Puzzleteile zusammen.

Eine Menge Puzzleteile.

Sie fragt sich auch, ob dies der richtige Job für sie ist.

Wir haben mit dem Manager, einer anderen Kellnerin und einem Barkeeper gesprochen. Sie alle haben bestätigt, was Bonnie gesagt hat. Es passt alles zusammen. Ich bin mir sicher, wenn wir eine DNA-Probe bekämen, würde sie mit allen Opfern außer Margie übereinstimmen. Ich weiß genau, dass Larry die DNA-Probe absichtlich verunreinigt hat, aber ich habe keine Ahnung, wie er sie in die Finger bekommen hat. Normalerweise werden solche Proben von einem Rechtsmediziner oder Leichenbeschauer direkt am Tatort entnommen. Larry könnte Freunde gehabt haben, die ihm geholfen haben. Vor allem, wenn er sie überzeugen konnte, dass Margie bekommen hat, was sie verdient hat. Larry ist nicht der einzige Polizist, der glaubt, der Zweck heilige die Mittel. Muss ich gerade sagen. Ich hatte auch nicht vor, den Mörder lebend zu fassen. Aber wenigstens hatte ich einen besseren Grund, als eine Affäre zu vertuschen.

Der Polizist, mit dem Timmy, der Manager, gesprochen hatte, war Captain Marvel. Ich wusste nicht genau, aus welchem Grund er diese Frauen getötet haben sollte. Sie gefoltert hatte. Hatte der Tod seiner Frau und seines Babys ein derartiges Trauma in ihm ausgelöst? Posttraumatische Belastungsstörung? Ich weiß nichts über seine Vergangenheit. Ob es noch weitere Opfer gibt, von denen wir nichts wissen?

Ronnie sitzt still da und hält ihr Telefon in der Hand. Sie wischt nicht wie verrückt über den Bildschirm. Wir parken auf dem Parkplatz vor der Wache neben ihrem Smart. Sie ist am Boden zerstört. Sie hat eine lukrative Karriere für einen Job in der Strafverfolgung aufgegeben und zweifelt gerade an dieser Entscheidung. Und, was noch schlimmer ist, sie denkt, dass ihr Vater vielleicht doch recht gehabt haben könnte.

Ich stelle den Motor ab.

»Ronnie, das Böse gibt es in jedem Job. Auf der Straße. In jedem Haus. Das Böse ist überall. Aber man übersieht es leicht, wenn es in der Nähe ist, wie bei einem Familienmitglied, einem Kollegen oder einem besten Freund. Vielleicht, weil man es ignoriert. Vielleicht ist das Böse aber gut darin, sich zwischen uns zu verstecken?«

Ich bin eine Expertin darin, betrogen zu werden. Meine Mutter, mein Vater, meine Tante. Aber ich bin ständig auf der Hut. Ronnie besitzt noch einen Fünkchen Unschuld. Sie wird sie verlieren, wenn sie diesen Job lange genug macht. Sie wird immer zuerst nach dem Bösen Ausschau halten, bevor sie die Deckung fallen lässt und jemandem vertraut. Und sei es auch nur ein kleines bisschen.

Sie antwortet nicht und sieht mich nicht an. Dann stößt sie einen Seufzer aus. Einen großen Seufzer.

»Wahrscheinlich haben Sie recht. Ich muss noch einen

Bericht schreiben.« Sie öffnet die Autotür und ich greife über sie hinweg und halte sie fest.

»Das können wir morgen immer noch tun. Wir haben noch keine echten Beweise. Ich will dem Sheriff nicht sagen, dass unsere Verdächtigen Polizisten sind. Ich will auf keinen Fall, dass Nan erfährt, was wir gefunden haben. Gehen Sie jetzt lieber nach Hause, und wir machen morgen früh weiter, wenn Ihnen danach ist?«

»Ich will das zu Ende bringen.« Der verletzte Blick ist aus ihrem Gesicht verschwunden.

»Ich habe eine Idee.« Wahrscheinlich hasse ich mich später für das, was ich jetzt sage. »Begleiten Sie mich ins *Tides*. Wir trinken noch etwas, bevor wir nach Hause gehen. Versuchen Sie, heute Nacht nicht daran zu denken.«

Als würde ich das nicht selbst auch tun.

Sie lächelt zaghaft. »Ich habe eine bessere Idee«, sagt sie. »Sie kommen mit zu mir, und wir genehmigen uns ein paar Drinks. Ich habe ausreichend Platz für einen Gast, und wir können das Krankenhausvideo durchgehen und vielleicht einen Plan machen, wie wir die Beweise beschaffen. Ich will nicht mit einem Mörder zusammenarbeiten. Ich will nicht, dass er damit durchkommt. Ich will der Sache ein Ende bereiten.«

»Sie sind wirklich hartnäckig«, sage ich.

Ich folge Ronnies unfassbar kleinem Auto zum Big Red Barn und stelle meinen Wagen auf der Straße vor ihrem Haus ab, Ronnie parkt in der Kiesauffahrt. Wir gehen über den Steg und ich komme nicht umhin, mich zu fragen, wie es wohl wäre, an einem solchen Ort zu leben.

»Als ich das letzte Mal hier war, musste ich Sie ins Bett bringen«, sage ich.

Sie lacht. Ihre Wangen bekommen wieder etwas Farbe. Ich hoffe, dass mich morgen niemand ins Büro tragen muss. Sie öffnet die Haustür ohne Schlüssel. Das gibt einen Minuspunkt.

Sie sieht, wie ich leicht die Stirn runzle.

»Hier passiert nie etwas. Meine Nachbarn sind toll und es gab noch nie ein Problem.«

»Ich kann Ihnen ja nicht vorschreiben, wie Sie zu leben haben, aber Sie wissen schon, woran wir gerade arbeiten? Wen wir verdächtigen?«

»Ups. Ab jetzt schließe ich lieber ab. Ich möchte bloß nicht paranoid werden.«

Besser paranoid als tot, denke ich. *Scotch lindert die Paranoia ein wenig, aber er hilft nicht, wenn man tot ist.* Das sage ich nicht laut. Immerhin sorgt sie für die Getränke.

»Ich führe Sie durchs Haus.«

Ich sage ihr nicht, dass ich mir das Haus schon angeguckt habe, während sie ihren Rausch ausgeschlafen hat.

Sie zeigt mir die zwei wichtigsten Orte in jedem Haus: das Badezimmer und den Ort, an dem der Alkohol aufbewahrt wird. Dann weist sie auf die Tür, die auf die Terrasse hinausführt. »Gehen Sie raus und setzen Sie sich. Ich hole die Getränke. Scotch mit Eis, richtig?« Ich nicke und sie geht.

Ich sitze in einem der Adirondack-Stühle und genieße den herrlichen Ausblick auf die Bucht von Port Townsend.

Hayden kommt mir in den Sinn und ich spüre, wie sich ein eisiger Klumpen in meiner Magengrube bildet. Ich werde das Gefühl nicht los, dass da etwas nicht stimmt. Ich frage mich zum x-ten Mal, ob es ihm gut geht. Vielleicht war er in einen Kampf verwickelt. Oder er wurde von einer Sprengfalle in die Luft gejagt. Ich weiß nicht einmal, ob er mich als seine nächste Angehörige angegeben hat. Woher sollen sie wissen, dass sie mich benachrichtigen müssen? Ich habe selbst dafür gesorgt, dass man mich nicht leicht ausfindig machen kann. Zumindest unter normalen Umständen. Mein Stalker hat mich doch gefunden.

Als ich das vorige Mal hier draußen stand, lag Ronnie komatös in ihrem Bett. Ich blickte auf die Bucht hinaus und gab Hayden ein Versprechen. Wenn das hier vorbei wäre – wenn mein Stalker erledigt ist –, würde ich uns eine Wohnung wie diese besorgen. Zwei Schlafzimmer. Zwei Bäder, denn wahrscheinlich ist er noch genauso schlampig wie früher. Wir würden wieder eine Familie sein. Ich würde ihn niemals wieder von mir stoßen. Ich würde versuchen, wie ein normaler Mensch zu leben und die Vergangenheit hinter mir zu lassen. Dr. Albright ist überzeugt davon, dass ich das schaffen kann. Jetzt gilt es nur noch, mich selbst davon zu überzeugen. Die Umstellung auf ein normales Leben macht mir mehr Angst als ein Mörder.

Ronnie kommt zurück, reicht mir mein Getränk und setzt sich.

»Haben Sie sich jemals gefragt, warum wir gerade diese Art von Arbeit gewählt haben?«, fragt sie.

Ich nippe an meinem Drink und die Eiswürfel klimpern im Glas. »Nein. Ich bin eine Getriebene, ich muss das tun, was ich tue.«

»Ja«, sagt sie etwas zu schnell, »das bin ich auch. Aber was glauben Sie, woher das kommt?«

Ich werfe Ronnie einen Blick zu, dann ein Lächeln.

»Von einem guten Ort, Ronnie. Es kommt von innen.«

Sie nickt, und wir trinken. In einer Stunde geht die Sonne unter, und ich würde am liebsten hierbleiben und ihr dabei zusehen, aber der Fall ruft. Ich will nicht über den Elefanten im Raum reden – Captain Marvel – und Ronnie spricht ihn auch nicht an. Ich könnte mich an sie gewöhnen. Nicht für immer. Nicht wie eine Freundin.

Aber eine Kollegin, die ich nicht hasse, wäre schon ganz okay.

Wir sitzen schweigend da, wie zwei alte Freunde, die sich in der Stille wohlfühlen, und blicken aufs Wasser, bis die Sonne untergeht, nur unterbrochen durch das Nachschenken unserer Getränke. Ich stehe auf und frage: »Lust auf einen Film?«, Ich bin nicht gerade scharf darauf, stundenlang Videobänder von Menschen zu sehen, die durch Gänge und Türen gehen. Aber es muss sein. Vielleicht finde ich so die Nadel im Heuhaufen, nach der ich suche.

Nach der *wir* suchen.

Wir gehen zurück ins Haus, und ich lege meine Dienstwaffe auf den Küchentisch neben Ronnies. Bestimmt bekomme ich einen blauen Fleck an der Stelle, wo sie sich in die Seite gedrückt hat. Wir holen uns noch einen Drink und ich setze mich auf die riesige Ledercouch. Ronnie steckt den USB-Stick in ihrem Großbild-Fernseher und setzt sich mit der Fernbedienung aufs Sofa. Sie schaltet den Fernseher ein und der Bildschirm teilt sich in vier Ansichten. Die Darstellung zeigt vier Kameras, die alle vier Sekunden in eine andere Richtung schwenken. In jedem Rechteck sind in der oberen linken Ecke Datum und Uhrzeit sowie die Nummer der Kamera aufgeführt. Eine Ansicht zeigt die Notausgangstür von innen nach außen. Eine andere zeigt den Haupteingang von der Rezeption aus gesehen. Auf den anderen beiden sind die Flure und Aufzüge zu sehen.

Wir suchen nach dem Kreißsaal und der Entbindungsstation, aber sie sind nicht als solche gekennzeichnet.

»Ich habe im Krankenhaus angerufen und mit der Zentrale gesprochen«, sagt Ronnie. »Die Kameras sind bei ihr im Büro. Sie meinte, jeder, der den Kreißsaal oder die Wochenstation im zweiten Stock betritt oder verlässt, muss über die Aufzüge im ersten oder zweiten Stock kommen und wird somit erfasst. Sie hat mir auch die Nummern der Kameras genannt, auf die ich achten soll.«

»Gute Arbeit.« Jetzt, wo Captain Marvel der Hauptverdächtige ist, bin ich nicht mehr so enthusiastisch. Ich glaube nicht, dass die Babys etwas damit zu tun haben, außer der Tatsache, dass alle von ihren Müttern weggeben wurden. Sehr wahrscheinlich war er nicht der Vater. Wir werden vielleicht nie erfahren, wer die Väter sind. Larry wäre wahrscheinlicher als Clay. Er hat viel gelogen. Das könnte zu einem Trinkgelage der Enttäuschung werden, aber so sind Ermittlungen nun mal. Wenn etwas nicht klappt, darf man nicht einfach aufgeben. Im Fernsehen wird die Vorstellung verbreitet, dass ein Mord, der nicht innerhalb der ersten vierundzwanzig Stunden aufgeklärt wird, wahrscheinlich niemals aufgeklärt werden wird. Das ist völliger Blödsinn. Wenn ich jemals so schnell aufgeben würde, könnte ich genauso gut gleich aufhören.

Wir lehnen uns in ihrer bequemen Ledercouch zurück, und ich werde fast hypnotisiert von der alle paar Sekunden wechselnden Kameraperspektive. Manche bekommen bei so was einen Anfall. Aber die Zeit vergeht wie im Fluge und als ich auf mein Handy schaue, sehe ich, dass es fast zwei Uhr nachts ist. Ich höre das leise Schnarchen von Ronnie. Ich nehme die Fernbedienung und halte das Video an. Ich muss dringend pinkeln. Leise stehe ich auf und gehe ins Bad. Uns ist nichts Seltsames aufgefallen und wir haben niemanden gesehen, der uns bekannt vorkam. Jimmy aus Little Italy war auf ein paar Aufnahmen in der Notaufnahme oder im Empfangsbereich zu sehen, aber er hat gearbeitet. Auf den Fluren oder im zweiten Stock habe ich ihn keinmal gesehen. Irgendwie stört mich das. Wenn ich das Krankenhaus wäre und einen Polizisten hätte, der für die Sicherheit zuständig ist, würde ich wollen, dass er ab und zu einen Rundgang durch alle Stockwerke macht. Jimmy schien mit seinem Hintern an einen Stuhl festgeklebt zu sein. Auf den meisten Aufnahmen telefoniert er.

Ich schalte das Licht im Bad an und will mich gerade setzen. Plötzlich höre ich ein Klopfen an der Haustür. Ein Schauer läuft mir über den Rücken, und ich beeile mich, mir die Hose hochzuziehen. Ich höre Ronnie, die sagt: »Ich mache auf.«

»Ronnie, nein!« Ich versuche zu schreien, aber meine Kehle ist wie zugeschnürt. Ich lege gerade die Hand auf die Türklinke, als ich Ronnie schreien höre.

FÜNFZIG

Ich liege mit dem Gesicht auf etwas Hartem und Kaltem, als ich zu mir komme. Beim Versuch, mich zu bewegen, kommt es mir vor, als säße ein Elefant auf meiner Brust. Ich liege still und versuche, den Rest meines Körpers zu spüren. Meine Arme sind zur Seite gestreckt, die Beine gespreizt. Alles scheint da zu sein, wo es sein soll. Ich kann mit meinen Fingern und Zehen wackeln, aber mein Kopf und mein Nacken schmerzen, als wäre ich gegen eine Wand gelaufen.

Mein Blick wird langsam klar und ich erkenne, dass ich auf dem Boden liege.

»Was zum Teufel?«

Ich kann noch sprechen, aber schon der Versuch verursacht einen ziehenden Schmerz von der Kehle bis zur Brust. Mit der Hand taste ich nach meiner Waffe. Sie ist weg. Panik steigt in mir auf. Mein Herz hämmert bis zur Kehle. Und dann erinnere ich mich an den Küchentresen. Ich habe meine Waffe neben die von Ronnie auf den Tresen gelegt.

Ronnie? Die Erinnerung kehrt langsam zurück. Ich war im Bad. Es klopfte an der Tür. Ronnie schrie. Ich betrat das Zimmer. Die Haustür war offen. Eine Gestalt stand im

Rahmen. Ronnie wurde an ihren Haaren hochgezogen. Ein Schlag traf ihr Gesicht, und gleichzeitig spürte ich, wie die Luft aus meiner Lunge gepresst wurde. Es fühlte sich an, als ob ein Elefant auf mich einschlug und mich herumwarf. Und noch einmal. Und dann fühlte ich nichts mehr. Auf mich wurde geschossen. Mindestens zweimal.

Ich lausche. Vielleicht ist er noch hier. Wartet auf mich. Um mir das Genick zu brechen, wie den anderen. Ich bin sowieso nicht in der Lage, aufzustehen. Immerhin habe ich noch meine Sachen an. Ich bin allein.

Ronnie?

Ich bewege meine Arme nach oben und versuche, mich vom Boden abzustoßen. Der Schmerz schießt in Schüben durch meine Brust, bis ich Sterne sehe. Langsam lässt er nach. Ich ziehe meine Beine an und versuche es erneut. Diesmal gehe ich auf die Knie, halte mich mit einer Hand am Tresen fest und ziehe mich hoch. Ich weiß nicht, wie lange ich schon auf dem Boden liege. Meine Gedanken sind verwirrt. Ich habe immer wieder vor Augen, wie Ronnie an den Haaren vom Boden hochgezogen wird. Mein Atem wird ruhiger, jetzt, da ich nicht mehr am Boden liege.

Auf der linken Seite meines Blazers sind zwei runde Löcher, direkt über meinem Herzen. Als ich mein Hemd aufknöpfe, stecken zwei aufgepilzte Projektile in meinem Schutzpanzer. Die Stahlplatte, die ich in die Vordertasche eingeschoben habe, hat mein Herz geschützt und mir das Leben gerettet. Sie hat mich zwar nicht vor der Wucht zweier großkalibriger Kugeln bewahrt, aber *ich lebe*.

Ich mache mir Sorgen um Ronnie.

Hinter der Küchentheke finde ich beide Dienstwaffen. Er hat Ronnie mitgenommen, aber die Handfeuerwaffen zurückgelassen. Das war ein Fehler. Ich stecke meine .45er in den Halfter und stecke Ronnies Waffe in meinen Hosenbund unter den Blazer, bevor ich mich im Zimmer umsehe. Der TV-Bildschirm ist zertrümmert worden. Auf dem Boden hat sich eine Blutlache gebildet. An der Türkante und am Türrahmen ist noch mehr Blut. Ein blutiger Handabdruck ist an der Wand neben der Tür zu sehen.

Auf der Türschwelle befindet sich auch noch Blut.

Ich schaue nach dem USB-Stick. Er ist verschwunden. Jetzt weiß ich wieder, wer auf mich geschossen hat. Ich habe ihn in dem Moment gesehen. Ich weiß, wo ich nach ihm suchen muss, und ich *werde* ihn finden. Ich werde Ronnie finden. Wenn ihr etwas passiert ist, gnade ihm Gott.

EINUNDFÜNFZIG

Ronnies Autoschlüssel liegen in der Küche. Ihr Smart ist klein, unauffällig und leise. Ich werde mich dafür entschuldigen, dass ich ihr Auto genommen habe, nachdem ich sie gerettet habe.

Ich fahre runter zur Bucht. Die *Integrity* liegt genau dort, wo ich vermutet hatte. Eines der Polizeiautos von Port Townsend steht zwischen zwei Bootsanhängern. Er ist da.

Ich fahre mit ausgeschalteten Scheinwerfern den Pier hinunter und stelle das Auto ab. Das Licht in der Kajüte der *Integrity* ist eingeschaltet und ich kann Bewegungen sehen. Nur Schatten. Ich versuche, tief einzuatmen, bevor ich aussteige, aber das ist unmöglich, weil ich die Schutzweste so festgezurrt habe. Wenigstens hält sie meine Rippen und meinen Brustkorb zusammen, so dass ich das, was ich tun muss, beenden kann.

Ich steige aus und zucke zusammen, als das verdammte Innenlicht aufleuchtet. Zum Glück ist das Auto weit genug vom Boot entfernt und ich hoffe, dass niemand das Licht bemerkt hat. So schnell und leise wie möglich schließe ich die Autotür und schalte das Licht aus. Wenn ich so gebückt gehe, sind die Schmerzen kaum auszuhalten, aber irgendwie schaffe ich es zur

Rampe und von der Rampe zum Boot. Die Lichter entlang des Decks spiegeln sich im Wasser. Von irgendwoher erklingt leise Musik. Vielleicht von einem der anderen Boote in der Nähe. Das Sheriff's Office hat einen separaten Liegeplatz für die Küstenwache. Ein kleineres Boot, das ich nicht kenne, liegt direkt neben der *Integrity* vor Anker. Es ist niemand an Bord, aber das Licht in der Kajüte der *Integrity* leuchtet noch.

Ich bewege mich vorsichtig und leise und halte meine .45er ACP fest umklammert. Mein Finger liegt nicht seitlich am Abzug, wie wir es auf der Akademie gelernt haben, sondern direkt auf dem Abzug. Ich spiele nach *meinen* Regeln. Ich will nicht noch einmal erschossen werden.

Das Fallreep liegt jetzt direkt vor mir, als ich plötzlich mit dem Fuß gegen etwas stoße, das ein lautes Geräusch macht. Ich blicke zur Kajüte. Das Licht geht aus. *Verdammter Mist!* Ich springe näher ans Boot und drücke mich gegen den Rumpf, die .45er beidhändig umklammert, die Mündung nach oben gerichtet. Ich hoffe, dass er sich über die Reling beugt. Leider macht er das nicht. Nur wenige Meter von mir entfernt sehe ich, wogegen ich gestoßen bin. Es ist Ronnies Handy. Ich bleibe bewegungslos stehen und wage kaum zu atmen, es würde mir ohnehin schwerfallen. In dieser Stellung verharre ich länger, als mir lieb ist, aber ich will, dass er den ersten Schritt macht, damit ich den zweiten machen kann.

Meine Schultern fangen an zu brennen, weil ich die Arme über den Kopf halte, und meine Brust pocht vor Schmerz. Ich muss mich bewegen. Ich nehme die Waffe in eine Hand, drehe mich zum Fallreep und beginne, die Leiter hinaufzuklettern. Nach jeder Sprosse bleibe ich stehen und lausche. Ich glaube nicht, dass ein Schiff von der Größe der *Integrity* durch meine Bewegung ins Wanken gebracht wird und mich dadurch verrät, aber sicher bin ich mir nicht. Ist eigentlich auch egal. Das Licht ist ausgegangen, und wenn Ronnie da drin ist, könnte er alles Mögliche mit ihr anstellen.

Ich klettere weiter hoch, bis ich auf das Schiffsdeck blicken kann. Es ist menschenleer. Das Boot stößt sanft gegen die Fender. Ich klettere aufs Deck. Hier würde ich in einen Hinterhalt geraten, sollte er auf mich warten. Aber ich glaube nicht, dass er auf mich wartet, weil er glaubt, dass er mich bereits getötet hat.

Den Rücken an die Außenwand nahe der Kajütentür gepresst, riskiere ich einen Blick durch das Fenster in der Tür. Es ist Halbmond. Gerade genug Licht, um Ronnie sehen zu können, die auf dem Boden an der gegenüberliegenden Wand zusammengesackt ist. Sie bewegt sich nicht. Ich weiß nicht, ob sie tot ist oder noch lebt. *Mach, dass sie nicht tot ist!* Ich kann nicht einmal erkennen, ob sie verletzt ist. Ich drücke die Klinke hinunter. Die Tür ist nicht verschlossen. Mit einem Klicken öffnet sie sich einen Zentimeter. Mit der Mündung meiner .45er schiebe ich sie einen weiteren Zentimeter auf. Außer dem Knarren des Schiffsrumpfs, der sich an den Fendern reibt, ist kein Mucks zu hören.

Als Kind war ich sehr ungestüm. Jetzt bin ich wieder dieses Mädchen. Alles, woran ich denken kann, ist Ronnie und mein Bruder. Ich habe Hayden versprochen, ihn zu beschützen. Ihn nie zu verlassen. Dann habe ich ihn verlassen, um ihn zu beschützen. Er wird das nie verstehen. Ich habe mir selbst versprochen, Ronnie zu finden. Nun habe ich sie gefunden. Jetzt muss ich sie nach Hause bringen.

Ich hätte nie zulassen dürfen, dass sie in diese Sache verwickelt wird. Ich hätte wissen müssen, dass der Mörder hinter uns her sein würde. Besonders hinter ihr. Sie entspricht haargenau dem Beuteschema des Mörders. Und sie ist gefährlich für ihn. Er muss gewusst haben, was wir heute Abend vorhatten. Was wir heute Abend gemacht haben. Mit wem wir gesprochen haben. Was wir herausgefunden und vermutet haben. Er war uns die ganze Zeit einen Schritt voraus. Er hat Boyd und Qassim getötet, um seine Spuren zu verwischen und uns auf eine falsche Fährte zu locken. Er ist gnadenlos. Aber das bin ich auch. Und ich habe keine Angst mehr.

Mit der Mündung meiner Waffe drücke ich die Tür auf und gehe in die Kajüte. Ich spüre, wie etwas Hartes und Kaltes gegen meine Schläfe gedrückt wird.

»Lass die Waffe fallen.«

»Hallo, Little Italy«, sage ich und nehme den Finger vom Abzug. Ich kann Ronnie sehen. Ihr Brustkorb bewegt sich leicht. *Sie lebt.*

»Wo ist Captain Marvel?«, frage ich.

»Marvelous Martin?« Er lacht.

»Ist er noch am Leben?«

»Du solltest tot sein.«

Trotz meiner Angst versuche ich, einen Witz zu machen. »Ja, das habe ich doch schon mal irgendwo gehört. Du solltest mal an deiner Treffsicherheit arbeiten.«

Der Witz erfüllt nicht den erhofften Zweck.

Die Waffe drückt sich fester gegen meine Schläfe. »Lass die Waffe fallen, Satansbaten. Ich meine es ernst.«

»Und was, wenn ich es nicht tue? Erschießt du mich dann? Das hast du doch schon einmal versucht.«

Ich kann spüren, wie er den Abzug drückt.

»Okay«, platze ich heraus. »Ich dachte, ihr Italiener hättet einen besseren Sinn für Humor.« Ich lege die Waffe auf den Boden. »Und jetzt sag mir, wo der Captain ist.« Meine Stimme zittert, aber nicht vor Angst. Ich bin zu wütend, um Angst zu haben.

»Schieb sie mit dem Fuß nach hinten zu mir«, sagt er. »Und sei nicht dumm, falls dir das Leben deiner Freundin etwas wert ist.«

Keine Sorge, Arschloch, die Dummheit hat dich ja schon fest im Griff. Ich schiebe die Waffe mit dem Fuß nach hinten. Er ist schlau. Er bückt sich nicht, um sie aufzuheben, sondern kickt sie in den dunklen Raum.

»Jetzt, da du meine Waffe hast, können wir uns ja setzen und ein bisschen plaudern?«

Er gluckst. »Man hat mich schon gewarnt, dass du eine verdammte Klugscheißerin bist. Schön, dass du noch Witze reißen kannst, obwohl ich dich gleich erschieße – noch mal. Zu schade. Ich glaube, wir hätten Freunde werden können.«

»Ich dachte, wir wären schon Freunde«, sage ich. »Wo ist der Captain? Hast du ihn auch getötet?«

»Er ist da unten«, sagt Jimmy. »Du glaubst, du wärst tough. Das dachte er auch. Der Kerl regt mich auf. Verstehst du, was ich meine?«

»Der Captain regt dich auf? Okay, wenn du meinst.«

Er schiebt die Mündung bis zu meinem Hinterkopf und drückt sie in meine Kopfhaut, sodass mein Kopf nach vorne gedrückt wird.

»Auf die Knie. Für dich habe ich mir etwas ganz Besonderes ausgedacht.«

»Okay. Kapitulation akzeptiert. Und du musst nicht einmal niederknien.«

»Du darfst mir einen blasen und wenn du es gut machst, blase ich dir nicht deinen Kopf weg. Verstehst du? *Wegblasen?*«

Ich gehe etwas tiefer runter, als würde ich in die Knie gehen, und sage: »Hast du in der Akademie nicht aufgepasst?«

»Das reicht«, sagt er, und ich erwarte, dass er mir wieder die Pistole an den Hinterkopf drückt. Als er das tut, drehe ich mich, schlage mit der einen Hand seine Waffe zur Seite und mit der anderen ziehe ich Ronnies .45er aus meinem Hosenbund. Ich falle auf den Boden und schlage hart auf. Hart genug, um ohnmächtig zu werden, werde ich aber nicht. Ich drücke auf den Abzug. Meine Kugel trifft Jimmy Polito direkt unter dem Adamsapfel. Er blickt mich an und der ungläubige Ausdruck auf seinem Gesicht scheint *Was?* zu bedeuten. Seine Waffe ist wieder auf mich gerichtet. Auf der Akademie haben sie mir beigebracht, so lange zu schießen, bis das Ziel keine Gefahr mehr darstellt.

Also schieße ich.

Zweimal in die obere Brust.

Einmal in den Schritt.

Und dann noch einmal in den Schritt, dafür, was für ein Typ er ist.

Er lässt die Waffe fallen. Seine Hände wandern zu seiner Kehle und dann zu seinem Schritt, als könne er sich nicht entscheiden. Sie landen an seiner Kehle. Er sackt gegen die Kabinenwand und rutscht auf seinen Hintern. Ich stehe über ihm und sehe zu, wie das Blut zwischen seinen Fingern versickert. Sein Mund bewegt sich wie der eines Fisches, der aus dem Wasser gezogen wird, und aus seinen Mundwinkeln rinnt Blut. Seine Augen sind auf mich gerichtet. Er ist noch nicht ganz tot.

Ich beuge mich vor und drücke die Mündung von Ronnies .45er gegen seine Stirn.

»Wenn du jemanden tötest, sorg dafür, dass er tot bleibt, Arschloch«, sage ich.

Seine Augen weiten sich, kurz bevor sein Schädel gegen die Wand der Kajüte knallt.

ZWEIUNDFÜNFZIG

Der Notarztwagen für Ronnie war gekommen. Für Officer Jimmy Polito war es zu spät. Captain Martins Leiche lag unter Deck auf der *Integrity*. Er war mit seiner eigenen Dienstwaffe in den Kopf geschossen worden. Schädelfragmente und Hirnmasse an der Wand ließen darauf schließen, dass er aus nächster Nähe erschossen worden war. Sein Halfter war leer.

Seine Waffe hatte Jimmy Polito in der Hand.

Ich bin sicher, dass sich herausstellen wird, dass die Waffe, mit der Jimmy auf mich geschossen hat, die Dienstwaffe des Captains ist. Polito wusste aus dem Polizeifunk, dass Ronnie und ich in den Bezirken Clallam und Kitsap herumgereist waren und mit den Leuten über Captain Martin gesprochen hatten. Er war der perfekte Sündenbock. Larry hatte bereits einen ersten Verdacht aufkeimen lassen, als er uns vom Ertrinken von Martins schwangerer Frau erzählte. Wir sollten annehmen, dass Martin die Tragödie nachspielte. Aber das ergab keinen Sinn. Da Martin beim Tod seiner Frau auch das Baby verloren hatte, hätte er Margies ungeborenes Kind schützen wollen.

Selbst wenn sie vorgehabt hatte, es zu verkaufen.

Polito wollte es so aussehen lassen, als wäre Captain Martin zu Ronnie gekommen, hätte auf mich geschossen, sie entführt und zurück auf die *Integrity* gebracht, um ihre Leiche wie die der anderen irgendwo zu deponieren. Das andere Boot, das ich neben der *Integrity* gesehen hatte, sollte hinterhergeschleppt werden. Jimmy wollte die Leiche von Ronnie auf den Steinen zurücklassen. Er hatte vor, die *Integrity* dort vor Anker liegen zu lassen, wo man sie mit der Leiche von Captain Martin in der Nähe des vermeintlichen Tatorts finden würde. Er wollte das andere Boot zurück nach Port Townsend bringen, wo sein Auto geparkt war, und es wahrscheinlich auf einen der Bootsanhänger ziehen, die ich gesehen hatte. Es würde als Mord/Selbstmord behandelt werden. Er hatte dieses Szenario bereits mit Boyd und seinem Mitbewohner geprobt, aber als ich ihm nicht glaubte, musste er es mit jemand anderem versuchen, bei dem das Ganze glaubwürdiger war. Doch ihm ist ein Fehler unterlaufen.

Er hat mich nicht getötet.

Diesen Fehler würde er nie wieder begehen.

Ich wurde aus demselben Krankenhaus entlassen, in dem Jimmy Polito gearbeitet hatte. Und jetzt sitze ich in Sheriff Grays knarrendem Stuhl; er hat darauf bestanden und gesagt, das sei der bequemste. Wenn ich mich bewege oder falsch stehe, fühlt es sich immer noch an, als würde ein Elefant auf meiner Brust stehen. Im Sitzen ist es noch schlimmer, aber ich will die ritterliche Geste des Sheriffs nicht ruinieren. Er ist gerade voll im Vatermodus und hat Kaffee für uns gekocht. Ronnie ist mit im Raum.

Ein Schuss Scotch könnte nicht schaden, aber er schmeckt auch so ganz okay.

Ronnie sitzt neben mir auf dem Drehstuhl, den Sheriff Gray leihweise von meinem Schreibtisch geholt hat. Sie wurde ziemlich übel zugerichtet. Aufgeschlagene Lippe. Gebrochenes Handgelenk. Geprellte Rippen. Eine Wunde an der Stirn musste genäht werden. Aber sie wurde nicht vergewaltigt oder getötet und irgendwo nackt am Strand positioniert, mit diesem lächerlichen allsehenden Auge, das beobachtet, wie ihre Leiche entdeckt wird.

Es fällt mir immer noch schwer, tief Luft zu holen, also überlasse ich Ronnie das Reden.

»Megan und ich haben uns bei mir zu Hause das Überwachungsvideo aus dem Krankenhaus angesehen. Sie hatte die Idee, dass der Mörder eines der Opfer besucht haben könnte, als sie ihr Baby bekam. Deshalb hat sie um den Gerichtsbeschluss für die Aufzeichnungen und das Video des Krankenhauses gebeten.«

Der Sheriff nickt.

»Wir haben den ganzen Tag damit verbracht, Familienangehörige, Mitarbeiter und Freunde der Opfer in den Bezirken Clallam und Kitsap aufzuspüren. Da haben wir andere Geschichten gehört als die, die in den Berichten der Ermittler standen.«

Sheriff Gray wendet sich an mich. »Wolltest du deshalb die Detectives nicht bei der Nachbesprechung dabei haben?«

»Ich bin immer noch sauer auf sie«, sage ich.

Das ist noch nicht einmal gelogen, denn ich *bin* tatsächlich sauer auf sie, aber das ist nicht der einzige Grund. Ich traue ihnen nicht und Kitsap ist für die Ermittlungen auf der *Integrity* und in Ronnies Wohnung zuständig: Die Schüsse auf Captain Marvel – ich muss aufhören, ihn so zu nennen –, meine Schüsse auf Polito und natürlich sein Versuch, mich umzubringen. Der zweifache Versuch.

»Fahren Sie fort«, sagt er.

Ronnie zuckt zusammen. Ihre Lippe – ja, ihr ganzes Gesicht – schmerzt sicherlich, wenn sie spricht. Aber das war eine gute Lektion. Öffne niemals blindlings eine Tür. Natürlich war es Jimmy Polito, der vor der Tür stand, in Uniform; sie hatte keinen Grund, ihm nicht zu vertrauen. Und unsere Waffen lagen auf der anderen Seite des Raumes auf einem Tresen. Und wir hatten beide schon einiges getrunken.

»Ich muss während des Videos eingenickt sein«, sagt Ronnie. »Ich hörte ein Klopfen an der Tür und wachte auf. Megan war nicht auf der Couch. Ich dachte, sie sei vielleicht gegangen und ich hätte das Schließen der Tür gehört. Ich stand auf und öffnete die Tür, um zu sehen, ob sie fort war, und ein Polizist in Uniform stand vor mir. Er kam mir irgendwie bekannt vor. Er drückte die Tür auf, sagte etwas wie ›Überraschung, Schlampe‹ und trat mir in den Bauch. Er packte mich an den Haaren, zog mich hoch und schlug mir ins Gesicht.«

Sie hat ein blaues Auge, das ihre Schilderung belegt. Ihre Wange ist geschwollen und pechschwarz. Der zugenähte und bandagierte Schnitt auf ihrer Stirn, direkt über dem Auge, stammt von dem Schlag mit dem Siegelring von der Polizeiakademie. Das wird eine Narbe hinterlassen. Aber die braucht schließlich jeder Polizist, um Geschichten zu erzählen und sie seinen Enkelkindern zu zeigen.

Ich kann wirklich froh sein.

»Ich hörte Schüsse und dann schlug er mir mit etwas auf den Kopf. Ich weiß nicht mehr, wie ich auf das Boot gekommen bin, aber ich bin in der Kajüte aufgewacht. Er prahlte damit, wie er uns alle reingelegt hätte. Er gab zu, Leann, Dina und Margie umgebracht zu haben. Ich fragte ihn, warum er es getan hätte, und er sagte, sie hätten es verdient. Das allsehende Auge habe sie markiert. Er war beinahe wütend, weil sie ihre Babys weggegeben hatten. Er sagte, es habe ihm besonders viel Spaß gemacht, Margie zu töten, weil sie ihre Babys verkauft habe. Dann schwieg er und sah mich an. Er sagte ... er ...«

Sheriff Gray sagt: »Nur zu, Ronnie, erzählen Sie weiter. Es ist alles in Ordnung. Sie sind in Sicherheit.«

Ich bin selbst überrascht, dass ich meine Hand auf ihre lege. Sie ist durch die Hölle gegangen und hat überlebt. Dafür hat sie sich viele goldene Sterne in meinem Buch verdient.

»Er sagte mir, ich solle mich ausziehen. Er sagte, er hätte etwas für mich, das ich nicht vergessen würde. Dann lachte er und sagte, ich würde mich aber auch nicht daran erinnern. Ich wusste, dass er mich vergewaltigen und töten wollte, genau wie die anderen Mädchen.«

Sie schluckt und ich kann sehen, wie ihre Lippen zittern. Sie ist kurz davor, zusammenzubrechen. Sie holt tief Luft.

»Mir fiel ein, woher ich sein Gesicht kannte«, sagt sie. »Er war der Sicherheitsbeamte auf dem Krankenhausvideo, das wir uns angesehen haben. Dieser Freund von Clay. Er hatte die ganze Zeit eine Waffe in der Hand. Er muss etwas gehört haben, denn er schaute aus dem Fenster. Ich wusste, dass ich mich wehren musste, um zu entkommen, und das wollte ich auch gerade, als er mich gegen die Wand stieß und mir erneut auf den Kopf schlug. Danach erinnere ich mich an nichts mehr, bis ich auf dem Boot aufwachte und Megan auf dem Boden saß und mich festhielt. Sie rief einen Krankenwagen und Verstärkung.«

Sie wirft mir einen Blick zu, den ich nicht ganz deuten kann.

»Es tut mir leid, dass ich Sie im Stich gelassen habe, Megan. Ich hätte ... ich hätte ...«

Tränen laufen ihr über die Wangen.

Der Sheriff räuspert sich. »Das reicht fürs Erste. Ich brauche von euch beiden eine Aussage auf Band, aber das kann warten.«

Unsere Waffen wurden uns am Tatort abgenommen und es wird eine Anhörung geben, um festzustellen, ob mein Schuss notwendig war. Ich bedaure nur, dass ich den Mistkerl nicht komplett kastriert habe. Sheriff Gray sagt, er werde sich mit Clay Osborne und Cousin Larry in Verbindung setzen und ihnen sagen, sie sollen uns in Ruhe lassen, bis wir bereit sind, zu reden. Er gibt uns beiden eine Woche frei, aber ich weiß jetzt schon, dass ich morgen wieder zur Arbeit kommen werde.

Ronnie vielleicht nicht. Sie ist immer noch ziemlich aufgewühlt wegen Captain Martin. Sie hat zu ihm aufgeschaut. Ich dachte, er sah sie als Eroberung, aber das ist nicht nett. Vielleicht war er doch kein egozentrisches Schwein.

Immerhin weiß sie jetzt, dass er kein Mörder und Vergewaltiger war.

Der Sheriff drängt erfolglos darauf, dass wir uns nach Hause bringen lassen. Ich bestehe darauf, mich und Ronnie heimzufahren. Ich mag es nicht, verhätschelt zu werden. Ich gewinne. Ich fahre.

Ich bringe Ronnie zu meinem Auto. Jemand hat den Taurus bei Ronnie zu Hause abgeholt und ihn hier am Revier für mich abgestellt. Ich spüre bei jedem Schritt die Erschütterungen von den Rippen bis zum Scheitel. Ich habe schwere Prellungen und das Atmen tut immer noch weh, aber ich lebe. Eine von Jimmys Kugeln hat meinen Körperpanzer direkt über meinem Brustbein getroffen. Der Arzt meinte, ohne die Panzerplatte in meiner Weste hätte ich es nicht überlebt. Ich sagte ihm, er solle erst mal den anderen Kerl sehen, und erntete dafür ein Lachen.

Ich habe immer noch Ronnies Autoschlüssel in der Tasche. Ich reiche sie ihr.

»Ich habe Ihr Auto gestohlen. Tut mir leid.«

Ronnie lächelt und zuckt gleichzeitig, und ihre Hand fährt zu ihrer aufgeplatzten Lippe. Sie wurde geklebt und getaped. Noch eine Narbe.

»Ich bekomme ein blaues Auge«, sagt sie.

Weißt du was? Das hast du schon. «Das wird schon wieder. Legen Sie etwas rohes Fleisch darauf.«

»Warum sagen die Leute das immer? Ich finde, das ist eine Verschwendung von einem guten Steak.«

Ihren Sinn für Humor hat sie also noch. Das ist gut so.

»Ja. Wollen Sie nach Hause? Ich lasse Ihnen Ihr Auto bringen.«

Schaut her: Ich kann auch nett sein.

»Nein«, entgegnet sie. »Lassen Sie uns mein Auto holen. Mein Handgelenk ist zwar für eine Weile außer Gefecht gesetzt, aber ich kann mit einer Hand fahren. Ich bin einfach nur dankbar, dass ich noch lebe. Wenn Sie nicht gewesen wären ...« Sie bricht ab und die Tränen fließen wieder. Langsam glaube ich, dass der Schlag auf ihren Kopf mehr angerichtet hat als ihre Ohnmacht, egal was auf dem Röntgenbild zu sehen ist. Sie umarmt mich mit ihrem unverletzten Arm und ich lasse sie gewähren. Unbeholfen umarme ich sie zurück. Wir hatten gemeinsam ein traumatisches Erlebnis. Normale Menschen verbindet so etwas.

Vielleicht bin ich ja doch normal ...

Als Ronnies Tränen getrocknet sind, helfe ich ihr in den Taurus, schnalle sie an, und los geht's.

Ich biege auf die State Road 19 und fahre nach Hause. Ich bin müde, sauer und es macht mich ganz krank, dass Ronnie meinetwegen fast getötet wurde, aber ich bin nicht überzeugt, dass es wirklich vorbei ist. Jimmy Polito hat mit den Morden an den drei Frauen geprahlt, aber nicht mit dem an Karynn und auch nicht mit denen an Boyd oder Qassim. Wahrscheinlich hat es nichts zu bedeuten. Er hat den Captain getötet, aber das nicht zugegeben.

Vielleicht erinnert sich Ronnie auch nicht mehr an alles, was er gesagt hat.

Ich denke an die Arschlöcher, denen ich bei diesem Fall begegnet bin: Jim Truitt und Joe Bohleber, der Bobbsey-Zwilling. Aber es sind auch gute Menschen darunter, wie Cass, der ich nach wie vor zu Dank verpflichtet bin; Lonigan, vor dem ich inzwischen Respekt habe; Marley Yang, der eine echte Stütze war. Meine Gedanken kehren zu Hayden und meiner Mutter zurück.

Gut und Böse.

Vielleicht war es ihr Verrat an mir und Hayden – und mein

eigener Verrat an Hayden –, der es mir nicht erlaubt, damit abzuschließen? Meine Mutter hat gelogen und dann wegen der Lügen gelogen und so weiter und so fort. Sie war eine äußerst begabte Lügnerin. Sie hätte Politikern und Anwälten einiges beibringen und ihnen gleichzeitig die Taschen leeren können.

Hayden hat sie trotzdem geliebt.

Er weiß eben nicht, was ich weiß.

Die Straße ist einigermaßen frei und ich fahre wie auf Autopilot, während ich mir alles ins Gedächtnis rufe, was ich bei Ronnie gesehen habe: Jimmy, der in der Tür steht, Ronnie an den Haaren packt und auf mich schießt; alles, was am Pier passiert ist; alles, was auf dem Boot geschehen ist. Und da wird es mir klar. Ich weiß nicht, warum es mir nicht eher aufgefallen ist. Ich war zu sehr darauf konzentriert, das Arschloch auszuschalten. Ich habe nicht alles bedacht.

»Wir müssen noch einen Zwischenstopp machen«, sage ich.

»Ins *Tides*? Ehrlich gesagt, ich glaube nicht, dass ich etwas trinken kann, Megan. Sie haben mir im Krankenhaus ein paar Schmerzmittel gegeben und ich bin auch nicht sehr hungrig.«

»Haben sie Ihr Handy gefunden?«

Sie tastet ihre Taschen ab. »Ja.« Sie holt das Handy heraus und zeigt es mir.

Ich sage ihr, wen sie anrufen soll. Zu ihrem Glück stellt sie keine Fragen. Sie wählt und gibt mir das Telefon. Die Fragen werden nach den Anrufen aufkommen.

DREIUNDFÜNFZIG

Vor der Kingstoner Dienststelle des Kitsap County Sheriff's Office gibt es genau drei Parkplätze. Ich kann mir einen aussuchen. Clays Motorrad lugt hinter dem Gebäude hervor. Larry Gray fährt in einem nagelneuen Ford 500 Sedan vor, statt in seinem alten Chevy Caprice aus den späten 90ern. Der Caprice ist eine Bestie. Ein Schlachtschiff. Er lässt sich ungefähr so gut wenden wie ein Ozeandampfer. Gray kommt in Uniform statt in Zivil. Wir steigen aus unseren Fahrzeugen und Larry steht mit ausgebreiteten Armen und einem ebenso breiten Lächeln vor seinem neuen Auto.

»Dank euch beiden hat mir der Sheriff ein neues Auto gegeben«, sagt er. »Ich bin jetzt so etwas wie eine Berühmtheit, nachdem ich den Benton-Fall aufgeklärt habe.«

Du hast den Fall aufgeklärt?

»Ich freue mich für dich, Larry.«

Aber noch sind wir nicht ganz fertig.

»Weshalb bist du hier?«

Larry glaubt, er hätte den größten Fall in seinem Bezirk gelöst, aber er hat keine Ahnung, warum wir hier sind. Typisch. Er hat ein neues Auto und ich fahre immer noch den Taurus.

Aber eigentlich ist mir der Taurus auch lieber, weil ich keine Angst haben muss, ihn zu Schrott zu fahren. Er ist bereits ein Wrack.

»Ich habe Clay noch nicht gesagt, dass wir schon da sind«, sage ich. Ich habe nur Larry angerufen, weil ich wusste, dass er länger braucht.

»Ist das eine Überraschungsfeier? Verdient hätten wir es ja, nachdem wir all diese Morde aufgeklärt haben. Ihr kleinen Ladys habt einen tollen Job gemacht. Natürlich haben wir alten Hasen geholfen.«

Wir kleinen Ladys haben alles gemacht.

Es schmeckt mir nicht, dass Larry ein neues Auto bekommen hat für das, was Ronnie und ich durchgemacht haben. Aber Larry gehört zu der Sorte Mann, die in einen Misthaufen fällt und beim Herauskommen nach Rosen riecht.

»Kann ich kurz mit dir sprechen, Megan?«, sagt Larry.

Ronnie geht vor uns hinein und Larry spricht in vertraulichem Ton mit mir.

»Ich habe gehört, dass du mit Bonnie im Alibi gesprochen hast.«

Ich sage nichts.

»Jetzt, wo du weißt, wer das alles getan hat, gibt es ja keinen Grund mehr, ihren Namen zu erwähnen.«

»Ich wüsste nicht wozu, Larry.«

»Weiß Tony davon?«

»Ich habe es ihm nicht gesagt und es steht auch nicht in den Polizeiberichten.«

Noch nicht.

Er lächelt wieder und hält mir seine Pranke hin.

»Du bist in Ordnung. Verdammt in Ordnung. Solltest du jemals was in Clallam brauchen – jedwede Kleinigkeit –, kannst du auf mich zählen.«

»Danke«, sage ich.

Ich mag es, wenn man mir einen Gefallen schuldig ist, aber ich bin mir nicht sicher, ob Larry ihn erfüllen wird.

»Also«, sagt er und hält sich eine Hand vor den Mund, um seine Worte zu verbergen, »warum sind wir hier?«

»Lass uns reingehen. Ich habe ein paar Neuigkeiten, die ihr sicher beide hören wollt.«

»Okay, dann eben eine Überraschung.«

Larry, ganz Gentleman, der er manchmal ist, hält mir beim Eintreten die Tür auf. Clay und Ronnie sitzen auf Stühlen, die er für unser Treffen bereitgestellt hat. Ronnie umklammert ihr allgegenwärtiges Mobiltelefon. Larry will mir einen Stuhl zurechtrücken, aber ich komme ihm zuvor.

»Geht schon. Es ist gar nicht mehr so schlimm.«

Es tut höllisch weh, aber meine Mutter hat mich gelehrt, niemals Schwäche zu zeigen.

»Oh. Okay. Ich wusste nicht, dass es dich so erwischt hat. Ich hätte da sein sollen. Ich würde niemals zulassen, dass euch kleinen Ladys etwas passiert.«

»Ich weiß, Larry. Ich weiß es zu schätzen, dass du das sagst.«

Auch wenn es nur ein Lippenbekenntnis ist.

Ich sitze auf der vorderen Kante des Stuhls und versuche, mir meine Schmerzen nicht anmerken zu lassen.

Clay sieht entspannter aus als sonst. Er hat einen Arm über die Stuhllehne gestützt und gibt den Blick frei auf seinen Colt Modell 1912. Anders als Larry fragt er nicht, warum wir hier sind.

»Das mit Jimmy tut mir leid«, sage ich.

Clay bewegt sich nicht. Sein Gesichtsausdruck bleibt derselbe. »Er hat bekommen, was er verdient hat. Ich bin froh, dass es ihn erwischt hat und nicht Sie. Keine von euch beiden.«

Ich auch. Aber ich hätte erwartet, dass er ein bisschen geknickter ist, dass sein Kumpel ... nun ja, in Wurmfutter verwandelt wurde.

»Hast du Jimmy jemals getroffen?«, frage ich Larry.

Er scheint zu überlegen.

»Nein. Ich glaube nicht«, sagt er. »Wie lautete noch gleich sein Nachname?«

»Polito. Aus Little Italy in New York«.

Larry schüttelt den Kopf. »Ich halte nichts von korrupten Polizisten. Vielleicht drücke ich bei einem Strafzettel mal ein Auge zu, aber was er getan hat, ist unmenschlich. Da muss ich Clay zustimmen. Das Arschloch hat bekommen, was es verdient hat.«

»Was ist mit deinem Caprice passiert?«, fragt Clay.

»Ich weiß es nicht so genau.« Auf Larrys Gesicht zeigt sich ein schiefes Lächeln. »Er war reif für den Schrottplatz. Vielleicht ist er in der Schrottpresse gelandet. Ich hoffe es.«

Das kann ich mir vorstellen.

»Ich bin auf der Suche nach einem Auto, für mich privat«, sage ich. »Meinst du, sie würden es mir verkaufen?«

»Was willst du mit dieser Schrottkiste? Dein Dienstwagen ist doch umsonst, oder? Dann müsstest du auch noch den dummen Sprit und die Reparaturen selbst bezahlen. Und versuche mal, mit einem Privatwagen einen Parkplatz zu finden. Glaube mir, das willst du dir nicht antun.«

»Du hast recht«, sage ich. Sein Lächeln ist zurück.

»Was ist mit Ihnen, Clay? Sie benutzen die Harley doch nicht für polizeiliche Zwecke, oder?«

Clay sieht mich an. »Ich wusste nicht, dass wir hier sind, um über Fahrzeuge zu sprechen.«

Ich kann sehen, wie er sich anspannt. Sein Wangenmuskeln verkrampfen sich und die Muskeln in seinem Nacken treten hervor. Seine Hand wandert an seine Seite, direkt unter die .45er.

»Wir sind ein Team. Schon vergessen?«

Er bleibt stumm. Ich schaue von Clay zu Larry. »Ich musste

uns alle zusammenbringen, um etwas zu klären, das mich nervt.«

Bis auf ein Schiffshorn in der Bucht und das Klatschen einer Boje ist es vollkommen still.

»Ronnie, erzählen Sie ihnen, was Sie mir und Sheriff Gray heute Vormittag erzählt haben.«

Sie sieht nervös aus, wie ein Kind, das in der Schule ein Referat vor der Klasse halten muss. Ich nicke ihr zu, um ihr zu zeigen, dass es in Ordnung ist. Sie beginnt und gibt fast Wort für Wort den Bericht wieder, den sie mir und Sheriff Gray heute Vormittag gegeben hat. Als sie fertig ist, ist es immer noch still im Raum. Clay hat sich nicht bewegt, aber Larry ist das Lächeln aus dem Gesicht gewichen. Ich kann sehen, wie sich ein kleiner Tick unter seinem einen Auge entwickelt.

»Margie Benton. Dina Knowles. Leann Truitt. Robbie Boyd. Karynn Eades. Qassim Hadir. Captain Roy Martin«, sage ich.

Stille füllt den Raum.

Larry bricht das Schweigen. »Du willst doch nicht etwa sagen, dass wir auch noch alle anderen untersuchen müssen, oder? Ich meine, was zum Teufel. Dieser Polito hat drei von ihnen gestanden. Die restlichen Morde hat er auch begangen. Die Fälle sind abgeschlossen.«

Clays Augen ruhen auf mir. »Ich hätte nie gedacht, dass ich das einmal sagen würde, aber auch wenn Roy einer von uns war, muss ich Larry zustimmen.«

»Leck mich am Arsch, Clay«, sagt Larry, aber er lacht und entspannt sich. »Entschuldige meine Ausdrucksweise. Ich meine, die Sache ist erledigt. Alle sind glücklich. Mein Sheriff hat mir sogar ein neues Auto gegeben. Ich bin mir sicher, dass Tony froh ist, wenn die Fälle abgeschlossen sind.«

Irgendjemand wäre auf jeden Fall froh darüber, da bin ich mir auch sicher. Aber das wird nicht passieren.

»Normalerweise erzähle ich das nicht« – ich sehe Clay an – »aber ich habe ein fotografisches Gedächtnis. Wenn ich etwas sehe, sehe ich es noch Jahre später genauso vor mir. Man könnte es auch mein allsehendes Auge nennen, wie das Symbol, das wir an allen Tatorten gefunden haben. Ich bin mir sicher, wir hätten es in der Nähe von Ronnies Leiche gefunden, wenn Jimmy erfolgreich gewesen wäre. Ich kann mir alles merken, was in einem Raum ist. Wo genau es steht, was danebensteht, die Farben, alles.«

Keiner spricht. Ich schaue Larry an. »Es ist Segen und Fluch zugleich. Ich erinnere mich zum Beispiel daran, wie ich die Straße an dem Pier, an dem die *Integrity* festgemacht war, heruntergebrettert bin.«

Larry sieht ungeduldig aus. Clay ist ungerührt.

»Ich erinnere mich an jedes Fahrzeug, jedes Boot, die Schiffsnummern, die Bootsanhänger, alles. Ich erinnere mich an alles, was in der Kabine war, als Jimmy dachte, er hätte mich überlistet.«

Noch immer kommt nichts von den beiden.

Ich schaue Clay in die Augen.

»Ich erinnere mich daran, dass ich ein Motorrad hinter einem Anhänger gesehen habe.«

Clay grinst. »Und?«

»Es war keine Harley. Es war eine Suzuki. Nicht Ihr Stil. Und auch nicht Jimmys. Sein Dienstwagen stand dort. Ich konnte die Rückseite nicht sehen, aber ich habe das Kennzeichen.«

»Das habe ich auch«, sagt Clay. »Ich habe eine Kopie auf meinem Schreibtisch. Es ist das Motorrad eines Hafenarbeiters. Er wiegt vielleicht 40 Kilo. Er kann das unmöglich gemacht haben. Aber wenn es Sie glücklich macht, bringe ich ihn her.«

Ich richte meine Aufmerksamkeit auf Larry. »Man könnte sagen, ich habe ebenfalls ein allsehendes Auge, schätze ich mal. Ich habe auch einen ausgeblichenen blauen Chevy Caprice gesehen. Er hatte ein behördliches Kennzeichen aus Clallam County.«

Larrys Gesicht wird blass, noch bevor ich fertig bin. Er will von seinem Sitz aufspringen, aber es ist schon ein paar Jahre her, dass er sich schnell bewegt hat. Clay hat bereits die .45er aus seinem Schulterholster gezogen und richtet sie auf Larry.

»Setz dich«, sagt Clay.

Larrys will zu seiner eigenen Waffe greifen, aber er hält inne und setzt sich zurück auf den Stuhl.

»Ich kann alles erklären«, sagt Larry. Mit dem wachsenden Selbstvertrauen kehrt auch etwas Farbe in sein Gesicht zurück.

Wir starren ihn alle an. Erwartungsvoll. *Nur zu, versuch es,* sagt mein Blick. Ich habe meine .45er in der Hand. Es tut höllisch weh, mich so zu verdrehen, aber das hält mich nicht davon ab, Larry, wenn nötig, die Lunge zu durchlöchern.

»Du kannst nichts beweisen«, sagt Larry. Seine Stimme hat ihren verspielten texanischen Tonfall verloren. Ich hoffe, er nennt mich wieder »kleine Lady«.

Clay sagt: »Geh weg, Ronnie.« Sie hört auf ihn. »Larry, du stehst jetzt ganz langsam auf. Du kannst versuchen, nach deiner Waffe zu greifen, oder du kannst dich umdrehen und deine Hände auf den Rücken legen. Du hast die Wahl.«

Larry schaut von Clays Waffe zu meiner. Er schüttelt den Kopf, steht langsam auf, hebt die Hände in Schulterhöhe und dreht sich um. Er zögert und lässt die Arme sinken. Ich drücke den Abzug weiter runter. Auf diese Entfernung ist es unmöglich, ihn nicht zu treffen. Larry atmet tief durch und nimmt die Arme herunter, die Hände hinter dem Rücken. Ronnie wollte ihm schon eher Handschellen anlegen, aber mit einem gebrochenen Handgelenk dürfte das äußerst unangenehm sein.

Clay legt Larry eine Handschelle an und sagt zu Ronnie: »Er gehört Ihnen.«

Ronnie benutzt ihre gute Hand, um die andere Handschelle zu schließen. Ich bin mir sicher, dass sie sich immer an das Klicken und das ratternde Geräusch des Stahls erinnern wird. Es ist ihre erste Verhaftung. Sie hatte einen großen Anteil an der ganzen Sache. Wäre sie nicht das Ziel dieser beiden Killer gewesen, hätten wir Jimmy niemals geschnappt.

Oder Larry.

Clay bringt Larry in eine Arrestzelle und geht dabei nicht gerade zimperlich mit ihm um, aber ich werde vor Gericht schwören, dass ich nichts davon gehört habe, dass er hinfiel. Zweimal. Clay kommt zurück und wir setzen uns wieder. Larry schreit von hinten, dass er einen Anwalt will. Clay steht auf und macht die Tür zu.

»Ich habe weder seinen Gürtel noch seine Schnürsenkel mitgenommen. Ich werde sie gleich holen.«

Ich muss lächeln, auch wenn es hinter meinen Augen schmerzt.

VIERUNDFÜNFZIG

Larry lag völlig falsch damit, dass ich nichts beweisen konnte.

Auf dem Weg zum Treffen mit den beiden Ermittlern hatte sich Ronnie an etwas erinnert, das sie auf dem Krankenhausvideo gesehen hatte. Ich hatte es nicht bemerkt und sie hielt es wahrscheinlich auch nicht für allzu wichtig, da wir ja nach Captain Martin suchten. Im Blickfeld des Eingangs der Notaufnahme sah sie Larry vor den Türen stehen und mit Jimmy reden. Deshalb hatte Jimmy den USB-Stick bei Ronnie mitgenommen, als er auf mich schoss. Wir müssen uns das Video noch einmal ansehen, aber ich bin mir ziemlich sicher, dass wir Larry und Jimmy bei anderen Treffen sehen werden. Wir werden eine Menge Scotch und Pizza brauchen, um uns das ganze Video anzusehen, aber Ronnie und ich werden uns tapfer durchschlagen.

Da die Entführung von Ronnie und der Tod von Jimmy in seinem Bezirk stattfanden, sagte Clay, dass er einen Gerichtsbeschluss erwirken würde, um eine DNA-Probe von Larry zu bekommen. Larry wird auf keinen Fall kooperieren. Oder gestehen. Oder sich umbringen. Dafür liebt er sich zu sehr.

Es war Ronnies Idee, das FBI einzuschalten. Wir hatten

sechs Morde und etliche Entführungen in drei Bezirken. Das FBI hat den Einfluss, die Anwälte und die Reichweite, um umfangreiche Unterlagen über Larry und Jimmy zu beschaffen und Jimmys Weg quer durch das Land von Little Italy bis Port Townsend zu verfolgen und nach weiteren ungelösten Morden zu suchen. Außerdem war die Sache sehr öffentlichkeitswirksam und Berichterstatter aus dem ganzen Land waren angereist. Sogar aus dem Ausland. Sheriff Gray sagte, er würde jeden kastrieren oder kastrieren lassen, der den Nachrichtenleuten meine oder Ronnies Adresse gäbe. Als er das sagte, blickte er zu Nan, die ihm den Rücken zuwandte, aber ich war sicher, dass sie jedes Wort gehört hatte. Das FBI war überglücklich, vor die Kameras und Mikrofone treten zu können. Ich mag Nachrichtenleute nur, wenn sie mir etwas sagen, was ich wissen muss.

Es gab nur noch eine letzte Angelegenheit zu klären und die wollte ich erledigen. Ronnie sah sich die Steuerunterlagen des Bezirks an. Sie fand Immobilien, die entweder Jimmy oder Larry gehörten. Larry besaß ein Haus in Port Townsend, das seiner leiblichen Mutter gehört hatte. Offenbar hatte er sie ausfindig gemacht und man hatte seit zehn bis zwölf Jahren nichts mehr von ihr gehört. Wahrscheinlich ist sie tot.

Sheriff Gray bestätigte, dass Larry als Baby adoptiert wurde, sagte aber, er wisse nichts über Larrys leibliche Eltern.

Wir erwirkten einen Durchsuchungsbeschluss und entdeckten den Raum, in dem die beiden Mörder ihre entführten Opfer festgehalten hatten. Die Deputies Davis und Copsey durchkämmten das Haus mit Argusaugen und fanden Schmuck, Geldbörsen, Kleidung, Ausweise und Beweise für die entsetzlichen Bedingungen, unter denen die Frauen gehalten worden waren. Es gab ein Einzelbett mit einem Stahlrahmen. Am Fußende war eine Kette befestigt, an deren Ende eine Fußfessel angebracht war. Ein Satz blutiger Handschellen lag auf der Matratze. Eine Hundeleine aus Leder lag auf dem

Badezimmerboden. Das gesamte Haus war der wahr gewordene Traum eines jeden Messies.

Die am Tatort sichergestellte DNA war wiederum Marleys wahr gewordener Traum.

Da wir im Haus nicht mehr gebraucht wurden, brachte ich Ronnie zu ihrem Auto. Wir einigten uns darauf, mit unseren Berichten bis zum nächsten Tag zu warten. Das FBI hatte genug Beweise, um Larry für immer wegzusperren. Sollte er jemals wieder freikommen, werde ich zur Stelle sein und auf ihn warten.

Ich folge Ronnies Wagen, um sicherzugehen, dass sie gut nach Hause kommt, und fahre dann zu mir. Wir sind beide erledigt. Körperlich. Aber wir haben gewonnen.

Ich parke vor meinem Haus und bleibe eine Minute lang sitzen. Ich denke an nichts anderes als an die Schmerzen, die mir das Aussteigen bereiten wird. Ich muss pinkeln. Dringlichkeitsstufe 3. Ich steige aus.

Drinnen lasse ich Schlüssel und Tasche auf den Tisch fallen und gehe quälend langsam ins Bad. Es ist noch Vormittag, aber ich will was trinken. Wein vielleicht. Das Krankenhaus hat mir Schmerztabletten gegeben, aber die habe ich nur eingesteckt. Ich brauche einen klaren Kopf. Mein Stalker ist immer noch da draußen und scheint sich über Megan Carpenter auf dem Laufenden zu halten. Ich glaube, Scotch wäre besser. Ich muss nirgendwo hin und habe reichlich Zeit, dort hinzukommen.

Bevor ich das Bad verlasse, betrachte ich mein Gesicht im Spiegel. Die Blutspritzer sehen aus wie Sommersprossen, nur röter. Ich fahre mir mit einer Bürste durch die Haare und hoffe, dass sich keine Jimmy-Stücke in den Borsten befinden. Mein Blazer war mit Blutspritzern übersät und wurde von der Spurensicherung mitgenommen. Sie verlangten auch noch mein Hemd und meine Schutzweste. Meine Hose habe ich ihnen verweigert. Ich trage ein T-Shirt der Washington State University, das Clay mir geliehen/geschenkt hat, zusammen mit meinem Schulterholster. Sie haben mir meine Schutzweste abgenommen, aber Sheriff Gray hat mir und Ronnie .45er-Leihwaffen gegeben, die wir behalten dürfen, bis die Untersuchung der Schießerei und die ballistischen Tests abgeschlossen sind. Das dürfte nicht lange dauern. Wir sind beide beurlaubt, aber ich habe vor, morgen ins Büro zu gehen, sofern ich aus dem Bett komme. Ich muss haufenweise Formulare ausfüllen.

Die Tötung von Jimmy verursacht weitaus weniger Papierkram als die Verhaftung von Larry. Das sollte man sich merken.

Ich hole den Scotch und den Tumbler mit dem Idaho-Motel-Logo aus meiner Schreibtischschublade. Es zieht mich zu der Kassettenkiste oben in meinem Schrank. Ich behalte die geliehene Waffe in meinem Holster. Das Gewicht unter meinem Arm ist tröstlich, beruhigend. Ich nehme die Bänder herunter und lege sie auf den Schreibtisch neben den Rekorder. Ich kann meinen eigenen Geruch wahrnehmen. Nach wie vor habe ich Blutgeruch in der Nase. Unter meinen Fingernägeln ist immer noch Blut. Ich möchte duschen, aber ich bin zu müde. Ich werde mir später die Hände und das Gesicht waschen. Ich werde duschen, wenn ich geschlafen habe.

Ich gieße das Whiskyglas halb voll. Ohne Eis. Der Scotch ist billig. Nach dem ersten Schluck schmecken sie alle gleich. Ich erinnere mich an etwas auf einem alten Tonband von einer Sitzung mit Dr. Albright. Natürlich erinnere ich mich Wort für Wort.

Ich sehe ihr weißes Haar, ihr freundliches Gesicht vor mir, während wir reden.

Dr. A: Aber jetzt bist du hier. Du bist in Sicherheit.

Ich: Ich glaube schon. Aber ich weiß es nicht mit Bestimmtheit. Das weiß keiner.

Dr. A: Das stimmt vermutlich. Aber du bist nicht mehr in unmittelbarer Gefahr.

Das glauben Sie. Was damals galt, gilt auch heute. Ich habe einen Stalker. Ich bin mir nicht bewusst, dass ich meine Hand bewege, aber ich habe die .45er Leihwaffe gezogen und lege sie auf den Schreibtisch. Nochmals, ich weiß nicht, warum sie meine Waffe untersuchen müssen. Ich habe ihnen gesagt, dass ich das Arschloch erschossen habe. Ich weiß, dass ich diese Waffe in den kommenden Nächten bei mir behalten werde.

Ich schaue auf meinen Schreibtisch. Billiges Glas. Billiger Scotch. Tonbandkassetten in einer Schachtel. Kassettenspieler. Zwei gerahmte Fotos von meinem Bruder. Eines wurde im Haus meiner Tante Ginger in Idaho aufgenommen. Das andere ist von Hayden von seinem Highschoolabschluss. Auf der Rückseite des Bildes ist eine handschriftliche Notiz:

Rylee, heute mache ich meinen Abschluss. Du bist nicht da (wie immer). Meine Pflegeeltern sind nett, aber sie können mir meine Familie nicht ersetzen. Danke, dass du mir all das genommen hast.

Ich verdiene seinen Hass. Aber trotzdem schreibe ich E-Mails und schaue mehrmals am Tag nach einer Antwort. Ich habe ihm Dutzende Male geschrieben. Er hat nicht zurückgeschrieben.

Ich bestrafe mich selbst, indem ich mir die Aufzeichnungen der Sitzungen mit Dr. Albright anhöre. Ich glaube, sie haben mir geholfen, mich zu öffnen, wie sie so gern sagte. Mir einen Neuanfang im Leben geschenkt haben sie wohl eher nicht. Ich lege eine neue Kassette ein und mein Finger hält über der ›Play‹-Taste inne, als es an der Tür klopft.

Ein stechender Schmerz durchzuckt meine Brust, weil ich aufgesprungen bin und meine Waffe gezückt halte. Ich glaube nicht, dass ein Mörder zuerst klopfen würde, aber Jimmy hat auch bei Ronnie geklopft, bevor er zweimal auf mich geschossen hat. Ich gehe zur Tür und stelle mich an die Seite, die Waffe in beiden Händen, die Mündung auf die Mitte der Tür gerichtet. Ich warte. Ein weiteres Klopfen. Nicht heftig. Ich gehe zur anderen Seite der Tür, wo sich der Türknauf befindet. Ich entriegele die Tür, drehe den Knauf und ziehe sie auf.

Mir bleibt die Luft weg, und ich muss ganz bewusst den Druck meines Fingers auf den Abzug verringern.

»Ich habe mit einem besonderen Empfang gerechnet«, sagt Hayden, »aber ich hätte nicht gedacht, dass er so ausfällt.«

Ich kann nicht aufhören, ihn anzustarren. Mein Mund bleibt offenstehen. Ich lasse meine Arme sinken und nehme die Waffe herunter.

»Darf ich reinkommen?« Er lächelt dasselbe blöde, schiefe Lächeln wie immer und das bricht den Bann.

Ich trete zurück und er kommt herein. Ich schließe und verriegele die Tür hinter ihm. Er geht in das karge Zimmer, in dem ich eine Couch und einen Küchenstuhl habe. Einen Fernseher habe ich immer noch nicht. Zu viele der Programme lösen nach wie vor schlechte Erinnerungen aus. Der Fernseher fällt mir nur ein, weil Hayden stundenlang davorgesessen hat.

Mein Bruder ist über einen Meter achtzig groß und sein magerer Brustkorb, aus dem die Rippen deutlich hervortreten, ist wie die hängenden Schultern breiter und muskulöser geworden. Er trägt eine kakifarbene Cargohose, die ein wenig zu eng sitzt, und ein blau-rotes T-Shirt mit Spiderman auf der Vorderseite. Sein Haar ist kurz und von der Sonne so gebleicht wie der Sand am Strand. Seine Augen haben sich jedoch verändert. Die Farbe ist dieselbe, aber es sind nicht mehr die verschreckten Augen eines kleinen Jungen. Sie strahlen Zuversicht aus. Erfahrung. Gefahr. Sie haben Dinge gesehen, die selbst ich noch nicht gesehen habe. Er ist wie ich, nur vielleicht noch verkorkster.

»Wie ist es dir ergangen?« Das sprudelt nur so aus mir heraus und ich zucke innerlich zusammen. *Dämlich. Dämlich.*

»Ich bin zu Hause. Das ist alles, was zählt. Stimmt's, Rylee? Oder soll ich jetzt Megan sagen?« Er grinst, aber ich kann nicht sagen, ob es ein humorvolles Grinsen ist. Es wirkt eher anklagend. Streng.

»Du bist zu Hause.« Ich spüre Tränen in mir aufsteigen, aber ich will nicht weinen. Das wäre falsch. Ich weine nie vor Hayden. Ich war die Starke. Aber ich traue mich trotzdem nicht, zu sprechen.

»Erwartest du noch jemanden?«

Er starrt auf meine Waffe.

Ich stecke sie in das Schulterholster, nehme es aber nicht ab. »Nein«, lüge ich. Ich lüge ihn immer an. »Ich hatte nur ein paar harte Tage. Ich habe mich wohl immer noch nicht erholt.«

»Ich habe davon in den Nachrichten gehört. Du hast Urlaub?«

»Ja, so sieht's wohl aus.«

»Der Fall ist abgeschlossen?«

»Ja. Ist er.« Nur die Sache mit meinem Stalker nicht. »Wie lange bleibst du hier?«

Ich kann den Blick nicht deuten, den er mir zuwirft. Das ist nicht der Hayden, den ich kannte. Aber was hatte ich erwartet? Er war in Afghanistan. Dass er noch in einem Stück ist, ist erstaunlich.

»Ich bin fertig. Raus. Ehrenhaft entlassen.«

Er ist so erwachsen. So selbstsicher. Ich habe das alles verpasst, weil ich ihn verlassen habe. Es ist wie mit der Notiz auf der Rückseite des Bildes. Ich werfe einen Blick auf das Bild und er tut es auch.

»Wie ich sehe, hast du meine Fotos aufgestellt.«

Ich nicke.

»Und Scotch. Seit wann trinkst du Scotch?«

»Das ist so ein Polizei-Ding.« Ich sage ihm nicht, dass ich damit den Schmerz über seinen Verlust betäuben will.

Die Rippenschmerzen sind vergessen. Mein Herz schmerzt weitaus heftiger. »Hayden, es tut mir so leid. Es tut mir wirklich leid.«

Er schaut zu den hohen Decken hoch und entdeckt die Spinnweben, da bin ich mir sicher. Ich bin keine gute Hausfrau. Ich mag ihm nicht sagen, dass das daran liegt, dass unsere Mutter mich wie eine Sklavin behandelt hat. Ich habe alles gemacht, während sie ihn verhätschelt hat. Als ich jünger war, habe ich ihm das übel genommen, aber dann wurde ich zu seiner Mutter. Ich habe ihn mehr geliebt, als sie es je getan hat.

Als er den Kopf dreht, sehe ich eine Narbe unter seinem Kinn, die nach hinten zu seinem Kiefer verläuft. »Du warst verletzt.«

Er legt einen Finger auf die Narbe. »Willst du sie sehen?«

»Ja«, sage ich, aber meine Stimme ist so schwach, dass ich mir nicht sicher bin, ob ich es wirklich gesagt habe. Mir kommen fast die Tränen.

Er dreht sich auf die Seite und zieht den Kragen seines T-Shirts herunter. Eine weitere Narbe, diesmal von der Größe eines halben Dollars, verunstaltet die Haut in seinem Nacken nahe der Wirbelsäule. Die vordere Narbe könnte ich mit der Spitze meines kleinen Fingers verdecken.

»Ich liebe dich, Hayden.«

Er schaut wieder auf die Bilder auf dem Schreibtisch. »Vermutlich hast du mich deshalb auch verlassen. Weil du mich so sehr geliebt hast.«

Seine Worte sind wütend, anklagend, aber sein Gesicht ist verschlossen. Seine Augen verraten nichts.

»Ich habe dir geschrieben. Dutzende Nachrichten. Du hast nie geantwortet. Kein einziges Mal.«

»Ich brauchte deine E-Mails nicht«, sagt er. »Was ich brauchte – was ich brauche – ist eine Familie. Die habe ich bei meinen Pflegeeltern gefunden. Du bist nie für mich da gewesen. Dabei hast du es mir versprochen.«

Ich spüre, wie eine Träne über mein Gesicht läuft. Ich kann sie nicht aufhalten. Er hat recht, und ich hasse mich selbst mehr, als er mich hassen könnte. Ich will mich wieder entschuldigen, aber ich behalte es für mich. Es ist bedeutungslos angesichts all seines Schmerzes. Ich sollte ekstatisch sein vor Freude, dass er überhaupt hier ist, aber er ist nicht wirklich hier. Jedenfalls nicht aus einem sinnvollen Grund. Er ist hier, um mich zu bestrafen, und ich weiß, dass ich es verdiene, aber ich habe alles gegeben, um ihn zu schützen. Ich wurde fast getötet, als ich versuchte, ihn zu beschützen. Ich würde ihm so gerne die Wahrheit sagen, aber ich sehe jetzt, dass das nichts bringen würde. Sein Schmerz sitzt zu tief.

Genau wie meiner.

Jetzt fließen die Tränen, und ich hasse mich dafür, dass ich das vor seinen Augen zulasse. Ich war seine einzige Angehörige. Und ich habe ihn im Stich gelassen. Er war noch nicht alt genug, kannte die Wahrheit nicht, und ich konnte sie ihm nicht sagen.

Sein Blick ist hart.

»Glaub mir«, sage ich, »ich habe jeden Tag an dich gedacht.«

Er sagt nichts.

Ich gehe in die Offensive. »Bitte bleib und lass mich das wieder gut machen. Bitte.«

»Hast du auch an mich gedacht, als du gegangen bist?«, fragt er.

»Du weißt, dass ich das habe.«

»Das weiß ich nicht, Rylee. Ich weiß nur, dass du mich bei Tante Ginger gelassen hast, einer völlig Fremden.«

»Sie war unsere Tante.«

War ist das richtige Wort.

»Können wir jetzt bitte nicht darüber reden?«

»Worüber sollen wir denn sonst reden, Rylee? Mom?«

Ich werde niemals über sie reden. Ich bleibe stumm und starre nur meinen lange verlorenen Bruder an.

»Rylee, sie vermisst dich. Sie fragt nach dir.«

Mein Herz setzt aus. Es macht fast ein Geräusch auf dem Boden. Ein Aufprall. Ich frage mich, ob Hayden die Vibration gespürt hat.

»O Gott, willst du mir sagen, dass du dich mit ihr triffst?«

Seine Augen sind fest auf meine gerichtet. Er testet mich. »Einmal pro Woche, seit ich zurück bin.«

Der Raum beginnt sich zu drehen und ich versuche, mich zu beruhigen. »Sie hat uns verraten, Hayden.«

»Sie ist unsere Mutter«, erklärt er mir, als bräuchte ich eine Lektion in Biologie. »Du hast dir nie die Mühe gemacht, ihre Sicht der Dinge zu hören«, ergänzt er, als sei er ihr verständnisvoller Anwalt.

Ich sage das nicht. Jedenfalls nicht laut. Ich hatte es nie nötig, ihre Seite einer Geschichte zu hören. Ich wusste, wer sie war und was sie tat. In diesem Moment muss ich jedoch an Alex Rader denken. Meinen Serienmörder-Vater.

Haydens Vater.

Ein Geheimnis, das ich gehütet habe.

»Lassen wir das erst einmal auf sich beruhen«, sage ich schließlich. »Ich habe ein freies Zimmer. Möchtest du bleiben?«

Er antwortet nicht sofort. Er lässt mich einen Moment zappeln.

»Ja. Ich bleibe.«

Ich halte den Atem an. Trotz allem, was unsere Eltern getan haben, will ich vor allem eines: das mit Hayden in Ordnung bringen. Plötzlich fühlt es sich so an, als sei er nicht mehr nur eine Verbindung zur Vergangenheit, sondern ein Weg zu dem, was ich tun muss. Und das gibt mir Hoffnung. Hoffnung ist eine sehr gute Sache.

MEHR VON BOOKOUTURE DEUTSCHLAND

Für mehr Infos rund um Bookouture Deutschland und unsere Bücher melde dich für unseren Newsletter an:

www.bookouture.com/bookouture-deutschland-sign-up

Oder folge uns auf Social Media:

facebook.com/bookouturedeutschland

twitter.com/bookouturede

instagram.com/bookouturedeutschland

EIN BRIEF VON GREGG

Ich danke euch von Herzen, dass ihr *Die einsame Bucht*, den zweiten Teil der Reihe mit Detective Megan Carpenter, gelesen habt. Wenn er euch gefallen hat und ihr über alle meine Neuerscheinungen auf dem Laufenden bleiben wollt, meldet euch einfach unter folgendem Link an. Eure E-Mail-Adresse wird nicht weitergegeben und ihr könnt euch jederzeit wieder abmelden.

www.bookouture.com/bookouture-deutschland-sign-up

Wir leben in ungewöhnlichen und beängstigenden Zeiten. Ich hoffe, dass euch diese Nachricht in einer sicheren Umgebung erreicht und ihr das Beste aus der neuen Normalität macht. So viel steht fest: Nichts vertreibt die Zeit so gut und lenkt uns ab wie ein gutes Buch. Als ich diesen Roman beendet habe, habe ich an euch alle gedacht. Ich hoffe, dass *Die einsame Bucht* euch etwas Ablenkung verschaffen konnte, wenn auch nicht für lange. Lesen kann in einer Zeit, in der wir es dringend benötigen, eine Quelle der Verbundenheit sein.

Da ich es für euch geschrieben habe, hoffe ich natürlich, dass euch *Die einsame Bucht* gefallen hat. Wenn ja, wäre ich euch sehr dankbar, wenn ihr eine Rezension schreiben könntet. Mit Rezensionen könnt ihr anderen Menschen Bücher vorstellen, die euch fasziniert oder vielleicht sogar erschreckt haben. ☺ Ich würde wirklich gerne wissen, was ihr davon haltet, und es ist eine große Hilfe, wenn dadurch neue Leserinnen und Leser eines meiner Bücher entdecken.

Ich freue mich riesig über jede Rückmeldung von meinen Leser:innen – ihr könnt euch auf meiner Facebook-Seite, über Twitter, Goodreads oder Instagram melden.

Passt auf euch auf und bleibt gesund.

Vielen Dank!

Euer Gregg Olsen

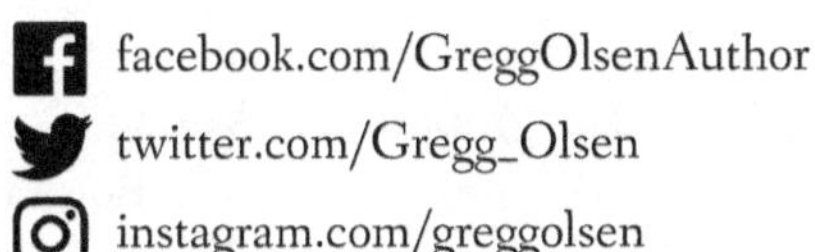

DANKSAGUNG

Ich freue mich, den Leser:innen (neuen und altgedienten) den zweiten Teil der Detective-Megan-Carpenter-Serie zu präsentieren. So zäh und einfallsreich Detective Carpenter auch sein mag, würde sie es doch nie ohne Hilfe all derer schaffen, die ihr beistehen. Ich bin dem großartigen Verlag Bookouture sehr dankbar, insbesondere der Lektorin Claire Bord, die das Potenzial der Serie erkannt hat und seitdem der Fels in der Brandung für die Serie war. Ein großer Dank geht auch an jedes einzelne Mitglied des großartigen Teams: Leodora Darlington, Alexandra Holmes, Chris Lucraft, Alex Crow, Jules Macadam, Kim Nash, Noelle Holten und Caolinn Douglas. Vielen Dank an meine Lektorin Janette Currie, den Korrekturleser Tom Feltham und nicht zuletzt an die Coverdesignerin Lisa Horton. Und an David Chesanow, der immer das Beste aus mir herausholt. Vielen Dank!

Ich möchte meiner Agentin Susan Raihofer von der David Black Literary Agency, NY, und meinem persönlichen Assistenten, Chris Renfro, meinen Dank aussprechen, dafür, dass sie so vieles möglich machen und noch dazu so schnell. Ohne euch wäre ich verloren!

Tish Holmes, ich hoffe, du genießt dein wohlverdientes Glas Wein. Vielen, vielen Dank!